始信昆仑别有山

晚清旅西记述研究 1840—1911

杨波 著

国家出版基金项目
NATIONAL PUBLICATION FOUNDATION

『报刊史料与20世纪中国文学史』丛书

关爱和 主编

中国大百科全书出版社

图书在版编目（CIP）数据

始信昆仑别有山：晚清旅西记述研究：1840—1911/
杨波著. —北京：中国大百科全书出版社，2023.11
（报刊史料与20世纪中国文学史 / 关爱和主编）
ISBN 978-7-5202-1408-7

Ⅰ.①始… Ⅱ.①杨… Ⅲ.①日记—古典文学研究—
中国—清后期 Ⅳ.① I207.62

中国国家版本馆 CIP 数据核字（2023）第 160410 号

出 版 人 刘祚臣
策 划 人 曾　辉
责任编辑 闫运利
责任印制 魏　婷
封面设计 黄　琛
出版发行 中国大百科全书出版社
社　　址 北京阜成门北大街 17 号
邮政编码 100037
电　　话 010-88390969
网　　址 http://www.ecph.com.cn
印　　刷 明玺印务（廊坊）有限公司
开　　本 710 毫米 ×1000 毫米　　1/16
印　　张 24.25
字　　数 313 千字
印　　次 2023 年 11 月第 1 版　2023 年 11 月第 1 次印刷
书　　号 ISBN 978-7-5202-1408-7
定　　价 88.00 元

总　序

关爱和

　　晚清以降，随着新的媒介技术和传播载体的传入，报刊一跃成为变法维新、思想启蒙、知识传播的经国利器，报馆与学堂、学会、社团、沙龙等共同构成中国社会的公共舆论空间，这一新的媒介环境彻底改变了中国传统文学生产、传播与接受的生态体系，一个以报刊为中心的文学时代悄然登场。梁启超在《中国历史研究法》（1921年）中指出："史料为史之组织细胞，史料不具或不确，则无复史之可言。"文献史料是历史研究的前提和根据，而以报刊为史料，可以说是近现代文学研究和20世纪中国文学史研究的重要特质。

　　报刊作为西学东渐的舶来品，本质上是一种信息交流媒介和意见表达系统，在近代中国传统社会秩序崩解与转型中扮演了极为重要的角色。文学史的研究和书写是叙述和重构过往文学实践的过程。20世纪文学史研究必须关注报刊、出版等一系列新的媒介变量，时代的因缘际会，使报刊成为文本的载体和传播方式，也是文本生成的重要场域，从而建构起文学嬗变的第一现场。因此，以报刊为切入点，将报刊、出版等媒介活动与文学实践结合起来，才能使文学创作、出版、传播、阅读与接受形成一个完整的文学实践活动的闭环。需要强调一点，报刊史料不是僵化的材料，而是问题和灵感的源泉，更重要的是一种研究方法和关注视角。梁启超认为近代史学进步有两大特征，其一是"客观的资料之整理"，其二即为"主观的观念之革新"。报刊背后隐藏着深刻的媒介和技术逻辑，在研究中应坚持入手于报刊，立足于文学的价值立场，保持开放的学术眼光，回应新形势、新变化，保持与历史、文化、媒介、传播等其他人文学科对话的开放姿态，建立报刊与文学共生共兴的话语体系。

数字信息时代，各种数据库、检索工具为我们搜集、整理和利用报刊史料提供了极大便利。如今，足不出户便可指点江山，在研究中不能过分依赖检索工具，丧失自己的判断，否则只能失之浅薄，要在博洽赅通的基础上自出手眼，别有新见。也要避免先入为主的功利主义，横摘竖取，为我所用，应学习古人博学积久，待征乃决的治学精神，做到考论精严，论从史出，这也是文学知识体系创新与完善的应有之义。

河南大学文学院现当代文学研究素来有重视史料、覃思精研的优良传统，丛书的三位中青年作者在当代文学的跨媒介传播、晚清旅行文学与近代诗界革命等领域各有所长，展示了各自研究领域的新创获。中国大百科全书出版社重视出版物的学术品格，与河南大学文学院联袂打造"报刊史料与 20 世纪中国文学史"这一出版品牌，并持续锤炼，为有志于此的学者提供融通开放的交流和展示平台，这是一件惠及学林的好事，相信以后会有更多的优秀成果不断涌现。

2023 年 7 月 15 日

目　录

绪　论

　　北冥有鱼，其名为鲲。鲲之大，不知其几千里也。化而
为鸟，其名为鹏。鹏之背，不知其几千里也。怒而飞，其翼若
垂天之云。……抟扶摇羊角而上者九万里，绝云气，负青天，
然后图南，且适南冥也。①

　　庄子借大鹏翔游的寓言，以诡谲相变之说，告知世人只有冲破眼
界、地域、国家、文化的界限，摆脱一切世俗的羁绊，"乘天地之正，
而御六气之辨，以游无穷"，方能达到"道通为一"的理想境界，道尽
了自由状态之下的逍遥之游，千百年来，令人神往。《列子》中也有一
位无所畏惧的达人端木叔："及其游也，虽山川阻险，途径修远，无不
必之，犹人之行咫步也"②，刻画了世俗生活中另一位必达目的而后止的
旅行者形象。中国文化历来有"游"的传统，大到人生如旅的生存关
照："人生天地间，忽如远行客"；小到寻常百姓的离别之苦："浮云蔽

---

①　曹础基注说：《庄子》，开封：河南大学出版社，2008 年，第 86—88 页。

②　杨伯峻：《列子集释》，北京：中华书局，2016 年，第 219 页。

白日，游子不顾返"；更多的乃是日常诗意生活的悠游之乐："梦魂惯得无拘检，又踏杨花过谢桥"。中国传统社会尽管有安土重迁的一面，但并非一潭死水，流动才是主题，无论是作为审美活动的游观、游赏、游玩，精神层面的目游、神游、卧游，还是作为社会活动的行游、迁徙、旅行、交游、宦游等活动，均与中国文学传统的构建、文化精神的凝聚，乃至社会生活的变迁有着千丝万缕的关联。[1]

　　西方，在中国传统文化视野中经历了从"虚幻地理"向"现实地理"的演变过程。[2]《穆天子传》讲述了周穆王北绝流沙，西登昆仑，以极西土，执白圭玄璧与西王母会于瑶池之上的行游经历，以神话和隐喻的方式，借穆天子与西王母的神交，传达出政治礼教臻于成熟的东方国度欲与遥远的西方世界交流汇通的文化愿景。因此，西方一词在传统文学表述中极富神秘色彩：一为希望与理想之所在的仙境，"云谁之思，西方美人"是也；一为终结与死亡的别称，即佛家所云"西方极乐世界"。随着中西交通、文化互渗，西方这一虚无缥缈的称谓趋于具象化，渐指中亚或印度，以罗马帝国为代表的欧洲文明则出现在更远的西方，因此称为海西、远西或泰西（太西）。直至近代，西方这一称谓才特指欧美，其整体性认同并不表现在地理空间上，而表现在精神文化上，即两希传统（希腊和希伯来），基督教信仰与启蒙哲学，资本主义经济与民主政治。[3]西方这一概念在中国演变的过程，也正是中国人眼界逐渐开阔，探索和认知范围不断扩大的过程。

　　晚清以降，中国被迫打开国门，与西方发生正面的武力交锋和文化

---

　　① 龚鹏程：《游的精神文化史论》，石家庄：河北教育出版社。2001年，第231—232页。

　　② 王铭铭：《西方作为他者：论中国"西方学"的谱系与意义》，北京：世界图书出版公司北京公司，2007年，第23页。

　　③ 周宁：《世界是一座桥：中西文化的交流与建构》，桂林：广西师范大学出版社，2007年，第86页。

接触，带来天翻地覆的沧桑巨变。德国思想家本雅明说有两种人最善于讲故事：终老田园的农夫和浪迹天涯的水手，他们都见多识广，前者在岁月的淘洗和生活的积淀中获得丰赡的阅历，真实确凿，无以辩驳；后者于惊涛骇浪中淘得常人无从知晓和确证的趣闻轶事，自然更吸引人。近代国人接受西方文化大致也有两条路径：一为被动接受，西方知识分子（主要是传教士）的传入；二为主动求知，中国人走出国门，走向世界。后者便类同劈波斩浪的水手，除了要征服路途险阻等自然因素，还要克服文化习俗、固有传统等精神上和心理上的羁绊，尤为艰难和可贵。与此相应，近代以来，中国文学中最具冲击力和影响力的著述有两类：一是西方科学或文学的译著，另一类便是旅行文学或游记文学。这些亲历者的文字最终成为"广泛了解西方的主要的第一手资料"①。

回溯百年之前，置身于时局畸笏、风雨飘摇中的晚清士人，或奉命出使、或远游求道、或去国避祸，在西洋诸国的异域羁旅中留下了数量浩繁的记游之作。阅读这些文本，无异于一次艰难的心灵跋涉，这些文字真实地传达出身处三千年未有之变局的传统知识分子，在面对迥然相异的西方文化时的本能反应、情感体验和思想波澜。同时，古典文学传统的转折嬗变、近代社会文化倾颓新生的轨迹，也寓于其中。抚今追昔，绝不止于发思古之幽情，慨叹人世无常和沧桑变幻，还在于借古鉴今，为今日和未来的中西文化交流与发展提供进路。所以，解读晚清旅西记述，梳理他们于异域文明旅途中的情感体验，以及置身中西文化夹缝中的复杂心态，借以探讨空间行旅与文学书写、文化体验与世界想象之间的内在关联，实在是很有意味的话题。

---

① 瓦格纳：《晚清新政与西学百科全书》，陈平原、米列娜主编：《近代中国的百科辞书》，北京：北京大学出版社，2007年，第38页。

第一节　研究意义

历来乘槎海外或出游异国之人，多会留下记述旅途见闻、考察异域风物、抒发旅行感受的文字，此类记述域外游踪的文本古已有之，但毕竟凤毛麟角，到晚清则蔚为大观①。这些记游文本大致可分为两类：一是以英、美、德、法、意大利等主要欧美国家为记述对象的"西游记"，如：郭嵩焘《使西纪程》、张德彝《航海述奇》、薛福成《出使四国日记》、刘锡鸿《英轺私记》、崔国因《出使美日秘日记》、张荫桓《三洲日记》、康有为《列国游记》、梁启超《新大陆游记》《夏威夷游记》等；一是以日本、朝鲜以及南洋诸国为记述内容的"东游记"，如：罗森《日本游记》、黄庆澄《东游日记》、何如璋《使东述略》、王韬《扶桑游记》等。相较而言，欧美游记不仅数量最多，且屡有佳作，因遣使制度的确立，作者亦多前后相继，内容时有接续印证之处，自成系统，故为域外游记之主流。

作为一种重要的散文文体，游记以构建人与自然的审美关系为核心，注重文辞的文学性与天人合一的审美关照是突出的特点。而晚清域外记游文字体例庞杂，有日记、行记、考察记、地理志，兼及相关的文案公牍，以及随感而发的诗词歌赋等；记述手段丰富，除常见的文字表

---

① 本书界定的晚清时限为 1840—1911 年。晚清域外旅行记述文本的确切数量不可考，王锡祺《小方壶斋舆地丛钞》收录各种域外游记、考察记及地理舆情图录 1500 多种，其中域外游记 84 种。钟叔河《走向世界丛书》收录 100 种域外游记；陈左高《历代日记丛谈》和《中国日记史略》共著录 48 种域外游记；王尔敏《十九世纪中国士大夫对中西关系之理解及衍生之新观念》一文开列晚清西洋地理、国情考察及游记文本 151 种。而据钟叔河《中国本身拥有力量》所言，仅其亲见的各种海外旅行记述文本就达 300 余种。

述之外，数字、字母、公式、图表等一应俱全；书写风格多样，有事无巨细的客观实录，有煞有介事的解读想象，有激情澎湃的政论说教，还有意兴遄飞的山水品评。这些文本与严格意义上描摹山水，记述游踪，讲究随感兴发、情景交融的文学游记并非完全吻合，可取的做法，应该将这些旅行书写视为一个各种关涉旅行主题的概念和文本集合体，将各种旅行主题的叙事文本之间的互文考虑在内，本书借用钟叔河先生"旅西记述"[①]的命名来概括此类文本，具体论述中也称西行记或旅西游记。论述的重点为晚清国人以欧美等国为目的地的西方之旅，皆属国人未尝亲历的异域世界。朝鲜、越南、泰国、新加坡等在当时尚属积弱不振的藩属邻邦，亦非中外交通的重心，但却是去往遥远西方的必经之路。晚清国人对有一衣带水之谊的邻国日本的认知和感情，则更为复杂，须另文专述，只在论及西行者的文学实践时有所提及，不作为重点论述。

晚清旅西记述的内容包罗万象，西方诸国的山川风物、政教礼俗、科技文化、文学艺术等被尽数纳入笔端，展现了西方各国的现代化图景，揭示出近代中国知识分子接受西方文化时的复杂心态，以及中国打破封闭自足的格局、走向世界的艰难历程。因此具有非常重要的文学史和文化史价值：

其一，作者亲历西方，身临其境地感受中西文化的差异，视野的拓展和见识的丰富，加速了传统散文创作理念的突破，推动了近代文学语言、文体观念的变革。中国游记文学从古典盆景式的孤芳自赏，到具有海纳百川的广阔胸襟和收放自如的艺术美感，若没有王韬、郭嵩焘、薛福成、黎庶昌等人的实践，是不可想象的。现当代海外游记名家辈出，成绩斐然，而滥觞实在晚清。近代散文从渊懿古雅的载道之文，一变而

---

① 钟叔河：《晚清旅西记述的价值和意义》，《中国本身拥有力量》，南京：江苏教育出版社，2005年，第147页。

为鼓荡风气的经世利器，这一艰难蜕变的历程尤可考究。梁启超在《夏威夷游记》中提出"文界革命"和"诗界革命"，吹响晚清文学革命的号角。域外经验的冲击，游记文本中描摹的西方图景，作者本人的游历经历，附带着深刻的文化差异体验，必然会随着游历文字的刊行，广为流播。晚清文学变革与海外记游文字之间、空间行旅与文学变革之间的内在关联，耐人寻味。

其二，认识他者，是自我认识深化的内在需要。在形象学视野中，他者如同镜像，与自我相对呈现，因此他者身上便折射出自我的某些重要信息。在文学本体研究的基础上，通过借鉴比较文学形象学和旅行理论的研究视角，对晚清旅西记述进行解读和剖析，将隐含在文本内部的文化信息具象化，揭示西方形象在晚清知识分子眼中的建构和传衍过程，同时将折射在这一西方（他者）形象之上的中国（自我）形象的信息勾勒出来。这可以使我们更加理性地了解近代中国人认识西方、接受西方的曲折过程，拓宽近代文学的研究视域。

其三，世界各国之间的文化交流与互动从未停止，暂时的隔膜能否被永恒的理解替代，取决于我们对过往文化沟通困境的认识和未来采取的相应对策。2020 年初至今，席卷全球的新冠疫情进一步加深了中西之间沟通与信任的鸿沟，加剧了中西关系的不确定性。当前，代表国家软实力的国家文化形象，在国际竞争中的地位日益凸显，成为国家综合实力的重要体现。"提倡创建和完善国家文化形象，不单要认清当今局势，思考发展战略，更应该理清历史发展的脉络。只有这样，方能使得昔日的辉煌、如今的梦想变成未来的现实"①。此项研究的现实意义也正在于此。近年来，在国家出国留学政策的推动下，中国已成为世界第一

① 周宁：《世界是一座桥：中西文化的交流与建构》，桂林：广西师范大学出版社，2007 年，第 2 页。

大留学生来源国。据教育部发布的数据显示，1978 年至 2018 年底，40
年来，各类出国留学人员累计已达 585.71 万人，2018 年出国留学人数
为 66.21 万人，比 2017 年增长 8.83%，掀起了新的西游求学的大潮。其
中，逾九成留学人员首选的国家仍然是美国、英国、法国等欧美国家。
因此，重溯百年以前中国人与西方世界的接触遭逢，审视中西文化交流
汇通的细节得失，是相当必要的。这也是文学研究参与文化建设的有益
尝试。

今日重读这些文本的目的，绝非仍要借此探求新知、了解世界，而
在于借纸上的行旅来还原彼时国人的异域行踪，从文字记述中品味他们
初次与西方世界遭逢时的感受、心境与情怀。世易时移，时光流转，这
些文本历经岁月的淘洗，在失掉其炫奇逞异的神采和经世致用的光环之
后，漫漫旅途之中不经意间的舟车行止、某时某地的风霜雨雪，以及作
家个人起伏跌宕的人生轨迹，反倒显得更加生动与鲜活。近代中国面临
的局面，是从武力较量到文化存亡的全面危机，近代中国思想史上的矛
盾、变异、纠缠及紊乱，亦是整个文化传统面临统合、再造、转化、变
异时的表征。从盲目自大到承认差距，从鄙视“蛮夷”到全新的“他
者”的文化认知，游记作者经历了从单纯的西方文化的观察者到自身文
化现实的反思者的角色转换。中国文学的裂变与新生，从来都不只是由
内及外的自觉转型，跨语际的实践是不可忽视的重要变量。这些文字承
载了一代中国人了解西方、力图自强的痛苦复杂的心路历程，从中也可
窥见中国传统社会、文化近代转型的蛛丝马迹。百年风雨，于兹邈远
矣。借反省旧路，来探问新途，正是笔者研究的目的所在。

第二节　研究述评

　　晚清旅西记述作为一个变革与过渡时代的见证，忠实记录了国人跨洋出海，与西方新世界的种种遭逢际遇。晚清以降，一些有识之士已认识到这些文本传播新知、开拓眼界的重要功能，开始着意搜集整理和研究。但因时代风云的急遽变幻、社会文化思潮的涨落无定，这些文本的影响力和辐射面有限，曾一度湮没无闻。作为近代文学重要组成部分的旅西记述，长期以来未得到应有的重视，相关研究较为薄弱。进入 21 世纪以来，随着比较文学形象学、跨文化对话、旅行文化理论等新的研究视角的引入，中西文学比较和中西文化交流成为新的学术热点，这类文本被重新发现，2010 年前后，研究成果开始增多，俨然成为新的学术生长点。同时，书籍史、阅读史和媒介传播的理论工具介入相关研究，至今热度不减。现从资料整理与研究进展两方面，择其概要，分而述之。

一、资料整理

　　对于域外记游文本的整理，清河王锡祺有首倡之功。他完成于光绪十七年至二十七年（1891—1901）的《小方壶斋舆地丛钞》（以下简称《丛钞》）《补编》《再补编》以及《三补编》，共搜录各类中西游记、考察记等舆地文献 1543 种，逾千万字，搜罗之广，取材之富，前所未有，堪称晚清地理舆情图志的集大成者①。王氏欲打破当时"人核实而我蹈

---

　　①　另据吴丰培《王锡祺与〈小方壶斋舆地丛钞〉及其他》介绍，王锡祺还编有一套《中外游记汇编》稿本 130 卷，共收录游记、考察记等文献 130 种。

虚，人复古而我趋时，人因利乘便而我深闭固拒"①的现状，开通民智，增广见闻。《丛钞》共收录海外游记 84 种，成为后来刊行的各类晚清游记的重要版本来源，编订体例也为后来者不断沿袭，可谓筚路蓝缕，惠及后人。但部分收录作品并非完璧，文字多有增删："或录其全，或择其要，务归简洁，不使阅者病芜。"这样一来，反倒有损于原作的真实面貌。康有为对《丛钞》的编纂赞誉有加："若夫《禹贡》、班《志》、郦《经》之外，至于地球剖析，五洲大通，万国旁礴，近日《小方壶斋舆地丛书》，亦遍辑辀轩之言矣。"②在西学大潮滚滚东来之时，梁启超将清人游记作为普及西学的入门读物。他在《西学书目表》(1896) 中开列 47 种游记作为学习西学的参考书目："中国人言西学之书，以游记为最多……今中国欲为推广民智起见，必宜重兴此举矣。"③众多书局因应朝令夕改的政府新政，为满足民众追求新知、变革社会的急迫心态，同时也适应新式科举的变化，推出一系列以推介西学知识为嚆矢的"百科全书"，其中一类以当时市面上流行的出使日记为底本，分类摘录，编成游记汇录。较早的有沈纯编辑的《西事类编》(1884)，共收录 15 种出使日记④，节录文字，分类编辑，参以编者按语，共分纪程、交涉、顾问、礼制、国用、政治、形势、武备、文艺、民俗、宫室、善举、器具、商贾、教会、物产等 16 卷，将游记中的西学知识系统化，分门别类，提纲挈领，呈现出百科辞典式的编辑思路。编者声明此书绝

---

① 王锡祺：《〈小方壶斋舆地丛钞〉三补编序》。沈阳：辽海出版社，2005 年，第 1 页。

② 康有为：《日本书目志》，姜义华、张荣华主编：《康有为全集》第 3 册，北京：中国人民大学出版社，1997 年，第 303 页。

③ 梁启超：《西学书目表》，光绪丙申冬十月武昌质学会刻本。

④ 《西事类编》收录斌椿《乘槎笔记》、张德彝《航海述奇》、郭嵩焘《使西纪程》、刘锡鸿《英轺日记》、李凤苞《使德日记》、曾纪泽《使西日记》、李圭《环游地球新录》《航海笔记》、黄懋材《西辖日记》《游历刍言》《印度札记》、袁祖志《西俗杂志》《出洋琐记》、钱德培《欧游随笔》共 15 种出使日记，另有《华工条覆》《华工呈词》等两种华人劳工文献。

非为了博物多闻，据今考古，旨在使"交涉之事，确有准绳。战守之方，则动中窾要"①。还有万选楼主人所辑《各国日记汇编》(1896)，收录《乘槎笔记》《使西纪程》《曾侯日记》《使东述略》《东游日记》《西俗杂志》等 6 种使西日记。席蕴青于光绪二十八年（1902）编订的《星轺日记类编》，在书目选取与编辑体例上明显借鉴了前者，共收录 22 种出使日记②，文本更多，知识分类也更系统，分天文、地理、方舆、山水、形势、疆域、富强、君民、交涉、礼俗、管制、学校、国计、武备、器械、法律、物产、矿政、工艺、局厂、商务、钱币、税则、辖政、学术、会院、教宗和杂纂 28 类，编为 76 卷，以期成为"体例精严，实事求是"的"时务中有用之书"③。当然，这种"有用"首先是应对新式科举中"策论"考题，考生想要解答"近人出使外洋或游历各国讲求语言文字翻译政艺学商舆地最为有益之事策"④之类的问题，认真批阅这些游记汇编可谓应试捷径，事半功倍。其次才是普及西学的需要，中国历来有编纂类书和丛书的学术传统，荟萃文献，分类汇集，以备检索。这种规模化的复制与传播手段一方面使新知识很快流传，另一方面也唤醒了读者从既有的文化传统中寻找西学源流的热情，这种努力在旧知识体系的调整和新知识秩序的建立过程中起到重要作用。这种新的西学知识阅读、传播和获取的方式，既是出使日记传播的形式，也是传播的必然结果。

---

① 程咸焞《西事类编》序，清光绪十年刻本。

② 《星轺日记类编》在《西事类编》的基础上，删去《华工条覆》和《华工呈词》，增收何如璋《使东述略》、黄懋材《西徼水道记》、邹代钧《西征纪程》、谬祐孙《俄游汇编》、崔国因《美日秘日记》、薛福成《四国日记》《四国日记续刻》、黄庆澄《东游日记》、吴宗濂《随轺记程》、宋育仁《泰西各国采风记》和谢希傅《归槎丛刻》。

③ 席蕴青：《星轺日记类编》，光绪壬寅孟夏丽泽学会精印刷本。

④ 《皖省考题》，《申报》，1903 年 8 月 5 日。

今人系统整理晚清域外游记始于钟叔河。其主编的《走向世界丛书》(以下简称《丛书》)第一辑(1985年出版,2008年修订再版),收录了35种文本,近500万字,成为这一领域的权威资料。2017年3月,《丛书》第二辑出版,收录65种游记,共收录域外游记100种终成全璧。《丛书》面向普通读者,将游记文本详加点校,编附索引,略加注释,每部游记均附有叙论,对作者生平、文字内容以及历史意义做简要介绍和评价,是颇为精到的点睛之笔,是迄今最具参考价值的晚清域外游记研究资料。毫不夸张地说,正是这部眼光识力俱佳的《丛书》,引起社会广泛关注,促成了后来的研究热。美中不足的是,《丛书》编者对个别文本的体例做了调整,文字也有删减,如黎庶昌《西洋杂志》原刊本除了黎氏本人的文字外,还摘录了郭嵩焘、刘锡鸿、陈兰彬、李凤苞、曾纪泽、罗丰禄、钱德培等人日记、书信和札记的片段,《丛书》悉数删去。同时将原在《奥国钱币》之后的《欧洲地形考略》调整至《路程考略》之后,改变了原书的文章顺序。当然,这样可以避免整套《丛书》局部文字的重复,但也破坏了原书作者拟与同类文字互相参照的苦心,使《西洋杂志》失掉不少"别具一格"的特色①。又如斌椿《乘槎笔记》同治五年二月十八日所记在新加坡的情景:

> 猿猴小者不盈尺。珍禽尤夥,五色俱备,舟人购畜者,以数百计,大可悦目。唯土人则黑肉红牙,獉獉狂狂,殊堪骇人。使柳子厚至此,必曰:异哉! 造物灵秀之气,不钟于人而钟于鸟。(加着重号的字句被删去)

---

① 钟叔河在湖南人民出版社1981年版《西洋杂志》序言中对相关文字调整曾有说明,而在2008年再版本的序言中,删去了上述说明,但文字体例和1981年版本一致。

斌椿此处流露出对当地居民轻蔑的俯视心态，语多不敬，还有李圭《环游地球新录》中光绪二年十月十七日关于新加坡当地马来人的描述：

> 土人色黑，喜食槟榔，故齿牙甚红。以花布缠首，衫而不裤（原文为袴），女亦黑丑，挽髻，额贴花钿，以铜环穿右鼻孔；两耳轮各穿五六孔，满嵌铜花，富者或用全银，手腕足胫戴银钏。腰裹短幅，亦衫而不裤（原文为袴），赤足奔走若男子。沿途嬉笑，不知耻。闻此等人服役甚勤谨，西人眷属喜雇用之。

虽然只删掉几个字，但那种极端厌恶的语气已大大减轻了，对原文的意旨并无大的影响，但遮蔽了一些重要的信息。这些文字反映了晚清官员对东南亚原住居民以"非人"视之的傲慢心态。又如同治五年四月二十三日，斌椿一行受邀出席在英国白金汉宫举行的欢迎晚宴：

> 几疑此身在天上瑶池，所与接谈者皆金甲天神、蕊珠仙子，非复人间世矣！

这些赞美西方世界的溢美之词也被删去。钱钟书先生曾就此提过意见①，遗憾的是未得到回应，无论是 1985 年的初版本，还是 2008 年的再版修订本，一仍其旧。

此外，由全国图书馆文献缩微复制中心编印的《历代日记丛钞》共200 册（2006），收录宋、元、明、清及民国文人所撰各类日记 500 多种，其中收录晚清域外游记 50 余种。多选取善本影印，参考价值甚高。贾鸿雁《中国游记文献研究》（2005）系统梳理了 1949 年之前的中国游

---

① 钟叔河：《记钱钟书作序》，《中国编辑》，2004 年第 5 期。

记文献，并将《小方壶斋舆地丛钞》的游记篇目整理归类，为研究提供了便利。在此之前，河南大学历史系刘跃令和张五勤编订有《小方壶斋舆地丛钞篇名及著者姓名索引》一册（油印本，1991），该书分"篇名笔画笔形部首索引""著者姓名笔画笔形部首索引""篇名四角号码索引"和"著者姓名四角号码索引"，一书多用，查阅极为方便，这是较早对《丛钞》进行系统整理研究的工具书。由张剑、徐雁平、彭国忠主编，凤凰出版社出版的《中国近现代稀见史料丛刊》（2014年出版第一辑，已出六辑），虽不是收录域外游记的专书，但慧眼识珠，收录了《英轺日记两种》《王承传日记》《黄尊三日记》等不常见的游记文本，是极有价值的一套丛书。近年来，坊间虽有个别文本选本再版，但多为名家名作的节选本，重复、零散、无序，缺乏系统的搜集整理，少数名作一版再版，而大量文本无人问津，湮没无闻。

　　晚清游记文本的资料整理取得了令人振奋的进展，加之现代网络、数字化技术的发展，文本的检索和资源共享已不是问题。最大的困扰其实来自文本本身的不确定性，这种不确定性有两个方面，即在长期流播过程中，一是作者本人出于因言避祸的担忧，或出于日记文本体例的考虑，对文本的删改修订，如曾纪泽日记与薛福成日记的修订①。也有

---

①　据曾纪泽本人自述："初出洋时，写日记寄译署。不知沪人何由得稿，公然刷印。"曾氏行文精简，极少发议论，臧否人事。现存的各种版本多为其《曾惠敏公手写日记》的删节本，涉及个人日常饮食起居、心绪波动的细节均被删掉。这正是其出言谨慎，不留话柄的叙述策略的体现。曾纪泽出使日记目前有9个版本：《曾侯日记》《申报馆丛书余集》光绪七年版《出使英法日记》（《小方壶斋舆地丛钞》光绪十七年版）、《曾惠敏公日记》《曾惠敏公遗集》光绪十九年版）、《使西日记》（《小方壶斋舆地丛钞》光绪二十三年版）、《曾惠敏公手写日记》（《中国史学丛书》1965年版）、《使西日记》（《走向世界丛书》1981年版）、《曾纪泽遗集日记》（岳麓书社1983年版）、《出使英法俄国日记》（《走向世界丛书》1985年版）、《曾纪泽日记》（岳麓书社1998年版）。各版本的起讫时间和字数均有差异，详见刘志惠编校《曾纪泽日记》前言，岳麓书社1998年版。薛福成出使日记的手稿本和后来以《出使日记》《出使日记续刻》行世的刻本，在文字和体例上差异很大，详见本书第七章。

文本在阅读传抄过程中的增殖，如志刚《初使泰西记》早期版本的差异①，版本之复杂，令研究者颇为困扰。二是编辑整理者对文本的删节和修订，如《小方壶斋舆地丛钞》和《走向世界丛书》。前者是文本衍变的一部分，成为研究的内容之一，后者的人为修订则会让文本的初始面貌更加扑朔迷离。因此，尊重文本原貌，抵制政治正确或其他人为因素的干扰，是我们应当遵循的重要原则。

二、研究进展

根据研究方法和着眼点，现有研究成果可分为传统考辨研究和跨学科的综合研究两种类型。

（一）传统考辨研究。此类研究以考证加评述为基本研究理路，所谓辨章学术，考镜源流，着重在追溯历史文化背景、考核作家生平经历、梳理作品内容的基础上，阐发其文学性、思想性和艺术性，探讨其在近代思想启蒙、文学变革及文化转型中的意义。

此类研究尤以概论性的综述为多，充分肯定了晚清域外游记的重要价值，对作家作品概况、历史背景等做简要梳理和介绍，虽然缺乏作品的细部特征分析，但依然为研究的进一步深入奠定了基础。钱钟书《汉译第一首英语诗〈人生颂〉及有关二三事》②一文是较早涉足域外游记

---

① 志刚出使日记早期有两个版本，一是恒寿之及其子宜垕编订的《初使泰西记》，光绪三年（1877）刻本，一是由且园主人编次、妙莲居士参订的《初使泰西纪要》，光绪十六年（1890）刻本。前者为恒氏父子摘录志刚日记未定稿的节录本，后者为三易其稿的最终定本，内容上有出入，一般读者多有混淆。钟叔河《走向世界丛书》本以《初使泰西记》为底本，对比《初使泰西纪要》和《小方壶斋舆地丛钞》本，将文字差异单独标示，可谓三者的合订本。

② 据钱钟书本人回忆，此文曾于 1940 年前后在国外发表，翻译成中文后又在北京大学《国外文学》1982 年第 1 期发表，后收入《七缀集》（北京：生活·读书·新知三联书店，2001 年）。

研究的论文。文章论述中西文化的暌隔导致中外文学互译中的尴尬，谈及晚清出使日记，指出出使官员关注的重点是西洋科技，对他们于西洋文学的淡漠和无知颇感失望。文章将《镜花缘》《儿女英雄传》等小说文本与域外游记互为参照的比较研究思路，极具启发意义。钟叔河所著《中国本身拥有力量》《走向世界：近代中国知识分子考察西方的历史》两书①，乃今人所著少数富有启发性的著作。作者在《走向世界丛书》所作叙论的基础上，结合游记内容，阐述近代社会风雨飘摇的大背景下，中国知识分子跨出国门，走向世界过程中歧路彷徨的心路历程，所论高怀远识，令人信服，可惜当时应者寥寥，并未引起学界普遍重视。直至 20 世纪 90 年代，晚清域外游记被"重新"发现，其重要的研究价值得到确认。黄万机称它们是"中国近代文学遗产的重要部分，也是值得珍视的部分"②；欧明俊认为域外游记是比较文学和比较文化的先驱，近代散文和近代文学的"新质"即萌生于此。③ 此后，更多的研究者开始将目光投向这类文本。王飚断言晚清域外游记和出使日记"留下了近代散文从载道明理、陈言旧说向务恢新义转化的轨迹；同时在中国散文史上开拓出一片新的领地，创造了一种新的品种。"他将游记分为"随行者游记""外交官游记""流亡者游记""考察者游记"和"留学生游记"五大类，为研究提供了极具参考价值的分类线索④。张隆溪肯

① 《中国本身拥有力量》《走向世界：近代中国知识分子考察西方的历史》两书出版时间较晚，实为钟叔河编辑《走向世界丛书》时所作的叙论结集。

② 黄万机：《自强、开放的探寻与呼吁：晚清旅外文学初探》，《贵州社会科学》，1995 年第 5 期。

③ 欧明俊：《亟待开掘的文学宝藏：近代域外游记述论》，《中文自学指导》，2005 年第 4 期。

④ 王飚：《西学东渐中的文学新变》，见《中华文学通史》第 5 卷，北京：华艺出版社，1997 年，第 192—203 页；王飚、关爱和、袁进：《探寻中国文学从古典到现代的转型历程——中国近代文学研究的世纪回眸与前景瞩望》，《文学遗产》，2000 年第 4 期。

定了晚清国人走出文化的封闭圈，迈向现代世界的重要意义[①]。朱维铮详细考述了郭嵩焘、刘锡鸿、薛福成、宋育仁4人的海外游历及思想主张，高度评价了他们作为"出现在工业革命和民主革命以后的西方世界的首批中国使者"的开拓精神[②]。陈左高《中国日记史略》（1990）是研究历代文人日记的专著，书中以时间为序，介绍了晚清域外游记22种，并引用游记文字略做阐发。在此基础上修订的《历代日记丛谈》（2004）又增补游记26种，这两部书稿均有重要的参考价值。胥明义从时代背景和文学背景、主要作家作品概况，以及文学价值和影响等三方面，将晚清西行日记统称为欧美游记，对此类文本做了一个粗线条的勾勒，论说平实，中规中矩。这是较早将晚清旅西游记作为研究对象的成果，但文中涉及的仅梁启超、康有为、郭嵩焘、薛福成、黎庶昌、王韬等几位名家，论断不脱前人窠臼，创见不多[③]。此类研究中专著较少，特出者当属张治《异域与新学——晚清海外旅行写作研究》。张治将晚清旅行写作主题归结为"游记新学"，以对应西方汉学史上的"游记汉学"，从西学东渐的角度，阐发其对晚清社会增广见闻、思想启蒙的非凡意义，考证谨严，论说精当，其中对佚名《三洲游记》的辨伪尤见功力。此外，张晓川《骂槐实指桑——张德彝〈航海述奇〉系列中的土耳其》[④]对日记中涉及"土耳其"的记述进行了精当的考辨，指出大部分内容系作者事后杜撰，借以影射晚清中国。张德彝还利用谐音和拆字来设计人

[①] 张隆溪：《起步艰难：晚清出洋游记读后随笔》，《走出文化的封闭圈》，北京：生活·读书·新知三联书店，2004年。

[②] 朱维铮：《晚清的六种使西记》，《郭嵩焘等使西记六种》序言，北京：生活·读书·新知三联书店，1998年。

[③] 胥明义：《晚清欧美游记研究》，苏州大学文学院2004年硕士学位论文。

[④] 章清主编：《新史学》第11卷《近代中国的旅行写作》，北京：中华书局，2019年，第159—200页。

名，发泄对当时使馆部分官员的不满，是出使日记研究的重要发现，言之有据，饶有兴味。

此外，作家作品专论亦颇为可观。要想宏观把握汗牛充栋的旅西记述文本，实属不易，而选择某些名家名作进行深入细致的个案分析，因文本单一，问题集中，论述更从容，开掘更深入。此类论述多集中在康有为、梁启超、王韬、郭嵩焘、张德彝等少数名家名作，其中张德彝及其《航海述奇》的相关研究成果最多，比较重要的有：邓庆周对张德彝游记中的外国译诗进行考察，敏锐地觉察到早期诗歌译介呈现出的某些质素，实已为"中国新诗的萌发提供了可贵的探索借鉴经验"①。尹德翔把《航海述奇》中的外国戏剧史料与西方剧作进行比对，考证出 16 部西洋戏剧资料，确是一大创获②。孙柏《十九世纪西方演剧与晚清国人的接受》③，则专题讨论旅西记述中的西方戏剧，以扎实的中英文材料为基础，打破既有的以易卜生戏剧为现代戏剧唯一合法形态的偏见，论证早期国人观剧体验与认知的重要性和合理性，视野开阔，考证精详。此外尚有讨论西行者对西方音乐、教育、科技的认识等，不再赘述。钱穆较早注意到康有为海外游历对其文学和政治思想演变的影响："抑南海思想之激变，实亦欧游有以启之也。"④汪荣祖关于康有为和郭嵩焘的论著，均将其海外记述作为重要的参考资料，史论结合，见解深刻⑤。此外，张宇权认为《英轺私记》的作者刘锡鸿并非一味保守顽固⑥；吴

①　邓庆周：《中国近代第一批外交使臣译诗中的"新诗"因素——以张德彝为主例》，《西安交通大学学报》，2008 年第 6 期。

②　尹德翔：《晚清使官张德彝所见西洋名剧考》，《东方文学研究通讯》，2005 年第 1 期。

③　孙柏：《十九世纪西方演剧与晚清国人的接受》，上海：上海人民出版社，2021 年。

④　钱穆：《读康南海〈欧洲十一国游记〉》，《思想与时代》月刊，1947 年 1 月第 41 期。

⑤　汪荣祖：《康有为论》，北京：中华书局，2006 年；《走向世界的挫折：郭嵩焘与道咸同光时代》，北京：中华书局，2006 年。

⑥　张宇权：《思想与时代的落差：晚清外交官刘锡鸿研究》，天津：天津古籍出版社，2004 年。

微、施明智指出薛福成《出使英法日比四国日记》作为外交实录，折冲樽俎的外交实践某种程度上催发了桐城文体的新变等，各有侧重，新见迭出。

另有对晚清旅西记述文本中各类"主题"的思辨分析，按照不同的关注角度，将文本表述的信息进行分类提炼，可谓角度各异，各擅胜场。如对晚清国人眼中的西方图书馆、博物馆、学校、监狱、议会、科技发明等所做的考察，如庞雪晨《郭嵩焘与近代西方天文学》[1]通过解读郭嵩焘日记，指出郭以其自有的思想逻辑跨越了儒学与科学的认知鸿沟，但最终仍无法彻底摆脱天人合一的中国术数的传统。这类研究已带有更多的"专门史"的意味，与文学考察关系不大，但却激活了文学意义之外的文化符码，这些"弦外之音"对文学研究提供了更多耐人寻味的思考角度和方法。随着研究的深入，一些从不同视角管窥蠡测的结论，独立看来皆言之有理，如果统而观之，则龃龉与矛盾便凸现出来。如探讨张德彝的音乐思想，有人认为他对西洋音乐青睐有加，"进而在理性上完全接受了西方艺术"[2]。但从西方戏剧角度看，张德彝的误读可能只是真实再现了近代国人用"自己的眼光"观察西方艺术时的复杂心态[3]。对王韬的研究也是如此，有人高度评价《漫游随录》中的异国女性形象描写，是"从全球文化的高度审视中国女性的屈辱命运，为中国近代女性的觉醒提供了一个参照系"[4]。这实在过誉，殊不知王韬初到香港，留意到的竟是太平山妓女的脚，虽然光致可爱，但"弓弯纤小，百中仅一二"。他对西洋美女一厢情愿的赞美艳羡，恐怕更多的是出于传

---

① 庞雪晨：《郭嵩焘与近代西方天文学》，北京：人民出版社，2019 年。

② 刘晓江：《张德彝音乐思想叙论》，《黄钟（武汉音乐学院学报）》，1997 年第 3 期。

③ 尹德翔：《晚清使官的西方戏剧观》，《中国比较文学》，2006 年第 4 期。

④ 杨增和：《王韬〈漫游随录〉中的异国女性形象》，《零陵师范高等专科学校学报》，2001 年第 1 期。

统文人"香草美人"的想象。王韬对女性的看法有进步的一面，但亦有文人陋习在内，不可一概而论。造成这种局面的原因在于研究者缺乏一种整体关照的学术眼光，所谓寸寸而度，至丈必谬。清人钱德培指出西人的旅华游记多一叶障目，"且见一人一事而遂谓人人事事皆如此"①，在这里同样适用。作为一个特殊时代的记录与缩影，域外游记承载了一代国人困惑、惊惧、求索的思辨轨迹，以及近代历史和文化震荡、嬗变、更迭的消息，任何一个文本所蕴含的信息都是错综复杂的，甚至互相矛盾。游记作者被时代放置于两种文化的夹缝之中，亲历西方列国的强大，感受西洋科技文化的精深博大，在意识到传统文化劣势的同时，又心有不甘。他们经历的是一场深刻的精神危机，一种对自身文化身份的极度焦虑与不安。在解读游记文本时，必须统摄全局，将其置于整体宏观的历史文化场域中考量，不可轻下结论。如果仅就个别文本、作家、事件做管窥式的切片研究，各取所需，不及其余，虽也有一鳞半爪之所得，但歧义与矛盾便在所难免。

（二）跨学科的综合研究。游记作为一种特殊的文体，其无所不包的内容和不拘一格的形式，理应成为文学、历史学、社会学、地理学、人类学等学科的宝贵材料，因此借鉴相关学科的理论方法和研究视角是势所必然。此类研究大大丰富了研究方法和手段，赋予游记作品更加耐人寻味的艺术魅力。

周宪最早将现代性体验引入晚清游记研究，他认为旅行者用陌生的眼光看陌生的世界，在时空交错中既发现了西方文化的现代形态，又反思检讨了本土传统的危机与困境。认知格局和范式所经历的变化，正是现代性体验的生成和发展的过程。游记不但记录了旅行家的个人体验，

---

① 钱德培：《欧游随笔》/ 李凤苞：《使德日记》，长沙：岳麓书社，2016 年，第 123 页。

同时也承载了几代中国人看世界的曲折经历和艰难转变①。随后，孟华在《比较文学形象学》②中系统介绍了法国比较文学形象学理论，提倡借鉴比较文学形象学的理论丰富文学研究，引起学界的广泛关注。郭少棠《旅行：跨文化想像》一书吸收旅行人类学的观点，用旅行文化理论解读历代游记文献，打开了旅行记述的跨文化分析与对话之门。尹德翔在《关于形象学实践的几个问题》③《跨文化旅行研究对游记文学研究的启迪》④等论文中，进一步明确提出用比较文学形象学理论和旅行文化视角来进行游记研究。自古以来，旅行是与外国人相遇的最好办法。游记作者往往具有双重身份：既是社会集体想象物的建构者和鼓吹者，又在一定程度上受到集体想象的制约，因而游记文本中的异国形象也就成了集体想象的投射物。游记作者的"旅行者"身份，必然涉及文化认证与文化转移，中西文化交流与影响的痕迹，必定会在文本中体现出来，引入跨文化旅行的研究视角也是题中应有之意。比较文学形象学的研究对象是一国文学中对异国形象的塑造或描述，这一形象是在"文学化、社会化的过程中得到的对异国认识的总和"⑤，这就要求在注重文本内部研究的同时，又要打破历史学、社会学、旅行文化学、心理学等学科畛域，呈现一种海纳百川、为我所用的姿态。把游记作为跨文化旅行和形象学研究的对象，考察字里行间折射出来的两种文化形象的差异与互渗，才能达到深入阐释文本、真正理解作品精神内涵的目的，从理论上弥补传统游记研究的不足，为游记文学研究开辟新的学术空间。

---

① 周宪：《旅行者的眼光与现代性体验——从近代游记文学看现代性体验的形成》，《社会科学战线》，2000 年第 6 期。

② 孟华主编：《比较文学形象学》，北京：北京大学出版社，2001 年。

③ 尹德翔：《关于形象学实践的几个问题》，《文艺评论》，2005 年第 6 期。

④ 尹德翔：《跨文化旅行研究对游记文学研究的启迪》，《中国图书评论》，2005 年第 11 期。

⑤ 孟华主编：《比较文学形象学》，北京：北京大学出版社，2001 年，第 4 页。

　　长期致力于西方的中国形象研究的周宁，出版了《中国形象：西方的学说与传说》《异想天开：西洋镜里看中国》《世界是一座桥：中西文化的交流与建构》《天朝遥远：西方的中国形象研究》等一系列著作，奠定了他在西方的中国形象研究领域的领跑者地位。这些成果虽是研究外国人眼中的中国形象，但书中运用跨文化交流和形象学理论阐释西方文学的成功实践，可为晚清旅西记述研究提供有益的参考。在这些卓有见地的"西方的中国形象"研究成果的启发下，"中国的西方形象"研究也进行得如火如荼，成为一个新见迭出的领域，直接以晚清旅西记述为研究对象的成果层出不穷，孟华《中国文学中的西方人形象》、尹德翔《美文还从形象说——黎庶昌〈卜来敦记〉的形象学解读》、李岚《晚清域外游记的多重文化想象：以洋务运动时期为例》、朱平《晚清域外游记中的观念演变》、李涯《帝国远行：中国近代旅外游记与民族国家建构》等各具特色。张俊萍以薛福成出使日记为例，阐述其文本中呈现的"乌托邦"与"意识形态"二元交融的独特景观，具有借鉴价值[①]。2010年以来，还有不少成果试图从现代民族国家想象与建构入手，考察域外游记中的古代与现代、中国与西方、文学和历史的多重跨界，女性书写背后的西方女性形象，华夷之辨映射的中西文明观，空间体验与现代性想象等，这些议题具有强烈的现实感和逻辑性，然而具体论述时选择的文本各异，娴熟的分析技巧却似曾相识，处处照搬，又给人千人一面、陈陈相因的感觉，成为另一种学术研究意义上的重复生产。

　　与此同时，因应当下媒介融合、数字化信息时代的新趋势，各种报刊、媒介、传播理论方兴未艾。早期西行者的媒介实践受到新闻传播研究学者的关注，旅西记述文本成为重要参照。黄旦提出"以媒介为重

---

　　① 张俊萍：《试论形象学中"乌托邦"与"意识形态"的二元交融——以薛福成出使日记为例》，上海师范大学 2009 年博士学位论文。

点，以媒介实践为叙述进路"①的新报刊（媒介）史的书写范式。梁骏认为，郭嵩焘出使经历使新闻纸逐渐成为一种不可或缺的处理和接受信息的方式，影响其外交实践和媒介体验，间接促进了报刊在晚清中国的传播②。唐海江和丁捷指出《泰晤士报》作为西方新闻业的符号，在早期中国报业的建构和发展中起到重要作用，而分析其传播和演变的重要依据之一就是旅西记述文本③。19 世纪，中国进入"以报刊为中心的文学时代"④，新闻舆论的媒介逻辑必定会对旅西记述的写作产生深刻影响，为文体的裂变和转型引入新的变量。新闻与文学具有天然的联系，借鉴新闻传播的理论工具审视和剖析游记文本，旅西记述文本无疑也可视为一种重要的西学传播的媒介和通道，这样一来，话题就很多了。

相较之下，港台及海外学者在此领域的研究则有不俗进展。吴以义《海客述奇：中国人眼中的维多利亚科学》⑤一书尤为精彩，该书选取郭嵩焘、刘锡鸿、志刚、张德彝、王韬等人游历英国时的记述，从动物园、图书馆、天文台、电报馆等入手，揭示国人眼中的近代科学。把中国文化对西洋科学及其观念的反应，分为猎取个别成果、接受系统知识和理解文化内涵三个层面，中国接受西方科学之所以艰难而缓慢，根本原因在于认知结构和知识体系与现代科学不相容，蹊径独辟，引人入胜。吕文翠通过探讨上海文人王韬《漫游随录》与袁祖志《谈瀛录》，如何诱发沪上文化圈与社会群体的城市想象，将域外猎奇落实为一场文

---

① 黄旦、孙藜主编：《范式的变更：新报刊史书写》，上海：上海交通大学出版社，2018 年。

② 梁骏、《被忽视的新闻先驱：郭嵩焘与近代新闻纸的进入》，《新闻与传播评论》，2020 年第 2 期。

③ 唐海江、丁捷：《中国近代新闻思想史上的"泰晤士报"》，《国际新闻界》，2017 年第 10 期。

④ 关爱和：《晚清：以报刊为中心的文学时代的开启》，《复旦学报》，2020 年第 3 期。

⑤ 吴以义：《海客述奇——中国人眼中的维多利亚科学》，台北：三民书局，2002 年。

化行为的吸纳与实践①，话题新颖，视角独特。此外，尚有潘光哲《〈小方壶斋舆地丛钞〉与晚清中国士人认识世界的知识基础》、陈室如《王锡祺〈小方壶斋舆地丛钞〉与晚清域外游记》，皆从《小方壶斋丛书》入手，考察晚清士人认识异域、了解世界的欲求与实践。尤静娴着力探讨林鍼《西海纪游草》、李圭《环游地球新录》、梁启超《新大陆游记》，在书写形式、观察视角和科学思维上的演化递进，试图揭示出旅行与现代性、晚清中国与欧美的交流契机②。王德威认为，旅行包括个人的游离和集体的位移，蕴含着复杂的内容，如政治、欲望、身份、权力、经济等，这种跨学科的视野必然会给近现代游记研究带来新的契机③。

　　可喜的是，近几年随着研究的深入，一些学者从不同的角度审视和解读文本，带有鲜明的个人学术风格，令人印象深刻。李岚提出从游记的视角来勾勒中国现代文学的萌生轨迹，论文以晚清至五四前后的游记为素材，从"行旅体验"和"文化想象"的角度切入，审视游记在中国现代文学发生过程中的作用。引入形象学、旅行体验等相关理论，考察"文化中的游记"和"社会中的文学"，极富理论眼光④。陈室如的论著涵盖了旅日、港台、欧美，以及中国大陆与台湾之间的旅行记，兼顾纵

---

　　① 吕文翠：《晚清上海的跨文化行旅：谈王韬与袁祖志的泰西游记》，台湾《中外文学》，2006 年第 9 期。

　　② 尤静娴：《越界与游移——晚清旅美游记的域外想象与书写策略》，《文学行旅与世界想象》，南京：江苏教育出版社，2007 年，第 92 页。

　　③ 王德威：《文学行旅与世界想象》序。2005 年 6 月，苏州大学召开"文学行旅与世界想象"学术研讨会，一方面为呼应学界近来对旅行、越界、对话、跨文化、跨学科的研究取向，一方面希望为中国文学传统中的游徙、怀乡、思归等主题赋予新意。会议论文后辑为《文学行旅与世界想象》。2010 年 10 月，复旦大学召开"近代中国的旅行写作、空间生产与知识转型"学术工作坊，致力于清末民初各种旅行书写的解读和阐释，可视为对上次会议的呼应与延续，会议论文后辑为《新史学》第十一卷《近代中国的旅行写作》。

　　④ 李岚：《行旅体验与文学想象——论中国现代文学发生的游记视角》，北京：中国社会科学出版社，2013 年。

向的发展历史与横向的外缘探讨，开启了近代域外游记较为完整的宏观研究。作者引入法国精神分析学家拉康的镜像理论和旅行文化视角，主要从主题变迁、文体创新和媒体互动三方面进行了阐述，论说严密，层次分明。全书关注重点在 1912 年中华民国元年之后，中国台湾与大陆、台湾与日本及海外的互动关系是其探索的中心所在，其鸟瞰似的整体关照难免忽略研究对象的细部特征，阐释空间依然很大①。尹德翔以比较文学形象学、传记文体、文化身份为主要切入点，对晚清"使西日记"予以重新审视，选取晚清官员的使西日记作为论述对象，独立成章，展现他们在中西文化交融的背景下的心态和表现，从个性、环境、经历等角度来解释其原因。自传文学的视角提出，丰富了研究手段，对刘锡鸿和张德彝记述文本中互相雷同的考辨，令人信服，为近年来晚清域外游记研究的重要成果之一②。杨汤琛的著述视角宏富，所涉论题驳杂，理论阐释与文本解读相得益彰，对域外游记的意象分析、想象类型、表述方式和文体考察均有独到和新颖的解读，关于域外游记新名词与新观念、域外游记与现代报告文学萌芽的论述眼光独到，具有极强的理论穿透力③。

　　总体而言，晚清旅西记述因私人书写与官方记录的混杂，本身蕴涵的地理探险、博物志、民族风俗志、旅行故事和个人自传的质素，又导致了学术分类的困难，一直在文学文本与历史资料之间徘徊，长期以来被忽视、被边缘化。进入 21 世纪以来，昔日少人问津的晚清旅西记述，已渐为学界所重。相关研究成果层出不穷，但遗珠遍地，可供探讨的问题依然很多。现有的研究大多仍止于个别名家名作的解读和阐释，大量重要作品未进入研究视野。全面性的概论虽亦有之，但多流于概述性的

　　① 陈室如：《近代域外游记研究（1840—1945）》，台北：文津出版社，2008 年。

　　② 尹德翔：《东海西海之间：晚清使西日记中的文化观察、认证与选择》，北京：北京大学出版社，2009 年。

　　③ 杨汤琛：《晚清域外游记的现代性考察》，北京：中国社会科学出版社，2020 年。

资料梳理与背景介绍，人云亦云，浅尝辄止，而少有鞭辟入里的剖析。大部分研究成果把关注的重心放在解读旅行文本的细节，阐述旅行文本的意义，并没有将这类文本视为一种有生命力的整体，作为一代外交官员和文人的集体记忆，它在当时的阅读、传播、接受与影响的真实状况，是研究中最为欠缺的一环，亟待弥补。同时，引入形象学、旅行理论、新闻媒介的视角，进行跨文化的阐释不失为一种新颖且有益的尝试，但如何真正深入中国传统历史与文化的语境，探索本土文学文化批评的话语体系，摆脱西方理论"东方主义"的控制，则是未来学界的努力方向。

第三节　研究思路

旅行不仅是跨越本土的囿限去探寻陌生的外部世界，同时也是一个动态的跨越时空的过程，空间的转移带来地理形态的骤变和人文环境的巨大反差，必然会给旅行者带来自己所属文化及身份的深刻体认和反思。正是在这一参照思辨的过程之中，原本根深蒂固的各种传统观念开始受到质疑和挑战，于是变革和更新蓄势待发。因此可以说，"旅行改变自我的同时，也将改变世界，旅行即是变革的动机"①。

旅西记述从作者身份与文本指向上，无疑是一种史料，是关涉晚清外交制度化进程的重要文献，不少文本的出处、作者的身份、事实的真伪本身即是待解的历史谜题。但任何一种史料都有一套自己的表述话语，即"元史学"提出的深层的、潜在的诗性结构。尤其当置身千年未有之变局的时代漩涡，在严肃整饬的历史话语之间，难掩人言人殊的虚

---

① 周宁：《世界是一座桥：中西文化的交流与建构》，桂林：广西师范大学出版社，2007年，第17页。

构和自我呈现，共同赋予文本独特的魅力与价值。历史阐释和文学审美总是若即若离，难分彼此。因此，晚清旅西记述身兼文学文本与历史文献的双重身份，关照此类文本必然要兼顾历史的严谨自觉与文学的审美与想象。本书不再做一般意义上的史料钩沉，从"近代化"或"现代化"的标准来考量其文献价值和历史意义；也不追求宏大的文化研究框架，试图理清其中剪不断、理还乱的文化情结。本书欲借鉴比较文学形象学和旅行理论视角，从丰富驳杂的晚清旅西记述中勾勒百年以前中国知识分子眼中的西方图景，在解读其历史和文学价值的同时，了解晚清国人认识西方的过程，借以关照近代中国自身社会文化的衍生和构建；力图揭橥关于世界的想象如何催动晚清国人行旅的脚步，而这一空间行旅又带来怎样的新奇体验和情感波澜，考察文化与行旅，行旅与想象，想象与变革的内在关联。

异国形象是一国文学中对他国的塑造和描述，即在文学化、社会化的过程中得到的对异国认识的总和，它是比较文学形象学研究的核心内容。异国形象有言说他者和言说自我的双重功能。"我注视他者，而他者形象也传递了我这个注视者、言说者、书写者的某种形象。这个我想说他者（最常见到的是出于诸多迫切、复杂的原因），但在言说他者的同时，这个我却趋向于否定他者，从而言说了自我"①。因此，异国形象具有文化之镜的功能，一方面呈现了异国形象，另一方面，也是更重要的，影射出自我的欲望、恐惧与梦想。游记作为一种特殊的文类，记录了旅行者离开自己的文化空间进入另一种文化空间的复杂体验，是旅行者（主体文化）与目的地（客体文化）之间交流比较的产物，内容丰富，无所不涉。因此，引入旅行文化理论的相关概念和方法来考察晚清旅西记述，便是题中应有之义。旅行这一跨越时空和文化疆界的行为，

---

① 孟华主编：《比较文学形象学》，北京：北京大学出版社，2001年，第157页。

必然会涉及文化身份认证的问题。文化认证或文化身份，指旅行者接触
异文化后通过比较对自身文化做出的确认。旅行时间的长短对这一认证
过程影响甚大，短暂的行旅只会唤起对异文化的猎奇，同时对本土文化
进行反刍，从而加强对自身文化的亲近感。反之，长时间的异域行旅，
则会因理解的深入，能将两种文化并置，进行文化的考量和双重确认。
而在这一文化认证的过程中，因旅行的复杂性和不确定性，必然会带来
诸多新奇的行旅体验，以及微妙的心理变化。这些都会深刻地影响行旅
者的思想观念，在旅行记述中体现出来。近年来，旅行与社会、文化、
地理、历史等学科的交叉融合，形成了旅游人类学、旅游社会学、文化
地理学、旅游心理学等诸多崭新的研究领域。上述理论并非放之四海而
皆准，其发展路向与晚清旅西记述文本在时代背景上难免有差距，科技
的日新月异，旅行方式也不可同日而语，不可能完全吻合。因此如何在
借鉴新的理论视角前提下，遵照中国文化的特殊性，结合具体时代的历
史现场，开拓研究的"本土化"[1]，则是当务之急。

　　1874 年，英国驻华使馆官员马嘉理（Margary, Augustus Raymond）
在云南被当地官民击杀，成为近代史上一次著名的外交事件，促使清政
府派遣郭嵩焘赴英道歉，此为中国遣使外交的开端。1874 年 9 月，马
嘉理在中缅边境考察时，偶遇一位中国基层军官。这位中国官员对英国
充满了好感，对马嘉理一行颇为友善，彬彬有礼，原因竟是他读过斌
椿的《乘槎笔记》。马嘉理好奇地借阅此书，他在日记中写道："猜猜
看，最打动天朝读者和批评家的是什么风景？嗨，竟然是皮卡迪利大街
的夜色，两排闪亮的路灯随宽阔的大道起伏变化，让他想起了巨大的金
龙"[2]。一本中国官员的旅行笔记，竟成为英国外交官与中国基层官员沟

---

① 尹德翔：《比较文学形象学本土化二题》，《求索》，2009 年第 3 期。
② ［英］马嘉理：《马嘉理行纪》，阿礼国编、曾嵘译，北京：中国地图出版社，2013 年，第
84 页。

通的中介，这是值得深究的细节，说明此类文本的传播与影响恐怕远超出我们的想象。因此，在注重文本内部阐释的同时，还应把视野拓展到文本的传播与影响方面。文本传播除了传统的口耳相传外，离不开出版与报刊等新媒介的助力。在文本解读之外，关注当时读者的接受与反馈，重视报刊的作为，从报刊媒介的视角关照域外游记的兴起与传播，再现晚清文学的多样性和复杂性，还原文学嬗变中报刊媒介与文学文体相伴相生的嬗变轨迹，勾勒此类文本的传播与接受的真实图景。

中国走向世界、融入世界是一个双向流动的过程，尽管本文的研究对象为中国人的西方旅行记述，关照的是他们笔下呈现的千姿百态的西方图景，但视线从来不是单向度的，看与被看，相互的打量和审视，在异域世界中始终存在。因此借助同时期西方人的相关著述、包括游记、考察报告和报刊（画报）等文本，来了解同一时期的历史事件、思想意识、人物形象、知识图谱在西方人眼中如何呈现，用"西洋镜"反观自身，无疑会极大地丰富和弥补文本的信息谱系，生发出更为深刻且趣味横生的文学和文化的内涵。

理论的引入不是故弄玄虚，亦非眩人耳目，而是希望借助这些方法和工具来探究文本的深意，彰显文本的价值。晚清旅西记述的出现有其特殊的历史原因和复杂的时代背景，文学性和工具性的结合，使得文本蕴含的信息大大超过了传统游记的范畴，因此若单纯局限于文字的细枝末节，而忽略其文化意涵与时代议题，恐难以凸显文本本身的重要性和独特性。这就要求研究必须采用一种跨文化的眼光，还原鲜活的文学现场，进入幽夐的历史场域，审视行旅中的文学，还原文学中的社会，力争将文本分析与理论阐释有机结合，使文学研究与文化研究相得益彰。

第一章

寂寞的先行者：
晚清旅西记述的写作背景

　　中国在历史上并非与世隔绝的孤岛，通过各种方式与其他国家保持着联系。远游求法的僧侣，远道而来的商人，不辞劳苦的旅行者，官方交往的使者，为中华帝国带来零星的关于遥远西方的消息。令人尴尬的是，自《史记·大宛传》始，二十四史中没有专门记载外国情形的篇目，清初的《明史》能清晰列举的西方国家只有佛郎机（葡萄牙）、吕宋（西班牙）、和兰（荷兰）和意大利①。在漫长的中世纪，因生产方式、交通工具的限制，东方和西方，泰西和远东之间巨大的空间是无法逾越的鸿沟，彼此隔膜，如雾里看花，文字记述更是寥若晨星，这种局面直到 19 世纪中叶才被打破：

　　　　国家自道咸以来，始大弛海禁，与东西洋诸国开榷场，
　　互市海上。校其疆理，多张骞、甘英所未窥者，皆列国籍，通

① 陈旭麓：《近代中国社会的新陈代谢》，北京：中国人民大学出版社，2012 年，第 23 页。

使节。皇华四达数万里，重瀛如履畿阓，斯亦亘古未有之盛也。士大夫游历外国者，斐然有述，往往著为游记。其佳者，奇闻创见，足裨輶轩之采，视唐元奘、宋徐兢、元邱长春所记录，倜乎远过之矣。[①]

1840 年鸦片战争爆发，西洋列强纷至沓来，"天朝上国"的迷梦在坚船利炮的威慑下终于一朝猛醒，海禁废止，门户洞开。这种武力的直接对话是触发点和导火索，在击碎中华帝国最后的政治和文化屏障的同时，也彻底打开了西学东渐、中西汇通的闸门。自 16 世纪已悄然涌动的西学东渐的涓涓细流，终于汇成惊涛骇浪，不可遏止。随之而来的是种种不平等条约的签订，在西方国家的干预下，外交遣使逐渐常态化、制度化，一大批知识分子或衔命出使，或远游避祸，或外出谋生，登上西去的航船，驶向未知的世界。云沙漫漫，海天茫茫，行路不下万里，历事何止万端，他们留下了难以计数的旅行记述。这些文本记载了一代国人或悲情抑郁，或清明神思，或欲歌无声，将泣无泪种种莫可名状的心路历程，也呈现出新旧嬗替、中西碰撞之际光怪陆离、五彩绚烂的文学文化图景。

第一节　早期的西行者与西行记

"父母在，不远游，游必有方"。安土重迁被视为中国传统社会的生活常态，人们自安于礼俗宗法维系的田园乡土之中，伤离别、哀贬谪、

---

① 孙诒让：《黄庆澄东游日记》序，何如璋等：《甲午以前日本游记五种》，长沙：岳麓书社，2008 年，第 319 页。

嗟流亡、叹迁徙一直是历代文人难以释怀的主题。1849 年，游美归来的林铖在《西海纪游草》中，郑重附上一篇《附记先祖妣节孝事略》，标示自己尽管出洋远行，仍然"孝思不匮"，其心可悯。庄子《逍遥游》分明昭示了另一种以游为乐的旨趣，司马迁自述《史记》亦得之善游，"临广武之墟，历鸿门之坂，三望云梦之决溆，睹九嶷之芊绵，访潜龙之巷陌，景霸主之雄图，吊蚕丛、鱼凫之疆，扪石栈天梯之险……读其文，可以知其游之道矣"①。郭璞纵情游仙，柳宗元寄意山水，苏东坡赤壁抒怀，直至徐霞客遍历南荒，一部"游"的文学史已呼之欲出②。不过，徐霞客早已指出："昔人志星官舆地，多承袭傅会。江河二经，山川两戒，自纪载来，多囿于中国一隅"③。自古以来，绝大多数行游者的脚步并未踏出国门，异域游踪尚属凤毛麟角，这些跨越边界的行游者大致有三种人：僧侣信徒、官方使节和贸易商人。

在宗教信仰的感召下，僧侣信徒的意志更坚韧，他们将旅行视作命运的必然，视作身体和精神上的双重磨砺和洗礼，旅途的艰难险阻都不在话下。中国历代便有远游求法之人，但为数不多，留下的记述也零散难觅。元代之前的域外纪行文字较少，声名较显有法显《佛国记》、玄奘《大唐西域记》、义净《大唐西域求法高僧传》、杜环《经行记》、王玄策《西域行传》等。这些记述虽然冠以"西域"之名，实则旅途所涉大多为东南亚诸邦，离真正的欧美等西方各国相距遥远。元世祖至元二十四年（1287），两位畏兀儿景教徒列班·扫马（Rabban Sauma）和列班·马古斯（Rabban Marcos）历经艰辛，从北京前往耶路撒冷朝圣，

---

① 严复：《西湖游记》序，《严复文选》，天津：百花文艺出版社，2006 年，第 197 页。

② 龚鹏程认为中国文学史的建构弊端颇多且渐趋僵化，文学作品也可看作是"游"的产物，以"游"为线索来探讨文学发展，定会柳暗花明。详见龚鹏程《游的精神文化史论》，石家庄：河北教育出版社，2001 年。

③ 徐宏祖：《徐霞客游记》，上海：上海古籍出版社，1982 年，第 193 页。

后来列班·马古斯在巴格达被封为新的景教教长，而列班·扫马则以景教使节的身份，出使欧洲基督教国家，留下了记游文字，但因系叙利亚文写作，长期以来湮没无闻。明末天主教福音东来，随欧洲传教士出洋朝觐游历的中国人渐多，有史迹可考，且留下旅行记述的不乏其人，如1702 年，福建莆田信徒黄嘉略（Arcade Hoang）随教士梁弘仁（Artus de Laballuere）往欧洲，撰有《罗马日记》，以记录日常琐事为主，关注的重心是西方社会生活。1708 年，山西教徒樊守义（Louis Fan）奉康熙之命，随法国人艾若瑟（Antonio Francesco Giuseppe Provana）去往罗马教廷，1719 年返回，著有《身见录》，被方豪称之为"中国人第一部欧洲游记"。《身见录》对基督胜迹和文化精神多溢美之词，视线聚焦于圣彼得大教堂、图拉纪功柱和加蒲亚教堂等古迹的崇高和神圣，与宗教之外的日常生活着墨不多。1859 年春，又一位湖北天主教青年郭连城随意大利传教士徐伯达（Ludovicus-Cel. Spelta）等人远赴罗马。他们由湖北应城出发，经武汉、上海、香港出境，八月抵达罗马，翌年夏天返回。郭连城以日记形式记述了此次西游之旅，即《西游笔略》。日记文字平实，无特出之处，难得的是穿插了不少插图，有寒暑表（温度计）、五线谱、蒸汽机、火轮车等，图文并茂的形式为刻板的文字记述增添了难得的生趣。他出洋时，不过是一个 20 岁的青年，对于大洋彼岸的西方世界，尚无准确和深刻的判断力，在学习新知的同时，也时有以己度人、想当然的附会推理，如他在意大利参观训蒙馆（幼儿园），断言此为《周易》所说"蒙以养正"的体现；甚至以《周易》"七日来复"附会基督教每七日休息一天的传统，从而领悟"此可证天主教之古经有符合于中国上古者矣"[1]。在看到非洲和锡兰等地的原住民时，难掩厌恶之感，斥他们为黑人国、狗头国，"其人为天下最劣者"。这又是非

---

① 郭连城：《西游笔略》，上海：上海书店出版社，2003 年，第 76 页。

我族类，皆为蛮夷的文化优越感的流露。由于宗教信仰和文化修养的限制，这些旅行文字主要关注旅途跋涉的艰辛和宗教胜迹的神圣，对后者多有夸张不实的溢美之词，整体认知仍难以跳出中世纪的蒙昧与彷徨。

自汉代始，出于通商互市的商业往来和积极防御的军事目的，中国与西亚、南亚，乃至遥远的泰西诸国开始尝试沟通和联系，官方交往不绝如缕。公元前 139 年和公元前 119 年，张骞两次出使西域，打通了丝绸之路，有凿空开拓之功。永平十六年（公元 73），明帝派遣班超出使西域，镇抚西域各国，直到永元十四年（102），班超才从西域返回洛阳。驻扎西域期间，永和九年（公元 97）班超派甘英出使大秦。甘英一路西行，至于安西泰西封（Ctesiphon，伊拉克首都巴格达），此次西行，艰辛备尝，甘英虽然最后临西海而返，但对旅途见闻，"莫不备写情形，审求根实"①，留下了宝贵的纪行文字，这种真正由先行者双脚探索出来的旅途见闻和地理知识，成为《汉书》《后汉书》中关于西域相关记载的基本来源，大大延伸了读者的视线和想象。直至清乾嘉年间（1736—1820），两汉书志仍是当时了解西域交通、风土人情的第一手材料。吴振棫《养吉斋余录》记著名的史地学者齐召南"淹贯群籍，尤谙地理。闻西边用兵时，上下或有所问，辄条其远近险易以对，验之，则出两汉书志"②。乾隆年间西北用兵，参考的舆地知识还来自遥远的汉代，一方面说明记录的可信度，另一方面也反映出中华帝国对西域的了解在数百年间进展缓慢。明永乐三年（1405），出于维护朝贡体系和发展对外贸易的目的，郑和奉命七下西洋，历时 31 年，跨洋出海，最远到达非洲索马里、肯尼亚等国，同行的巩珍、费信和马欢分别写成《西

①［南朝宋］范晔撰：［唐］李贤等注，《后汉书·西域传》，北京：中华书局，2000 年，第 859 页。

② 吴振棫：《养吉斋余录》卷九，杭州：浙江古籍出版社，1985 年，第 373 页。

洋番国志》《星槎胜览》和《瀛涯胜览》，为此次航海壮举留下宝贵的记录。然而，随着明成祖去世，举国远游的盛事成为绝响。关于西洋诸国的记述，日后削足适履，成为《明史》中似是而非、语焉不详的记录。康熙二十七年（1688），清朝索额图使团出使俄国，随行的张鹏翮《奉使俄罗斯日记》（又名《漠北日记》）和钱良择《出塞纪略》记述了出使行程，可为姊妹篇，是中国人旅欧的更早记述，可惜两者都没有留下对俄罗斯的详细记录。康熙五十一年（1712），图理琛奉命出使蒙古土尔扈特部，归来后用满、汉两种文字写成《异域录》，详细记述了历时三年，途经西伯利亚、伊尔库茨克等地，行程四万余里所见的俄国风土人情："所载大聚落，皆为自古舆记所不载，亦自古使节所未经"，"见所未见，闻所未闻，纂述成编，以补亘古黄图所未悉"[1]。自张骞始，使臣往往学养、胆识和眼光兼具，肩负国家使命，沟通交往是其一，侦知舆情地理也是重要的任务，故而出使记体例较为完备，内容翔实，文字也较雅驯。晚清使臣也多以张骞自励共勉，将自己视为知难而进、为国前驱的使节，去往西方异域，其艰难程度不亚于当年张骞"凿空西域"，"汉代功名博望侯"[2]成为他们共同追慕的先驱和典范。

与僧侣信徒、官方使节的西游之旅相比，商人趋利的天性决定了他们的旅行具有更多的偶然和不确定性。嘉庆二十五年（1820）由谢清高口述、杨炳南笔录完成的《海录》，记录了"读书不成，弃而浮海"的广东嘉应人谢清高遍历海中诸国的见闻经历，被誉为"中土人习海事之始"[3]。该书介绍了"英咭利"（英吉利）、"咩哩干"（美利坚）等欧美国家的点滴概况，可惜似是而非，语焉不详。因该书系游者多年之后的回

---

[1] 王云五主编：《丛书集成初稿》，《异域录·朔方备乘札记》，上海：商务印书馆，1936年，第1页。

[2] 曾纪泽：《送张鲁生奉使日本》，《曾纪泽集》，长沙：岳麓书社，2005年，第251页。

[3] 安京：《〈海录〉校释》，北京：商务印书馆，2002年，第331页。

忆，且由他人整理而成，所以文字刻板，描写性和带有主观感情的文字几不可寻。不过因其实地考察的经历和材料来源的真实性，为林则徐极力推崇，他曾在上道光帝的奏折中，用《海录》关于英国的记载来驳斥明朝以来"西洋番鬼烹食小儿"的谬论，并将《海录》一书几乎全部抄录进《海国图志》，详加点校。1844—1845 年，杭州人吴樵珊作为美魏茶（William Charles Milne，著名传教士米怜之子）的中文老师，随其赴英国，盘桓一年有余，写有《伦敦竹枝词》，由美魏茶翻译成英文《英伦散记》，发表在 1855 年的《钱伯斯杂志》（*Chambers Journal*）上，这是已知近代中国人最早记述亲历西方的游记作品①。道光二十七年（1847）春，福建人林𬭚受聘为美国商船做翻译，舌耕海外，远赴美国，1849 年返回国内。在美一年，林𬭚"半谋菽水半搜奇"，写成一部《西海纪游草》，实由骈文《西海纪游自序》、五言排律《西海纪游诗》、叙事散文《救回被诱潮人记》和小传《附记先祖妣节孝事略》组成，薄薄的一册小书，有骈文、五言诗、散文，可视为在传统文学的版图上对西方异域的一次浅尝辄止的勾勒，而且"抽身从九万里归，家庆团圆，重承色笑。虽景周之智略足以驭之，亦景周之孝思有以致之乎？"②传达出的却是孝亲之心大于海外漫游的言外之意。尽管如此，它仍是最接近文学意义上的游记，与其后到来的海外记游文字大潮遥相呼应。

　　旅行的动力不是来自坐井观天拘墟保守者的凭空想象，而是由旅行书写中亦真亦幻的图景召唤而出，"对旅行的想象看似一个自然现象，其实这种渴望来源于旅行书写，一个内在文本（即另一旅行叙述）使得旅行的欲望活跃起来"③。早期旅行书写也有一个由直白简略到丰赡具象

---

① 尹德翔：《晚清海外竹枝词考论》，北京：中国社会科学出版社，2016 年，第 68 页。

② 林𬭚：《西海纪游草》，长沙：岳麓书社，1985 年，第 33 页。

③ 张文瑜：《殖民旅行研究：跨域旅行书写的文化政治》，广州：暨南大学出版社，2016 年，第 214 页。

的发展趋势，后来者往往循着先行者的足迹，在自己的亲身跋涉中，小心翼翼地对先行者的记述证实或者证伪，或踵事增华，或不断重塑与改写，将过程以文本的形式呈现给读者。"旅行日志创造地方，而不是发现地方"。这种创造包括两个方面：一是关于异地他乡的地理知识，二是他们观看异域世界的视角。早期的西行记尽管宗旨各异，语焉不详，有时难免想象多于真实，甚至信口开河，但聚沙成塔，这些文本积淀在历史的河床上，形成一种约定俗成的探索经验和集体记忆，包含感性思维和理性判断。更为重要的是，由这些文本编织起一张观念与信息的大网，一个观看与再现世界的范式最终得以确立，并以集体无意识的形式深刻影响着后来者。追溯早期西行者的足迹，不是纯粹的知识考古，而是鉴古知今，在前后相继的纵向时间轴上才能凸显先行者的开拓之功，以及记游文本在文化转型与文学嬗变过程中的意义。

第二节　经世致用与舆地之学

天地翻覆，学术裂变，乃是大势所趋。嘉道以降，风雨飘摇，文坛早已没有吟风弄月、皓首穷经的环境和氛围，经世致用成为文学主潮。浓烈郁结的救世精神，铺天盖地的忧患意识、鞭辟入里的社会批评，以及旺盛炽热的参与精神成为一时风尚，并成为此后近代文学和学术绵亘不绝的主题[1]。王国维谈及清代学术之变，有一段精辟之论：

我朝三百年间，学术三变：国初一变也，乾嘉一变也，

---

① 关爱和：《清代嘉道之际学风士风的转换与文学主潮》，见《从古典走向现代——论历史转型期的中国近代文学》，郑州：河南人民出版社，1992 年，第 71—81 页。

道咸以降一变也。顺康之世，天造草昧，学者多胜国遗老，离丧乱之后，志在经世，故多为致用之学。求之经史，得其本原，一扫明代苟且破碎之习，而实学以兴。乾嘉以后，纪纲既张，天下大定，士大夫得肆意稽古，不复视为经世之具，而经史小学专门之业兴焉。道咸以降，涂辙稍变，言经者及今文，考史者兼辽、金、元，治地理者逮四裔，务为前人所不为，虽承乾嘉专门之学，然亦逆睹世变，有国初诸老经世之志。故国初之学大，乾嘉之学精，道咸以降之学新。①

传统学术由博至精，再趋于新，是近代中国学术文化的鲜明特色，而舆地之学依时代学风的转向尤其明显。梁启超说，晚清舆地最初实为"历史的地理学"，至道咸之际，"以考古的精神推及于边徼，浸假更推及于域外，则初期致用之精神渐次复活"②。中国古代传统地理学成就斐然，由汉迄唐，卓然傲立于世。鸦片战争前，因国门紧闭，中外隔膜，西方地理科学难以输入，传统考据之学大行其道，地理学回归到以诠经读史为目的的古代边疆史地研究，沦为史学附庸。风会所趋，士人翕然从之，不少学者虽博学通经，但对于西方世界茫然无知。曾出任驻俄、德、奥、荷兰四国大臣的洪钧，在国外广搜史料，研核元史，著成《元史译文证补》，首开以西方史料考证元蒙史的先河。后因与俄交涉期间，所据《中俄交界图》系以俄国地图为底本翻译，导致国家利益受损，被降职议处。洪钧的遭际其实揭示了一个尴尬的现实：晚清官员和士人对地理勘测这一关系国家大计的精密科学，大多只知其仿佛而已。官员专业

---

① 王国维：《沈乙庵先生七十寿序》，《观堂集林》卷二三，石家庄：河北教育出版社，2001年，第720页。

② 梁启超：《中国近三百年学术史》，太原：山西古籍出版社，2001年，第382页。

地理常识的困乏在晚清小说（如《孽海花》《宦海潮》）中被无限放大，昏聩无能、闭目塞听成了一代晚清出使官员无法摘除的负面标签。

舆地之学的研究固然离不开小学、金石之法，但若沉湎其间而不思致用，终归只能算消磨身心、于世无益之"技"，难以成为经邦济世之"学"。道咸以来，世变日亟，中西交锋碰撞日趋激烈，治舆地之学者，眼光跳出传统图文典籍之外，转向西部边塞，随之扩展至遥远的殊方异域，境界与气魄已不可同日而语。作为记述游踪、追摹山水的传统文体，游记实与传统舆地之学密不可分。"历代疆域延袤，山川阨塞，类有文人辞士舟车过从，抽妍骋秘，以纪其风土物产，形势沿革"①。为避免夏虫井蛙之诮，王锡祺很看重这些文字普及域外地理常识、增广见闻的功用，将大量域外游记编入《小方壶斋舆地丛钞》，刊刻行世。《清史稿》亦将《乘槎笔记》《使西纪程》《环游地球新录》等38部游记归入"地理类外志之属"。像《徐霞客游记》这样的不朽之作，其实介于地理考察与文学游记之间。游记历来多被看作文学文本与地理文献两种性质兼备的文体，将古代游记分为文学游记、舆地游记和纯粹的舆地之文，划分的标准即是山水描写与舆地知识的孰重孰轻，以及文学性的强弱②。西学东渐，最先登陆的便是西方的地理科学。道咸年间，汲取西方地理学的成果来撰写世界地理著作几乎成了一个时代的学术风气，围绕着大致类似的问题和研究路线，形成了不同的学术共同体③，其中不

---

① 王锡祺：《小方壶斋舆地丛钞·凡例》，《小方壶斋舆地丛钞》第1册，杭州古籍书店影印本，1985年。

② 王立群：《中国古代山水游记研究》，开封：河南大学出版社，1996年。

③ 邹振环将对某一问题的特定研究路线有共同信奉的学术圈子，称为非体制化共同体。如汪文泰《红毛蕃英吉利考略》、陈逢衡《英吉利纪略》、何秋涛《朔方备乘》、梁廷枏《海国四说》、姚莹《康輶纪行》等，这些成员以兴趣为基础，一般靠地理文献的影响来间接实现互动。与此相对的有体制化地理学术共同体，如邹代钧倡导的地图公会，后改为舆地学会。见邹振环：《晚清西方地理学在中国》，上海：上海古籍出版社，2000年，第312—316页。

石成因、洋流季风等地理知识的记载比比皆是，且能大致阐述原理始末。在他看来，这些仅是"泰西人人能言之"的常识，但相对于同时代的中国人而言，依然是闻所未闻的新鲜事物。坚持"以夏变夷"的刘锡鸿也对英国地理学会有详细记述，叹服"言地理，以英人为最精"[①]。黎庶昌痛感国人对中俄边境"茫然不晓其方向"，上书曾纪泽："庶昌不惜躯命，乞充一路之任，以上报国家，为奔走臣……愿至京师后，再出张家口，而至俄都，然后销差，始终其役。如此，黎庶昌虽死，亦可以无朽矣"[②]。为了彻底摸清中俄边境的实际情况，把个人生死置之度外，令人动容。其《西洋杂志》中所附《由北京出蒙古中路至俄都路程考略》《由亚细亚俄境西路至伊犁等处路程考略》系参酌西人著述完成，已是非常详备的中俄边境考察记，为欲亲履其地做好了准备。薛福成也曾"尝广求五洲地志及西人游历日记，命随槎诸君分曹纂录，绘图译说，冀以续徐氏《志略》、魏氏《图志》之书"[③]，整理了数十册文献资料，并将部分内容抄入日记，后因英年早逝，未能如愿。

　　游记本来就有地理学和风土记的天然属性。这些旅行记述多带有地理考察的痕迹，语多凿实，务求实用，实际上成为传统舆地之学与西方近代地理学互动互融的产物。这些介于地理考察和游记文献之间的文本，其实也就是龚自珍笔下的"天地东西南北之学"，但龚自珍的西北舆地考察文字能将见识与豪情熔为一炉，且时时可见考察者"我"的穿针引线，是高人一筹的报告文学，大多数西行者的笔墨还达不到。不过，这些外交官在恪尽职守、履行外交使命的同时，用实际行动拓宽了读者的视野，推动了传统舆地学术的转型发展。

---

① 刘锡鸿：《英轺私记》，长沙：湖南人民出版社，1981年，第123页。
② 黎庶昌：《上曾侯书》，见《西洋杂志》，长沙：湖南人民出版社，1981年，第185页。
③ 薛福成：《英法义比国志译略》，转引自郭双林：《西潮激荡下的晚清地理学》，北京：北京大学出版社，2000年，第105页。

第三节　遣使制度与近代外交的初创

光绪元年（1875），郭嵩焘被任命为第一任驻英大使出使英国，揭开了中国正式驻节西方各国的序幕。他的重要使命是代表清政府为"马嘉里事件"向英国赔礼道歉。这一看似偶然的事件是近代以来中外交锋博弈的产物，也是中国被迫由封闭走向开放的必然结果。

外交（diplomacy）一词，实为舶来品，用来处理主权国家之间的关系，与传统中国的天下观、礼制规范相去甚远。中国传统的"礼"在儒家政治体系中居于核心地位，不可撼动，用于构筑天子与藩国的尊卑秩序。先秦以来的"宾礼"，即包括朝觐、交聘等仪式，其本质是不平等的君臣关系。晚清以降，随着世界形势的急遽变化，中外交涉日益频繁，宾礼的内涵发生重大变化："西洋诸国，始亦属于藩部，逮咸同以降，欧风亚雨，咄咄逼人，觐聘往来，缔结齐等，而于礼则又为敌。…… 无论属国、与国，要之，来者皆宾也。我为主人，凡所以将事，皆宾礼也"[1]。此时的宾礼仪轨发生转向，眼光由居高临下的俯视变为"来者皆宾也"的平视，反映的是平等国家之间的交涉往来，中国逐渐被纳入正常的世界体系之中。鸦片战争前，清朝的对外事务主要由礼部和理藩院管理。两次鸦片战争后，迫于西方国家公使驻京及涉外交涉的要求，咸丰十一年（1861），清廷设立"总理各国通商事务衙门"（简称总理衙门、总署、译署），此为与国际外交事务接轨的重要举措。[2]此

---

① 赵尔巽等：《清史稿·礼志》第 10 册，北京：中华书局，1976 年，第 2673—2674 页。

② 关于近代中国外交制度的建立，参看李文杰：《中国近代外交官群体的形成（1861—1911）》，北京：生活·读书·新知三联书店，2017 年，第 28—29 页。

后，关于是否遣使各国，清政府上层进行了多次讨论。同时，清廷先后派员短期赴海外访问、考察和办理交涉。1866 年，斌椿等人在英国人赫德（Robert Hart）的带领下，游历欧美 11 国；1868 年由恭亲王奕䜣建议，委派以美国人蒲安臣（Anson Burlingame）为首的外交使团，带领志刚、孙家谷等人访问欧美各国；1870 年，天津教案发生后，三口通商大臣、兵部左侍郎崇厚充任出使法国钦差大臣，赴法道歉。尽管这些均为临时性的交涉活动和公务考察，但为后来的正式遣使外交积累了经验，奠定了基础。晚清政府在对外交往方面的开拓和努力得到了西方国家的热情"赞誉"，1866 年 6 月 23 日的《伦敦新闻画报》这样评价斌椿使团的出访："它具有无比重要的意义，因为我们可以视其为中国的一个承诺，即它将冲破过去闭关自守的政策。中国人逐渐形成的妄自尊大以及他们对西方民族的无知和恐惧都将慢慢消除。……这一结果将部分归功于外国列强的慷慨和克制，它们并不想乘人之危，来瓜分屠弱的中国。"[1] 这一充满西方中心主义的轻蔑口吻，一方面此地无银三百两地掩饰着对中国的觊觎，另一方面也无情地揭示出晚清中国任人宰割的尴尬境地。

1875 年 8 月，清政府任命郭嵩焘和许钤身（后改任刘锡鸿）为出使英国正副使。同年 12 月，陈兰彬和容闳担任驻美国、西班牙和秘鲁的正副使。1876 年 9 月，何如璋和张斯珪担任驻日本公使。首批使臣的确认，标志着晚清中国与西方各国之间的正式官方交往拉开帷幕。中国接触了解西方世界的渠道愈加通畅。郭嵩焘坦言，中国与西人交往，乃"迫于外人之求请，非国家本怀也，而实中外交涉之机所自开"[2]。除

---

① 转引自沈弘编译：《遗失在西方的中国史：〈伦敦新闻画报〉纪录的晚清史（1842—1873）》下册，北京：北京时代华文书局，2014 年，第 518 页。

② 郭嵩焘：《致黎莼斋》，《郭嵩焘诗文集》，杨坚点校，长沙：岳麓书社，1984 年，第 248 页。

The Youngest Introduced the Oldest，美国《哈泼斯周报》
1868 年 7 月 18 日对蒲安臣使臣的报道

派驻正式使臣外，清政府还于 1887 年 7 月，考试选拔 12 名游历使，分作 5 组派遣出洋，分赴 20 多个国家考察。傅云龙、顾厚焜赴日本、美国、加拿大、秘鲁、古巴、巴西；刘启彤、李瀛瑞、孔昭乾、陈爔唐赴英、法及其殖民地印度等地；李秉瑞、程绍祖往德国、奥地利、荷兰、比利时、丹麦；缪祐孙、金鹏往俄国游历；洪勋、徐宗培赴西班牙、葡萄牙、意大利、瑞典、挪威，考察活动历时两年。这些游历使肩负着"觇国势，审敌情"的使命，"要将各国地形要隘、防守大势以及风俗政治、水师炮台、制造厂局、火轮舟车等详细记载，以备查考。"这些官员的调查记述是对世界各国进行实地考察的报告，成为同时期或日后出使官员参考的重要资料。黎庶昌称赞傅云龙《游历日本图经》："巨细精粗条理灿然，亦极著书之能矣。"薛福成出使日记中就分别抄录了刘启彤《英政概》关于英国议院的记载，以及缪祐孙《俄游汇编》中对俄罗斯源流的考证。张荫桓则对游历使的著述颇有微辞："海外记载，宜折其浮夸，考其利病，庶不致以耳为目"，认为顾厚焜《日本新政考》"殆夸诞之词"①。自上而下的制度设计没有协调好游历使与驻外公使之间的关系，前者身份低微，得不到后者的重视，尤其前者的经费要从后者的外交经费中支出，驻外公使要减俸以充游历人员之川货，矛盾更加不可调和。1889 年首批游历使归国后，奕䜣上报朝廷，因"经费所需浩繁，游历各员暂停续派"。这次遣使游历没有达到预期的效果，可视为晚清外交初创期的一次并不成功的尝试。

当时的中国，传统夷夏之防的坚冰牢不可破，郭嵩焘虽然由李鸿章举荐，慈禧太后两度召见，依然挡不住来势汹汹的诋毁和唾骂，郭嵩焘背负"未能事人，焉能事鬼"的骂名，黯然出使②，内心之隐痛可想而知：

> 汉宫何缘嫁娉婷，泪珠飞堕鸳鸯屏。丰容靓饰不自媚，莫怨远弃单于庭。③
> 投荒已分无归日，何意生还入玉门。身后宜留公论在，箧中尤剩谏书存。④

郭嵩焘以为国前驱、出塞远嫁的昭君自况；归国后又庆幸万分，自比为出使西域全身而返的班超。其惶恐不安、前途难卜的心态可见一

---

① 张荫桓：《张荫桓日记》，任青、马忠文整理，上海：上海书店出版社，2004 年，第 339 页。

② 郭嵩焘数次托病请辞。慈禧两次召见他，当面劝勉："此时万不可辞。国家艰难，须是一力任之。我原知汝平昔公忠体国。此事实亦无人任得，汝须为国家任此艰苦。……旁人说汝闲话，你不要管他。他们局外人随便瞎说，全不顾事理。……不要顾别人闲说，横直皇上总知道你的心事。"郭嵩焘：《伦敦与巴黎日记》，长沙：岳麓书社，1984 年，第 15 页。

③ 郭嵩焘：《昭君怨和董韫卿尚书》，杨坚点校，《郭嵩焘诗文集》，长沙：岳麓书社，1984 年，第 740 页。

④ 郭嵩焘：《次韵朱香苏始自海外归见赠》，同上，第 745 页。

斑[①]。这种心态在出洋官员当中很普遍，同治五年（1866）斌椿出洋归国，安抵天津之后，亦大发感慨："自天外归来，重睹故乡景物，真有生入玉门之乐"[②]。更早出洋的林鍼在美国曾受一位美国女子相助，感激涕零："向非侠女子引手一援，其欲生入玉门关也，难矣！"[③]这些感叹是肺腑之言，绝非故作姿态。张祖翼曾任驻英公使刘瑞芬的随员，晚年回忆，郭嵩焘当年求随员十余人，无有应者。"邵友濂随崇厚使俄国，同年饯于广和居，蒋绥珊户部向之垂泪，皆以此宴无异易水之送荆轲也。"[④]出使海外，薪俸也少得可怜，"廪饩甚微，三等参赞之岁俸，尚不及所费者四之一"[⑤]。更有染病不治，客死异乡者，曾纪泽随员杨淦、薛福成的随员王凤喈和陈济远，张荫桓的随员钱涵生，游历使孔昭乾，钱德培的随员王子聪，徐建寅同僚刘鹤伯，驻美参赞叶源濬等人均病殁异国他乡。钱德培哀叹"出洋之苦，而人每视为畏途者，于此益信。"[⑥]远赴殊方异域的旅程可谓生死未卜，他们不仅担忧路途艰险，命不保夕，还有难以克服的心理障碍。

1901年庚子事变后，清政府在西方列强的要求下改革外交事务，改总理衙门为外务部，进一步裁汰冗员，明确职能。从总理衙门到外务部，晚清政府用了40年时间。在此期间，驻外公使及官员的任命选派，在由原来的督抚保举、总理衙门开单、军机处奏对、皇帝圈定使臣选任

[①] 郭嵩焘出行前，请陈筱航为其占卜，所得卦象为"大凶"，言"势且不能成行，即行亦徒受藏蔽欺凌，尤不利上书言事；伴侣僮仆，皆宜慎防"。这样的"天机"也大大增加了他旅途中的心理负担。《伦敦与巴黎日记》，长沙：岳麓书社，1984年，第2页。

[②] 斌椿：《乘槎笔记》，长沙：岳麓书社，1985年，第143页。

[③] 林鍼：《西海纪游草》，长沙：岳麓书社，1985年，第33页。

[④] 张祖翼：《清代野记》，北京：中华书局，2007年，第46页。

[⑤] 马建忠：《适可斋记言记行》，《续修四库全书·一五六五册·集部别集类》，上海：上海古籍出版社，2002年，第27页。

[⑥] 钱德培：《欧游随笔》/李凤苞《使德日记》，长沙：岳麓书社，2016年，第93页。

模式基础上，分司办事，明确权责，考试选拔官员。公使一届三年，任满回国后，开去本缺，以京堂候补，再随品级迁转，朝廷也会根据随员的身份品级给予相应的褒奖。尽管这种制度设计不能根本解决外交官的职业化问题，但在很大程度上缓解了出洋官员日后升迁转任的后顾之忧。这些外交规范、制度、礼仪的形成过程艰难而曲折，如初期分设正副使，互相牵制，但既不复合国际惯例，又易生龃龉，如郭嵩焘和刘锡鸿。因人才匮乏，同时为节省经费，清廷规定公使任期三年，还需分驻各国，辗转奔波于各国使馆之间，无法真正融入西方社会，隔靴搔痒之弊在所难免。对于能不能仿照西方社交礼仪，举行酒会茶会，甚至女眷在社交场合中的举止言行，都成了"当夫安危得失，事机呼吸之秋"[①]的大事。曾纪泽很审慎地表示女眷非必要不出席，在必要场合"不过遥立一揖，不肯行握手之礼"[②]。直到1890年，薛福成上奏朝廷，转述西方报纸的相关言论，才最终促成光绪颁发谕旨，遵照国际通例，从制度上解决了外国使臣觐见中国皇帝的外交礼仪，这也是晚清外交制度逐步完善的体现。

　　1885年前后，官场风气转向，众人开始把出洋当美事，始觉无出洋之难，而有出洋之乐。驻外公使的职位后来因对外交涉常态化，其重要性日益凸显，非同一般的身份也附带着更多的权力和利益，成为众人竞相争取的美差。据英国《泰晤士报》驻中国特派记者莫理循（George Ernest Morrison）的记述，张德彝为得到出使英国大臣一职花费了二万五千两银子，曾广铨为谋得驻美大使的美差，愿意出价三万六千两银子，伍廷芳最后赔上了自己一年的俸禄才保住了驻美大使的职位，而他

---

①　薛福成：《保荐使才疏》，马忠文、任青编：《中国近代思想家文库·薛福成卷》，北京：中国人民大学出版社，2014年，第337页。

②　黄濬：《花随人圣庵摭忆》中册，北京：中华书局，2008年，第374页。

们的这些费用最终也能通过"不言而喻"的渠道得到补偿[①]。当然，这些内幕无法考证，但也绝非空穴来风。因随员多临时性，大多无品级，在随员的选派上，清政府完全沿袭传统，赋予公使自行招募随员的权利，全权安排。如此一来，公使自然首先考虑自己人，难免各种关系的请托，想要量才器使、择优录用是很难的。李鸿章曾写信给洪钧，直言"荐条仍多至不可收拾"[②]。在这种天下熙熙、争相出洋者如过江之鲫的背景下，出使美国、西班牙和秘鲁的崔国因抱怨"每遣一使，求随者常数百人"[③]。张荫桓也感叹："昔之视为畏涂者，近则乐此不疲，风气为之一变。"[④]蔡钧对争相出洋的滥竽充数者愤懑不已："每新简钦使，出都所带随员，竟有至二三十人之多，奏闻朝廷者，盖三分之一耳"[⑤]。真是此一时，彼一时，从最初的人人避之而不及，到后来一变而为众人趋之若鹜的官场利薮，加官晋爵的终南捷径，这一极富戏剧性的变化，其实也是清政府的外交事务从懵懂无序到常态化、制度化的效应使然。这种细节的变化和风气的转向，也被有意无意记录在旅西记述中，成为晚清小说捕风捉影和嘲讽批评的内容之一。

本章小结

如果说道咸年间以"开眼看世界"为时代特点，那么同光年间则

---

① ［澳］乔·厄·莫里循，《清末民初政情内幕：〈泰晤士报〉驻北京记者、袁世凯政治顾问乔·厄·莫里循书信集》下册，［澳］骆惠敏编、刘桂梁等译，北京：知识出版社，1986年，第213、214、217页。

② 李鸿章：《复钦差德俄奥和国大臣洪》，顾廷龙、戴逸主编：《李鸿章全集》第34册，合肥：安徽教育出版社，2008年，第551页。

③ 崔国因：《出使美日秘日记》，合肥：黄山书社，1988年，第292页。

④ 张荫桓：《张荫桓日记》，任青、马忠文整理，上海：上海书店出版社，2004年，第180页。

⑤ 蔡钧：《出洋须知》，《小方壶斋舆地丛钞》第15册，杭州：杭州古籍书店影印本，1985年。

是以"走向世界"为时代特点①。旅西记述的兴起正是在中国被迫由封闭走向开放的过程中应运而生的，具有鲜明的时代特征。洋务运动为中国近代化的第一阶段，其目标是引进西洋的先进机械制造技术与自然科学，师夷长技以制夷，以图自强。洋务运动从19世纪60年代中期开始，一直持续到90年代中期，跨度近30年。中日甲午一战，试图以输入西方科技以实现富国强兵的洋务运动遭遇重大挫折，科技以外的政教文化的重要性开始凸显。使臣出洋与遣使外交的制度化也可视作洋务运动框架之内的重要实践，因此，这些卷帙浩繁的旅西记述文本实际上也是洋务运动不断深化的注脚与旁证。

梁启超谈及晚清思潮变动时曾说："近五十年来，中国人渐渐知道自己的不足了。这点子觉悟，一面算是学问进步的原因，一面也是学问进步的结果。第一期，先从器物上感觉不足。……第二期，是从制度上感觉不足。……第三期，便是从文化根本上感觉不足。"②旅西记述对这一思想线索有较为清晰的反映，也并非完全吻合。作者的群体心理与个体心理有着复杂的关联，前者既不是后者简单累积的总和，后者也因每个士大夫的学养、经历、性情以及志趣的差异而无法取得绝对的平均值。正是如此，造成了各个时期的旅西记述文本在某些具体问题的感受和认知，呈现出人言人殊的千姿百态，就总体趋势而言，大致可勾勒出一个演进变化的轮廓：开创期（1840—1875），这段时期晚清外交事务开始体制化的实践，文本较少，关注点主要在器物层面的猎奇；过渡期（1876—1894），这一时期遣使外交逐渐规范，文本日益丰富，关注的眼光转向政教制度等意识形态方面；转折期（1895—1911），甲午战

---

① 郭双林：《西潮激荡下的晚清地理学》，北京：北京大学出版社，2000年，第115页。

② 梁启超：《五十年中国进化概论》，《梁启超全集》第7册，北京：北京出版社，1999年，第4030页。

争至中华民国元年，社会震荡，国家更生，在此期间外交事务步入制度化和常态化，相关文本蔚为大观。文学转变，罔不以时代为因缘。政治形势的风云变幻，固然为直接诱因，除此之外，旅西记述这一特殊文类亦与当时社会的文学思潮和整体文化氛围息息相关，经世的诉求内化在异国山水的关照与考证之中，体现了近代知识分子以天下为己任的担当精神。

第二章

文为有益之文，游非无事之游：
旅西记述的文体特色

晚清旅西记述文本从作者身份出发，可大致分为出使记、考察记、求学记、朝觐记四类。现存文本以出使记为大宗。从文本体例来看，出使记态度严谨，行文讲究。一日所见所闻，所思所感，随笔记之。明确的时间刻度赋予文本自传叙事的意味，保持了事件的连续性和完整性。启程前的忧心忡忡，忐忑不安；途中的风侵雨蚀，寝食难安；处身异国他乡的惊喜叹服，自卑自傲，以及思乡之苦诸种况味，文字中皆有体现。文人考察记以王韬、梁启超、康有为等人的作品为代表。王韬《漫游随录》图文并茂，移步换景之时，将丰富多彩的西方图景娓娓道来。梁启超《新大陆游记》以时间为序，以游踪为线，介绍美国各大城市盛况，纵论美国的移民、外交、经济政策，评议托拉斯、种族歧视等社会问题，笔墨恣肆，情感充沛，颇有"新文体"之风。康有为别创"国别体"游记，致力于中西比较，以考察政治为主题，不断突破传统的知识视野与思想疆界，宣示自己对中国未来的思考和判断。留学生西行记最著名的是容闳的《西学东渐记》。此书为自传体，自叙离乡背井，远赴重洋的生活遭遇。第一人称的叙述方式，使文本具有强烈的现场感。清政府在曾国藩、李鸿章的推动下，1872年派出第一批留美幼童，其后虽屡受挫折，但出洋留学已成不可遏抑之势。1901年清政府推行“新政”，各地督抚官派学生留洋蔚为成风[①]，文本内容多为西方科技的学习心得，专业性较强。朝觐记以郭连城《西游笔略》为代表，文字固然浅陋，但叙述翔实，还配有手绘插图，流露出一个天主教青年真诚求道、学习新知的坦荡襟怀。文变染乎世情，兴废寄乎时序。在那个天崩地解、危机四伏的特殊时代，无论是整饬严谨的出使记、文采焕然的私人考察记，还是术业有专攻的留学记，以及风格平实的朝觐记，均与历代游记文类的关注主题、记述内容和叙述策略明显不同，呈现出别样的风貌。

第一节　出使日记：个人书写与公务文体

在众多私人文体中，“日记是私密性最强的一种，也是一种完全个人化的写作，是否写、如何写、写什么，完全由自己决定，没有外部的压力和干涉”。[②] 这是惯常意义上的日记形式，强调了日记作为个人情感、经历、体悟的真实记录，是个人心灵的后花园，具有绝对的私密性。其实在现实中，日记往往有三种：一是为自己而写的纯粹的私人文献，预设的读者是自己；二是拟公开发表的文学作品，即文学创作；三是因工作需要，全然为他人而写的某种工作或经历的记录。《孽海花》

---

① 郭嵩焘在日记中曾摘录严复《沤舸纪经》、李寿田《笔记》、吴德章《欧西日史》、梁炳年《西游日录》等四位留学生的日记。见郭嵩焘：《伦敦与巴黎日记》，长沙：岳麓书社，1984年，第594—607页。

② 杨正润：《现代传记学》，南京：南京大学出版社，2009年，第372页。

第20回学云卧园雅集，众人各献其宝，李纯客（李慈铭）以40年未间断的日记独占鳌头，获得"日记百年万口传"的美誉。其实就中国文人书写传统而言，一般的日记作者往往都有传之后世的念想，有苦心经营的痕迹。而出使日记应属于哪一种，似乎很难遽下结论。

出使日记的滥觞，出于清廷屡受外侮之后，急于洞烛外情，知己知彼的功利性目的。1877年12月，总理衙门奏《出使各国大臣应随时咨送日记等件片》明确要求：

> 是出使一事，凡有关系交涉事件及各国风土人情，该使臣皆当详细记载，随时咨报，数年以后，各国事机，中国人员可以洞悉，即办理一切，似不至漫无把握。……况日记并无一定体裁，办理此等事件，自当尽心竭力，以期有益于国。……可否饬下东西洋出使各国大臣，务将大小事件，逐日详细登记，仍按月汇成一册，咨送臣衙门备案查核。①

出使日记被官方确定为外交工作的一部分，而且驻外使臣若不按时提交日记，"出使之职，亦同虚设"，可见日记的重要性。日记的书写本无定式，总理衙门只规定了写作内容和定期呈送备查的定例，对日记的写作范式没有硬性规定，更无具体的指导方针。这也使出洋官员下笔之时颇为踌躇，他们大多在弁言中一再申明为奉旨写作，不敢懈怠，有心人亦从前人那里寻找可资参照的经验，以示有旧方可寻，绝非凭空臆造。张荫桓对出使日记的渊源做了一番详细考证，将韦宏机《西征记》视为奉使日记之滥觞，明朝张洪奉使缅甸，著有《使规》一书，为

---

① 沈云龙主编：《近代中国史料丛刊续编》第91—92辑第917册，台北：文海出版社，1966年，第11214页。

使臣订立了初步的章程规范，但是古今暌隔，情形大异，"近日使事较明初繁杂何可以道里计"。张荫桓对出使日记难以下笔颇为感慨："援古证今，颇难求类，然或能取资一二，则古人贶我良厚矣"。①薛福成也深有同感，他认为出使日记权舆于李习之《来南录》和欧阳修的《于役志》，"尚无一定体例"。出使日记要做到"自备一格"，确乎不易，他指出有三难，其一便为避免雷同。出使大臣因外交使命所限，虽人员更迭，前后相继，但处理的事务却大同小异，无非交涉、谈判、照会等外交任务，以及茶会舞会等日常交际活动，因此"雷同之弊，恐不能免"②。崔国因旗帜鲜明地宣称："出使日记与寻常日记不同，必取其有关交涉裨法戒，此外皆所略焉。"③果真如此的话，日记就成了干巴巴的工作汇报，食之无味。出使日记本就是眼高手低的苦差，想在前人基础上另辟蹊径，很难。究其根源。日记文字贵在推心置腹，坦率无隐，但满足不了朝廷备案核查的规定，这些听命于朝廷的外交官员，很难在公务呈报与个人书写之间找到二者兼善的良策。

夏晓虹径直将晚清出使日记归入"为他人而写"的一类，原因是"往往多所隐晦，抹煞或模糊了作者的真性情"④。此论应为大多读者之共识。不过，仔细阅读郭嵩焘、曾纪泽、张荫桓、张德彝等人的日记，似乎并不尽然，他们的日记依然有真性情在。郭嵩焘若不是写下"西洋以智力相胜，垂二千年。……致情尽礼，质有其文，视春秋列国殆远胜之"⑤之类的话，也不会招来"未能事人，焉能事鬼"的骂名，以至于日记被奉旨毁版。黎庶昌说："唯郭侍郎自被弹劾之后，不敢出以示人。

---

① 张荫桓：《张荫桓日记》，任青、马忠文整理，上海：上海书店出版社，2004 年，第 109 页。

② 薛福成：《出使英法义比四国日记》，长沙：岳麓书社，2011 年，第 60 页。

③ 崔国因：《出使美日秘日记》，合肥：黄山书社，1988 年，第 1 页。

④ 夏晓虹：《写给别人还是写给自己——读几部近代人物日记》，《读书》，1988 年第 9 期。

⑤ 郭嵩焘：《伦敦与巴黎日记》，长沙：岳麓书社，1984 年，第 91 页。

原朝廷所以命使之意，亦欲探知外国情形，其初恉未必如此，似宜仍属随时抄寄，以相质证，正未可以词害意。"①郭嵩焘《使西纪程》被禁毁之后，其在海外期间的日记便不再呈报，书写全然是私人化的，也未在坊间传播。曾纪泽的日记最为俭省，有时几等于流水账，但记述孩子病重，夫妇二人束手无策，只能僵卧徘徊、向壁祈祷的情形："余心跳无主，徘徊半时许，待儿卧，乃入视之，守于床前积久。饭后，或守儿，或至另室僵卧，或陪医话。"②得知女儿广璇在老家病殁，在日记中留下"骨肉乖隔四万余里，无术以救之，东望涕零而已"③的悲叹，这些情景绝非虚与作态，是舐犊情深的肺腑之言，读来令人动容。张德彝叙述同僚一家归国，乘火车从柏林到巴黎，掣妇将雏，携带大批行李，因语言不通，不仅被勒索小费，受人白眼，还被车站人员驱赶一夜三换车，饥寒难耐，又不敢打开行李取食品衣物，担惊受怕熬到下车，妻女着凉发热，佣人也闹肚子，真是"男啼女哭，无异逃难"④。文字质朴写实，中国外交官员在国外的迁徙经历竟如惊弓之鸟，惊心动魄。还有蔡钧自述因患咯血症，只身返国。不料途中先是体力不支，昏倒车站，后盘缠又被偷走，幸亏外国友人相助，才安然抵家。李凤苞一行在德国转车托运行李时，被骗运费，中途停车喝茶，火车竟扬长而去，中方人员进退无措，狼狈不堪⑤。甚至还有王承传在日记中记述个人的海外艳事，与西方女性的交往细节，尺度之大，令人瞠目，不禁让人慨叹使事多艰，王郎有情⑥。这些曲折艰辛的海外故事，为读者摹画出中国外交官鲜为人

---

① 黎庶昌：《西洋杂志》，长沙：湖南人民出版社，1981年，第182页。

② 曾纪泽：《出使英法俄国日记》，长沙：岳麓书社，1985年，第924页。

③ 同上，第373页。

④ 张德彝：《稿本航海述奇汇编》第5册，北京：北京图书馆出版社，1997年，第604页。

⑤ 钱德培：《欧游随笔》／李凤苞：《使德日记》，长沙：岳麓书社，2016年，第156页。

⑥ 王承传：《王承传日记》，王洪军整理，南京：凤凰出版社，2017年。

知的另一面。阅读出使日记，很多文本确实没有如入宝山、美不胜收的快感，更多的是披沙拣金、劳目伤神的枯燥无味，不应对作者过分苛责，这是时代使然，毕竟带着镣铐跳舞是很痛苦的事情，个人的才情和创造力受到官僚体制的无情压制和束缚。使臣日记在个人书写与公务文体的罅隙之间如履薄冰，其他体制外文人的记述则在实录、想象与虚构中举棋不定，这些记述在内容和叙事形式上都显示了前所未有的暧昧和混杂性，凸显出文化、知识与权利的复杂关系。出使日记可以说是近代文学文化史上一道独特的且无法重复的文学景观，在众多作者实践、探索和调适中记录了一个时代的外交风云和社会变迁。

出使日记的定位，不可简单视之。对于那些正式上呈官方的日记版本，自然可归入"为他人而写"的一类，那些后来独立刊行的日记以及私下流传的删改本[①]，个人的面目才真正显露出来，应归于"为自己而写"的一类，也最有价值。需要指出的是，出使日记的内容也受到晚清外交运行体系的影响，如使馆内部外交信息的流通和传播机制等。张德彝日记内容的趣味性和生活化，一方面也是因为无法接触核心机要使然[②]。这些食朝廷俸禄的官员一面要为了邦交大计周旋酬应，一面要为如何记录头疼不已，于是出使日记的文字风貌并不统一，始终板着面孔，如实照录者有之，如志刚《初使泰西记》、崔国因《出使美日秘日记》、邹代钧《西征纪程》等；生意盎然，全然生活化的记录亦有之，

---

① 薛福成稿本日记中曾对历来出使诸公，指名道姓，逐一点评，如"徐承祖身居使职，而以赃败，风斯下矣，故以殿焉"。这些文字不宜公开，其后人在刊刻时将人名统统删去。见《薛福成日记》，蔡少卿整理，长春：吉林文史出版社，2004年，第826页。

② 张德彝自述自己在海外并无多少机会参与核心机要："查各国换驻公使，原为查访风俗、事体情形，以便保护人民，办理交涉事件。是不惟公使须通晓一切，而随员人等，尤当历练，随时见闻。故各国公使署，凡往来文件，无不置诸公案，听众观看，以便知晓各事情形，如何办法。余自乙丑东随使外洋，于今五次矣，所知者惟一国之风俗民情，所有两国交涉事件，茫然不知。二十年来，虚受国恩，每一思之，惭愧无地。"见张德彝：《五述奇》，长沙：岳麓书社，2016年，第68页。

如张德彝《航海述奇》、黎庶昌《西洋杂志》、蔡钧《出使须知》、池仲祐《西行日记》等；更多的是两者兼有，杂糅使臣实录与个人化书写的双重特色，即公共的自我与私人的自我的合流，这些文本初衷上自然是"为他人而写"的应景之作，但亦有藏诸名山、传诸后世的宏愿；从内容上看，以汇报外洋的工作情形为重，亦有"为自己而写"的本能流露，具有宝贵的文学和史料价值。真正的发自至情至性而不隐晦的日记文本，确乎难得一见。尹德翔将出使日记定位于"离自传核心比较远却又包含自传成分的私人文献"①，不失为一种较为审慎和恰当的定位。同时，还要区分出使日记呈送预览与私下流传的不同版本，唯其如此，才更全面。

第二节　主题的变奏与功能的拓展

1879 年 2 月，黎庶昌陪同即将离任回国的郭嵩焘漫游比利时布鲁塞尔、瑞士苏黎世、西班牙马德里、意大利庞贝古城等欧洲名胜，历时二十多天，横跨欧洲数国，可谓异域美景，一朝尽览。黎庶昌在留下优美记游篇章的同时，不禁感慨："二十日间，游行一万余里，非有轮船、火车，能如是乎？"② 近代科技的进步，交通工具的革新，为晚清旅人提供了亘古未有的新鲜体验。伴随这种新奇的旅行体验，游记的内容风貌也开始悄然发生变化。越洋跨海、出入异国不再是奢望，他们在异域世界面对的已非惯常所见的故国山水，西方世界林林总总的社会风物闯入了西行者的视野。与传统游记怡情山水、借景抒怀不同的是，旅西记

---

① 尹德翔：《东海西海之间：晚清使西日记中的文化观察、认证与选择》，北京：北京大学出版社，2009 年，第 22 页。

② 黎庶昌：《西洋杂志》，长沙：湖南人民出版社，1981 年，第 177 页。

述描摹自然风光的文字比重不大，已淡出核心地位。取而代之的是连篇累牍关于各国山川政俗、社会民生、交涉礼仪、工艺制造的考察记述，由"自然相"向"社会相"的递变确是事实①。

这里首要的原因自然是官方的限制性规定，如果说总理衙门出使章程对出使日记内容的规定还略显宏观模糊的话，后来出台的《出洋游历章程》则规定得十分具体明确了，海外记述的内容限定为："应将各处地形之要隘、防守之大势以及远近里数、风俗、政治、水师、炮台，逐一详细记载，以备查考。"同时，"各国语言文字、天文算学、化学重学、电学光学及一切测量之学、格致之学，也在备考之列"②。帝国政府关注的不是山水风景的雅人深致，而是与国家发展切实有关的情报、技术与数据。莫友芝曾批评斌椿日记，叙宫室器具之奇丽、轮车之神速、剧戏之幻变、鸟兽之怪异种种，"亦资剧谈"，但"未能扼要精备也"③，也是基于实用主义的立场。

促使旅西记述主题变迁的另一重要原因，在于西行者对中西旅游动机的对比和判断，对文人"无用之游"的传统开始反省和检讨。钱穆认为："山水胜景，必经前人描述歌咏，人文相续，乃益显其活处。若如西方人，仅以冒险探幽投迹人类未到处，有天地，无人物。即如踏上月球，亦不如一丘一壑，一溪一池，身履其地，而发思古之幽情者，所能同日语也。"④可见中国人之游常与赓续人文情怀，彰显情景互融的情感体验相联系。西方人出游更多是出于追求实用理性，借实地考察达到增广见闻的目的。一为感性，一为理性；一为怡情，一为求知，中西之游

---

① 李岚：《行旅体验与文化想象——论中国现代文学发生的游记视角》，北京：中国社会科学出版社，2013年，第3页。

② 吴宗濂：《随轺笔记》，长沙：岳麓书社，2016年，第255页。

③ 莫友芝：《莫友芝日记》，南京：凤凰出版社，2014年，第207页。

④ 钱穆：《八十忆双亲·师友杂忆》，北京：生活·读书·新知三联书店，1998年，第198页。

的文化差异判然有别。"西人善游"是西行者的共识，他们发现西方的探险家或是地理学者，乃至心怀叵测的传教士，来华游历另有目的，或默计中西相通道里，或私绘山川形势，或考求物产盈虚，或测探煤铁矿苗，而绝非"空劳跋涉者"。所以他们对相隔万里的中国地理版图、山川地貌、矿产资源等情况竟然了如指掌，使得西行者深感震惊和不安，陷入反思：

> 西人之心犹以为未足，复于通商之外，增出"游历"名目，无非欲假此无限之利权，以遂其窥探内地之私计。举凡云贵、甘肃、新疆、蒙古、青海、西藏之地，中国所号为边鄙不毛者，凿险绝幽，无处不有西人踪迹。故其绘入地图，足履目验，详核可据。一旦有衅，何处可以进据，何处可利行军，其国虽远在数万里外，中土形势，莫不了如指掌。[①]

> 查近年欧洲各国，好游阿洲，英人、俄人好游西藏。所谓游者，即系侦探。讳侦探，以杜人之疑也。名为游，以冀人之允也。[②]

西人的游历不过是掩人耳目，意图为将来劫掠中国铺路。正是基于彼知吾甚深、而吾却茫然不知彼之虚实的残酷现实，西行者意识到"目前我之所亟，唯在察敌情，通洋律，谙制造测绘之要，习水师陆战之法，讲求税务、界务、茶桑、牧矿诸事宜"[③]。西行者对游之利害的切实体会，加之清政府的官方推动，以及晚清旅人经世救国的自觉担当，

---

① 黎庶昌：《西洋杂志》，长沙：湖南人民出版社，1981年，第183页。

② 崔国因：《出使美日秘日记》，合肥：黄山书社，1988年，第72页。

③ 薛福成：《出使英法义比四国日记》，长沙：岳麓书社，2008年，第171页。

以往传统游记中那些吟风弄月，点染山水的雅人深致几乎无迹可寻：

> 俪文绮语，无所取也，以纪实为主。非稽国计，即鉴民生；非烛军政，即研学术；非测天度，即谍地险；它若山水之奇，次之，习俗之异，又次之；而风景翻新则略。[1]

> 出使日记，与寻常日记不同，必取其有关交涉禅法戒，此外皆所略焉。[2]

> 中国此前游记，多纪风景之佳奇，或陈宫室之华丽，无关宏旨，徒灾枣梨。本编原稿中亦所不免，今悉删去，无取耗人目力，惟历史上有关系之地特详焉。[3]

随着这种异口同声的共识，传统的模山范水、情景交融的文字退居次席，故晚清旅西记述给人以文字多不重修饰，随行随记，琐碎芜杂之感，缺乏传统游记的刻意求精和艺术美感。文辞优劣暂可不计，但求如实记录异域见闻，有益国家即可。张旆异域，航海远行，本非品题山水之时，优游之乐更无从谈起。从这些宣言式的题记、凡例中，大可窥见西行者欲借海外见闻以鉴国事的拳拳之心。

风景不是纯粹客观的存在，而是一种独特的感觉，"一种对自然或人工的外部世界进行体验和表达的方式，也是对其中所包含的人与人关

---

[1] 傅云龙：《游历图经余记·叙例》，《傅云龙日记》，杭州：浙江古籍出版社，2005年，第276页。

[2] 崔国因：《出使美日秘日记·序》，合肥：黄山书社，1988年，第1页。

[3] 梁启超：《新大陆游记·凡例》，《新大陆游记及其他》，长沙：岳麓书社，1985年，第419页。

系的一种判断"①。西行者舍弃了游记中山水之美与生命情态的交融，"天人合一"式的叙述传统，忧国忧民的旅人，在他国风物和异域情境中看到的不是自我心灵的投射，而是沉重的家国之思。戴鸿慈在描绘瑞士森尼伯辣湖山的美景后，感慨道："夫名山胜地，固出天然，亦需人工。吾国山水之胜何限，顾守土者不加修茸，则颓废有时，甚或蒿莱不治，人迹罕至，时有伏莽之虞，非谢家山贼纠合徒众，不可得游，抑可叹也"②。中国山水固然美不胜收，但因不善经营，无人维护，加之盗贼出没，使得风景虽佳，不可得游，他看到的是中国社会衰败之时治安混乱等种种弊病。袁祖志在游览庞贝古城遗址之后，唏嘘慨叹良久，因思中国幅员辽阔，历史悠久，文物遗迹何其丰富，但"无人穷搜而力究之，即偶得一二，亦必秘藏私有，国家不得与闻。因之沉沦不显，湮没无闻，殆未可以胜计。使效法乎此城，启之沉渊，升诸白昼，一任后之人之履井垣，而追思抚杯，倦而感慕，亦何至有幸不幸之分邪？"③西国历史虽不及中国源远流长，但其人善于保护经营，使后人游览之余受到教育。而中国却无此意识，任由宝贵的文化资源毁坏流失。康有为自诩为遍尝百草的神农，游历欧西各国，每到一处，总会进行一番中西对比，于差异中寻求救国自强的良方。他在伦敦畅游海德公园时，对其长桥枕流、芳草红花、水滨沙际、小舟泛波的美景颇为嘉许，意识到公园对大众休憩养生的重要社会娱乐功能，但因伦敦开辟已久，城小人多，故"烟汽蒸天，百货雍地"，大发感慨："吾国从兹变法，明逆后事，乃可以新国治之，不可苟且图存于旧城也。宜划城外地为新市邑，开马道

---

① ［美］保罗·亚当斯：《媒介与传播地理学》，袁艳译，北京：中国传媒大学出版社，2020年，第45页。

② 戴鸿慈：《出使九国日记》，长沙：岳麓书社，1986年，第500页。

③ 袁祖志：《涉洋管见》，《小方壶斋舆地丛钞》第15册，杭州：杭州古籍书店，1985年，第475页。

汽车以诱致吾民，计铁道既通，聚民甚速，成都成市，皆在指顾，是在画地。居民者之有远图，而伦敦亦可为鉴矣"[1]。变法图强，应革除旧制，乃至于旧城也应弃之另辟新地，呼吁变革的心理相当急切。后来他又参观必多诗公园花房，见各色菊花争奇斗艳，繁赜精美，深为叹服。此后笔锋一转，"而吾国自产佳花而草率栽之，不能尽物之性，移于英、日乃见天能，而英人尤能善发其性。故同是菊也，呈此异观，乃叹中国数千年来于物理政化皆草率，而未致精尽，代他国移植而发明，皆过于吾国，并类此菊也。吾观于意可磨、法里昂之治蚕丝，法赊笔之治瓷器皆然。呜呼！吾国人何深负天产耶！有子弟而不教，而使糊口于四方，久则忘其祖矣。嗟夫！"[2]。以小小的菊花，思及制丝、瓷器等传统工艺之衰落，而西方各国却日益精进，进而联想到中国社会之种种不堪，悲愤之情溢于言表。张德彝观看赛马，联想到"此事虽近于戏，而武备之强可知矣"。这种亲履异域而后反观自身的心态和结构方式，一直延续到清末乃至中华民国，可谓近代以来记游文字的共相。1934年，时任《申报》特派记者的陈庚雅赴西北考察，期望全面翔实地了解中国西北边疆的真实状况，以期大刀阔斧，斩除万病之源。他在自序中延续了晚清西行者舍弃自然山水、探查社会民生的意图，最终实现新疆地区的开发和保护：

> 其后诗人墨客，蹑屩担簦，探奇选胜者，亦复代不乏人。而咏叹游赏之诗文，尤至不胜枚举。然类皆模范山水，寄兴抒怀之作；而绝少涉及其地、其时社会组织之利弊、人民生活之

---

① 康有为：《列国游记——康有为遗稿》，上海市文管会编，上海：上海人民出版社，1995年，第206页。

② 同上，第217页。

苦乐者。作者仰冀曩哲，踵武前修，此遭斩荆榛，犯风雪，历程数万里，而所持之旨趣，则异乎是：举凡各地民俗风土、政治经济、社会状况，均在采访考察之列。……俾转以公诸社会，并供负责治理及研讨学术者之参考。信能循兹以为兴革政俗、改进社会之张本，则作者间关跋涉之劳、庶几其不等诸虚牝，而足以自慰于万一者乎？①

综观晚清西行者笔下的异国山水，触动的不再是心与物游、情景交融的审美体验，油然而生的却是"我不如人"和"时不我待"的焦虑与无奈。这种心关天下、忧国忧民的爱国情怀，与传统游记悠然自足的文体风格不大合拍，但在晚清旅西游记中，前者显然占据了异域言说的核心位置，这种新的言说形态俨然成为经世致用的利器。由眼前具体微观的人文或自然风景，自然地与抽象宏观的晚清社会危局联系起来，一种以小见大的"大叙述"②文风成为共相。自诩"不啻为先路之导"的王韬，声称作文不过聊以自娱，但《漫游随录》中随处可见的直接的个人政论表达，已经打破了古代游记散文固有的寓情于景和寓理于游之类文体躯壳，突破了古代游记散文长于纪游而短于议论的文体局限，从而赋予其新的文体活力，"反映了游记散文体的较早的现代性变革呼声"③。后来者也各自借所见所闻，阐发游历心得，书写变革良策，以期有裨

① 陈赓雅：《西北视察记》，兰州：甘肃人民出版社，2002年，第4页。

② 任何一个新的民族国家想象出来之后，势必要为自己造出一套神话，这套神话就称为"大叙述"，这种"大叙述"是建立在记忆和遗忘的基础之上。任何一个民族国家的立国都要有一套"大叙述"，然后才会在想象的空间中使得国民对自己的国家有所认同。（李欧梵：《中国现代文学与现代性十讲》，上海：复旦大学出版社，2002年，第9页）也可称为"大话语"或"时代话语"，即关乎时代主题的话语设计与叙述模式。（丁晓原：《论作为知识分子写作方式的晚清散文话语建构》，《南京师范大学学报》，2005年第3期）

③ 王一川：《王韬——中国最早的现代性问题思想家》，《南京大学学报》，1999年第3期。

家国。康有为更直言其游记实为"政治考察"。这种新的游记形态以觉世为宗旨，以"播文明思想于国民"为目的，合乎"大叙述"的时代要求，掀开了晚清散文新变的序幕。当时的读者就有"详于朝而略于野，详于国政而略于民风"①的诟病。因种种掣肘与限制，以及难以言说的内耗与矛盾，这些医国良药并没有起到祛沉疴以新生的作用。如李凤苞为印行《舆地全图》耗时多年，但被人从中构陷，竟然无法推广："弟于此事，疲精劳神者三四年，每夜四鼓，犹用显微镜将本日各员续写者详加校改……今既被人阻忌，不能推广，夫复何言！"②这种费尽辛苦完成的研究成果，无人问津的现象不在少数。

游记的审美特质在于传达山水的精神，而不是仅仅记述山水的家谱。应当看到，晚清旅西游记的工具化和政治化倾向也带来负面影响：削弱了作品的文学性和审美价值，使得"作品本身的知识性、思想性远远超过文学性"③。屠寄在为张荫桓《三洲日记》所作序中说出使外国有五益：考工、辩物、释地、通俗和徵文，足见西行者使命之繁。旅西记述文本呈现前所未有的百科全书式的广采博闻，囊括了欧美各国的政治制度、科技动态、文学艺术、风俗物产、地形地貌、军械制造、部队设防……可见其内容之庞杂，张治便以"游记新学"来强调其输入西学、融汇新知的重要特征。异域风物从未如此集中地成为众多文人记述的对象，使国人大开眼界的同时，也激发国人更多的他者想象。不过众多的文本，因作者文学素养、胸襟眼光之高下有别，故亦有浑灏流转、泥沙俱下之感。内容也有千篇一律的缺憾，新见不多，文字陈陈相因，

① 池仲祐：《西行日记》，长沙：岳麓书社，2016年，第76页。

② 张文苑整理：《李凤苞往来书信》上册，北京：中华书局，2018年，第418页。

③ 陈室如：《近代域外游记研究：1840—1945》，台北：文津出版社，2008年，第534页。

甚至出现内容雷同的现象①。游非难事，得其要领最难。梁启超一面称赞游记于输入西学居功甚伟，一面又说："或学无本末，语无心得，互相沿袭，读之徒费时日。毋宁读黄梨洲《明夷待访录》，龚定庵之文集矣"②。康有为亦对纪游文字颇有微词："各使游记，如《使西纪程》《曾侯日记》《环游地球日记》《四述奇书》《出使英法义比四国日记》《使东述略》，皆可观。张记最详，薛记有考据，余皆鄙琐，然皆可类观也"③。造成这种情况的原因，自然与作者个人的眼界胸襟有关，但也与当时清政府派驻外交官的规定有关，驻外外交官一般任期三年，任满更换，刚对所驻国家略有所识，却又到期离职，无从深入考察，"西洋公使驻扎系无定期，人地相宜者，历十余年，二三十年不等，非似中国俗尚，每三年必更换，用意不解其故，邦交亦无从联络也"④。于是，难免个别官员为应付呈报日记的差事，借鉴摘抄了事。

文为有益之文，游非无事之游。晚清旅西记述因承载过多的文化社会信息，成为记录近代中国新旧转折、中西融合的文化标本。各种文体彼此交叉互渗，表现手法多种多样，艺术水准参差不齐，知识性内容与实用功能的发挥，大量图表、统计数据与说明文字的出现，削弱了作品的审美价值，粗略浏览，会给人以知识性、思想性超过文学性，史料价值大于文学价值的阅读感受。近代文学研究本身即具有文史一体的特

---

① 　张德彝与刘锡鸿二人的记述多有重复，据尹德翔考证，应是张德彝《航海述奇》抄袭了刘锡鸿的《英轺日记》。详见尹德翔《东海西海之间：晚清使西日记中的文化观察、认证与选择》，北京：北京大学出版社，2009 年，第 129—132 页。江标指出王之春的《谈瀛录》卷三《东洋琐记》，"大半抄袭黄公度《日本杂事诗注》，一字不易，盖当日撰记时黄诗尚未刊行，故据为秘本也"。详见江标：《江标日记》，黄政整理，南京：凤凰出版社，2019 年，第 263 页。

② 　梁启超：《西学书目表》，光绪丙申冬十月武昌质学会刻本。

③ 　康有为：《桂学答问》，《康有为全集》第 2 册，北京：中国人民大学出版社，1990 年，第 23 页。

④ 　王承传：《王承传日记》，南京：凤凰出版社，2017 年，第 120 页。

点，在国家多难的时代，文学总会被烙上救亡图存的痕迹，艺术性的缺憾便在所难免。这种局限亦是当时经世致用时代风气的产物，在所难免，不必过多苛责。

第三节　比较的视野与熟悉的风景

晚清西行者虽然不再对异域风光特别关注，文字也极为俭省，但作为文人潜意识的创作萌动，山水之美亦时常撩拨作者的心弦，使得在汗牛充栋的政论条陈式的游记文字中，为后世留下了不少文思斐然的佳构名篇。郭嵩焘奉旨归国，途中有意环游诸国名胜，在黎庶昌等人陪同下，用一天时间纵览罗马古迹 15 处，可谓一日看尽长安花，在日记中留下了游马赛、瑞士莱蒙湖，以及参观庞贝古城等精致的记游文字。黎庶昌《西洋杂志》中异彩纷呈、引人入胜的 7 篇《西洋游记》便是此次同游的成果。彻底放下公务交涉，郭嵩焘心情自然大不同："前岁西行，专务考求其制度规模可以取法者，此行唯取山水之娱而已。所处之境不同，则用心亦异，亦人事自然之应也"[1]。正是出游心境及目的取向不同，使得风景入眼亦难动心弦，倒是归国途中，近乡情怯，反倒对无限风光恋恋难舍。因此许多出色的风景描写大多出现在归途所记的文字中。从来宦游人，偏惊物候新。晚清旅人对异域风物应是敏感的，但要曲传心意，恐怕就不那么简单了。

旅行者的眼睛具有至高的权力，如控制摄像机快门的那只手，主宰着想象和表征，旅行者的视角决定了风景的呈现形式。先看斌椿笔下的瑞典威不尔克（今丹麦维堡）岛：

---

① 郭嵩焘:《伦敦与巴黎日记》，长沙：岳麓书社，1984 年，第 929 页。

约行十余里至一园，山水幽深，林木苍古。登楼眺望，极揽胜之乐。楼前花卉秀丽，芍药正开。复至一园，临水筑台榭，伶人奏乐其中，间以山水之音，铿锵可听。泛小舟游于蒹葭洲岛之间。时至亥刻，日将落，对岸楼阁，夕阳映照，更觉金碧辉煌。①

这段文字典雅清丽，风景毫无异域风味，让人难辨中西，要不是前头已交代地点，恐怕读者根本想不到这是在瑞典，楼台亭榭、伶人奏乐、泛舟水上、蒹葭弥望……这难道不是地道的江南风景吗？年轻的郭连城坐英国火轮船，出上海，过台湾，赴香港，茫茫东海"但见落霞与白云齐飞，蓝水共长天一色，浩浩无涯，宜乎行海者之望洋而叹也"②。不过是王勃《滕王阁序》的袭用。张德彝首次随斌椿出洋时，一行人在新加坡歇脚："是日天朗气清，薰风徐拂，波澜不惊，神怡心旷，宠辱顿忘，把酒临风，为之一快"③。这又是《兰亭序》与《岳阳楼记》的杂糅拼贴。像这样难辨中西的风景描写在初期的旅西游记中所在多有，胡适曾挖苦晚清文人写景状物堆砌套语俗调的弊病："一到了写景的地方，骈文诗词里的许多成语便自然涌上来，挤上来，摆脱也摆脱不开，赶也赶不去。"④这种弊病确实存在，对于西行者而言，文学修为的匮乏是一方面，固有的传统经验不足以表达新鲜的域外风景乃是主因。张德彝随志刚访问美国旧金山，当晚一时技痒，偶拟《鸥兰记》一篇，其文曰：

---

① 斌椿：《乘槎笔记》，长沙：岳麓书社，1985年，第129页。

② 郭连城：《西游笔略》，上海：上海书店出版社，2003年，第15页。

③ 张德彝：《航海述奇·欧美环游记》，长沙：岳麓书社，1985年，第464页。

④ 胡适：《老残游记序》，《刘鹗及〈老残游记〉资料》，成都：四川人民出版社，1985年，第384页。

　　已而茶罢酒阑，杯盘狼藉，夕阳在山，清风飒飒，鸟鸣上下，林木飔飔。太太先行矣，曳长裙如狐尾拖地，竟体香气袭人；虽莲船盈尺，亦具袅袅婷婷之态。而俄延瞻望，不复言别者，众客醉矣。众客醉，而星使归矣。①

　　遣词造句、句式口吻，以及山水风景皆似曾相识，只不过把一桌酒席搬到了大洋彼岸的美国，活脱脱一篇西洋版的《醉翁亭记》。当然，读者还是能从"三鞭"（香槟）、"加非"（咖啡）这些食物上，略窥西餐之一斑。在摄影技术不发达的 19 世纪，西行者传达眼中的异域风景只能依靠手中的笔，眼迫手摩，诉之笔端，这与当下读图时代、视频时代记录风景的方式是不可同日而语的。风景的呈现归根结底是语言的问题，阅读这些记游文本，必须回到当时的历史情境中，熟识之故国山水，感喟与体味自然相契相合者多，而至域外，其景虽美，因文化的巨大差异便生隔膜，故终无法入乎其内，只能转而寻求故国山水来与之印证。晚清域外游记景物描写多用比较手法，以熟悉的故国风景来映衬异域风光，使异域熟悉化，传达出中西文化交流互融的欲求，寄予深刻的文化内涵以及个人的独特感受。无论是张德彝眼中的巴黎："一夜细雨，破晓微寒，遥闻卖花之声，宛如江南风景"；还是袁祖志笔下的瑞士风光："令人作江南浙西想"；以及康有为夜游印度，但见长衢夹树，广陌微霜，月影在地，鸡声嘤嘤，马声萧萧，不禁吟诵起"鸡声茅店月，人迹板桥霜"的诗句，顿觉"风景相同，独异者在万里外之佛国耳"②。这种中西对比的感慨和笔法普遍存在于晚清旅人的文字中，再看钱单士

---

　　① 张德彝：《航海述奇·欧美环游记》，长沙：岳麓书社，1985 年，第 644 页。

　　② 康有为：《列国游记——康有为遗稿》，上海市文管会编，上海：上海人民出版社，1995 年，第 51 页。

厘眼中的俄国贝加尔湖：

> 环湖尽山（峭立四周，无一隙之缺），苍树白雪，错映眼
> 帘。时已初夏，而全湖皆冰，尚厚二三尺（湖面海拔凡千五百
> 六十英尺），排冰行舟，仿佛在极大白色平原上，不知其为水
> 也。别有天地，何幸见之。或谓此世界上水最清澈之湖，惜今
> 日之见冰不见水也。然吾江浙间之太湖，上受天目诸水（如贝
> 加尔之上受色楞格水），下泄吴淞等江（如贝加尔之水泄昂喀
> 拉江），虽大小什一，亦复极目无际，水清澈底（贝加尔水之
> 淡而不咸，以水流泄故）。而皑皑白冰，非所见也。[①]

贝加尔湖水源的形成，与江浙之太湖非常相似，又因海拔高，气温
低，故见冰不见水。注意，这里的太湖不再是简单的见此思彼的情景参
照，而是从水系形成的角度来科学分析贝加尔湖的特殊地貌特征，生动
又严谨。作为第一个走出闺阁的女性旅行者，特有的女性观察者细腻温
婉的笔调，加之这种"化陌生为熟悉的"叙述方式，从而令贝加尔湖独
特的冰雪奇观印象深刻，如临其境。

这种旧文字与新风景的矛盾，在桐城文人笔下得到了较好的调和。
郭嵩焘、黎庶昌、薛福成等人以桐城古文描写西洋风景，佳作纷呈，实
为现代域外游记美文之先声。郭嵩焘、黎庶昌、刘锡鸿、薛福成都曾游
历过英国度假胜地卜来敦（Brighton，今译布赖顿），留下了风格各异
的记游文字，郭嵩焘意在求知，在水族馆见各类奇怪海鱼生物，皆询之
导游，但仍"其理有不可解者"；刘锡鸿耽于猎奇，"口指手画，唯恐
不及睹其物异"；薛福成则慨叹如此安逸之状，富庶之境，"数百年后，

---

① 钱单士厘：《癸卯旅行记》，长沙：岳麓书社，1985 年，第 735—736 页。

其将行之我中国乎？"再看黎庶昌的《卜来敦记》：

> 卜来敦者，英国之海滨，欧洲胜境也。距伦敦南一百六十余里，轮车可两点钟而至，为国人游息之所。后带冈岭，前则石岸嶄然。好事者凿岸为巨厦，养鱼其间，注以源泉，涵以玻璃，四洲之物，奇奇怪怪，无不毕致。又架木为长桥，斗入海中数百丈，使游者得以攀援凭眺。桥尽处有作乐亭，余则浅草平沙，绿窗华屋，与水光掩映，迤逦一碧而已。人民十万，栉比而居，衢市纵横，日辟益广。其地固无波涛汹涌之观，估客帆樯之集，无机匠厂师之兴作杂然而尘鄙也，盖独以静洁胜。每岁会堂散后，游人率休憩于此。
>
> 方其风日晴和，天水相际，邦人士女，联袂嬉游，衣裙杂袭，都丽如云，时或一二小艇，棹漾于空碧之中。而豪华巨家，则又鲜车怒马，并辔争驰以相遨放。迨夫暮色苍然，灯火灿列，音乐作于水上，与风潮相吞吐，夷犹要眇，飘飘乎有遗世之意矣！余至伦敦之次月，富绅阿什伯里导往游焉，即叹为绝特殊胜，自是屡游不厌。再逾年而之他邦，多涉名迹，而卜来敦未尝一日去诸怀。其移人若此。
>
> 英之为国，号为强盛杰大，议者徒知其船坚炮巨，逐利若驰，故尝得志海内，而不知其国中之优游暇豫，乃有如是之一境也。昔荀卿氏论立国唯坚凝之难，而晋栾铖之对楚子重，则曰："好以众整。"又曰："好以暇。"夫维坚凝。斯能整暇，若卜来敦者，可以觇人国已。①

---

① 黎庶昌：《卜来敦记》，任访秋主编：《中国近代文学大系·散文集》，上海：上海书店出版社，第 679 页。

西洋海滨浴场，在中国人眼中确是新鲜事物。无论描摹海滩胜景，还是刻画歌舞宴乐，文字都典雅克制，遣词造句和意象依然从传统知识库中撷取，将英国贵族男女优游争艳的场景点染得有声有色，如在眼前。因开篇的点题和介绍，读来并不隔膜。张荫桓在日记中全文抄录，称这篇别开生面的域外游记为中国人在西方留下的第一篇碑文，确实意义非凡。① 如此胜景，也让黎庶昌难以释怀，屡游不厌，不禁慨叹"其移人若此"。黎庶昌将卜来敦刻画为理想中的乐土胜地，联想到荀子"立国唯坚凝之难"的论说，点出这篇游记的题眼："若卜来敦者，可以觇人国已"，由简单的激赏风景升华为家国之思与自强之念。其实，卜来敦在 19 世纪时，是作为英国上流人士疗养度假的海滨城市名扬于世的，也就是文中所说的"邦人士女"和"豪华巨家"，国王乔治四世也在这里建有行宫。风景不是纯粹的自然或人文景观，而是"身份的附着物"，游客在这些富有象征意义的风景胜地休闲游览，同时也完成了身份的建构。后来者，如张荫桓、戴鸿慈、钱单士厘等人，因中西交流的日益深入，对西洋风物已不再暧隔，描摹风景能抓住异国神采，佳构频出。戴鸿慈的瑞士火山游记，袁祖志意大利拿波里观火山记、伦敦天士河公园游记、巴西斯岛游记，钱单士厘笔下的俄国贝加尔湖等皆为美文，优美可诵。

这种"化陌生为熟悉"的写法背后，有着耐人寻味的文化心理。首先是见景生情、思乡怀远的本能反应和情感体验，审美是怀旧最核心也

---

① 张荫桓曾说："中国士大夫留碑识于泰西，古未曾有，光绪六年黎莼斋在英为《卜来敦记》……黎庶昌记，凤仪译文，光绪六年七月勒石"。日记全文抄录《卜来敦记》。见《张荫桓日记》，任青、马忠文整理，上海：上海书店出版社，2004 年，第 326—327 页。王韬说自己在英游历时曾作《金亚尔乡藏书记》，"以贻主院者，院成当勒诸石，以垂不朽"。惜此文不载，不知确否。见王韬：《漫游随录图记》，济南：山东画报出版社，2004 年，第 133 页。

最内在的本质①。这些跨洋出海的西行者置身异域美景之中，同时也处在故国与异域并峙的心理时空中，某一刻的似曾相识很容易幻化成心灵上的现实，最易触动心弦。于是，张德彝夜宿巴黎，一夜春雨看落花，恍然犹在杏花春雨的江南，也就不足为奇了。其次旅行者总是带着"偏见"去旅行，没有一种旅行是纯粹客观的②。这里的"偏见"，其实是旅行者与生俱来的文化记忆和知识背景。在长期浸淫于传统文化之中的西行者眼中，这些光怪陆离、变幻莫测的异域风景，是全然陌生的。要以文字描摹再现，只能从已有的文化记忆中搜寻可与之参照的元素。于是那些原本与故国山水大相径庭的异域风光，因观看者先入为主的本土文化体验，反倒被涂抹上一层似曾相识的色彩。这种以传统审美眼光关照西洋山水，以熟悉语言营造似曾相识的意境，从而使得陌生、奇异的异域风光熟悉化，既突出了两种文化的差异，又暗含了潜在的相似性；既凸显了中西文化的天然对立，又表现出相互交融互补的可能。风景往往与民族、本土和自然联系，这个词隐含着隐喻的意识形态的效力③。西行者对异域山水的描述，也是一种基于文化身份的重新编码，从而纳入已有的表达范式。

当然，西行者这种处理方式，也有触景生情、发自内心的表露。斌椿一行归国途中，某夜众人在船上奏乐唱歌，消遣时光：

> 至夜，月明如昼，同人请吹箫以赏之。时将夜半，有少妇凭栏望月，若有所思。法人德善以同乡故，知为麦西国商之妇，少从父在华，今由马赛同来者。倩作歌，歌声凄婉动人，

---

① 赵静蓉：《怀旧：永恒的文化乡愁》，北京：商务印书馆，2009年，第53页。

② 钟怡雯：《旅行中的书写：一个次文类的成立》，《台北大学中文学报》，2008年第4期。

③ ［美］温迪·J.达比：《风景与认同：英国民族与阶级地理》，张箭飞、赵英红译，南京：译林出版社，2018年，第86页。

想广寒宫羽衣曲，不过是也。因思江州司马《琵琶行》，有此
情景，为作《长笛吟》一章。①

独在异乡为异客的商人妇女，唱起悲恍的歌声，于是想起白居易
笔下的《琵琶行》，不是故作姿态的附庸风雅，确实有情感上的共鸣。
文人顾影自怜的本能总是难免，尤其在异国的轮船上，这种哀伤、悲
悯、空有之感是真诚的，有几分李商隐"永忆江湖归白发，欲回天地入
扁舟"的味道。出人意料的是，同行的英国翻译包腊（Edward Charles
Macintosh Bowra）私下透露，斌椿并不太受西方人欢迎，因为在长路
漫漫的旅途中，他过于自我陶醉，要么朗诵自创诗文，要么没完没了地
吹笛子，自娱自乐，却让听众痛苦不堪。赫德还特意叮嘱包腊，在威尔
士亲王接见斌椿时，千万别让他带笛子去！② 这又彻底消解了斌椿大人
的诗人情怀，让人忍俊不禁。

1889 年 9 月 7 日，张荫桓在日记中记录了在纽约与容闳同游的情
景，耐人寻味：

是日轻车骋游，晡时始返，所览山光苍翠秀逸，余诧谓：
"似吾华佳山。"莼浦徐应之曰："山色固无分中外也。"其言甚
婉，而若有言外之意。③

自然风景纯属天然，造化为之，故无所谓中西优劣，也无须强加比
附，文化亦然。吉尔特·霍夫斯塔德说："人人都从某个文化居室的窗

---

① 斌椿：《乘槎笔记》，长沙：岳麓书社，1985 年，第 137 页。

② ［英］查尔斯·德雷格：《龙廷洋大臣：海关税务司包腊父子与近代中国（1863—1923）》，
潘一宁、戴宁译，桂林：广西师范大学出版社，2018 年，第 173—188 页。

③ 张荫桓：《张荫桓日记》，任青、马忠文整理，上海：上海书店出版社，2004 年，第 58 页。

后观看世界，人人都倾向于视异国人为特殊，而以本国的特征为圭臬。遗憾的是，在文化领域中，没有一个可以奉为正统的立场。"①张荫桓尽管已相对开明趋新，但他看到的依然是异域风景中的中华风味，此种言外之意，恐怕也只有在西方文化中熏染已久的容闳方能体会了。

本章小结

西行者们在殊方异域的探求与跋涉的同时，留下了众多记录西方世界的文本。世变日亟，使命在肩，使臣们小心翼翼地游走在个人书写和公务文牍的夹缝中，寻求一副调适的笔墨。旅西记述与传统的游记不同，纸上的风景让位给现实的民风世相，自然相向社会相的转变，成为显著的变化，旅行文字"以便于旅行，切于实用为主；文之佳否次之"②成为共识。主流之外，仍然有不少优美可诵的斐然佳构，这些文字从传统文化记忆和知识仓库中汲取经验，化熟悉为陌生，寄寓自己敏锐的观察力和真实的情感体验，以及审美眼光的变迁和文化视野的扩展，这确实是"近代游记的新特质，也是传统游记中极为少见的"③。黎庶昌的《卜来敦记》曾在西方广为传诵，被翻译成英文，收入 1929 年英国伦敦出版的《*GREAT ESSAYS OF ALL NATIONS*》(《各国精品随笔》)一书中。文末英译者这样介绍黎庶昌：

The writer was secretary to the first Chinese ambassador in London.The following piquant description of Brighton as seen

---

① 转引自乐黛云、张辉主编：《文化传递与文学形象》，北京：北京大学出版社，1999 年，第 344 页。

② 王文濡：《新游记汇刊凡例》，《新游记汇刊》第 1 册，北京：中华书局，1921 年。

③ 欧明俊：《亟待开掘的文学宝藏——近代域外游记述论》，《中文自学指导》，2005 年第 4 期。

through Chinese eyes in 1877 comes from the eleventh section of
the "Small Square Cup" geographical miscellany.

原来这篇优美的散文还在英国地理杂志上发表过，译者还特别强
调，散文描写的其实是"中国人眼中"的卜来敦风景。

西行者苦心孤诣地将变革图强的体会观感、见解主张融入其中，使
得风景也变得沉重起来。"然则游历之功，学术之乎哉！于国家且有直
接之关系。"①游历已由个人活动上升为家国大计，假设这些西行者提出
的种种兴国安邦之大计能被政府采纳，也许近代中国的历史会被改写。
然而历史终归没有假设，时代并没有给这些西行者真正施展才能的空
间。他们归国之后，大多寂寂无闻，所上日记条陈大多束之高阁，庋藏
焉。西行者的旅行著述逃脱不了"知之而不言，言之而不达，达之而不
动，动之而不行"②的尴尬命运。这些心怀天下的知识分子，生于世变
国乱之时，虽蒿目时艰，却无所措手。"旅行的历史意义的实现不仅要
有勇敢的旅行者，还要有接受这些英雄们的社会文化环境。"③他们的不
幸也正在于此。时局危殆，大清帝国已堕入万劫不复的深渊，根本无暇
多顾，这些上呈预览的日记，无人重视，成了装点门面的形象工程。崔
国因感叹："宏儒名宿，或鄙夷而不屑道。其间深于阅历，得诸亲尝，
而囿器数者，既知之而不能言；慑清议者，又言之而不敢尽，将何以拓
心胸，开风气哉！"④正所谓屠龙之术，无所用也，最终只能像郭嵩焘
那样"寂寞孤怀借酒温"，聊以自慰了。

---

① 陈仪兰：《西泠游记》，《新游记汇刊》第 4 册卷二十六，北京：中华书局，1921 年。

② 康有为：《上清帝第七书》，汤志钧编：《康有为政论集》上册，北京：中华书局，1981
年，第 220 页。

③ 周宁：《世界是一座桥：中西文化的交流与建构》，桂林：广西师范大学出版社，2007
年，第 20 页。

④ 崔国因：《出使美日秘日记·序》，合肥：黄山书社，1988 年，第 1 页。

第三章

始信昆仑别有山：
眼光的转变与观念的更新

> 爪哇之先鬼啖人肉，佛朗机国与相对，其人好食小
> 儿……其法以巨镬煎水成沸汤，以铁笼盛小儿，置之镬上，蒸
> 之出汗。汗尽乃取出，用铁刷刷去苦皮。其儿犹活，乃杀而剖
> 其腹，去肠胃，蒸食之。①

长久以来，关于殊方鬼蜮种种耸人听闻的传闻堂而皇之地记载于
信史中，并成为集体共识。番邦狡夷、好食小儿、犬羊心性、面目狰狞
的红毛鬼……这些荒谬的套话和想象直至晚清，依然被当作是真实存在
的。套话是一种文化用来描述异域文化时反复使用的一系列词组与意
向，意味着一套固定的、看似理所当然，实则荒诞不经的看法②。这些
套话往往不经考证便直接以知识的形式流传，变成荒谬莫考的传说，而
这些传说也会口耳相传，最终演变成人人信奉的常识。即使开明如魏

---

① 严从简：《殊域周咨录》，余思黎点校，北京：中华书局，2000 年，第 320 页。

② 孟华主编：《比较文学形象学》，北京：北京大学出版社，2001 年，第 125 页。

源，在《海国图志》中也煞有介事地记载，说华人凡入天主教者，须吞服迷药，以泻药解之，"见厕中有物蠕动，洗而视之，则女形寸许，眉目如生，乃盖之药瓶中"①。而且当教徒临死前，还要被挖去双眼！这简直就是神怪小说中的场景，被妖魔化的西方形象根深蒂固，这也预示了西行者面临的文化冲突与困境。直到第二次鸦片战争期间，英国水兵仍然被中国民众描绘成一个丑陋的怪物："此物出在浙江处（滁）州府青田县，数十成群。人御之化为血水，官兵持炮击之，刀剑不能伤。现有示，谕军民人等，有能剿除者，从重奖赏。此怪近因官兵逐急，旋即落水，逢人便食，真奇怪哉！"② 这种匪夷所思的形象是一种复杂的想象与传说的混杂物，暗含着对西方侵略者的仇恨、恐惧和蔑视。

《伦敦新闻画报》1857 年 4 月 25 日，英国水兵被中国民众描述为怪物

---

① 魏源：《海国图志》，郑州：中州古籍出版社，1999 年，第 241 页。

② 转引自沈弘编译：《遗失在西方的中国史：〈伦敦新闻画报〉记录的晚清（1842—1873）》上册，北京：北京时代华文书局，2014 年，第 207 页。

百年之前，东西文明正面冲撞交锋之时，不仅战场上硝烟四起，刀光剑影，在日常生活、文化传统领域，种种矛盾与暌隔短兵相接，丝毫不亚于战场上的刀兵相见，杀伐之声不绝于耳。西行者被历史的潮流裹挟，被推到文明融汇的节点，看与被看的异域遭逢，光怪陆离的科技奇观，整肃修明俨然有三代遗风的西洋政教、自由开放的社交礼仪和日用伦常……带来巨大的冲击，在中西文化的夹缝之中，固守与妥协，接受与拒斥，理解与困惑，时时交锋。如果说，近代国人眼中的西方形象经历了一个从妖魔化到理想化的复杂过程，而西行者正是这一形象衍生和转变的亲历者和建构者。

第一节　行旅体验与世界意识的形成

庄子早已提出天地无限、海纳百川的宇宙观："吾在于天地之间，犹小石小木之在大山也。方存乎见少，又奚以自多！计四海之在天地之间也，不似礨空之在大泽乎？计中国之在海内，不似稊米之在大仓乎？"①可惜真正能像北海若具有如此宏阔眼界的，寥寥无几。中国人传统的天下观是这样："天处乎上，地处乎下，居天地之中者曰中国，居天地之偏者曰四夷，四夷外也，中国内也。"②眼中没有"世界"：中国即世界，世界即中国。在美国传教士卫三畏（Samuel Wells Williams）眼中，"中国没有记载外国地理之作，也没有关于异国旅行的故事，甚至没有关于外国居民的语言、历史及政府的任何记载"③。中国当仁不让

---

①　曹础基注说：《庄子》，开封：河南大学出版社，2008年，第246页。

②　石介：《中国论》，《徂徕石先生文集》，北京：中华书局，1984年，第116页。

③　［英］约·罗伯茨编著：《十九世纪西方人眼中的中国》，蒋重跃、刘林海译，北京：中华书局，2006年，第126页。

作为理想中的世界中心，除此无他。绵亘数千年的封建传统文化，使得这一中国中心论根深蒂固。直至明末清初，随着西方地理学知识的传入，在新思想与理论的冲击之下，中国中心论才有了被撼动的可能。19世纪中期以来，在严复天演论和进化观流行之前，使传统思想逐渐崩坏的首先是一种崭新的空间意识。

晚清知识界经历了前所未有的一次地理"大发现"。这里的发现有两层含义：一为遵循本土文化系统内部的发展规律，发现未知的新知识或新领域；二为接纳和体认业已存在的"新"知识和事实，之所以依然称其为"新"，是因其来自外部的另一种文化体系。不论何种路径和形式，发现均可为原有文化提供更新嬗变的动力。晚清的地理大发现即属后者。虽然早在明末清初，西方传教士已经将地球说、日心说等地理知识传入中国，但在此后近三百年的时间内，在中国传统文化知识界并未带来深刻的变化。赓续数千年的封建文化，依然被强大的惯性牵引，在危机四伏的氛围中缓慢前行。直至西方列强敲开大门，大清帝国的千秋迷梦方才惊醒。要图强自救，首先要认清自己的位置，于是昔日被视为妖言惑众的西方地理学知识进入知识分子的视野，被重新发现。经过早期魏源、徐继畬、梁廷枏等地理学者和开明知识分子的钻研和传播，西方地理学得到认可和接受，世界意识方有了最初的萌动，中国中心说才有了松动的可能①，天下观开始向全球意识转变。

日心说的提出促成了西方天文学界的革命，跨海东来后也挑战和颠覆了中国传统的地理权力知识结构。魏源曾指出这种转变的过程：

　　　　昔人云：地球悬于浑天之中，静而不动，日月各星，昼

_____

　　① 关于晚清西方地理学知识在中国知识界的流布与接受，参看邹振环：《晚清西方地理学在中国》，上海：上海古籍出版社，2000年。

夜循环于其外。迫前明嘉靖二十年间，有伯罢尼亚国人，哥伯尼各者，深悉天文地理，言地球与各政相类，日则居中，地与各政，皆循环于日球外，川流不息，周而复始，并非如昔人所云静而不动，日月各星，循环于其外者也。以后各精习天文诸人，多方推算，屡屡考验，方知地球之理，哥伯尼各所言者不谬矣。①

由天圆地方到地如球体，由地球不动到地球绕日，看似简单的观念更新，其实蕴含了深刻的地理知识权力结构的突破。"中国中心"不动的定位被颠覆、被改写，成为福柯（Michel Foucault）所谓空间权力意义上的"延伸空间"②。中国不过是全球万国之一，在这一艰难转变的过程中，晚清西行者的行旅体验则不容小觑。旅行意味着不断的位移和变动，其实践属性决定了本身具有"空间生产"与"知识生产"的双重功能。列斐伏尔（Henri Lefebvre）认为，空间不是实体意义上的空无，而是由人们的实践活动在客观现实中建构起来的"关系性存在"③，简而言之，空间不是想象的产物，而是脚踏实地的探索与实践"生产"出来的。这些西行者是标准的空间生产探索和实践者。同样，知识的获取与学习，被动接受远不如主动求知更直接和深刻，尤其对于地理学这个偏重于应用和实践的学科而言，耳听为虚，眼见为实。郭连城在《西游笔略》中绘有地球图，详细解说"地球如橙"之说，并对国人狭隘闭塞的

① 魏源：《海国图志》，郑州：中州古籍出版社，1999年，第241页。

② 福柯以地理学观点说明权力的空间分布，在传统的宇宙观中，存在着固定的神圣地点与凡俗地点：超天国地域相对于现世地域，形成完整严密的定位空间，权力分布也固定的由圣向俗。但日心说的发现，使得稳定的地点瓦解，过去被尊崇的不动地点不过只是运动的一个个点而已，成为延伸的空间。颜健富：《从"身体"到"世界"：晚清小说的新概念地图》，台北：台湾大学出版中心，2016年，第175页。

③ 张一兵：《社会空间的关系性与历史性——列斐伏尔〈空间的生产〉解读》，《山东社会科学》，2019年第10期。

世界观提出批评："吾中国地理志书，卷轴无几，其中所载，未尽详明。且所言者，大半只属中土偏隅。而乃名之曰'天下地舆'，未免小之乎视天下矣。"①先后八度出游欧美的张德彝，在第一部《航海述奇》篇首绘制了东西半球图，详述地球实为球形，绕日旋转，昼夜始分，岁月流转：

> 所有陆地分为五大洲，在东半球者有亚细亚，有欧罗巴暨阿非里加；在西半球者，一曰南亚美利加，一曰北亚美利加，二洲之间中有脰地毗连。又有水程共分五洋，曰大东洋又名太平洋、大西洋、印度洋、南冰洋、北冰洋……陆路共计大小邦国三百有奇。②

地球分东西半球，有五大洲、五大洋，同时存在着三百多个大小国家，中国只是这全球数百个国家之一罢了。原先世界万国这些"地图上的缺席者"通过旅行者的亲身体验，一一得以呈现，原有的错误观念自然瓦解。李圭远赴美利坚参观了万国博览会之后，改变了对地球说的质疑："地形如球，环日而行，日不动而地动。我中华明此理者固不乏人，而不信是说者十常八九。圭初亦颇疑之，今奉差出洋，得环球而游焉，乃信。"③特意在书中画出地球图，并将赴美路线用红线标出，欲使读者皆明此理，"无或疑矣"。斌椿一行在波罗的海上，远望先见樯帆，再见桅杆，亲身体验了"地球之圆，非臆说也"④。薛福成在日记中也强调"天圆而地方，天动而地静，此中国圣人之旧说也。今自西人入中国，

---

① 郭连城：《西游笔略》，上海：上海书店出版社，2003年，第131页。

② 张德彝：《航海述奇·欧美环游记》，长沙：岳麓书社，1985年，第441—442页。

③ 李圭：《环游地球新录》，长沙：湖南人民出版社，1980年，第158页。

④ 斌椿：《乘槎笔记》，长沙：岳麓书社，1985年，第129页。

而人始知地球之圆。凡乘轮舟浮海，不满七十日即可绕地球一周，其形之圆也，不待言矣"①。地图从绘制者的角度可以分为几何为中心（测量为导向）、技术为中心（生产为导向）、表征为中心（图形设计导向）、艺术为中心（使用者导向）、传播为中心（信息扩散导向），绘制者通过这些侧重点不同的地图，达到传播观念和信息的意图②。西行者笔下的地球图负载的信息经历了一个由简单到复杂的过程，一开始关注各大洲的区别等基本地球形态，后来随着世界局势的变化，地球图上基本的地理符码日益丰赡和复杂。记述晚清第一名臣李鸿章出访西方盛况的《李傅相历聘欧美记》中有一幅《大国统属图》，这张世界地图已不再单一地标示地理版图地自然分布，同时用不同的线条将世界各国的疆域与实际控制范围明确告知读者："间有一国在一洲之内，其属国在他洲，较本国疆界更大数倍者"，与当时欧美列强在世界范围内肆意扩大殖民地和势力范围的现实直接对应。

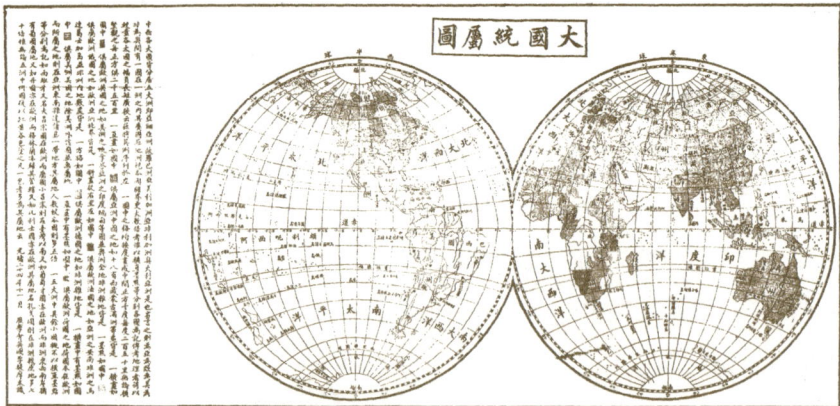

《李傅相历聘欧美记》附图《大国统属图》

---

① 薛福成：《出使英法义比四国日记》，长沙：岳麓书社，1985年，第499页。

② ［美］保罗·亚当斯：《媒介与传播地理学》，袁艳译，北京：中国传媒大学出版社，2020年，第188页。

地理空间的划分与描述是政治、历史和文化的结果，地图不单是图像和符号的组合，是自我的主观视角与他者的客观视角相交汇的产物，同时也是身份认同和文化认同的标志。这些世界地图在绘制视角和精度上都与传统地图大相径庭，传统地图中那种昭示帝国版图含括天下，唯我独尊的政治隐喻被精确的比例尺和经纬度代替。旅行者为彰显自己前无古人的环球之旅，刻意在地图中标示自己跋涉万国的轨迹，那条细细的红线在浩渺无际的地球版图中标示出一种"在场者"的自信和满足，足以带给读者视觉和心理的双重震撼，事实上再一次确认了自我与他者、中国与世界的身份。对于大多数从未出过国门的人来说，这些远行者的记述显然更具说服力。张德彝第一次随斌椿远游归来后，"家人父子，晨夕聚谈，月余犹未罄其闻见之奇云"①。足见这些异域见闻对大多数足不出户、庭交不过乡里的人们的吸引力有多大。熟谙洋务，潜心西学的薛福成对自己的世界地理认识也多有反省："余少时亦颇疑，六合虽大，何至若斯辽阔？邹子乃推之于无垠，以耸人听闻耳。今则环游地球一周者，不乏其人，其形势方里，皆可核实测算。余始知邹子之说，非尽无稽。"②地形如球，绕日旋转，五洲万国，共生共荣，这些在今日看来再平常不过的常识，在西行者尚未踏上异域的国土之前，绝大多数的中国人依然沉浸在天圆地方、唯我独尊的迷梦之中。这也彰显了西行者亲身实践的价值和意义。当然，也有个别西行者对地球说将信将疑，"存之弗论"③，这是主流之外的个例。旅行说到底是一种文化交流与对话的方式，旅行者对空间的开拓是从纵横两个维度展开的，横向的是地理空间意义上的位移，纵向的则是对异域文化的体验和关照。故而这里

① 张德彝：《航海述奇·欧美环游记》，长沙：岳麓书社，1985年，第595页。

② 薛福成：《出使英法义比四国日记》，长沙：岳麓书社，1985年，第77页。

③ 王芝：《海客日谈》，长沙：岳麓书社，2016年，第14页。

的"世界"相应分为"空间世界"和"心理世界"，空间上西行者的目光已经移向了九州海外，在心理上，承认世界多元文化共生并存也是题中应有之意了。从晚明至清末，从天下到世界（万国）的转变是基本的趋势，而具体到社会个体而言，这个转变的过程远比想象的艰难，康有为自述在 1874 年前后，读到《瀛环志略》和《地球图》，方知万国之故和地球之理。梁启超在 1890 年会试下第返粤的途中，偶然见到《瀛环志略》，始知有五大洲各国。他们尚且如此，遑论一般百姓。

跨越中西的长途旅行使中国中心说不攻自破，志刚对此有清醒的认识："尔谓中国为在中央乎，则大地悬于太空，何处非中？谓在中间乎，则万国相依，皆有中间。谓在中心乎，则国在地面。"宇宙是无限的，自然没有中心；地球是球形，故也无所谓中间之分。但为了维护旧有的文化自尊心，他不得不调整策略：

> "中国"者，非形势居处之谓也。我中国自伏羲画卦以来，尧、舜、禹、汤、文、武、周公、孔、孟所传，以至于今四千年，皆中道也；非若印度之佛言空，犹太之耶稣言爱，波斯之拜火，麻哈摩之清真，日本之新德，此大地上之彰明较著者。至于山陬海澨，与夫穷乡僻壤，怪诞无稽者，不可枚举。则所谓"中国"者，固由历圣相传中道之国也。而后凡有国者，不得争此"中"字矣。[1]

地理空间意义上的中国已然失守，但尧、舜、禹、汤、文、武、周公、孔、孟诸圣人确立的圣人之道，注定了"中道之国"的地位是不可撼动的，依然将中国文化一厢情愿地置于世界文化的中心。从中心之国

---

[1] 志刚：《初使泰西记》，长沙：岳麓书社，1985 年，第 376 页。

到中道之国，这种迂回的狡辩，虽然仍未脱妄自尊大的狭隘心理，但至少地理方位上的世界中心已经不复存在。抛弃传统的天下观念而建立起一种全球意识，承认世界多元文化的存在，这就是晚清地理大发现的文化意义，而这也是认知西方的必要前提。于是，傲慢无知的西行者开始修正俯视的目光，开始平视甚至仰视，重新认识和打量这些原本处于视域之外的西方世界。

第二节 奈何须眉变巾帼：看与被看的异域体验

同治丙寅年（1866）7月的一天晚上，张德彝与同僚在巴黎观看马戏表演：

> 晚登店楼，以千里镜望见各处；楼头男女，亦以千里镜看明等，且有免冠摇巾，似以礼而招者，趣甚。[1]

本来是想借望远镜观看远处的情景，不料却发现自己早已在他人的注视之下，如此戏剧性的场景其实颇具象征意义，拉开了西行者异域体验的序幕。

当西行者忐忑不安地踏上异域的国土，他们被种种新奇的西洋景象深深吸引，而他们也发现，自己也突然成了一道怪异的风景，成为西人竞相追逐观看的对象。无论是1859年郭连城初到意大利，还是多次出洋的张德彝，乃至相隔数十年后，漫步伦敦街头的张祖翼，仍免不了被一群小孩子围观哄笑。这些黄皮肤、黑眼睛、留着长辫子、身着长袍的

---

① 张德彝：《航海述奇·欧美环游记》，长沙：岳麓书社，1985年，第578页。

中国人永远是西方人眼中历久弥新的风景和津津乐道的话题。

> 城内军民见余服色不类，俱起而异之，众儿童呼三唤四，紧紧相随……人众环而观之，见余发辫颇长，俱呵呵大笑，有识者曰：此期纳人也。①

> 店前之男女拥看华人者，老幼约以千计。及入画铺，众皆先睹为快，冲入屋内几无隙地……买毕，欲出不能移步。主人会意，引明向后门走。众知之，皆从铺中穿出，阍者欲闭门而不可得。众人涌出，追随瞻顾。及将入店之时，男女围拥又不得入。明乃持伞柄挥之，众始退。……登楼俯视，男女老幼尚蚁聚楼下未去。②

> 偶一出游，则儿童妇女围绕观看，语言不通，如同面墙，以此转增异国之思耳。③

期纳人（China）郭连城的奇怪装束只不过引来众人哄笑，而张德彝等人为了躲避狂热的西方人围追堵截，竟然不得不挥伞自卫，落荒而逃。狼狈之余，真有些惊心动魄了。在语言不通、完全陌生的异国他乡，又被众人围观，那种尴尬和无奈可以想见，难怪黎庶昌会有"转增异国之思"的慨叹。相较其他人的惶恐不安，曾纪泽倒显得从容淡定，"见华人皆相与惊异，儿童有哗噪者，亦犹昔年中国初见欧洲人也"④。在他看来，中国人与外国人的看与被看是一种正常反应，不足为奇。

就观看这一行为而言，观看不仅是认识陌生环境的方式，更是一种

---

① 郭连城：《西游笔略》，上海：上海书店出版社，2003年，第46—53页。
② 张德彝：《航海述奇·欧美环游记》，长沙：岳麓书社，1985年，第562页。
③ 黎庶昌：《西洋杂志》，长沙：湖南人民出版社，1981年，第181页。
④ 曾纪泽：《出使英法俄国日记》，长沙：岳麓书社，1985年，第147页。

先于语言的存在。只有通过观看才能明确我们在周围世界的位置，一个人观看事物的方式，必然受到其知识结构、心理状态以及文化信仰的支配。在观看的过程中，我们可以捕捉到来自他者的陌生目光，看与被看的视线不期然间的触碰与交汇，也更加使我们确信自己处于一个开放的可被观看的世界之中。于是，西行者的异域之旅，变成了一个开放的时空舞台，因舞台之上的众人彼此陌生，于是种种错位、倒置的现象便应运而生：

　　是晚出店闲游，街市男女见明等系中国人，皆追随恐后，左右观望，致难动履……出门，有乡愚男妇数人，问德善曰："此何国人也？"善曰："中华人也。"又曰："彼修鬋而发苍者，谅是男子。其无须而风姿韶秀者，果巾帼耶？"善笑曰："皆男子也。"闻者咸鼓掌而笑。归时一路黄童白叟，有咨询者，有指画者，有诧异者，有艳美者，争先睹之为快。①

　　寝必有衣，长与身等，有袖无襟，从首套下，皆以白布为之，故遇中土之服白长衫者，必发狂笑，盖以为误着寝衣出户也……遇中土人于街市行走，群以为异，蜂拥蚁聚而观之。妇女儿童更有指笑者，即异衣服之式样，尤异发辫之长垂。又每疑无髭之男子，以为中国妇人，真乃不白之冤。②

　　丑刻出园，车辆盈门，观者如堤。其女子见华人皆有惊讶状，指彦智轩长讴一声曰："赛邦不的徐奴阿司"，即华言"此中国之美女子"也。③

奇则奇矣，围观哄笑也罢，更让这些跨海而来的中国人难堪的是性

---

① 张德彝：《航海述奇·欧美环游记》，长沙：岳麓书社，1985年，第480—482页。

② 袁祖志：《西俗杂志》，《小方壶斋舆地丛钞》第15册，杭州：杭州古籍书店影印本，1985年。

③ 张德彝：《航海述奇·欧美环游记》，长沙：岳麓书社，1985年，第553页。

别的倒置——他们总被误认为是女子。因为身着长袍在西方人眼中，就是穿睡衣上街，而长辫子也只有女子才会有，于是发生了上述尴尬的场景。在这一时期的西方漫画中，中国人或被描绘成拖着长辫子的猴子，或是蹩脚的无知妇人，在文明世界里被西人围观嘲笑。这种尴尬的局面对于长期奉行男尊女卑传统的中国人来说，恐怕不仅是身份和性别的倒置，绝对是一种奇耻大辱，难以接受。王韬也曾被英国小孩儿误认为女子之身，慨叹之余，更是深受震撼："噫嘻！余本一雄奇男子，今遇不识者，竟欲雌之矣；忝此须眉，蒙以巾帼，谁实辨之？迷离扑朔，掷身沧波，托足异国，不为雄飞，甘为雌伏，听此童言，讵非终身之谶语哉。"[1]西人对其性别的误读，已使他对自己的身份产生怀疑，进而对自己出游异国，空有抱负，却无处施展深感沮丧。张祖翼在伦敦街头偶遇一群小孩儿，拍手高唱："清清莱尼斯"。张祖翼不知何谓，竟然自以为是地认为"童谣自古皆天意，要请天兵靖岛夷"[2]。殊不知，此乃当时英美俚语中对汉语发音的蔑称，等同于当时国人称西语为唧啾不已的"鸟语"。他们原本用好奇的眼睛来观察异域，孰料却发现自己竟然成了西方人观看取笑的对象，在中国传统文化习俗中再平常不过的衣着发式、言谈举止在异域文化的审视下，全都成为怪异的符号：长袍、长辫子、言语不通、举止可笑……一副全然与现代文明扦格不入的形象。

看与被看，凝视与被凝视，实际上是两种文化心态的互动和碰撞。看或凝视带有居高临下的意味，是旅行观看行为中文化意义色彩很浓的一种。在后殖民主义文学中，凝视被视为欧洲人所采用的统摄俯视性的观察角度，也被称为殖民者的凝视。而中国人的华夷观念亦是凝视下的

---

① 王韬：《漫游随录图记》，济南：山东画报出版社，2004年，第131页。

② 张祖翼：《伦敦竹枝词》，雷梦水、潘超、孙钟铨、钟山编：《中华竹枝词》，北京：北京古籍出版社，1997年，第4228页。

产物，虽不是殖民者的凝视，但作为文化上的俯视，在心态上与殖民者的凝视具有相同的心理特征。西行者对东南亚土著居民、非洲黑人均持一种不屑的眼光，种族歧视观念相当普遍。郭连城在埃及见到黑人，憎其相貌丑陋，遂认为"其人为天下最劣者，俗所谓黑人国，狗头国，想即此处矣"[①]。薛福成视东南亚土民"与鹿豕无异"[②]。康有为参观德国博物院时，发现中国的展品赫然与非洲国家并列，视为奇耻大辱："谁无强弱之时，彼夺法之奥斯鹿林而不敢辱法，而轻贱我同于非洲之黑人，假我国而见分灭，岂可言哉？志士不可不愤兴矣！"[③]这其实都是"非我族类"的文化中心主义的本能流露。

看或凝视通常作为一种单向度的观察行为存在，但在某种情况下也会出现视觉权力的转移，即"被凝视"。陈室如引入福柯对边沁（Jeremy Bentham）的"全景敞视监狱"的模式分析来解释这种观看的互动[④]。其实换个角度来看，旅行者在目的地的行止举动，其与东道主居民的交流与互动，构成了一种宏大的剧场现象[⑤]。旅行者、东道主居民都可作为表演者在这一特殊的时空舞台上，他们的角色并非固定不变，在有些场合，旅行者会以表演者的姿态出现，而在另一些场合，他

---

① 郭连城：《西游笔略》，上海：上海书店出版社，2003年，第31页。

② 薛福成：《出使英法义比四国日记》，长沙：岳麓书社，2016年，第86页。

③ 康有为：《列国游记——康有为遗稿》，上海文管会编，上海：上海人民出版社，1995年，第122页。

④ "全景敞视监狱是一种分解观看被观看二元一体的机器，在环形边缘囚室，人会被彻底观看，但不能观看；在中心瞭望塔，人能观看一切，但不会被观看到。由于被囚者处于有意识的、持续的可见状态，因此权力便能自动地发挥作用。由此可知，囚者被观看者是权力加诸的对象。而监视者观看者位处权力的出发点，观看者与被观看者之间的权力关系都很清楚了。旅行者本来是观光，却成为被观的对象，这就暗示着权力关系的倒转。"（见陈室如：《近代域外游记研究：1840—1945》，台北：文津出版社，2008年，第131页。）

⑤ 谢彦君：《旅游体验研究：一种现象学的视角》，天津：南开大学出版社，2005年，第188—221页。

们更适合作为观众，还有一种特殊情况，他们几乎分辨不出自己的身份，别人也难以确认这时旅行者的身份，因为他们融入了表演过程，既在体会、欣赏他人的表演，也将自己呈现给别人看，让别人欣赏、品评。在这种演员与观众的角色转换之中，视觉权力的转换便在不知不觉中完成。初涉异域的中国人试图以观看者的姿态来认知西方社会，却发现自己被当作了异域舞台上的异类，西方人竟用怪异的目光审视着自己，如此强烈的心态反差必然如芒刺在背，心理上的刺激与惶恐可想而知。

有时候这种新奇的观感造成的文化审美差异甚至会成为牟利的商品。斌椿《乘槎笔记》便载有中国人被西人挟以周游牟利："湖北人黄姓，身不满三尺。又安徽人詹姓，长八九尺，自言形体与人异。又粤东少妇一人，装饰状貌，西国未见者。洋人以之来游，为牟利也。"[1]王韬曾与詹氏两度谋面，从他的记述中可推测，西人啧啧称奇的是詹五的身高和其妻金福的小脚："余至押巴颠时，适安徽长人詹五在其地，因往观焉。詹五与其妻金福，俱服英国衣履，余向在阿罗威见金福时，画裙绣裤，双笋翘然，今则俯视其足，亦曳革屦，几如女莹之胫，长八寸矣。余惊讶其可大可小，变化不测，不觉失笑，金福亦为启齿嫣然，红潮上颊。詹五重见余，亦甚欢跃，特出影像数幅为赠，余亦以楮墨笔扇报之。詹五将于两月后航海至亚美利加，小住纽约浃旬，然后取道东瀛，迳回上海。闻其言，凄然动余乡思矣"[2]。张德彝亦两次提及詹五兄弟之事，詹五"以巨体居奇敛财"[3]；另有一女，"询之知为上海倚门卖笑者，此三人来泰西，迫为令人观看，以图渔利"[4]。詹五名噪一时，葛

① 斌椿：《乘槎笔记》，长沙：岳麓书社，1985年，第121页。

② 王韬：《漫游随录图记》，济南：山东画报出版社，2004年，第130页。

③ 张德彝：《使俄日记》，长沙：岳麓书社，1985年，第329页；

④ 张德彝：《航海述奇·欧美环游记》，长沙：岳麓书社，1985年，第535页。

元煦在《沪游杂记》中也不忘记上一笔："詹伍者，安徽歙县人也。躯干雄伟，约长六尺余，以墨工世其家。旅居沪上无过而问者，独西人视为奇货，挈之游欧洲诸国，满载而归。"[1]詹五超乎寻常的身高和金福的三寸金莲，在中国人眼中本属寻常，而在西方人眼中却大为稀奇，如此病态畸形的男女形体恰恰符合他们眼中孱弱不堪的中国人形象，正可满足他们对于中国人的猎奇与想象。当这种凝视的产物竟然演变为某种可以盈利的商品，这不能仅从文化差异的角度来解释，猎奇与娱乐固然有之，而国力的强弱已泾渭分明。当时的美国《哈泼斯周报》(*Harper's Weekly: A Journal of Civilization*)就以 "Chang, the Chinese Giant, and His Companions" 为题，报道了中国巨人詹世钗和妻子金芙周游世界的新闻，并配有插图[2]。英国的《伦敦新闻画报》也隆重报道了"中国巨人"到访伦敦一事："他最近来到伦敦，目的是为了在埃及展览馆向我们这些矮人展示一下他那令人称奇的身材。随同他前来的有他的妻子，名叫靓芙(King-Foo)，意为"美丽的芙蓉花"。跟普通的中国女子一样，她也缠着小脚，这是中国上层社会对

中国巨人（Chang, the Chinese Giant, and His Companions）(《哈泼斯周报》，1865 年 10 月 28 日)

---

[1]　葛元煦:《沪游杂记》，上海：上海书店出版社，2006 年，第 139 页。

[2]　《哈泼斯周报》，1865 年 10 月 28 日，转引自张文献:《美国画报上的中国（1840—1911）》，北京：北京大学出版社，2017 年，第 255 页。

妇女的要求。"①有趣的是，清政府的首位游历使斌椿在访问巴黎期间的相片竟然也被西人争购，而至于"一像值银钱十五枚"②。

耳闻目睹尚有诸多障碍，道听途说更难免扭曲乃至荒唐的想象。中国一向视西方为蛮夷，而他们在西方人眼中，也是有着溺死女婴、食鼠、虐待女性等陋习的野蛮民族。西人之所以会有如此多的误解，源于西方探险家、传教士等人关于中国的不实的著作。关于中国虐杀女婴、残害亲生骨肉、食鼠等诸多妖魔化中国的记述屡见不鲜。郭时腊（Charles Gutzlaff）说"他们通行的习惯是将相当一部分新生女婴溺死"。费时本（Fishbouine）的记述更耸人听闻："如果乐意，在厦门的池塘里，或是在流往上海城的小河里，每天都能看到被溺死的婴儿的尸体"。格雷（John Henry Gray）的说法则近乎污蔑："鼠肉也是一种食品。……男人女人都吃。然而，吃鼠肉的女人一般是那些秃了头的。"③在西行者的记述中，有不少外国人对中国人横加指责甚至污蔑，每遇到这种情况，他们都会不卑不亢地予以回击和澄清。志刚对西人污蔑中国人残害婴儿以供猪狗啃啮之说颇为愤慨，郑重澄清："中国人丁，甲于万国，若使不为抚养，安能自古至今，内地常有三、四万万之丁口邪？我中国唯有江西省有数县，因养女艰于陪嫁，而又不能嗣续养家，其极贫苦者，往往溺之而不育，然而官尚设禁。至于男孩，则绝无弃而不育者。"④张德彝等人在法国时，当地有报纸说中国钦差在动物园看到珍禽异兽，非常欣喜，便想带些具有纪念意义的东西回国，于是乎拿了一瓶

---

① 转引自沈弘编译：《遗失在西方的中国史：〈伦敦新闻画报〉记录的晚清（1842—1873）》下册，北京：北京时代华文书局，2014年，第514页。

② 斌椿：《乘槎笔记》，长沙：岳麓书社，1985年，第113页。

③ ［英］约·罗伯茨编著：《十九世纪西方人眼中的中国》，蒋重跃、刘林海译，北京：中华书局，2006年，第116页。

④ 志刚：《初使泰西记》，长沙：岳麓书社，1985年，第310页。

狮子粪[①]。又有传闻说中国钦差每日命仆人买鼠一二篮，还有人曾亲见载鼠三车，运入衙署。张德彝对此无稽之谈，甚觉可笑："天下各国人民，或遭兵燹，或遇水患，食鼠容或有之。然我国钦差在此，即有食鼠一说，不知购自何处？尚望再为访之。"[②]

这种被赛义德（Edward Said）称之为东方主义的思维模式，将中西文明完全对立，成为彻底的文明与野蛮的二元对立的世界。西方视中国人为未开化的野蛮人，而中国人一向以天朝上国自居，视西方人为"蛮夷"，这可以说是东方主义思维模式的逆向体现。这两种对立的思维方式本质是一样的，即唯我独尊、鄙视他者。视觉权力的转换，角色身份的转移，其背后隐藏的正是这种二元对立的思维模式。在形象学看来，他者如同一面镜子，自我身份的形成必须倚仗于对他者的参照，只有以他者形象作为媒介，或者说一个由外界提供的先在模式，主动的自我形象建构才能完成。对西行者而言，陌生的他者存在正是一面域外之镜，借由旅程的开展，他们从西人的目光中品察到自我的窘迫，在失落和震撼之余，逐步完成重新定位、认识自我的过程。早期的晚清西行者真正具有此种文化视野与开阔胸襟的不多，留学美国的容闳是特出的一位。长期的异域生活，西优中劣的现实反差，使他可以跳出传统思维的羁绊，客观真实地感受西方文明的真谛。当他在耶鲁大学学习时，便已立下"以西方之学术，灌输于中国，使中国日趋于文明富强之境"[③]的宏愿，这种胆识绝对是振聋发聩。不过，待他学成归国，欲报效国家时，却深陷另一种困境之中：因其久离故国，中国文化渐已生疏，许多中外词汇竟然不知索解。"予自念以中国人而不能作中国语，亦无词

---

① 张德彝:《航海述奇·欧美环游记》，长沙：岳麓书社，1985年，第760页。

② 同上，第772页。

③ 容闳:《西学东渐记》，长沙：岳麓书社，1985年，第62页。

以自解也"①。容闳的仕途一直坎坷起伏，他出国之时被人误会，返国之后遭人排挤，最终黯然隐居美国②。造成他始终无法真正融入中国社会、实现抱负的悲剧命运，正是这种"文化隔阂"注定的结果，这种隔阂很难消解。直至1903年，无锡人蒋煦自费赴欧洲考察，在德国柏林街头，仍然被一群孩子团团围住，大叫"中国人长尾巴"③，受尽冷眼。

文化身份的不同，造就了观看者眼光的差异，其视线的支点往往来自本土文化资源，这种千年文化的积习实难于一朝一夕冲刷重构。张德彝参观埃及狮身人面像，有人说这是古蚩尤之头，在此变成石头，他将信将疑。洪勋在外游历多年，对基督教文化隔膜依旧，给他留下深刻印象的只有宏伟壮观的教堂建筑，径直将罗马城中连绵起伏的教堂圆顶比喻为"累累丛冢"④；曾纪泽是少有的略懂英文的驻外大使，他眼中的伦敦新市长上任仪式，和湖南老家热闹的城隍庙会差不多，"唯游戏之物较少耳"⑤；钱德培参观柏林教堂，竟觉得"神像有如送子观音者，有如十殿阎摩者"⑥；在张荫桓看来，作为美国自由与民主精神象征

---

① 容闳：《西学东渐记》，长沙：岳麓书社，1985年，第66页。

② 张荫桓在美国与容闳经常会面，他认为："纯浦饶有思致，唯于中西情形尚隔膜，往往能言不能行，此其一也。"（见《张荫桓日记》，第342页）同为出洋局委员的容增祥向李鸿章上书参劾容闳："偏重西学，使幼童中学荒疏。纯甫意见偏执，不欲生徒多习中学。即夏令学馆放假后，正可温习，纯甫独不谓然。"（见《复陈荔秋星使》，顾廷龙、戴逸主编：《李鸿章全集·信函4》，合肥：安徽教育出版社，2007年，第542页）崔国因对容闳印象亦不佳："肄业学生，皆改装入教，一无所成。容闳又身入美籍，以中国之学堂私行质银，不能正其身，如正人，何此之谓欤！"（崔国因：《出使美日秘日记》，第85页）

③ 蒋煦：《西游日记》，长沙：岳麓书社，2016年，第22页。

④ 洪勋：《游历意大利闻见录》，《小方壶斋舆地丛钞》第19册，杭州：杭州古籍书店影印本，1985年。

⑤ 曾纪泽：《出使英法俄国日记》，长沙：岳麓书社，1985年，第267页。

⑥ 钱德培：《欧游随笔》，《小方壶斋舆地丛钞》第14册，杭州：杭州古籍书店影印本，1985年。

的自由女神像，实无甚稀奇，不过觉得"像为女身，略如吾华之观音大士"[1]……在如今世界已步入全球化、中西文化交流汇通的 21 世纪，恐怕除了会心一笑之外，还应该带给我们更多的启示和思考。

第三节　口腹之欲与文化选择：
康有为海外游记中的饮食书写

1898 年戊戌变法失败后，康有为仓皇出逃，亡命海外 16 年。康氏遍游意大利、瑞士、奥地利、匈牙利、丹麦、瑞典、荷兰、比利时、德、法、英、美、挪威等 31 国，自诩为遍尝百草的神农，"考察其性质色味，别其良楛，察其宜否，制以为方，采以为药"，著《欧洲十一国游记》[2] 记其海外见闻。其游记汪洋恣肆，浑浩流转，西洋各国的政教国体、工艺制造、风土人情、文化艺术等靡所不记，蔚为大观，颇有大海惊涛，如履衽席之悠游豪迈。钱穆称其海外游记为"欧洲文化史之阐述与批评"[3]，内容驳杂，头绪繁多。康有为不仅以神农自膺，亦豪言甘愿为庖人，烹制万国美食"而同胞坐食之"；愿为画工，描摹列国风

---

① 张荫桓：《张荫桓日记》，任青、马忠文整理，上海：上海书店出版社，2004 年，第 71 页。

② 康有为《欧洲十一国游记》仅有《法兰西游记》和《意大利游记》公开印行，后《突厥游记》《欧东阿连五国游记》《补德国游记》《满的加罗游记》刊于《不忍》杂志。蒋贵麟将已刊游记文本加上《印度游记》辑为《康南海先生游记汇编》一册刊行。1984 年上海市文管会根据康有为未刊文稿，编成《列国游记——康有为遗稿》一书，收录游记 26 种，由上海人民出版社 1995 年出版。由姜义华、张荣华编校的《康有为全集》(中国人民大学出版社 2007 年出版) 则在此基础上，根据康有为手迹整理收录《英国恶士弗、监布烈住两校参观记》《恶士弗大学图记》等 7 篇，几可谓康有为海外游记之全璧。

③ 钱穆：《读康南海欧洲十一国游记》，《思想与时代》月刊第 41 期，1944 年 11 月。

景而"同胞游览焉"①。孟子虽有"君子远庖厨"的告诫，但老子"治大国如烹小鲜"的比拟，更是身在江湖、不忘宫阙的康有为聊以自励的信念。饮食本身兼具物质文化与精神文化的双重性质，借之可观世相，可察民生，也是康有为海外考察着意书写的内容之一。如果抛开康有为游记中关于中西政教源流、文化同异的鸿篇大论，将目光聚焦其海外羁旅之舟车行止与饮食起居，将其海外之旅视为精神锤炼、躯体旅行之外的味觉之旅，或可一窥康圣人欧游前后思想嬗变的蛛丝马迹。

一、印度无美食

1901 年岁暮，康有为携女同璧等一行，离开槟榔屿，东游印度。康有为素以印度的衰败沉沦为"最可叹惜痛恨之事"②。如今海道大通，汽船如梭，中印边境交流汇通者每月逾千人，但无人将印度见闻述诸文字，以供借镜。游者虽众，皆无心之人。怀着探查印度文明衰败委弃之缘由的雄心，他慷慨宣言其为秦景、法显、三藏之后，中国人游印度之第四人③，其一贯的自信与张扬表露无遗。

康有为 1902 年初定居印度大吉岭，筑须弥雪亭，漫游之余，潜心著述，历时一年。其间写成《大同书》，完成了他对大同世界、乌托邦理想的建构。康氏一行足迹遍及斐赊劫不担（Vizagapatam，今译维扎卡帕特南）、呢格不担（Negapatam，今译奈咖帕塔姆）、挑秩沟

---

① 康有为：《欧洲十一国游记二种》，长沙：岳麓书社，1985 年，第 57—58 页。

② 康有为：《列国游记——康有为遗稿》，上海文管会编，上海：上海人民出版社，1995 年，第 2 页。

③ 康有为《须弥雪亭诗集》中有长诗一首《游中印度舍卫城，……携次女同璧来游，感怆无限，车中得九诗纪之。支那人之来此者，法显、惠云、三藏而后，千年而至吾矣》："法显最先记佛国，玄奘以后无西游。支那次我第四客，白马驮登二石楼。"《万木草堂诗集——康有为遗稿》，上海文管会编，上海：上海人民出版社，1996 年，第 150 页。

（Tuticorin，今译杜蒂戈林）、码刀喇（Madena，今译穆特拉）、乜刀喇（Muttra，今译穆特拉）、孟买、吉埠（Jaipur，今译斋浦尔）等多座城市，瞻仰佛迹，考察民生，镜其文明得失，"以资国人之考镜采择，以增益我文明"。康有为追求去苦求乐的人生哲学，将肉体的享乐与满足视为良好生活之必然。海外游历因会党的资助，有充足的资金保障，其旅程可谓衣食无忧，甚至相当奢侈。他在各地频频出入豪华酒店，出行则马车汽车代步，还经常雇佣译员（导游）、仆人和厨师。不过康有为在印度的行程却牢骚满腹，不仅车马、食宿费昂贵，而且客店的设施陈旧落后。印度环境恶劣，饮食亦差。往往"食人各铜盆一具，上置饭及绿豆，菜架厘（咖喱）。富者或猪或牛，以手取之，然亦无常食，随意食糖果，即已果腹"[①]。食物粗糙，餐具恶劣，以手代箸，全然没有文明之邦的风采。而在中国，餐桌礼仪忌讳殊多："毋抟饭。毋放饭。毋流歠。毋咤食。毋啮骨。毋反鱼肉。毋投与狗骨。毋固获。毋扬饭。饭黍毋以箸。毋嚃羹。毋絮羹。毋刺齿。毋歠醢。"[②]具体到牙齿咀嚼的力度、喉咙吞咽的声响，可谓礼之尽矣，二者真有霄壤之别。印度人用餐不使用餐具由来已久，以手抓食也有相应规范：人们就餐只能用右手指尖抓食物，不能把食物拿到第二指关节以上；米饭和咖喱要用右手搅拌，揉成团状食用；就餐时，手不能触及公共菜盘或为自己从中取食，餐后提供热水供客人洗手。抓食之法不可一味贬斥，现今非洲、中东、印尼及印度次大陆的许多地区仍盛行抓食，而且在旧时欧洲，英国伊丽莎白一世、法国路易十四亦喜用手抓，也是人尽皆知的趣事。饮食礼仪本于文化，只有习惯风俗差异，并无高下优劣之分。康有为出于对印度

---

① 康有为：《列国游记——康有为遗稿》，上海文管会编，上海：上海人民出版社，1995年，第8页。

② 杨天宇注说：《礼记》，开封：河南大学出版社，2010年，第85页。

文明沉沦衰败的痛惜之情，将抓食视为野蛮粗鄙之举，自然无法理解印度饮食在味觉之外的"触觉"快感。

康有为试图寻觅当地的酒楼饭店，一解口腹之欲，但无奈印度城邦虽街市喧天，百货拥塞，"唯无酒楼食店，仅鸡卵羊肉，盖其王及士夫皆不出，唯市井首陀之贱族就食焉，故无美食也"[1]。印度上流社会的王公富人们深居简出，极少在外就餐，而一般市井贱民又无力享乐，故遍游印度，难觅美食踪迹："印人食无可取，唯糖物甚多。"国之将亡，食可果腹即为幸事，何谈美食。印度街市上，衣衫不整，赤足乞食者触目皆是。更有甚者，在乜刀喇，当地历史悠久的婆罗门天神庙，竟被守庙人当作厨房，烟熏火烤，圣迹不复。衣食住行一无是处，社会堕落至如此不堪，令人齿冷。

在吉埠期间，康有为受邀在天后庙讲演，听者千人。康有为纵论中国变法革新之本源，戊戌政变始末，而数千人如梦似觉，少有所明。他不禁慨叹："其愚冥之极至，实出人意表而可悯，……此则宜为亡国之民。"[2]康有为认为，印度人之所以堕落至此，原因有二：一为地处热带，酷热高温，精气涣散；二为陋习使然，印度人因教门种姓而区分为三六九等，沿袭千年不变，致使印度人各安其命，而不思改易。在他看来，长期的顽愚不化，使得印度人"脑根怠缓，蓬头垢面，有如羊豕，手食地坐而不知耻"。印度数千年文明毁于一旦，国家沦为英人傀儡，也就不足为奇。在传统儒家文化中，饮食与社会、政治和宗教秩序往往互为隐喻，调和鼎鼐与治国平天下实为一体两面，国民的饮食温饱不仅关乎身体感官，更和文明与野蛮、进步与落后、纷乱与和谐构成直接的

---

[1] 康有为：《列国游记——康有为遗稿》，上海文管会编，上海：上海人民出版社，1995年，第7页。

[2] 同上，第15页。

对应关系。"印度无美食"背后的现实正是印度满目疮痍、毫无生机的社会和文化，道德文化虽美，如果没有物质文明的支撑，不知变通，只能成为沉重的包袱，坐以待毙：

> 今印度既灭，降为俘虏，为万国所轻贱久矣，如以道德论文明也，则吾断谓印度之文明，为万国第一也。①

现实的世界早已由蒸汽机为代表的工业文明所主宰，此时的印度和中国一样，落于人后者，不是道德哲学，"但在物质而已"。在他看来，物质文明的兴衰决定了一国之民的强弱优劣。西方国家机器制造发达，人可借助设备从事生产，产品丰硕，事半功倍，且有闲暇娱乐，故民强国盛；而印度与中国，物质文明不发达，生产效率低，人民不堪其苦，"贫俭则肉食不足，而血枯致病，或死劳作，则不能寻乐，不暇为学，神明无自而畅，智识无自而开"②。物质文明的衰弱带来的是人民饮食不调，营养不良，而至顽冥不化的连锁反应。因此，康有为在《大同书》中设想的"居处之乐""舟车之乐""饮食之乐""衣服之乐""器用之乐""净香之乐""沐浴之乐"等乌托邦愿景，在印度更是无从得见。历时一年有余的印度考察旅行，彻底摧毁了康有为对印度文明（东方文明）残存的美好印象，成为他日后深入考察中西文化，思想发生变化的转捩点。

饮食不调只是其一，印度之行也多有艰险。一日康有为携女同璧夜访佛寺，归途大雨，天寒道险，不辨东西。随行僧人亦不熟悉路程，途

---

① 康有为：《物质救国论》，《康有为全集》第 8 册，北京：中国人民大学出版社，2007 年，第 66 页。

② 同上，第 88 页。

中又闻狼群嘶嗥，几近绝望：

> 身挟弱女与一印仆，绝无寸刃而行万里之外，绝域异国，旷野深山之中，深夜无人之境，又非故道，心疑车人异谋，遂为震慑。……吾既惯遭危难，此身常在死境，阅之寻常。唯念弱女甫出，即遭此险难，无以见吾母耳。且吾不死于大难而死于此，命也夫！①

一行人惶恐张皇，令人动容。后幸得僧人相助，侥幸脱险。康有为作诗自嘲："绝域深山宵失道，狼嗥虎啸风腥人。弱女抱持行半夜，惊魂又作再生身。"有了这一番惊魂之旅，康有为如败军之将，游兴顿减，拟离开印度，再作他游。

1903 年 4 月，康有为带着对印度文明湮灭的无限痛惋之情，以及对西方文明世界的无限期待，离开印度，回到香港做短暂休整。翌年，即乘坐法国轮船，踏上漫游欧美十一国的壮阔旅程。

二、猫匿啤酒

1904 年 6 月，康有为一行到达德国。他辗转穿梭于慕尼黑、柏林、波茨坦、汉堡、科特布斯、科隆、亚琛等各大城市，游览风景妙丽的莱茵河；参观工艺水平冠绝欧美的克虏伯兵工厂；访问政治清肃、秩序井然的联邦议院；触目所及，男士皆英武雄壮，女士亦秀倩可嘉，彬彬知礼；所到之处，文物殷赈阗溢，宫室奇丽闳畅……凡此种种，慨然有霸

---

① 康有为：《列国游记——康有为遗稿》，上海文管会编，上海：上海人民出版社，1995 年，第 57 页。

国之盛。康有为从未有过的旅行体验，不禁由衷叹服："今欧洲骤盛之国，武备、文学、政治、工艺、农商并冠大地者，莫如德矣。"后又在游记中一再重申：

> 吾游遍万国矣。英国虽为欧土先驱，而以今论之，则一切以德为冠。德政治第一，武备第一，文学第一，警察第一，工商第一，道路、都邑、宫室第一。乃至相好第一，音乐第一。乃至全国山水之秀绿亦第一。①

如此衷心推服，可谓不惜溢美之词。康有为四次往来德国境内，自言"九至柏林，四极其联邦，频贯穿其数十都邑"②。他对德国情有独钟，一方面因地理位置的便利，德国居欧洲的中心，柏林更是绾结欧洲中西的交通枢纽；另一方面则是康有为将"理解、消化普鲁士—德国崛起的经验并以之为中国现代化的借镜"③，在他心目中，后来居上、冠绝欧土的德国无疑是中国效仿的最佳范例，因此他对德国的考察也最为用心。出人意料的是，康有为在游记开篇简述德国概况之后，笔锋一转，径直说起了猫匿（Munchen，今译慕尼黑）啤酒：

> 猫匿之啤酒名天下，吾饮欧美各国之啤酒矣，皆略有苦味，不宜于喉胃，唯猫匿之啤酒入喉如甘露，沁人心脾，别有趣味。德国人人无有不饮啤酒者，其饮啤之玻杯奇大如碗，圆径三四

---

① 康有为：《列国游记——康有为遗稿》，上海文管会编，上海：上海人民出版社，1995年，第163页。

② 同上，第386页。

③ 单世联：《"文明"与"武明"之辩证——康有为"物质救国论"的意义》，《学术研究》，2011年第10期。

寸，有高八寸而圆径二寸，初视骇人，全欧美所无也。①

德国啤酒早已名满天下，慕尼黑啤酒尤为其中佳品。康有为自称生平不饮酒，但在喝了慕尼黑啤酒之后，每日必饮，连续半月后，再难释怀。以致后来他在荷兰、英国等地游历时，在饭店看不到德国啤酒专有的大玻璃杯，便怅然若失，犹日思饮慕尼黑啤酒，"不一饮之则喉格格索然"，足见慕尼黑啤酒之魅力。慕尼黑啤酒以大麦芽、啤酒花、酵母和水四种纯天然原料制成，口味醇厚，与传统的中国白酒酿造工艺迥然不同，口感更是天差地远。中国最早的啤酒厂始建于 1900 年，由俄国商人在哈尔滨开办的乌鲁布列夫斯基啤酒厂，即哈尔滨啤酒的前身。而真正德国风味的啤酒厂则要迟至 1903 年才在青岛出现，因价格昂贵，一般中国人尚无福消受。作为初涉西方的中国文人，第一次接触啤酒这种迥异于中国口味的饮料，即能如此适应，确乎难得。康有为生平张扬不羁，评述事物常出言不忌，不重细节，其大开大阖、放浪形骸的性情举止，在这里可谓找到了异国知音，大赞"猫匿啤酒真为天下第一"。畅饮之余，他甚至认为，德国人之所以面目红润，仪表壮伟，皆啤酒所赐。中国人面黄肌瘦，形容枯槁，正需要德国啤酒滋补，大声疾呼"吾国人不可不饮啤酒而自制之，制啤酒不可不师猫匿"。联想跨度之大，出人意料，可谓饮酒不忘忧国，不失政治家忧国忧民之本色。康有为还有诗咏之：

> 啤酒尤传兔恨名，创于湃认路易倾。吾曾入饮王酒店，

---

① 康有为：《列国游记——康有为遗稿》，上海文管会编，上海：上海人民出版社，1995 年，第 89 页。

三千人醉饮如鲸。^①

　　他饶有兴味地做了一番注解，"吾性不饮酒，德食店不饮者多出一擘，故吾饮啤酒尤爱免恨啤，免恨英音读为猫匿。此酒创于湃认王，路易德音呼王为倾。有王酒店，吾饮焉，大容三千人，沉湎常满饮者，琉璃杯大如斗，然德人之肥泽由啤酒，醉不害事，亦饮中之佳品也"。康有为此诗描绘的是慕尼黑啤酒节的盛况。慕尼黑啤酒节起源于 1810 年 10 月，为庆祝巴伐利亚的皇太子路德维希（Ludwig）和勒吉（Therese）公主的婚礼而举行的狂欢活动。此处的"湃认"即拜仁州（Freistaat Bayern），"路易倾"即路德维希（Ludwig Konig）。他详细考察了德国啤酒的产量^②，甚至计算出德国人均啤酒产量为 20 加仑的"精确"结果。他显然已经意识到，德国啤酒之所以风靡欧洲，在于其厂家众多，且制造工艺先进，本质上是成熟的机器工业化的一种产品而已，而先进成熟的机器工业、复杂严密的工艺工序背后则是科学系统的学校教育。康有为对德国的教育体制有过精心考察，他认为德国注重"物质学理"，尤重工学，"以工场附于大学，以大学通于工场，理论与实测互证"^③，两者相互促进，日臻发达。正是这些因素共同造就了冠绝天下的德国啤酒。由此看来，康有为开篇即饶有兴味地介绍猫匿啤酒，还是颇有深意的。

　　在饮食文化视域下，"美食往往作为非常重要的地方人文景观，以

---

　　①　康有为：《万木草堂诗集——康有为遗稿》，上海文管会编，上海：上海人民出版社，1996 年，第 237 页。

　　②　康有为：《列国游记——康有为遗稿》，上海文管会编，上海：上海人民出版社，1995 年，第 147 页。

　　③　同上，第 176 页。

此凸显地区文化及其个别性的重要媒介"[①]。在结构复杂、发展迅速的现代社会，美食往往成为构成地域文化特色的重要元素之一，而且因其具有"入口难忘"的味觉体验，更令人印象深刻。在康有为眼中，慕尼黑啤酒凝集了德国高度工业化文明及文化中壮美阳刚的一面，成为象征德国富强文明形象的一个意味深长的文化符号。康有为对慕尼黑啤酒的偏爱，可谓念念不忘，在此后的列国游记中多有提及[②]。

康有为自诩遍尝各国啤酒，虽有夸大，但英国"尾士竭"（威士忌）、法国葡萄酒等，他确实不止一次地品尝过。不过酒虽美，但宜适量，过量饮酒不但伤身，更有损于国家形象。康有为在游记中多次对欧美国家的酗酒陋习提出批评：

> 今欧人无不好饮者，德、法尤甚，客店食桌中无有无酒盏者。[③]
>
> 虽俭于食而嗜饮酒，德、法、美尤甚，四十余足多肿，已难作工，五十后无所归，遂入院，以为俗焉。[④]
>
> 吾观欧美人醉酒之风，夜卧于道而哗于市，归殴其妻，而争杀开枪致死者比比，阅报者日见之不鲜。所经小市大衢，卖酒店相望，竟日作工，所入尽付酒家，而导淫演杀，与酒为缘。若此败风，唯吾国无之，欧美皆然，但法人为尤甚耳。盖

---

① 廖炳惠：《吃的后现代：一位台湾学者的餐饮哲学》，桂林：广西师范大学出版社，2008年，第8页。

② 康有为在《英恶士弗大学图记》（恶士弗大学，即牛津大学）中提到欧美人："多食生血欲滴之牛肉以强体润颜，多饮啤酒以行血丰肌。德人貌干最丰伟，因饮啤酒，吾别有说。"见康有为：《康有为全集》第8册，北京：中国人民大学出版社，2007年，第124页。

③ 康有为：《欧洲十一国游记二种》，长沙：岳麓书社，1985年，第79页。

④ 康有为：《列国游记——康有为遗稿》，上海文管会编，上海：上海人民出版社，1995年，第263页。

吾国酒俗为过去世矣。不知者开口媚欧美人为文明，试入卖酒
炉，观其乱状，与我孰为文明哉？①

嗜醉逞恶，暴力犯罪，骄奢堕落，老而无养……统统是酗酒带来
的恶果，在康有为笔下，这些似乎成了西方"文明"国家独有的社会现
象，中国作为礼仪之邦，要比西人更理性和节制。他颇为自豪地指出，
早在《尚书·酒诰》便有对酗酒失礼的严厉惩罚："群饮，汝勿佚。尽
执拘以归于周，予其杀。"酗酒失礼，是要招来杀身之祸的，这甚至和
道光年间惩治吸食鸦片者一样，动辄处以极刑。当然，《酒诰》并非绝
对禁酒，但明确指出"越庶国，饮唯祀，德将无罪"，只有在天子祭祀
上天时，才能陪着喝酒，且要严格约束言行。由此看来，酒在古代中
国，实际兼具宗教意义和政治属性，必须谨慎对待，以礼节之。其实德
国民众的酒风到底如何，是很可疑的，李凤苞提供了另一种版本，尽管
德国烟酒之嗜，甚于他国，但"从未见有丁役工匹酒醉滋闹者，此其谨
身节用，较胜于英、法、班、葡诸国也"②。

慕尼黑啤酒不单纯是一种饮料，更是一种生活消费品，属于声色与
感官的物质文化范畴之内，君子以之败德，小人以之速醉，一旦滥用，
即会带来双重恶果：身体机能的损伤和社会风气的败坏。中国文化讲究
"饮酒孔嘉，维其令仪"，宴饮之时，提倡"既醉以酒，既饱以德"，不
可因酒伤礼，不失为一种有礼有节的欢乐。康有为对西方人酗酒劣习的
描述，并非客观情况的真实反映，夸张的叙述策略意在揭示西方人纵情
声色、道德败坏，表明他对西方文化无节制的一面的反感。他坚定地

---

① 康有为：《列国游记——康有为遗稿》，上海文管会编，上海：上海人民出版社，1995年，
第301页。

② 李凤苞：《使德日记》，长沙：岳麓书社，2016年，第184页。

认为西人物质虽盛，但道德文明低下，还远不能称为文明大国，这与其《物质救国论》的主旨一脉相承。康有为对"猫匿啤酒"可谓言之醇醇，味之津津，"爱恨交织"的记述，其实揭示了作为近代全球化与工业化浪潮的早期体验者，潜意识中对西方物质文明既拒斥又向往的复杂情感。

三、西食中源说

伊尹说："味之精微，口不能言也。"要想将饮食之感官体验述诸文字，确非易事。康有为的海外漫游，除了念念不忘的猫匿啤酒之外，可谓尝尽西洋美味，且多鱼羊腥膻，虽称不上甘之若饴，但也来者不拒，欣然领受，所谓"食无定味，适口者珍"。如他在瑞典士多贡（斯德哥尔摩）品尝海鲜，赞其价廉味美："多鱼虾异物，咸酸皆备，其价贱而品多，味亦新异，盖欧土所未见也。欧人之食水族多鲜食者，几与日本同，医者于卫生不禁之，想以其凉血易化耶！"[①]海鲜自当以鲜活为上品，康有为将这一习惯与日本做比，得出其性凉易消化的结论。而比利时人则"好食马猫狗肉"，京城处处有专卖店售之，着实有些骇人。匈牙利人的斫生牛肉配酱，味道更是绝佳。康有为抱怨法国美食虽名满天下，但价格昂贵，一般饭店，三人一餐，一蒸双鱼，一白笋条，一鸡汤，一鸡与茶及红菩提酒，竟花费近百法郎。[②]让他印象深刻的是突厥（土耳其）饮食："突食品甚能调味，又能切碎，远过欧人，法、班、葡且不及，其他国无论也。其一切肉品并切粒片，且先下味，极类中

---

① 康有为：《列国游记——康有为遗稿》，上海文管会编，上海：上海人民出版社，1995年，第257页。

② 同上，第441页。

饮食来谈中西文化。欧美各国赖以生存的饮食之道，都是传自中国，如今用铁路、电线、轮船等这些先进科技来作为报答，也是理所当然。"葡为嗣子，班为文孙，墨（丹麦）、法为曾玄"之说，令人瞠目结舌，此"西食中源说"其实是"西学中源说"的另一种表述方式罢了。康有为意在告知读者，中华饮食实为全球第一，中华传统文化依然有其可取之处，不可糟糠视之，尽以泰西为师，而自甘堕落。孙中山先生也曾说：

> 我中国近代文明进化，事事皆落人之后，唯饮食一道之进步，至今尚为各国所不及。中国所发明之食物，固大盛于欧美；而中国烹调法之精良，又非欧美所可并驾。……中国不独食品发明之多，烹调方法之美，为各国所不及；而中国人之饮食习尚暗合于科学卫生，尤为各国一般人所望尘不及也。[①]

其对中华饮食冠绝世界的自得之情与康有为一脉相承，而且他另抒新意，从烹调方法、习惯卫生、强身祛病等方面，对中华饮食文化大加褒扬，将饮食文化与建国方略联系起来，这种"因小见大"的思想逻辑与康有为如出一辙，声气相投，可谓其道不孤。康有为对当时中国社会流行的西优中劣的文化偏见颇为不满，不仅在游记中以亲身体验来告诫国人，切不可盲目崇洋媚外，自视太低，又在同时期的《物质救国论》中大声疾呼：

> 盖凡人道皆有形骸，则皆待于衣食居处，当中世千年黑暗时，固远不及我国，即在近世论道德之醇厚，我尚有一日之长，即不易比校，然亦不过互有短长耳。今以其一日之强富，

---

① 孙中山：《建国方略》，沈阳：辽宁人民出版社，1994年，第5—7页。

宫室器用之巧美，章程兵政之修明，而遂一切震而惊之，尊而奉之，自甘以为野蛮，而举中国数千年道德教化之文明一切弃之，此大愚妄也。①

在康有为看来，西方胜在"物质"，弱在道德文明，中国则正相反。中西各有所长，国人不可自甘堕落，而一心西化。

"礼之初，始诸饮食"。中国绵亘数千年的传统文化已经赋予饮馔烹食神圣的文化色彩和哲学意味，所谓儒家礼教和王道，其出发点乃是甘饮食以养民。②在中国传统儒家文化中，一饮一食绝非小道，而是礼乐教化的起点和象征。既然西食源自中土，西方文化何尝不是撷拾中华文化之余绪，精研而臻此化境。礼失求诸野，我们自可低首下心，虚心求教，然后发扬光大。在当时正经历三千年未有之变局的晚清中国，这样的论述策略找到了鼓舞士气、拯救国难的心理平衡点，可谓一举两得：既可维护脆弱的民族文化自尊心，缓解矛盾；又增强了国人对中华传统文化的认同感，可争得上至政府、下至百姓，对学习西方先进文化的广泛支持。不过，与晚清盛行一时的"西学中源"说一样，"西食中源"的心理逻辑暴露了康有为儒家本位的文化心理。诗人惯作忧世语，康有为在域外悠游之中，每每从日常细节生发出微言大义，"因小见大"固然可见其政治家忧国忧民之敏感多思，但从饮食风俗推及中西文化同异源流，却给人以生硬附会之感。这种"同化——演绎"的思维模式③，其实反映了康有为作为传统知识分子，在面临中西文化激烈冲撞之时，

---

① 康有为：《物质救国论》，《康有为全集》第 8 册，北京：中国人民大学出版社，2007年，第 66 页。

② 龚鹏程：《儒学新思》，北京：北京大学出版社，2009 年，第 17 页。

③ 萧功秦：《儒家文化的困境：近代士大夫与中西文化碰撞》，桂林：广西师范大学出版社，2006 年，第 55 页。

思想与内心的矛盾、逡巡与困惑。

本章小结

西方人对中国的评价以 18 世纪 90 年代为分水岭，由褒扬至于贬斥甚至鄙视，其中 1793 年英国马格尔尼（George Macartney）使团的考察见闻成为转折的关键，所以有人说"在第一把英国枪瞄准中国人之前，中国就已经在著作中被摧毁"[1]。任何观念的形成都是一个长期的过程，从天下到世界（万国），这一空间观念的迭代，揭示了这样的现实："传统中国的华裔观念和朝贡体制，由实际的策略转为想象的秩序，原先制度上的居高临下，变成了想象中的自我安慰。"[2]这种心理逻辑和现实逻辑的确认，最基本的前提是传统的天下观被世界万国取代，众多西行者的旅西见闻和亲身经历，是这一崭新的时空观念得以确认和传衍的重要渠道，他们也向国人传达了关于新世界的知识与看法绝非空谈而无征者也。

任何新观念的萌生和确立，总要经历心理和情感上的波澜与阵痛，在踏上异域土地的那一刻，他们原本引以为傲的文化优越感荡然无存，视觉权利陡然反转，还要时时面对西方人的凝视、误解、嘲笑甚至污蔑。于是在看与被看的视线交错中，体味到东西方文化的巨大差异和龃龉。饮食文化不仅是填饱肚子这么简单，本质上是对不同生活方式的接纳或拒斥。"在时空转移中，饮食已经不只是一种生理上的需要，更是一种文化的重要的外在体现，对饮食的选择，常常是对不同文化表现的不同态度"[3]。康有为与西方饮食的相遇，看起来远没有其他出洋官员那

---

① 庞雪晨：《郭嵩焘与近代西方天文学》，北京：人民出版社，2019 年，第 39 页。

② 葛兆光：《宅兹中国——重建有关"中国"的历史论述》，北京：中华书局，2011 年，第 47 页。

③ 郭少棠：《旅行：跨文化想像》，北京：北京大学出版社，2005 年，第 141 页。

般痛苦，张荫桓赴美，"舟行逾半月，泰西食品雅非所嗜，且时或眩浪，辄不能食"[1]；祁兆熙等人护送幼童赴美留学，在船上"所食牛羊鱼鸡等，烹炮异宜，同人未能适口……晕浪者呕吐大作，俱睡不能起"[2]；张德彝对西餐避之不及，甚至形成条件反射："每饭必先摇铃知会。后明等一闻铃声，便大吐不止"[3]。志刚也抱怨"泰西各国饮食虽所不择，而实觉适口者甚少"[4]。与祁兆熙同行赴美的弟弟，刚到美国时，不能吃生鸡蛋，等离开时已不是问题，甘之若饴，这就是习惯成自然的缘故。他还担忧留美幼童回国，恐怕未必能乡音无改。旅人常患的不是肠胃病，而是心病，对应的是逐渐了解和接受异域生活方式和文化习俗的过程。对于西行者而言，"心安处即故乡"的异乡体验，早已转化成"胃安处即故乡"的切实之感。饮食而知味，真正的旅行者会通过自身的味蕾体验来丰富对异域文化的认知，因地理空间的变换而解放生理，因生理的解放而释放内心的真实情感，用味觉记录的旅程往往充满文化与人生的双重拷问，从而成为解读旅行者内心世界的一把钥匙。

① 张荫桓：《张荫桓日记》，任青、马忠文整理，上海：上海书店出版社，2004 年，第 9 页。

② 祁兆熙：《游美洲日记》，长沙：岳麓书社，1985 年，第 212 页。

③ 张德彝：《航海述奇·欧美环游记》，长沙：岳麓书社，1985 年，第 450 页。

④ 志刚：《初使泰西记》，长沙：岳麓书社，1985 年，第 360 页。

第四章

初识"赛先生":
西行者眼中的近代科学

旅行之苦,千古同概。古代旅行因技术条件的限制,往往旅途艰辛,风餐露宿,寒雪载途,餐饮不调,起居无节等,已成旅行之常态。蹇驴羸马,竹杖芒鞋,依然有自得之乐,正是远游何处不销魂,细雨骑驴入剑门。晚明王士性足迹遍及海内,虽饱尝辛苦,但每念及尚有未至之名胜,"思之则口为流涎"[1]。这本身已是悠游之乐的一部分,不过依然难免"蜀道之难难于上青天"的遗憾。晚清国人出洋时,科技进步,情景则大为不同了:"自轮船出,海线谙,而重洋万里,可计日按时而至。向之所谓天堑者,今皆为坦途矣"[2]。交通工具的改善,省却了舟车劳顿之苦,这一变化可谓翻天覆地,对行旅者而言更是意义重大,韩愈"谁能驾飞车,相从观海外"的愿望不再是奢求,取而代之的是康有为

---

[1] 王士性:《广志绎》卷一《方与崖略》,《王士性地理书三种》,上海:上海古籍出版社,1993 年,第 252 页。

[2] 崔国因:《出使美日秘日记》,合肥:黄山书社,1988 年,第 252 页。

"两洲连跨三邦土，半日飞行一叶舟"①的豪情。出行方式的更新，使他们的脚步更加广远，得以领略更多的新奇风物，而先进的西洋科技也时刻影响着他们的饮食起居、娱乐社交、考察学习……可谓无孔不入。这对于长期浸淫于传统诗书礼乐文化中的西行者而言，无疑具有强大的冲击和震撼力，其新奇之感与无所适从，恐怕比刘姥姥初进大观园还要强烈。"凡游野蛮地为游记易，游文明地为游记难"②。于是当李圭置身于五彩纷呈的万国博览会上时，游目其中，"欲择其尤有实用者，逐件记载。而苦于头绪纷纭，无以着笔……而译语者，又莫能曲传其奥"③。口不能言，言不达意，这种冲击与体验正是国人接受西方文明的起点，当他们置身近代西方科技文明的旋流之中，不禁会有光怪陆离、目迷五色之感，这正是沿袭了数千年的儒家传统文化和圣人教诲与西洋科学精神碰撞的结果。这种最初的本能反应，如语井蛙以海，发醯鸡之覆，如何叙述、呈现与表达，成为难点，也是两种迥然相异的文化相遇时一个引人注目的关节所在。

第一节　新事物与旧思想：迎拒与选择

在古代中国，没有"科学家"，只有"畴人"，"畴人"即为世代相承从事天文、历法、算学之人。对于崇奉"太上立德，其次立功，其次立言"的儒家文化传统，科技创造被冠之为"奇巧淫技"，乃末流小道，而从事科技工作之人自然也是不务正业。中国自古畴人无立传之传统，

---

① 康有为：《补法国游记》，上海文管会编：《列国游记——康有为遗稿》，上海：上海人民出版社，1995年，第505页。

② 梁启超：《新大陆游记及其他》，长沙：岳麓书社，1985年，第417页。

③ 李圭：《环游地球新录》，长沙：湖南人民出版社，1980年，第26页。

而对从事演剧的伶人、剧作家，至少元代已有钟嗣成《录鬼簿》行世。从《史记》到《清史稿》，可为"伶人"立传，却没有为这些古代科学家留一席之地，足见自然科学在古代中国边缘化的地位。阮元《畴人传》问世，也算弥补了这一缺憾。但"畴人"之称实有贬义，难入主流知识分子法眼。直到邹代钧1885年随使英俄时，仍然将船上的外国领航员称为"畴人"。殊不知这些西洋畴人的国度，早已完成了工业革命，生产力大大加强，科学体系日趋完备，俨然别一天地。就连见多识广的梁启超，乍见纽约城市文明之发达，也甚为叹服："今欲语其庞大其壮丽其繁盛，则目眩于视察，耳疲于听闻，口吃于演述，手穷于摹写，吾亦不知从何处说起。"[①]西行者每到一处，皆悉心考究，动物园、博物馆、电报局、天文台、军械厂、造船厂等是他们的必到之地，他们在面对这些科技器物，置身这科学场馆之时，因知识结构以及认知方式的差异，雾里看花，盲人摸象，形成了诸多错位和误解。这种体验既妙趣横生，又耐人寻味，真正拉开了国人接触和认知西洋科技的序幕。

一、动物园与"四灵"

动物园，旅西记述中亦称万生园、万牲园、万兽园、生物园等。几乎所有的西行者均曾到访过不同国家的动物园，并在日记中留下相关记述。在中国，唯有万圣之尊的皇家苑囿，方有财力、物力豢养珍禽异兽，一般人是难得一见的。大清帝国虽地大物博，但也从未见过如此多的珍禽异兽，他们惊异之余，也只能从《尔雅》《山海经》之类的古籍中寻找类似之物，对号入座。志刚和张德彝均将斑马误认为"花驴"，鹦鹉"率能洋语"，大可一记；张荫桓对企鹅徒生两翅不做奋飞之想，

---

① 梁启超：《新大陆游记及其他》，长沙：岳麓书社，1985年，第438页。

认为是累赘，多此一事……诸如此类的笑话，在情理之中，毕竟初次接触，想当然的臆断和猜测都不为过。

1868 年 8 月，志刚一行在伦敦时，苦于当地秋冬季节的大雾，终日昏昏，不见天日，终于遇见晴天，便去"众所同游之胜景"的伦敦动物园游览，留下了颇为详赡的记述。他在介绍种种珍禽异兽之后，出人意料地话锋一转：

> 虽然，博则博矣。至于四灵中，麟、凤必待圣人而出。世无圣人，虽罗尽世间之鸟兽，而不可得。龟之或大、或小，尚多有之。龙为变化莫测之物。虽古有豢龙氏，然昔人谓龙可豢，非真龙。倘天龙下窥，虽好如叶公，亦必投笔而走。然则所可得而见者，皆凡物也。①

很显然，他关注的是中国传统文化的象征物"四灵"，即凤凰、麒麟、寿龟、神龙的存在。当寻觅无果后，他由衷地感到欣慰，大开眼界的同时，他终于发现西方世界致命的缺陷，从而得到暂时的心理安慰。"四灵"即四种祥瑞异兽，"麟、凤、龟、龙，谓之四灵"（《礼记·礼运》）。麟为百兽之长，凤为百禽之长，龟为百介之长，龙为百鳞之长。又谓四星宿："苍龙、白虎、朱雀、玄武，天之四灵，以正四方"。由传说中的神异灵兽，到分主四方的祥瑞星宿。"四灵"可谓中国儒家传统的文化象征，唯有圣人在世，方可得见。李圭在参观大英博物馆时，见到一种类似凤凰的"都都鸟"标本，与一位"扑非色"（professor，教授）探讨类似的问题，他认为古有今无的东西，不能判定就一定不存在。教授"深服是言"，大概对方觉得此论荒诞不经，不置可否。郭嵩

---

① 志刚：《初使泰西记》，长沙：岳麓书社，1985 年，第 293 页。

焘也曾与一位"多通中国典籍"的法国学者探讨古生物学，确信凤凰、麒麟确有其物。这位法国博物学家说："中国言龙、言凤凰麒麟，西人皆谓无之。近来研考地塯者，乃测知其实有是物。"虽然并未见到凤凰的骨骼，但他认为凤凰属于飞鸟类，其骨骼自然不会埋入地塯之中，因此也就无从得见了。[①] 这些说法的实物证据尚无发现，是因为这些多为数千年前的古物，埋藏在地下很深的地方。曾纪泽也认为"水族伏处，幽潜不可考见者，盖亿万种，不可以西人未尝见龙，遂以为无是物也"。他同样把博物院中"形体似鼋，似鳄，有翅能飞，翅如蝙蝠之翼"的大型翼龙化石当作中国传说中九龙之一的应龙。[②] 因为在《山海经》《尔雅》等古代典籍中，应龙是生而有翅的神物，且是凤凰和麒麟的祖先，正可与翼龙化石对号入座。康有为在印度吉埠（斋浦尔）博物院中看见一种大型动物化石，"其首如龙形，大二尺许"，乃知"古传有龙不谬，故古儒佛书皆称之也"[③]。相比之下，唯王韬持不同意见，他认为古之传说，如《山海经》等皆不足信。中国谓之四灵的麟凤龟龙，据西方生物学研究，"毛族中无所谓麟，羽族中无所谓凤，麟族中无所谓龙。近日中国，此三物亦不经见，岂古有而今无耶？"[④] 但这一实事求是、不迷信盲从的卓见反倒湮没无闻。西行者之所以有这样固执的愚见，根本原因在于"四灵"作为中华传统文化的象征，同君臣父子之伦常纲纪一样，早已深入脑髓，成为文化精神的一部分，其权威不容置疑。在他们看来，在没有圣人的世界里，即使再多的珍禽异兽，也只是凡物，不足为奇。在现实生活中，客观认识总会遭遇对原初经验和事实的挑战，任何新的质

① 郭嵩焘：《伦敦与巴黎日记》，长沙：岳麓书社，1984年，第663页。

② 曾纪泽：《出使英法俄国日记》，长沙：岳麓书社，1985年，第252页。

③ 康有为：《列国游记——康有为遗稿》，上海市文管会编，上海：上海人民出版社，1995年，第12页。

④ 王韬：《淞隐漫录·自序》，王思宇点校，北京：人民文学出版社，1983年，第1页。

疑和批评都很难消除我们头脑中固
有的论断。既然"四灵"圣物确实
存在，就决不允许今人以凡物妄加
附会。

　　既然四灵圣物被证实确实存在，
那么就亟须在现实中找到对应物，
于是长颈鹿和麒麟是否是同一种动
物成为西行者关注的另一个焦点。
麒麟是中国古代传说中的一种独角
神兽，像鹿或獐，头生独角，全身
鳞甲，尾巴像牛，是一种吉兽和祥
瑞之物。自明永乐年间郑和下西洋
开始，"麒麟贡"（购买或非洲、东
南亚国家主动进贡长颈鹿）成为彰
显大明国力的重要象征，自此，麒
麟（长颈鹿）进入外交和文化视野
之中。[①] 早在明朝，长颈鹿就成了神

《明人画麒麟沈度颂轴》
（台北故宫博物馆藏）

兽麒麟在现实中的对应物。而晚清西行者的记述则对这一古老的神兽与
长颈鹿是否同一个物种，进行了不厌其烦的考证。

　　志刚在参观伦敦动物园时提及一种叫"支列胡"的动物，即长颈
鹿。此后诸人多有提及，李圭在费城动物园见到的"身短，顶高于身
倍"的无斑之鹿，叫支拉尔夫，其实都是英语 giraffe 的音译。郭嵩焘
1876 年游览伦敦动物园，也留下了关于"高脚鹿"的记录："身长六七

---

　　① 邹振环：《再见异兽：明清动物文化与中外交流》，上海：上海古籍出版社，2022 年，第
4—5 页。

尺，足高八尺，颈长亦七八尺，头身斑文皆如鹿"①。崔国因在巴黎动物园见到长颈鹿后，依然猜测"或谓此即麟也"。洪钧和邹代钧对此都有专门的考述。洪钧查阅《明史》《西京杂记》等典籍，作了一篇《奇拉甫考》，证实了"奇拉甫"实乃阿剌比人"惹拉非"的转音，麒麟之说自古已有，历代皆有人孜孜考求，但均无确证，不过将长颈鹿比附为麒麟而已，而这一比附中国史书早已言之，并非西人首倡。邹代钧作为严谨的地理学家，他的考证颇为科学客观。西人把马首、鹿身、牛尾、长颈，前足高于后足三分之一，有二短角的动物称为"吉拉夫"，他查阅《汉书》《后汉书》《明史》等史书，指出吉拉夫就是吉拉夫，和传说中麒麟是两码事，长颈鹿也只是长颈鹿，并非子虚乌有的麒麟，总之"谓之为麐，不亦诬乎？"麒麟并不存在，以长颈鹿妄加附会也是徒劳。邹、洪二人完全抛开圣物之说，以实事求是的态度加以考辨，难能可贵。直到1905年奉旨出洋考察的戴鸿慈，在德国汉堡游览动物园，亲眼看见一种产自非洲的"豹鹿"，依然固执地认为长颈鹿不是麒麟，西方人说中国传说中的龙和麒麟并不存在，此事殊难确证，"抑亦不达之甚矣"。他一方面对麒麟瑞兽之说产生动摇，一方面在近代动物学知识的熏陶下，也断定："总之鹿之为鹿，必不得强名之以古代之麟，则可决也"②。1910年11月，金绍城在英国伦敦动物园看到长颈鹿时已没什么大惊小怪，"或以为中国所谓麟者，其实非是"③。从这些记述可以清晰地看到，西行者对麒麟与长颈鹿的考辩明显地趋于科学与理性，对长颈鹿的确证，一方面承认了这些珍禽异兽的客观存在，同时对麒麟的质疑也传达出天朝神兽其实似是而非，变为天朝中心神话的一个摇摇欲坠

---

① 郭嵩焘：《伦敦与巴黎日记》，长沙：岳麓书社，1984年，第112页。

② 戴鸿慈：《出使九国日记》，长沙：岳麓书社，1985年，第435页。

③ 金绍城：《十八国游记》，长沙：岳麓书社，2016年，第57页。

的隐喻。其实，这些科学和理性的认知，在考证其他传说中的神物时已经显现，如薛福成参观了万生苑之后，并未发现庄子笔下的鲲和大鹏，博物馆中有鲸类的骨架标本，因此断言传统神话中的灵鸟异兽"大半亦寓言"[1]罢了。

动物园和皇家园林一样，既是一种公共空间，又象征着皇室的权力与财富，而那些珍禽异兽则象征着对其栖息地的征服和掠夺。对长颈鹿和麒麟的考辨背后，其实是两种文化的交锋，代表圣明文化的四灵圣物绝不允许妄加附会和亵渎，否认它们的存在，等于否认了神圣的儒家文化。动物园作为西方近代生物学衍生出来的一种休闲场所，兼具科普的功能，希望观众在一番耳目之娱之后，获得生物学的常识。而西行者却出人意料地将这一寓教于乐的活动上升到了文化比较的高度，动物园的设置，反映的是西方在生物学方面的最新进展，其背景是当时欧洲各国对生物进化论的大讨论[2]，而对此他们却并未在意。

1906年10月，端方、戴鸿慈出洋考察归来，向朝廷奏陈欧美各国"导民善法"，其中万牲园被列为与图书馆、博物院、公园同等重要的四件大事之一。万牲园具有重要的教育和娱乐功能："各国又有名动物院、水族院者，多畜鸟兽鱼鳖之属，奇形诡状，并育兼收，乃至狮虎之伦，鲸鳄之族，亦复在园在沼，共见共闻，不图多识其名，且能徐驯其性。德国则置诸城市，为娱乐之区，奥国则阑入禁中，一听刍荛之往，此其足以导民者也。"[3]这样的认知是在众多西行者的亲历考察基础上形成的较为严谨的判断，汲取了西方国家城市规划和建设经验，也直接启发了1907年北京万牲园的设置，成为近代中国尝试养成现代的休闲理念和

---

① 薛福成：《出使英法义比四国日记》，长沙：岳麓书社，2008年，第710页。

② 吴以义：《海客述奇：中国人眼中的维多利亚科学》，台北：三民书局，2002年，第46页。

③ 《出洋考察政治大臣今法部尚书戴两江总督端会奏各国导民善法请次第举办折》，《东方杂志》第4卷第1期，1907年3月。

生活方式，以及现代公共文化和市民精神的公共空间。①

二、火车的魔力

"槎"和"轺"，常见于出使日记中，如斌椿《乘槎笔记》和吴宗濂《随轺笔记》等。"槎"为木筏，"轺"为开路的礼仪专车，两者由交通工具引申出为君命不辞辛劳、万里驱驰的政治意味。这两种交通工具在晚清发生了天翻地覆的改变，以舟楫为舆马，以巨海为平道，轮船、火车等便捷的交通工具带来的体验是前所未有的。明末刘宗周自述其从杭州至宿迁，一千五百里，竟走了 50 天。郭嵩焘于 1876 年 12 月 2 日从上海启程，经中国香港、新加坡、泰国、槟榔屿、锡兰，抵亚丁湾，入埃及，过意大利，1877 年 1 月 21 日抵达伦敦，历国 18 个，也仅耗时51 日。1881 年蔡钧随使美国、西班牙、秘鲁三国，自香港鼓轮起行，

郭连城《西游笔略》卷上火轮车插图

---

① 林峥：《北京公园的先声——作为游赏场所与文化空间的万牲园》，《中华文史论丛》，2015年第 3 期。

经日本，越大东洋，抵华盛顿，凡 27 日。交通工具的改善，使得旅程大大缩短，旅行体验自然也会好很多。作为近代西方工业文明的重要标志，火车可谓无往不利，因出洋时间不同，西行者乘坐火车有先有后，其体验却惊人地相似：

> 烟飞轮动，远胜与飞，恍在云雾中，正是两岸猿声啼不住，火车已过万重山。虽木牛流马之奇、追风赤兔之迅，亦不可同年而语矣。[1]
>
> 宛然筑室在中途，行至随心妙传枢。列子御风形有似，长房缩地事非诬。六轮自具千牛力，百乘何劳八骏驱？若使穆王知此法，定教车辙遍寰区。[2]
>
> 其车轻稳捷利，列子御风而行，或不如也。[3]

火车是新式交通工具，代表一种披坚执锐、无往不利的机械伟力，同时也是一种新的媒介，在提高了人类的移动速度和扩大活动范围的同时，塑造和控制了人类的交往和行动的规模和形式，重新定义了时间和空间的内涵和外延。而这些亘古未有的时空体验，在早期西行者看来，也只有"列子御风"差可比拟。火车使重洋之远，俨如咫尺之近。旅游方式的不同，旅行者记录舟车之所经历和耳目之所见闻的方式自然也不同。孟浩然说"吾诗思在灞桥风雪中，驴子背上"，游历更能激发作家精神的升华和灵感的迸发，有了火车，人们才开始感受真正意义上的现代性的移动。往日那些舟车难至之地，如今不是问题。既有闲庭

---

[1] 郭连城：《西游笔略》，上海：上海书店出版社，2003 年，第 38 页。

[2] 斌椿：《乘槎笔记》，长沙：岳麓书社，1985 年，第 163 页。

[3] 志刚：《初使泰西记》，长沙：岳麓书社，1985 年，第 262 页。

信步之悠然自得，又有列子御风之闪电如飞；既无风涛之险，又无眩晕之忧，取而代之的是"不翼而飞""不胫而走"的快感。袁祖志在乘坐了火车之后，对火车车厢做了详尽的描绘，形容其迅捷如箭之离弦、鸟之展翼；其舒适畅快则只闻风声，而一日千里。不禁感叹："彼驹称千里，仅一人骑耳，若此虽千万人，无难立至焉。然则世所艳称千金市骏者，视此瞠乎后矣！"①祁兆熙在护送留美幼童的火车上，一边照看孩子们注意安全，不能把头手伸出窗外，一面欣赏着车行崇山峻岭之间的惊险和刺激，既忐忑不安又兴奋激动："车轮一发……山川、田地、树木，恍如电光过目。忽进山洞，比夜更黑，不见天日。晚六点钟，忽见积雪。过淘金地，佳哉山色。急呼诸生，勿探头出，恐有撞击。且悉一跌，血不出而气亦绝，吁！险极"②。袁祖志在巴西斯岛游览，坐机车直至山巅，又坐轨道车奔驰而下，于是"因思倘无此济胜之奇具，正不知当费几多盘折、几许疲劳，始堪登峰造极"。交通方式的变革，带来的不仅是新奇的体验，"火车作为一种加速器，被证明是一种最富有革命性的延伸之一"③。火车轮船的快速移动，打破了原有的时空格局，颠覆了生活常态，随着目的地的抵达让生活经验在新的时空感受中重组。傅云龙记述从美国旧金山去华盛顿的行程时，连续 8 天记录了美国南太平洋铁道公司的铁路时刻表，包括各站之间的票价里程和经停地点，精确到分钟，事无巨细，不厌其烦。这些看似枯燥的数据意味着火车使物理距离被精准切割定位，时间被精确计量划分，一切尽在掌握和控制之中。乘坐火车凸显了原有经验和异地经验的差异，进而使旅行者确认差异存在的合理性，这是一个具有根本性质的物质推动力，也为国人开阔

---

① 袁祖志：《涉洋管见》，《小方壶斋舆地丛钞》第15册，杭州：杭州古籍书店影印本，1985年。

② 祁兆熙：《游美洲日记》，长沙：岳麓书社，1985年，第230页。

③ ［美］麦克卢汉：《理解媒介：论人的延伸》，何道宽译，北京：商务印书馆，1993年，第144页。

眼界、更新观念埋下伏笔。

虽然亲身体会了火车之迅捷快速，但西行者并不能顺理成章地理解和接受火车与国计民生之间的紧密联系。志刚和刘锡鸿坚决反对在中国开设铁路，理由更是匪夷所思。志刚认为铁路会破坏百姓的坟地，与传统择地而葬的习俗相悖。若灭中华孝敬之天性，将以牟利，"恐中国之人性未易概行灭绝也"。将修铁路与灭绝人性相提并论，实为可骇。刘锡鸿认为政令畅通、君民一心，要比火车之力更为迅捷。其言曰："方今政府，谋于朝廷之上制造大火车，正朝廷以正百官，正百官以正万民。此行之最速，一日而数万里，无待于煤火轮铁者也。"[①]健全的朝廷政体，自然可以坚车行远，遑论区区火轮车。一些思想开通、乐于进取的西行者不仅看到了火车不可阻挡的机械动能，也意识到火车是西方列强富国强兵的重要工具，王韬认识到："英国……轮车既兴，贸易更盛，商旅络绎于途，轮车不及之处，济以马车，轮车获利尤在载货，货多则生理大、利息倍、税课亦增，实为裕国富民之道。"[②]张德彝也充分肯定火车富国利民的重要性："凡火轮车皆绅富捐资制造，每年获利，一半入官，一半自分。趋使一切夫役，多系官派。此举乃一劳永逸，不但无害于商农，且裨益于家国。西国之富强日盛，良有以也。"[③]1890年左右，随着阅历的丰富和西学的传播，出洋者的认识大为改观，对火车和铁路的认识不再停留于观感与体验的层面，开始切实思考在中国修造铁路的可能性。崔国因自述"于铁路一事，留心者二十年"，他在日记中多次提及日本、美国、墨西哥等国重视铁路，从而迅速致富，大声疾呼兴修铁路：

---

① 刘锡鸿：《英轺私记》，长沙：湖南人民出版社，1981年，第122页。

② 王韬：《漫游随录图记》，济南：山东画报出版社，2004年，第106页。

③ 张德彝：《航海述奇·欧美环游记》，长沙：岳麓书社，1985年，第486—487页。

> 铁路之裕国利民，实无疑义。美国官绅常为因言曰："美自华盛顿立国，至今一百一十年耳。其富庶如此之速者，铁路之力也。"[1]

> 铁路之为利甚溥，前尝疏陈矣。美国铁路之长，甲于地球，故其富亦居第一。非有铁路，则开辟荒陬，不能如此之速；削平寇乱，不能若彼之易也。地球富强之国，其铁路皆多，此明效大验也。[2]

针对国人认为铁路破坏风水地气的谬论，崔国因针锋相对地反驳："中国铁路、开矿二事，皆为堪舆家所忌。夫地球厚三万里，开矿至深一里，不过入地三万分之一耳，何足言损？……欧墨各洲，若英，若美，矿厂、铁路极多，民亦极富，未闻其有所不吉也"[3]。火车的描述和议论不仅多次出现在同一人的笔下，也出现在不同时期其他人的笔下，成为西行者关注的焦点。这些文字虽然彼此孤立，但又以互文的形式向国人表达了火车这一关系国计民生之计，必须尽早实施，刻不容缓。

事实上，火车在中国的推行也大费周折。早在 1876 年 7 月 3 日，由英国怡和洋行修建的中国第一条营业性铁路——上海吴淞铁路建成通车。但随后由于民怨沸腾，清政府出银 28.5 万两，分 3 次交款赎回这条铁路并拆除。1879 年，李鸿章为了将唐山开平煤矿的煤炭运往天津，奏请修建唐山至北塘的铁路。清政府以铁路机车烟伤禾稼，震动寝陵为由，决定将铁路缩短，仅修唐山至胥各庄一段。同时出现了铁路史最为荒谬的一幕：由骡马牵引车辆。直到 1888 年，李鸿章为慈禧太后修建

---

[1] 崔国因：《出使美日秘日记》，合肥：黄山书社，1988 年，第 84—85 页。

[2] 同上，第 96 页。

[3] 崔国因：《出使美日秘日记》，合肥：黄山书社，1988，第 158 页。

了西苑专线，当慈禧太后坐在小火轮车上，安然享用午膳时，也体验到了火车的妙不可言，于次年即颁布上谕，铁路为“自强要策，必应通筹天下要局，但冀有益于国，无损于民，定一至当不易之策，……即可毅然兴办，毋庸筑室道谋”①。关于是否修建铁路的争论终于尘埃落定。而此时距离英国 1825 年第一条铁路通车，已晚了将近一百年。

第二节　“西学中源”视野下的西洋科技观

新事物与旧思想的冲突无处不在，晚清西行者眼中的西洋科技，不仅有错位、倒置诸种逸趣横生的观感与体验，他们借以关照这些新鲜事物，还有另一副特殊的眼镜，即“西学中源”说。“西学中源说”萌生于明末清初，当时耶稣会士正致力于用科技知识来附带传教，作为对异质文化的本能反应，以梅文鼎、阮元等人为代表的西方历算源出中国说应运而生。此后其内涵不断扩大，断定西学一切内容都出自中国，直至晚清，盛极一时。

志刚作为清政府派出的正式外交使团成员，为国前驱的使命感使得他更关注西方社会的科技器物、国计民生，而不以诗文自娱，其《初使泰西记》与斌椿《乘槎笔记》相比，文字要严谨整肃得多。他在英国矿厂考察水银提取的工艺流程时，发现其与中国古法并无二致：

> 虽云小道，皆法自然。然炼朱成汞，炼汞还朱，本中国古法。西人得之，以为化学之权舆。……孔子云，引而申之，

---

① 宓汝成编：《中国近代铁路史资料》第 1 册，北京：中华书局，1984 年，第 171 页。

触类而长之，天下之能事毕矣。同阅西法，不出此言。①

志刚这番高论实为旅西记述西学中源说之较早见诸文字者。基于这种先入为主的阐释方法，他对林林总总的西洋科技做了诸多中国式的解读，如用中医学中的心肾关系来说明蒸汽机的发明原理，用中医思想来说明精神病院的设置，用阴阳互补来解释月球表面的明暗分布，他甚至考证西洋马戏"中国于 1700 年前已有之矣"，理由是曹植《献马表》中已有"教令习拜，今已辄能。又能行步，与鼓节相应"②的记载。以中国传统文化来化解异域科技的挑战，成为此后西行者屡见不鲜的言说方式：

> 不独泰西机器之学始自中国，即化学、光学、重学、力学、医学、算学，何莫不自中国开其风？所谓泰西之学者，盖无非中国数千年前所创，彼袭取而精究之，分门别类。③
>
> 形而上者谓之道，形而下者谓之器，探赜索隐，钩深致远，诚未易言，即西学而论，种种精巧奇奥之事，亦不能出其《易经》范围。④
>
> 然则泰西奇制悉缘中土而出，特吾人无毅力精思克广格致之效耳。⑤
>
> 泰西智士从而推衍其绪，而精理名言、奇技淫巧，本不能出中国载籍之外……凡西人之绝技，皆古人之绪余，西人岂

---

① 志刚：《初使泰西记》，长沙：岳麓书社，1985 年，第 263 页。

② 同上，第 280 页。

③ 钱德培：《欧游随笔》，《小方壶斋舆地丛钞》第 14 册，杭州：杭州古籍书店影印本，1985 年。

④ 曾纪泽：《出使英法俄国日记》，长沙：岳麓书社，1985 年，第 229 页。

⑤ 张荫桓：《张荫桓日记》，任青、马忠文整理，上海：上海书店出版社，2004 年，第 39 页。

真巧于华人哉？吾深恐华人之大巧而仍自安于拙也。[①]

除以上几例外，尚有黄遵宪、康有为、梁启超、宋育仁、薛福成、刘锡鸿等也有类似的说法。这不禁让人心生疑惑，为何这些走出国门、置身西方新世界的晚清士大夫仍然不肯抛弃这一荒诞不经的念头。其实从旅行者的角度来看，任何一个旅行者到达一个新的地方，总会自觉或不自觉地用自己的文化习俗作参照系，以便尽快地捕捉另一种文化习俗的不同之处，即不可避免的要用"文化拐杖"[②]处理自己所遭遇到的文化间距。而这个过程，其实就是一个对自己文化习俗的认同过程。西洋科技固然神妙不可方物，然而西行者思考和理解这些东西的出发点必然是自己的传统文化框架。当他们欣喜地发现，在《庄子》《墨子》《九章算术》《周髀算经》等典籍中早有类似的记载时，问题似乎迎刃而解了。这些西方人引以为傲的先进技术不过是窃圣人之余绪，推而广之罢了，西学的源头在中国。于是他们在肯定西方的科技先进的同时，强化的仍然是中国悠久的文化传统。这是传统文化的惰性使然："文化因为有效用，所以一旦存在就有继续存在的趋势，很像一块重物在静止中永远有静止的趋势。"[③]对于晚清盛极一时的西学中源说，不应将其视为绝对的排斥异质文化的保守心态，应该分为两种类型：一为纯粹的保守拘墟之见，视西学为奇技淫巧、异端邪说，执意拒斥；二为以退为进的迂回之策，满足国人的文化自尊心，借此打消国人学习西学的疑虑。晚清西行者笔下的西学中源说大多属于后者，一面加以否定，一面加以提倡：

---

① 王之春：《蠡测厄言》，《清朝柔远记》，赵春晨点校，北京：中华书局，2008 年，第 368、373 页。

② 郭少棠：《旅行：跨文化想像》，北京：北京大学出版社，2005 年，第 62 页。

③ 费孝通：《费孝通译文集》，北京：群言出版社，2002 年，第 86 页。

其他有益国事民事者，安知其非取法于中华也？昔者宇
宙尚无制作，中国圣人仰观俯察，而西人渐效之；今者西人因
中国圣人之制作，而踵事增华，中国又何尝不可因之？……吾
又安知数千年后，华人不因西人之学，再辟造化之灵机，俾西
人色然以惊，辇然而企也？[1]

古之圣人见蝌蚪而造字，见蜘蛛而造网，见转蓬而为车，见
窍木而造舟，固取法于昆虫草木矣，又何必以外国而鄙弃之哉！[2]

既然西方是摭拾中华文化之余绪，楚弓楚得，精研而臻此化境，我
们又何尝不能继续发扬光大呢？古人尚且可以昆虫草木为师，我们又为
何不能向外国人学习呢？这样经过改造的西学中源说，找到了鼓舞士
气、拯救国难的理论平衡点，可谓一举两得：既可维护脆弱的民族自尊
心，缓解矛盾，增强国人对传统文化的认同感，又可争得上至政府下至
百姓对学习西方科技的广泛支持。晚清中国对外来文化的心态是复杂
的，如果不能同时证明是真（true）的，又是自己的（mine），就无法
接纳。"真的"，意味着按照普遍的价值标准而论是优越的；"自己的"
意味着中国本身具备，西方文化仅仅被证明是优越的还不充分，只要
不能证明其为中国文明本身所有，还是很难接受[3]。这种颇具中国特色
的理论转化，海外旅行见闻和体验实在功不可没。试想让一个平日生活
于乡村僻壤之中的拘墟儒生，乘坐一日千里的火轮舟车，纵横驰骋于异
域，也肯定会翕然叹服于技术之伟力，世界观也会随之改变。志刚虽然
坚持西学源于中土，在参观了英国机器局和造船厂之后，也由衷感叹：

---

① 薛福成：《出使英法义比四国日记》，长沙：岳麓书社，2008 年，第 133 页。

② 崔国因：《出使美日秘日记》，合肥：黄山书社，1988 年，第 11 页。

③ ［日］左藤慎一：《近代中国的知识分子与文明》，刘兵岳译，南京：江苏人民出版社，
2011 年，第 53 页。

"若使人能者而我亦能之，何忧乎不富，何虑乎不强？"①从本质上讲，西行者秉承的西学中源说并没有突破狭隘的文化中心主义的藩篱，但客观上还是注入了某些新的变化，即一种学习外来先进文化的开放意识和进取精神。同时因其实地考察的真实感受，更具有不可辩驳的说服力。在众多西行者中，郭嵩焘与西学中源说的立场迥然不同：

> 三代所谓用夏变夷者，秦汉以后，一与中国为缘，而遂不复能自振。何也？礼义之教日衰，人心风俗偷弊滋甚，一沾染其风而必无能自立也！西洋开辟各土，并能以整齐之法，革其顽悍之俗。而吾正恐中土之风传入西洋，浸淫渐积，必非西人之幸也。中西之交通，损益之数，利病之分，尚未知天时人事之果何所极也！②

中国士大夫一向自视甚高的传统文化一旦传入西洋，恐怕不会是西人的幸运，反倒会贻害各国。这在众多尊奉西学中源说的西行者来说，可谓醍醐灌顶、振聋发聩。他还在详细考察了西方学术发展史后，断言希腊泰西学问皆根源于希腊，并非源自中土。正是这种高出同辈人的远见卓识给郭嵩焘带来了误解和诋毁，这也是先知先觉者的不幸。

西学中原源说的观念与晚清社会普遍认同的"中体西用"的价值观互为补充。洋务运动偏重西洋器械制造，将制造技术与中国政教分为形而下之器与形而上之道，后来洋务运动破产，道器之说于是推演为中西文化的体用之别，即张之洞倡导的"中体西用"论。道与器并不对立，只是有体用本末之分，学习与借鉴西洋科技的最终目的就是维护和发扬

---

① 志刚：《初使泰西记》，长沙：岳麓书社，1985年，第253页。

② 郭嵩焘：《伦敦与巴黎日记》，长沙：岳麓书社，1985年，第955页。

中国传统政教。西学中源、道器之分与中体西用，这些观念的演进其实都是洋务派官绅对中西文化变局的应对之策。薛福成在海外浸淫多年，在中西科技文化的关系上，其思想仍然在"中体西用"的框架之内：

> 而其炮械之精，轮舰之捷，又大非中国所能敌。中国所长，则在秉礼守义，三纲五常，犁然罔敌。盖诸国之不逮亦远矣。为今之计，莫若勤修政教，而辅之以自强之术。其要在夺彼所长，益吾之短，并审彼所短，用吾之长。[1]

这种判断是当时晚清官员常见的思维逻辑，足以为引进西洋科技提供源源不断的动力和依据。

1880 年 11 月，徐建寅一行参观德国司但丁造船厂，在德方招待宴会上，中方对德国精湛的制作工艺大加赞赏，而厂方却不相信这是中国人发自肺腑的由衷之言，私下里询问翻译金楷理（Carl Traugott Kreyer），问如此夸奖，是中国人的本意，还是翻译故意修饰之语。金楷理回答："实系原意，余不过照译而已。"[2] 可见在西方人眼中，中国人对西洋科技总是轻慢无知的，这种印象实在难以扭转。

第三节　科学观念的萌生与言说方式的转型

美国人丁韪良（William Alexander Parsons Martin）从普通的传教士，到京师大学堂总教习，在中国生活了 60 多年，对中国社会文化可

---

[1]　薛福成：《赠陈主事序》，马忠文、任青编：《中国近代思想家文库·薛福成卷》，北京：中国人民大学出版社，2014 年，第 36 页。

[2]　徐建寅：《欧游杂录》，长沙：湖南人民出版社，1981 年，第 107 页。

谓洞若观火。丁韪良有一次在北京西山游览时，偶遇一位老农。老农问："你们洋人为何不灭掉清国呢？"丁反问："你觉得我们能做到吗？"老农说："当然了"，然后用手指着山下的电线杆，"发明那东西的人就能做到"①。这个戏剧性的场景传达了中国百姓对西方科技的敬畏感。

西方科技真正进入"新科学精神"的新纪元，以1905年爱因斯坦提出相对论为标志，在此之前的18世纪末，包括整个19世纪属于"科学状态"的酝酿和发展阶段。西行者可以说躬逢其盛，近距离地接触和体验西方的科学变革。科学是近代技术发展的基础，同时技术又是科学原理的物化。无论你的文化背景、社会地位、性情好恶，均需与之遭逢。西行者眼中的科技器物态度也从"小道""奇技淫巧"之类的蔑视与无知，逐渐意识到其机巧便捷、神妙莫测，乃至改善民生、富国兴邦的强大力量。崔国因发现，中国人用火药来做烟火，西方人却用来制作枪炮弹药，易火绳而为火石，易火石而为铜冒，易铜冒而为锭，渐臻便捷，渐趋灵巧。"若夫农桑之利，便民之方，算学、化学、气学、重学、光学，无不各出心思以求精，进富强之业基焉，甚未可以奇巧而斥之也。"②到底谁才是奇技淫巧，还真不好说：

> 欧洲各国日趋于富强，推求其源，皆学问考核之功也。③至于轮船火车、电信报局、自来水火、电气等公司之设，实辟天地未有之奇，而裨益于民生日用甚巨，虽有圣智，亦莫之能违矣。④

① 丁韪良：《花甲记忆：一位美国传教士眼中的晚清帝国》，沈弘、恽文捷、郝田虎译，桂林：广西师范大学出版社，2006年，第203页。
② 崔国因：《出使美日秘日记》，合肥：黄山书社，1988年，第462页。
③ 郭嵩焘：《伦敦与巴黎日记》，长沙：岳麓书社，1985年，第385页。
④ 黎庶昌：《西洋杂志》，长沙：湖南人民出版社，1981年，第382页。

　　欧美各国的富强，源于孜孜不倦地考求学问，科技的强大力量，是圣人在世也难以抗拒的。他们关注的层面已从猎奇炫异，向求索新知转变。他们花费大量笔墨记述造船、枪炮、电报、电话种种新事物，真正领略了科技的神奇魅力，开始意识到背后深奥复杂的原理与规律。这种明显的转变在西行者笔下随处可见，张祖翼对那些略知皮毛，便自以为已得精髓的浅薄之人嗤之以鼻："中国人自许为通晓机器者，皆欺人之语。彼其学虽一艺之微，亦非寝馈十数年，不能得其要领，悉其利弊"[①]。志刚虽然一再贬斥西人徒具机心，妄想以人力胜天，但也慨叹自己识力浅薄："泰西各家学问与制造之法，使者言仅得之时刻浏览之间，无暇与之深究而切讲，则所述未能各尽其致，不无遗憾，识者谅之"[②]。他在英国堪布里支天文台（Royal Greenwich Observatory，今译格林尼治天文台）观摩天文望远镜，感叹西方人有候无占，不以日月牵和人事，怀疑《淮南子》所谓月球上的阴影是地上山河之影，"或为臆度之词乎？"郭嵩焘心折于泰西科技的博大精深，而对其原理无从索解："所愧年老失学，诸事无所通晓，不能于此取益，有失多矣"。这种低首下心的态度转变尤为可贵。

　　"五四运动"以来，人们尊称科学为"赛先生"，看重的是广义的科学精神和方法，这些灵感多来自生物进化论，更直接一点就是严复版的天演论[③]。这位"赛先生"的面目其实并不清晰，与纯粹的自然科学的关联比较松散，代表的是抽象的精神和广义的方法，因而也就在实践层

　　① 张祖翼：《伦敦风土记》，《小方壶斋舆地丛钞》第19册，杭州：杭州古籍书店影印本，1985年。

　　② 志刚：《初使泰西记》，长沙：岳麓书社，1985年，第369页。

　　③ 严复与郭嵩焘在英国时过从甚密，互相切磋，纵谈中西学术，讨论自强之道，可谓知音。严复日后所译孟德斯鸠《法意》诸篇，有些论点受郭嵩焘启发，他们的交往也为《天演论》的横空出世奠定基础。参看钟叔河《郭嵩焘和严复》，《鲁迅研究月刊》，2002年第10期。

面渐渐落实到国学与史学研究，与真正的自然科学研究关系不大①。普遍意义上的科学精神或科学态度，首要一点就是要坚持实践出真知，追求事物的本来面目，以合实事求是之宗旨。早期的西行者限于阅历，免不了道听途说、信口开河。郭连城日记中有上船噬人的狗头鱼和须眉俱备的海人的奇谈怪论。王芝在海中曾见一个遍体金麟的人骑金色宝马，在海面上飞行，然后风浪大作，一小矮人跳上船来。还亲眼见过由人变成的怪物"绿瓢子"。自郭连城开始，魏源《海国图志》和徐继畬《瀛环志略》已为西行者随身携带的旅行指南，他们发现所见所闻多与书中不合。如徐继畬说埃塞俄比亚即《元史》之马巴八尔，努比亚即《元史》中的俱兰；魏源认为马巴尔即埃及，俱兰乃埃塞俄比亚。邹代钧过红海时，发现他们都弄错了，因《元史》载杨廷壁从泉州出海，行三月抵锡兰，风阻粮乏，有人劝其可到马巴尔，从陆路到俱兰。而从锡兰至埃塞俄比亚远过万里，岂可轻易赶到？马巴尔实为印度马拉巴尔，俱兰可能是《宋史》的"注辇"、《明史》的"小葛兰"，地名相近，可能为"一声之转"②，这样的分析严谨翔实，有理有据。洪勋在挪威考察时，发现其地虽冷，但悬崖峭壁上各种花草树木并不罕见，便访查各类地学书籍，知其地大西洋暖流与北冰洋寒流交汇，形成暖湿气流，温度适宜，雨水充沛，适合植被生长，"造物之大，化工之妙，为不可思议矣"③。在瑞典考察时，他发现内河潮汐消长与月之赢缺关系不大，乃知水随月为消长，多指海洋潮汐，内河变化并不明显，方才释然。钱德培发现西方探险家所著东方游记多有失实，批评西人将道听途说当作真知灼见，将偶见之事当作普遍情况，"且见一人一事，而遂谓人人事事

---

① 罗志田：《走向国学与史学的"赛先生"：五四前后中国人心目中的"科学"一例》，《近代史研究》，2000年第3期。

② 邹代钧：《西征纪程》，《小方壶斋舆地丛钞》第15册，杭州：杭州古籍书店影印本，1985年。

③ 洪勋：《游历闻见录》，《小方壶斋舆地丛钞》第19册，杭州：杭州古籍书店影印本，1985年。

皆如此,彼所适遇之事,即谓大概如此,彼所未见之物,即谓其处所无"①。从实际出发的问题意识是真正的科学精神的标志。这些不迷信盲从前人、从实践中汲取真知的例子,正是科学态度和怀疑精神的体现。

电报对驻外使节来说,是必不可少的通信工具。但当时电报代码以英文字母为基础,中文因结构复杂,发报价格昂贵,且中英互译多有不便,外交官纷纷尝试改造电报码。曾纪泽曾对海外往来电报"字仅廿余,而耗费六七十金"的花费甚为惋惜,借鉴西方各国的方法,编辑电报码,"将成语分门编辑,列号备查。书成则旧用之电信新发等书可废,亦可收费省词达之效"②。崔国因对此极为称许:"以一码代数字,可谓用心者矣。"张德彝从《康熙字典》中选择常用字 7000 多个,按字编码,汇成《电信新法》一书,既省却转译之累,又节省开支。崇厚赞其法尤妙,足称善本。洪钧的韵部计日法效率最高,以干支代表十二个月,平水韵韵部代表日期,节省字数,适于推广,"岁省经费巨万",一直沿用到民国③。此事虽小,也显示了西行者探索求真的科学态度和有益尝试,殊为可贵。

有了科学精神的萌芽,并不能彻底驱散传统思想的干扰和蛊惑。一些草率,甚至荒谬的言论仍然存在。如志刚认为欧洲人血燥心急,皮白发赤而性情多疑,必每日冷水沐浴而后快;刘锡鸿径直把中西文化差异的原因归结于中西分处东西半球;薛福成认为温带人物精华荟萃,寒带极冷,热带极热,难有钟灵毓秀之地,甚至记述种种鬼神灵异的传闻……新旧冲突的矛盾时时并存,并不以出洋时间长短、学识深浅为转移。这些西行者潜意识中萌动的科学意识和观念,虽然总有这样那样欲

---

① 钱德培:《欧游随笔》,《小方壶斋舆地丛钞》第14册,杭州:杭州古籍书店影印本,1985年。

② 曾纪泽:《巴黎致总署总办论事七条》,《曾纪泽集》,长沙:岳麓书社,2005年,第153页。

③ 马伯庸、阎乃川:《触电的帝国:电报与中国近代史》,杭州:浙江大学出版社,2012年,第119—121页。

新还旧的遗憾和不足，但实属不易。他们经历了由鄙夷轻视到虚心学习、由猎奇到求知的心态转变。先进的西洋科学反映的正是中国的贫弱无知，根源在于认知结构和知识体系与现代科学不相容。而接受和认知的过程，又受到"西学中源"说等顽固的文化中心主义的影响。让这些没有科学常识储备的文人去探究和洞察复杂的科学原理，是难以完成的使命，但至少有一点可以肯定，种种经历和体验激发了他们学习科学知识的兴趣，以及客观求实的态度和精神。对待西方科技文化的态度要实事求是，不卑不亢："今之议者，或惊骇他人之强盛，而推之过当；或以堂堂中国何至效法西人，意在摈绝，而贬之过严。余以为皆所见之不广也"①。真正可取的态度应是曾纪泽坚持的"就吾之所已通者扩而广之，以通吾之所未通"，而不应"守其所已知，拒其所未闻"，对待西洋新事物，"不得以其异而诿之，不得以其难而畏之也"②。这是一种宽容开放和虚心求教的心态，可代表开明一代西行者的远见卓识。

真正的科学精神应在自我改造中形成。科学精神还要具有独立思考，不问利害，不计较个人得失的信念。郭嵩焘立足现实，打破成见，认为"实事求是，西洋之本也"③。明知自己的观点难容于世，仍然有虽千万人吾往矣的气概："夫唯其知之也，以先知觉后知，以先觉觉后觉，予于此亦有所不敢辞，于区区世俗之毁誉奚校哉！"④傅云龙在海外冒着常人难以想象的艰辛，航海晕船，有时连续几天无法进食。到达巴西时，当地暴发瘟疫，同船乘客放弃登岸，他毅然登岸，完成考察。在华盛顿参观造船厂时，船主问其远游的目的何在，傅云龙回答"愿实事求

---

① 薛福成：《出使英法义比四国日记》，长沙：岳麓书社，2008年，第132页。

② 曾纪泽：《文法举隅序》，《曾纪泽集》，长沙：岳麓书社，2005年，第128页。

③ 郭嵩焘：《伦敦与巴黎日记》，长沙：岳麓书社，1985年，第857页。

④ 同上，第999页。

是"[1]。北洋海军"定远号"大副陈恩焘在英国海军跟舰实习，狂风暴雨中"自用大索缚身桅杆间"[2]，从容料量，不差分毫。徐建寅归国后积极翻译西方科学著作，投身船舶、军火制造研究，因试验无烟火药失败，以身殉职。

观念的转变必然催发自觉而有目的的行动，传统的言说范式也随之转型。1887 年 11 月，余思诒作为北洋水师官兵一员，赴英国接收军舰"致远号""经远号""靖远号"和"来远号"。顺利归来后，有官员问他对西学和洋务的认识，余思诒说："所谓西学，乃实学也。若仅西方之学，而非实在之学，圣朝将焉用之？所谓洋务，乃时务耳。以为外洋之务，而非及时之务，此要政之所以不得畅行也。"[3]西学即实学，洋务即时务，机不可失，失不再来。科学技术的变化瞬息万变，不以人的意志为转移。崔国因也指出科技嬗替之快，超乎想象，"然则格致一道，其可不亟讲乎？"[4]学习西洋科技为自强的要务，实在耽搁不起，表现出一种时不我待的群体性焦虑。与此相应，旅西记述整体风格由知性的记录呈现压倒了感性的审美体验，既不执着于传达异域山水的精神，也不着力探究西洋风景的谱系，而把目光转向港口、军舰、炮台、兵工厂、枪械、博物馆、天文台、科学实验……这些从未在古文中出现的事物占据了言说的核心，剔除冗余的修饰，客观介绍和准确界定说明成为鲜明的特色。

言说方式的转型首先表现在表述趋于客观、准确和精密，毕竟"一种缺乏精度的认识，或者说一种没有给出精确的界定条件的认识不是科

---

① 傅云龙：《傅云龙日记》，杭州：浙江古籍出版社，2005 年，第 127 页。

② 薛福成：《出使英法义比四国日记》，长沙：岳麓书社，1985 年，第 208 页。

③ 余思诒：《楼船日记》，长沙：岳麓书社，2016 年，第 42 页。

④ 崔国因：《出使美日秘日记》，合肥：黄山书社，1988 年，第 282 页。

学认识"①。最典型的莫如记述道里行程。舟车行旅为游踪所系，不仅是旅行的基本要素，而且羁旅行役的路线，跋山涉水的交通工具，变幻不定的阴晴雨雪，关乎观看的视角，是空间行旅与文学表达的重要元素。传统行记和游记淡化行程细节，含而不露，讲究韵味和雅致，如范成大《吴船录》记述某日行程："庚午。二十里，早顿安德镇。四十里，至永康军。一路江水分流入诸渠，皆雷轰雪卷。"②六十里，从安德镇到永康一蹴而就，旅途细节唯有江水奔腾印象深刻，韵味悠长。1876 年，郭嵩焘奉命出使时，行至香港海面：

> 廿一日。早至香港。（上海，赤道北三十一度三十分；香港在赤道北二十二度十二分；京师，赤道北卅九度五十四分）。③

郭嵩焘用精确的经纬度坐标代替了富有诗意的描述，清晰地标示出钦差大臣走向世界的具体方位。再看余思诒的海上一天：

> 八月初一日。乙未，晴。早东南风，午无风；早三零一八，晚三零二零。温燥，早七二，晚七四。气差偏西十八度。船向东行。④

这一日的具体行程通过日期、天气、风向、温度，经度、纬度、气

---

① ［法］加斯东·巴什拉：《科学精神的形成》，钱培鑫译，南京：江苏教育出版社，2006年，第 74 页。

② 范成大等：《吴船录外三种》，杭州：浙江人民美术出版社，2016 年，第 4 页。

③ 郭嵩焘：《伦敦与巴黎日记》，长沙：岳麓书社，1984 年，第 29 页。

④ 余思诒：《楼船日记》，长沙：岳麓书社，2016 年，第 34 页。

差、航向等数据精细地呈现出来，俨然是科学考察的专业数据。余思诒不是专业技术人员出身，这些数据只有在驾驶舱内的核心技术人员掌握，他凭借自己的特殊身份，虚心下问，所有数据由"舱内表度计之"，且与兵船日记参核后记录下来。中国传统旅行记录惯用距离和方向来表示位置，常见"东行……，复东行……，又东行……"之类描述性的模糊表述。旅西记述中，经纬度坐标成为标记行程的基本要素，已是精确的测绘语言，印证了记录的科学性和真实性，牢牢掌握讲述见闻的话语权。即使被钱钟书目为信口开河的《海客日谈》的作者王芝，也郑重声明"凡所未履，概不复臆为传"①。地理本身就是一种符号化的世界观，经纬度可以精确标示自己在世界中的位置，真正摆脱心理现实，进入地理现实，成为西行者接受地球说的明证，标志着"中国的世界"向"世界的中国"转变。

其次是表述的手段更加丰富。不容一地虚游，不敢一日负游的使命决定了旅西记述的客观性与写实性。文字之外的图像、表格、数字、符号等新的表述手段开始出现，成为旅西记述重要的变化。这些文字的辅助工具一方面更直观、准确和翔实，与文字组合成考察和调研报告（甚至直接翻译相关说明书作为附录），有时又难免喧宾夺主，削弱文本的可读性；另一方面这些辅助手段亦有形式上的创新，大量的插图、照片将人物、风景、建筑等只可意会不可言传的异域情境真实地展现在读者面前，丰富了记录见闻的手段，昭示了图文并茂的可能性。郭连城在《西游笔略》中插入不少手绘或摘自报刊的插图、行程图、寒暑表、火轮车、火轮船、地球图、黑人等，增强了文本的趣味性，完成文字解说无法完成的精确呈现的任务，拉近与读者的距离。傅云龙突破编年体的形式，编撰了《游历各国图经》86卷、《游历图经馀纪》15卷，开创了

---

① 王芝：《海客日谈》，长沙：岳麓书社，2016年，第12页。

以图表、数据为主，以文字为辅的记游方式；梁启超《新大陆游记》最
先在《新民丛报》连载时，就插入各种图表 39 种；戴鸿慈《出使九国
日记》插入图表 6 种；张德彝的游记稿本中有很多亲手绘制的符号和插
图，既形象又妙趣横生；吴宗濂《随轺笔记》插入法国港口、德国枪
炮、意大利军舰等大量原版图片，配合文本，更显专业。《李鸿章历聘
欧美记》在采择媒体报道的基础上，精心收录了世界各地的风景、人物、
重大事件的图片，增强了文本的实效性和可信度，极具观赏性。这些不
重修饰的文字现在看来枯燥无味，欠缺文学的美感，但在当时，它们是
帝国政府亟须获取的重要情报，也是普通读者乐了了解的西学新知。

这种趋于准确、精密的言说和呈现方式，有一个渐进的过程。早
期那种信口开河、衿奇夸谲以博人眼球的描述逐渐被客观平实的说明取
代，像郭连城《西游笔略》和王芝《海客日谈》那样凿空与纪实混杂的
记游文本到后来便绝迹了。这个演变的过程可从某些常见的科学实验
描摹中看出端倪。自诩"中土西来第一人"的斌椿第一次观看显微镜
演示，震惊于"中有大蝎千百只，往来如梭织"，不禁感叹"然则蛮触
之斗，殆非庄生寓言"[1]。张德彝把示范人称作"术者"，把"有虫如蝉，
千百飞舞"[2]的奇特景象视为术士的幻术表演。他们停留于经验层面的
表述，是一种唯实论哲学的直觉呈现，形象的堆砌成为抽象地解读实验
现象的障碍。李凤苞观察微生物血液循环时，已明白这是"自七十五倍
至四百五十倍"[3]的放大效果。金绍城在巴黎体验"电气室"，苍蝇触须
巨大如椽，虱子变成车轮大小，此时的显微镜借助幻灯片展演，已能将
原物放大八千倍。这样的奇妙图景来源于对实验原理的把握，毫无边界

[1] 斌椿：《乘槎笔记》，长沙：岳麓书社，1985 年，第 127 页。
[2] 张德彝：《航海述奇·欧美环游记》，长沙：岳麓书社，1985 年，第 545 页。
[3] 钱德培《欧游随笔》/ 李凤苞《使德日记》，长沙：岳麓书社，2016 年，第 168 页。

的隐喻和夸张被限定在文本表达的范畴之内。

最后，与具体器物的认知过程一样，西行者对科技世界的描述经历了一个从歆羡惊异，到客观平实，再到从体验而生发反思的轨迹，尤其是19世纪90年代的文本中，这种带有反思甚至是批判性质的文字日益增多。伦敦历来被视为"泰西第一大都会"，交通便利，人烟稠密，市肆繁富，地上马车日以数十万计，东驰西骤，地下行火轮车，"恍惚又一世界"①。然而，这样的繁华是以巨大的环境污染为代价的。志刚便对伦敦的大雾苦恼至极，忍不住抱怨："客寓昼夜悬灯，终日昏昏，如小说中鲁智深在赵员外家住，真个闷煞洒家也！"②薛福成直言："伦敦数百万户燃煤之烟，为雾所罩，猝不能散，往往白昼晦冥，烟气四塞，受之者无不咳呛。"戴鸿慈也对伦敦雾霾印象深刻："其地周年多雾，冬月尤甚。加工厂林立，烟煤所熏，楼台黑黯，居人亦无有涂垩之者。入其市，恒沉沉作三里雾。街上车马奔驰，往来击毂。此来独光景暄晴，良不易得也。"③光鲜亮丽的城市伴随如影随形的空气污染，远非想象得那样美好。美国纽约也是如此，人口稠密，高楼林立，工作节奏快，利在速达，"驾铁桥于空际，高与楼齐，行车其上，数轨并驰；又凿隧道，营车轨，亦如之"④。复杂而精密的城市运行模式随之带来噪音和空气污染，环境局促，人人逐利而无公德心。梁启超在《新大陆游记》中用"天下最繁盛者宜莫如纽约，天下最黑暗者殆亦莫如纽约"⑤，表达了对纽约这座现代化城市爱恨交织的复杂情感，背后都是科技这把双刃剑在

---

① 李圭：《环游地球新录》，长沙：湖南人民出版社，1980年，第86页。

② 志刚：《初始泰西记》，长沙：岳麓书社，1985年，第293页。

③ 戴鸿慈：《出使九国日记》，长沙：岳麓书社，1985年，第381页。

④ 同上，第357页。

⑤ 梁启超：《新大陆游记·凡例》，《新大陆游记及其他》，长沙：岳麓书社，1985年，第461页。

作怪。科学的进步往往以自然资源的消耗为前提，自然资源并非取之不竭、用之不尽，如果没有可持续发展的理念，后果不堪设想。一些有识之士，如薛福成便表达了对无限制地消耗资源的担忧："再到四五千年后，当有告罄之势，而外洋则必已先罄。彼时物产精华，中外并耗，又将如何？"这种担忧现在看来，还真不是杞人忧天。薛福成还记述了对星际宇宙的想象："若如水星之热，土、木星之寒，人物万无生存之理。或者造物位置此等地球，别有妙用，此诚非吾地球之人所能揣测矣。"[①]这已经是站在"地球人"的角度，表达了对未知世界的探寻与思考。他从热气球、飞艇等先进的器物出发，展望未来战争中的"云战"："果能体制日精，升降顺逆，使球如使舟车，吾知行师者水战、陆战之外有添云战矣。"[②]这些立足于现实的奇妙想象，为后来科幻题材小说提供了灵感和直接的信息。在具体的语言层面，因应表述对象的性质和特点，西行者也创造了不少新鲜的科技术语。科技器物的命名和表述反映的是两种语言文化的翻译和转化。如郭嵩焘把电阻丝谓之"耽误"，张德彝把避孕套称为"肾衣"，缝纫机叫"铁裁缝"，橡皮叫"擦物宝"，这些新造的词汇大多只抓住了对象的形状、功能等基本的物理性质，还远达不到科学原理、基本形态和表述语言的完全统一，但已经是一种信息丰富的物质的表征。但"自行车""传真""显微镜""照相（像）""缝纫机""电影"等名词也是由这些西行者最先使用并成为约定俗成的表述固定下来。

在旅西记述不断踵事增华的言说过程中，客观的解释取代了含混的表述，理性的思考代替了简单的直觉，一根趋于理性的轴线贯穿始终。西方最终成为"一个被赋予诸多科学价值的信息集合体，在整体风貌上

---

① 薛福成：《出使英法义比四国日记》，长沙：岳麓书社，2008 年，第 294 页。

② 同上，第 83 页。

背离了抒情和载道的惯有范式，从道德审美领域走向陌生新奇的知识世界"①，从前那种神秘化的叙述逐渐被科学的知识论取代，为科学共同体和科学话语的形成奠定了基础。同时，这种关于新奇科技的描述为读者建构了一个无所不能的"拟态环境"，在获得关于现实世界的知识的同时，唤起人们对未知世界探索的欲望和想象。

本章小结

在丁韪良看来，晚清士大夫"在文学方面他们是成人，而在科学方面，他们却仍然是孩子"②。动物园、火车等仅为西洋奇技之一端，其余像电报馆、博物院、学校、造船厂、兵工厂、实验室……难以尽数。这些出洋文人虽然满腹经纶，而对精密工巧的西洋科技，实则茅塞其心，或瞠目结舌、缄口不言，或河汉其谈、离题万里。存在隔膜的原因有二：一是旧有的知识结构中没有可资比较的对应物，传统的诗书礼乐思维模式与他们所要处理的知识系统风马牛不相及，没有能力做归纳或分类，更无法解释其中复杂的科学原理；二是语言隔膜造成了交流和沟通的障碍。吴以义指出，现代科学的观念和结论，只有在它自身的系统中才有意义，才能被理解。零星摭取的个别论点和证据，只能作为异事，而不能作为文化被人理解和接受。③他们可以理解某一项技术的工作原理，却无法理解宏大精深的科学知识体系，但毕竟为"赛先生"的到来，做了有益的铺垫。

赫德（Robert Hart）透露，他之所以带领斌椿等人赴欧洲游历，一

---

① 杨汤琛：《晚清域外游记的现代性考察》，北京：中国社会科学出版社，2020年，第51页。

② 丁韪良：《花甲记忆：一位美国传教士眼中的晚清帝国》，沈弘、恽文捷、郝田虎译，桂林：广西师范大学出版社，2006年，第202页。

③ 吴以义：《海客述奇：中国人眼中的维多利亚科学》，台北：三民书局，2002年，第54页。

个重要的原因正是"使中国政府在他（斌椿）的帮助下善待西方若干技艺和科学"[①]。这个目的无疑实现了。西行者对西方科技器物的表述，甚至可以说是"沉溺性书写"[②]，轻而易举地打破了道器之辩的传统价值观与夷夏之分的文化中心主义，但托空言的举业之学与务实用的格致之学孰优孰劣，一目了然，为当时正在如火如荼进行的洋务运动"师夷长技以制夷"的实践，提供了最为生动和现实的注脚。他们连篇累牍的记述，建构起早期的科学话语体系，既客观平实，又不乏想象，妙趣横生。他们的文字成为同时期国内科技输入的重要通道，也为晚清科幻小说的创作提供了重要的素材。五四新文化运动旗帜鲜明地请来了"赛先生"，以图输入学理，再造文明。从晚清时代的新学运动到中华民国成立后的科学共同体的逐渐形成是一个连续的历史过程，近百年来，从接受科学知识到张扬科学精神，从推崇科学方法到信奉科学的世界观，中国知识分子走过了一条复杂而曲折的探索之路，这些西行者是懵懂的探路人。学界讨论近代国人科技观的演变，晚清旅西记述多被遗忘，西行者的体验和记述是不可或缺的重要一环，为"赛先生"跨洋东来，架起了一道沟通的桥梁。从奇技淫巧到"赛先生"，从猎奇到求知，国人对科学的认知并非一蹴而就，他们探索的足迹不应被抹杀。

---

① 费正清等编：《赫德日记：赫德与中国早期现代化》，陈绛译，北京：中国海关出版社，2004年，第513页。

② 杨汤琛：《晚清域外游记的现代性考察》，北京：中国社会科学出版社，2020年，第47页。

第五章

敬而远之的"德先生":
西行者眼中的西方民主

晚清以降,中国人欢迎"赛先生"和"德先生"的历程,已构成近代中国的思想传统之一。"赛先生"以无坚不摧的物质力量为国人叹服,而"德先生"因抽象的意识形态的特点,必然要求与传统文化沟通融汇,其跨海东来的历程更加曲折和艰难。有学者批评斌椿等早期西行者对西洋民主政体的认识眼光狭隘:"他们的观察主要以西方的社会风俗习惯、高楼大厦、煤气灯、电梯和机器为限;对于政治制度只是一笔带过。"[①]张文虎责备斌椿的兴趣只是宫室园囿之丽、夷妇之艳和戏剧之奇,"而于其政令邦谋不著一字,徒使浅见之夫读而艳羡,其出使意岂如是而止耶?"[②]早期西行者,骤然接触西方世界,因文化和传统的隔膜,加之停留时间的限制,在体验先进的物质文明的同时,尚无心或无暇深切体味西方国家的政治制度,而随着眼光的拓展,理解的深入,已

[①] 费正清、刘广京主编:《剑桥中国晚清史》下卷,北京:中国社会科学出版社,2006年,第71页。

[②] 张文虎:《张文虎日记》,陈大康整理,上海:上海书店出版社,2009年,第70页。

渐渐从流连器物制造，向考察西方政治制度的层面发展。背负外交使命的使臣，他们出行的重要目的之一即为考察政治，择善而从，探究西方的民主政体自然是题中应有之义。不过，因郭嵩焘的前车之鉴，大多数人出言谨慎，瞻前顾后。如郭嵩焘之"西洋所以享国长久，君民兼主国政故也"；黄遵宪之"人言廿世纪，无复容帝制"，这样不加掩饰的言论，难得一见。但个中复杂的经历和过程，思想、心理层面的挣扎与抉择，是显而易见的。如果要追寻晚清中国民主想象的轨迹，那么西行者的记述是不可或缺的重要一环。

第一节　平民总统：从华盛顿到格兰特

美国开国总统乔治·华盛顿（George Washington）进入中国读者的视野，从现有的史料来看，至少可追溯至 1837 年的《东西洋考每月统记传》："教授振举国者之君子，称华盛屯，此英杰怀尧、舜之德，领国兵攻敌，令国民雍睦，尽心竭力，致救其民也。……自从拯援国释放民者，不弄权，而归庄安生矣。"[1]把华盛顿推举为能与尧舜比肩的豪杰，实在是石破天惊。这篇文章确定了华盛顿形象的基本轮廓：有开国之功，有尧舜之德，甘为庶民，成为奠定中国人美式民主"知识仓库"的重要基石，但影响更大的还是徐继畬笔下的华盛顿：

> 兀兴腾，异人也。起事勇于胜广，割据雄于曹刘，既已提三尺剑，开疆万里，乃不僭号位，不传子孙，而创为推举之法，几于天下为公，骎骎乎三代之遗意。其治国崇让善俗，不

---

[1]　《论》，《东西洋考每月统记传》，1837 年 5 月。

葬在庄园南侧的家族墓地，靠近波多马克河畔。1837 年 10 月，华盛顿
和他的妻子，以及其他家族成员被迁葬于位于庄园西南，原葡萄种植园
旁边的新墓。张德彝的观察还是很细致的，只是描写太中国化，实在看
不出总统墓园的特别之处，“守墓者皆黑人”是唯一的辨识标签，这是
西行者中较早介绍墓园形制的文字。当时的美国当地报纸报道了这一重
要事件。

中国公使参观华盛顿墓园（The Chinese Embassy at the Tomb Washiongton,
Mount Vernon），《弗兰克莱斯利新闻画报》1868 年 7 月 4 日

1876 年，赴美参观万国博览会的李圭，也郑重地记下美国总统任
期四年，可连任一届，“退位后，依然与民齐齿也（此制创自开国祖华
盛顿）”[1]，这也是西行者对华盛顿最基本的认识和评价，被一再强调。

---

① 李圭：《环游地球新录》，长沙：湖南人民出版社，1980 年，第 65 页。

1878 年 8 月，首任驻美公使陈兰彬参观了华盛顿故居，详细介绍了其内部细节，最后说"今房屋布置一切，皆其手泽，虽极朽蠹，仍依样修理，不敢擅易。坟虽改葬，亦不尚华饰，恐违先志云"①。指出华盛顿生前与死后都不搞特殊化，一仍其旧。张荫桓曾两度游览华盛顿故居和墓园，第一次在 1886 年 6 月 7 日，他注意到弗农山庄已是非常热闹的旅游景点，"西人游者咸于洞外歌诗以乐神，但闻嗷呭之声，雅乏暗解"。还有"西人照相者于楹外映照"，于是兴致勃勃地与同行者"别照一图"。第二次是在 1887 年 12 月 12 日，他应美国国务院邀请，再游华盛顿陵园。美国国务卿贝雅德（Thomas Bayard，张荫桓写作叭嗄，明显有蔑视之意）感慨："既创宏业而乏嗣绝，似天之报施不厚，不知此中冥冥之意，特使其无子女，则美国民人皆其子女也。"天道无常，这么一位伟人竟没有子嗣，但天道有心，举国人民尊其为国父，也成就了华盛顿。贝雅德的评论倒呼应了梁廷枏的评语："思其保障功，群尊之曰国父。至今言之，若有余思焉。"在美国人看来，华盛顿固然伟大，但不是神圣，"并非奇才异能，只是办事存心悉归忠实，故能成此大功"②。张荫桓的转述不再有多少神话式的崇拜，将华盛顿落实到普通人的一面。张荫桓参观其故居，由衷地钦佩其简朴无华："楼房两层，下列四楹，并不华赡。室中器用服物陈设妥帖，一如华盛顿生时。有破皮篝大小四枚，宝藏珍重，华盛顿军中之物，足见征战之苦矣。"③这些描述再现了华盛顿生活俭朴、可亲可敬的另一面。游历史傅云龙也在旅费拮据的情况下，分别于 1888 年 8 月和 1889 年 3 月，两次瞻仰华盛顿故居，对其"故居卑其朴"印象深刻，叹服"海外人物能不以华盛顿为第一流

① 陈兰彬：《使美纪略》/谭乾初：《古巴杂记》，长沙：岳麓书社，2016 年，第 57 页。
② 张荫桓：《张荫桓日记》，任青、马忠文整理，上海：上海书店出版社，2004 年，第 236 页。
③ 同上，第 28 页。

哉！"①他还写了一篇《华盛顿传》，详细回顾其开国立业、功成身退的一生，称赞其"非华盛顿力不逮此公器，听之公论，抑何伟哉！"

崔国因驻美时间较长，1892 年 7 月，他记述了游华盛顿宅地的情形，特别提到"自古英雄未有不宅心淡漠而能成功名者，外洋何独不然乎？"他多次议论这位开国总统："一切国例，皆华盛顿所首创也，至今国中承平，富甲地球，华盛顿，诚人杰哉！"②他对华盛顿的推崇和敬仰无以复加，这与王韬《哥伦布传赞》中的表述一致："美国诞生，华盛顿蔽屣万乘，公天下而无私，俾有国家者传于贤而不传于子，远追唐虞揖让之风"③。华盛顿可与发现美洲大陆的哥伦布媲美，是有中国先贤遗风的道德完人。1905 年，戴鸿慈奉命出洋考察宪政，经停美国时，也参观了华盛顿故居："室中陈设朴素，无异平民。盖创造英雄，自以身为公仆，卑宫恶服，不自暇逸。以有白宫之遗迹，历代总统咸则之。诚哉，不以天下奉一人也！④"使团随员金鼎指出"不尽为华盛顿亲遗之物，内中亦有后人添置者"⑤。这个发现很不一般，说明陈列的展品多为复制，不过供游人瞻仰罢了。当年傅云龙还煞有介事地介绍华盛顿小时候砍樱桃树的斧子犹在，"而柄朽矣"，也是后人演绎添加的道具而已。同年出洋的载泽，在船上恰逢华盛顿诞辰纪念日，中西乘客联欢庆祝，让他见识到华盛顿在民众中的影响："华盛顿肇造美邦，功德在人，至今美人讴思，尊为国父，有以哉！"⑥

相较而言，黄遵宪对华盛顿及其总统制的认识更准确和深刻，其

---

① 傅云龙：《游历美加等国图经馀纪》，长沙：岳麓书社，2016 年，第 150 页。

② 崔国因：《出使美日秘日记》，合肥：黄山书社，1987 年，第 306 页。

③ 王韬：《哥伦布传赞》，《万国公报》，光绪十八年六月第 42 卷。

④ 戴鸿慈：《出使九国日记》，长沙：岳麓书社，1985 年，第 353 页。

⑤ 金鼎：《金鼎随同考察政治笔记》，长沙：岳麓书社，2016 年，第 76 页。

⑥ 载泽：《考察政治日记》，长沙：岳麓书社，1986 年，第 589 页。

《纪事》诗云："吁嗟华盛顿，及今百年矣。自树独立旗，不复受压制。红黄黑白种，一律平等视。人人得自由，万物咸遂利。民智益发扬，国富乃倍蓰。泱泱大国风，闻乐叹观止。"①华盛顿的功绩除领导美国人民独立之外，还有尊重民权，赋予人人生而平等的权利，这才是根本所在。1905年5月，康有为康同璧父女同游华盛顿故居，也写了一首诗："颇他玛水绿沄沄，花嫩冈前草树芬。衣剑摩挲人圣杰，江山秀绝地萌文。卑宫尚想尧阶土，遗冢长埋禹穴云。不作帝王真盛德，万年民主记三坟"②。诗句无特出之处，依旧是赞颂华盛顿可与尧舜禹争锋，永载史册。1910年9月，在华盛顿参加万国监狱改良会议的金绍城，随筹办海军大臣载洵一同拜谒华盛顿墓园并敬献花圈。金绍城也吃惊于其故居简陋，还不如美国一般百姓："开创明主自奉简约，真不愧土阶茅茨之风矣！"③

西行者对华盛顿和美国总统制的赞誉，一以贯之，并无多少新意。而所谓天下为公，将美国总统退位不世袭等同于中国的禅让制，其实是误读。美国总统换届选举是两党制衡的手段，中国古代的禅让取决于当政者的高风亮节。直到后来梁启超《尧舜为中国中央集权滥觞考》（1901）一文，详解尧舜禅让与西方民主制度换届的区别。梁启超对美式民主持批判态度："盖数十年间，美国之官吏，成一拍卖场

华盛顿图像（1881年《万国公报》第641卷）

---

① 黄遵宪：《纪事》，《黄遵宪集》上册，天津：天津人民出版社，2003年，第109页。

② 康有为：《游花嫩冈，谒华盛顿墓宅》，上海市文管会编：《万木草堂诗集——康有为遗稿》，上海：上海人民出版社，1996年，第210页。

③ 金绍城：《金绍城十八国游记》，长沙：岳麓书社，2016年，第26页。

耳。"①每次总统换届都带来各级官员的清洗和调整，主导的因素除了利益交换，没有别的。

　　总体而言，西行者对于华盛顿的津津乐道，并没有超出徐继畬论说的范围，最基本的共识"是将他视为美国创制立法者的角色"②，不过是在细节上有所补充。言必称"三代"，是晚清知识界的流行语，借以维系岌岌可危的传统文化和思想体系，华盛顿已成为代表西方民主制度的完美符号。后来随着中美交往的深入，西行者的阅历渐次丰富，他们不再一味赞美华盛顿的丰功伟绩，转而关注他生前身后的日常生活，伟人并非天生异能，不食人间烟火，他也有平凡的一面。陵园和故居并未因他的身份而被严格区隔开来，只是一个开放的景点，供人游览的同时教育和感化众人，实际上是培养国家认同和民族自豪感的工具。

　　除华盛顿外，美国的另一位总统格兰特（Ulysses Simpson Grant）也频频出现在西行者的笔下。与神话般的开国英雄华盛顿不同，格兰特的形象较为普通平实。美国第十八任总统格兰特军事才能出众，在南北战争中屡建奇功。1865年，他接受李将军（Robert Edward Lee）投降，结束内战，完成统一。华盛顿使美国脱离英国殖民统治独立，格兰特结束南北战争，重新统一全国，其功劳亦不逊色。1886年5月29日，张荫桓一行先赴纽约格兰特家中，拜会其遗孀，格兰特夫人犹感念李鸿章当年招待的盛情。翌日，张荫桓拜谒格兰特墓地：

　　　　墓碣纯用白石，制度质朴，前临海汊，轮帆赴会之人往来络绎，日晡仍未尽散。遂环绕登眺一周，西人不谙堪舆之

①　梁启超：《新大陆游记》，长沙：岳麓书社，1985年，第579页。
②　潘光哲：《华盛顿神话在晚清中国的创造和传衍》，郑大华、邹小站主编：《西方思想在近代中国》，北京：社会科学文献出版社，2009年，第85页。

说，往往暗合，观于格总统茔堂之佳，四面环拱之妙，虽不谈
风水者，亦嘉其得地矣。

格兰特的墓地位于纽约曼哈顿区西北部高地上，濒临哈得逊河的
河滨公园北端，1885 年安葬于此，1897 年美国政府又为其建成一座宏
伟的希腊式纪念堂。张荫桓只关注陵墓的风水，却没发现格兰特墓旁，
不足百米的一处普通小男孩的墓。这个男孩名叫圣克莱尔（St.Clare
Pollock），去世时只有 5 岁。他的父亲后来在转让土地的契约里提出一
个特别条款：孩子的墓地必须永久保留。每一位新主人都遵守这一约
定，包括美国政府。墓地是属于逝者的私人领域，永不可毁灭，谁也没
有理由剥夺他安卧在自己领域的权利。生前与民众无异，死后与普通小
男孩毗邻而卧，完美阐释了人人生来平等，以及一言九鼎的契约精神。
张荫桓显然不了解幕后的故事。他介绍了格兰特的生平，"格总统在位
八年，以南北花旗战功而立，退位后因乃郎银行倒盘，焦灼至病，又性
嗜吕宋烟，日夕呼吸，中既沸郁，烟火爇之，遂至喉烂而死"[1]。这基本
符合事实，格兰特卸任后，做过墨西哥南方铁路公司董事长，又在华尔
街做经纪人，被合伙人诈骗破产，穷困潦倒。最后以写回忆录为生，因
吸烟罹患喉癌病逝。贵为总统，也难免人生琐事的纠缠。张荫桓还饶
有兴致地记述了格兰特嗜烟如命的轶事："格总统曾乘火车失险，从窗
户跳出，犹含吕宋烟。"总统也是烟鬼，拉近了一国之主与平民百姓的
距离。1889 年 12 月，崔国因曾受李鸿章委托，特意看望了格兰特总统
遗孀，夫人"循循然有德器之象"。1892 年 5 月，格兰特墓园纪念碑建
成，崔国因出席了落成仪式，并与格兰特亲属会面。3 天后，崔国因记
录了《新报》报道中国公使因李鸿章与格兰特的交情，年年拜谒格兰特

---

[1]　张荫桓：《张荫桓日记》，任青、马忠文整理，上海：上海书店出版社，2004 年，第 23 页。

墓，对美国非常尊重，但美国却出台排华法案，"殊无礼也"。1902 年 8 月 10 日，载振一行在伍廷芳的陪同下，拜谒了格兰特墓，载振眼中的墓地"闳丽靡迤，与拿破仑墓相仿佛"[1]。他注意到墓道前有李鸿章手书碑刻，正是他们二人交谊深厚的见证。

1877 年 5 月至 1879 年 9 月，格兰特有过一次环球旅行，先后访问欧洲、非洲和亚洲各国，是第一位访问非洲和亚洲的美国卸任总统。1879 年 5 月至 7 月，他来到中国，先后游历广州、澳门、汕头、厦门、上海、天津、北京等地。在天津，时任直隶总督兼北洋大臣的李鸿章两次会晤格兰特，成为轰动一时的新闻。1896 年 8 月 31 日，李鸿章抵达美国之后参加的第一个重要的社交活动，就是在纽约拜谒格兰特墓园。他遵照西方礼仪，敬献花环，悬之墓门，"为怆然者久之"[2]。《纽约时报》刊出长篇报道，详细介绍当时的场景，"有 50 万纽约人目睹了他身着长袍代表国家尊严的形象"[3]。现在格兰特墓园的李鸿章手植树其实乃杨儒后来代劳。格兰特的形象也出现在《点石斋画报》上，1885 年第四十一号有一篇《格兰脱像》，所画为医生四人为格兰脱看病，格兰脱一脸倦容，拥被而坐，但目光炯炯有神，不失总统威仪。其后却竖中式屏风一扇，隐约可见所绘为锦鸡仙鹤图。西式壁炉倒也不错，但上面却想当然地摆放着中式花瓶等瓷器。这是当时常见的画风，把心中"应然"的想象与"实然"的事实混为一谈。中西合璧的图像与文字风格颇为吻合：

> 格兰脱退位家居，依然寒素，迨今日用缺乏，而有老病，

---

① 载振、唐文治：《英轺日记两种》，南京：凤凰出版社，2017 年，第 113 页。

② 蔡尔康：《李鸿章历聘欧美记》，长沙：岳麓书社，1985 年，第 199 页。

③ 郑曦原编：《帝国的回忆：〈纽约时报〉晚清观察记（1854—1911）》下册，北京：当代中国出版社，2011 年，第 335 页。

格兰脱像（《点石斋画报》1885 年第 41 号）

延医生四人珍视，未知能否奏效。呜呼！此格兰之所以为格兰
脱与？向使家属之后，获利声色，充斥后庭，则其当年之南面
而治，利己非利人也。虞唐三代之隆，有天下而不与，人为格
兰脱惜，吾为格兰脱幸也。[①]

退位后的格兰特虽然寒素穷困，但和华盛顿一样，大公无私，不
以一己之私凌驾国家利益之上，俨然中国上古三代贤者风范，让人肃然
起敬。这些以中国历史文化传统来解读西方民主政治的文字，与中西合
璧的插图一样，影射的正是晚清知识分子心目中暧昧含混的西方民主图
景。无论是华盛顿和格兰特，贵为一国之尊，也是食人间烟火的普通
人。简陋的居所，穷困潦倒的生活，嗜烟如命的陋习，都是大家可以议
论的话题。张荫桓看到美国日报中的漫画，两党之争竟被描摹为驴象相
争，严肃的政治话题也以如此戏谑的形式演绎，因为"民主之国，不以

---

① 吴有如：《点石斋画报》下册，扬州：广陵古籍刻印社，1997 年。

为毁谤也"①。出洋考察的戴鸿慈虽然未去格兰特陵园，但金鼎却抽空坐"自行电车"往游一番，同样提到了格兰特战功甚伟，"其墓右侧有李文忠所赠碑志"②。1909年冬，景悫也曾到格兰特夫妇墓园一游，认为此处不过是一个"长椅排列，游客如云"③的景点而已。

　　早期的传教士报刊输入了关于美国民主政治的点滴讯息，旅西记述中的相关描述则成为亲历者的确证，不断强化和丰富这一事实与想象混杂的"知识仓库"。西行者们对同一地点不断地踵事增华地描摹，分享着关于这些伟人故地的在场体验，其中既有直接的观感心得，也有来自不同渠道的媒介经验。华盛顿和格兰特在美国历史上的贡献都很大，西行者的记述强化了他们天下为公，不谋私利，功成身退之后与庶民无二，兼有伟人和平民的品格。在这个长期而复杂的书写传播过程中，无论是华盛顿和格兰特，他们身上的神圣光辉都因西行者的实地考察，逐渐褪去，慢慢恢复到作为一个真实的平民总统的层面。还有一位美国总统朱温逊（安德鲁·约翰逊），也曾出现在张德彝笔下，他称其为"缝匠统领"④，"与庶民同服"始终是他们最关注的核心标签。象征符号具有从观念中汲取情感的能力。在美国，华盛顿形象的塑造体现了商业利益与民族认同的结合。美国由来自不同文化背景的移民组成，历史和文化多元共融，亟须全民偶像来担当美利坚民族的象征，寄托民族情感。华盛顿生平事迹的整理和传播的始作俑者也是一个本土的出版商人，背后暗含着资本运作和商业图谋。《时务报》主笔汪康年曾说"是人可为

---

① 张荫桓：《张荫桓日记》，任青、马忠文整理，上海：上海书店出版社，2004年，第379页。

② 金鼎：《金鼎随同考察政治笔记》，长沙：岳麓书社，2016年，第81页。

③ 景悫：《环球周游记》，北京：中华书局，1919年，第83页。

④ "朱温逊少有大志，隐于缝匠，所有天文地理、治国安民之书，罔不精心攻习，国人敬之。前任总统凌昆卒后，众遂推彼登位，故国人呼为缝匠统领。"张德彝：《欧美环游记》，长沙：岳麓书社，1985年，第656页。

拿破仑，不能为华盛顿也"，他是针对刚刚复出抵京的袁世凯，但也道出了独裁集权对每一个统治者的诱惑，实在是难以抗拒，尤其是在有着漫长的封建集权历史的中国。晚清西行者笔下的华盛顿，其实是他们向西方寻找民主典范的资源时，有意改造和中国化的产物。

美国的总统制为何如此完美，可以在张荫桓日记中全文抄录的"美国合邦盟约"（即 1789 年《美国联邦宪法》）译文中找到答案："总统以四年为满任，副总统亦然。……正副总统及合众国文职官员如有谋叛大恶、授受贿赂、干名犯法等事被劾后，审明即行革退"。总统犯法与庶民同罪，足见君民平等，一视同仁。其他诸如关于三权分立、总统选举等条目对于晚清的专制政体而言，绝对是骇人听闻。虽然张荫桓标明此举出于"美为民主之国，应译其创国例备览。……此项译文，不知吾华有无刊本，录于简端，以资考核"①。看似实录的文字背后，难掩其主观倾向性。字里行间不难体味出他对君民共主、与民无间的政教民风的歆羡和向往。与众多西行者笔下先入为主的想象，以及停留在以古代圣贤强作比附的文字相比，张荫桓抄录的《美国联邦宪法》才是美式民主的根基，也是华盛顿和格兰特被美国民众敬仰爱戴的法制根源。据此看来，张荫桓后来因倾向维新，以致招来杀身之祸，有其心理上的演变轨迹。与张荫桓一样，大多数西行者的评述往往都是点到即止，并未深究，给人以意犹未尽的遗憾。这种欲言又止的言说心态其实大可深究，这未尝不是晚清国人想象与建构国家民主政治的起点，要彻底捅破这层窗户纸，则是早晚的事。

1913 年 4 月，钱士青以驻美国旧金山领事的身份参观了"葛拿司吞纪念碑"，这位有着多年海外经历的外交官，着眼当时的国内外局势

---

① 张荫桓：《张荫桓日记》，任青、马忠文整理，上海：上海书店出版社，2004 年，第 81—94 页。

发表议论：

> 美国伟人以调和南北，而得中国李氏为植树。今中国有
> 伟人以调和南北，而不知得美国何人于数十年后为我伟人以植
> 树。美以南北调和后，国势日强；中国由南北调和后，民国始
> 固。各国未承认中国，而美国拟首先为之，追古论今，知中美
> 感情之厚，有由来矣。①

当时的中国刚刚经历过南北议和，清帝逊位，中华民国肇造最终以
牺牲辛亥革命的胜利成果为代价。这与美国经过南北战争、重新统一的
过程是不一样的。格兰特肯定想不到，去世三十多年后，中国外交官仍
然因李鸿章与他的特殊交谊而尊敬和怀念他，甚至把他作为改善和发展
中美关系的契机和桥梁。如今的国际关系波诡云谲，但纸面上的这些旧
年人物依然鲜活生动，为今日的大国博弈和世界局势提供注脚。

第二节　"泰西近古"的文化逻辑

漂洋过海的西行者，往往被西方各国视为野蛮落后的东方国度的代
表，他们很乐意充当中国人在文明世界的导游。于是西行者得以频频参
观议院，列席议会，旁听辩论，亲身体验民主制度的优越性。当亲眼看
见了泰西各国日臻完善的议会制、各种规范的政府运行机制后，他们遭
遇到了与认识西方科技一样的文化困境：承认西方制度的优越性，就等
于承认了中华文明落后的事实。如何在不贬损自身政教传统的前提下，

---

① 钱士青：《环球日记》，上海：商务印书馆，1920年，第44页。

汲取西洋政治体制的优势，有所借鉴？于是，"泰西近古"说应运而生：

> 余谓欧罗巴洲，昔时皆为野人，其有文学政术，大抵皆
> 从亚细亚洲逐渐西来，是以风俗文物，与吾华上古之世为近。
> 尝笑语法兰亭云，中国皇帝圣明者，史不绝书，至伯玺理天德
> 之有至德者，千古惟尧舜而已。此虽戏语，然亦可见西人一切
> 局面，吾中国于古皆曾有之，不为罕也。……观今日之泰西，
> 可以知上古之中华；观今日之中华，亦可以知后世之泰西。[①]
>
> 美利坚犹中国之虞夏时也，俄罗斯犹中国之商周时也，
> 英吉利、德意志犹中国之两汉时也，法兰西、意大利、西班
> 牙、荷兰，其犹中国之唐宋时乎？[②]

有人问薛福成，既然美国的政教礼制如此尽善尽美，为何美国还会发生排华等一系列不合理的事端。薛福成从容应答，因为各个时代，"亦有乱时，岂必尽轨乎道？"偶然的瑕疵也是正常现象而已，无损大局。1894 年，宋育仁担任出使英、法、意、比四国公使参赞，着意考察西方社会、经济、政治制度，积极策划维新大计。在考察英国议会之后，宋育仁赞赏其制政事必经议院，议员必由民选，国君不能专制，认定"议院为欧洲近二百年振兴之根本"。但忽而笔锋一转："《周礼》询群臣、询群吏、询万民。朝士掌治朝之位，有众庶在焉。然则《周礼》并有上议院在治朝，且令众庶得入而听政，更宽于今之西制。但圣制昭明，先定民志，不必事事交议，时时争辩，以致争权无上耳。西人略得

---

① 曾纪泽：《出使英法俄国日记》，长沙：岳麓书社，1985 年，第 177—178 页。

② 薛福成：《出使英法义比四国日记》，长沙：岳麓书社，2008 年，第 124 页。

其意，而不知治本。"①西人议会只是略知我中华上古遗意，但远不及周礼君民无间、张弛有度的做法。因此他认为："言救时之论策者，孰有愈于复古？"即使开明通达的郭嵩焘也认为西方国家的议会制度并非原创："议论是非则一付之公论，此《周礼》之询群臣、询万民，亦此意也。"②我国早已有开言路之举，但并不像西方人一样事事付之共议，以致争论不止，悬而不决。言外之意，西人只是略得皮毛，中华文化的精髓仍未领会。循此思路，他甚至将西方学者的"会堂"（协会组织）上溯自中国之汉魏六朝之"文社"③。西方议会制度相当复杂，各国不尽相同，以英国为例，这一政治制度从《大宪章》确立"王在法下"的原则，到《牛津条例》的出台，再到《斥国王书》和"光荣革命"，历经一个多世纪的艰难变革，直到1832年议会改革，议会成为实际的最高立法机关，取得了决定内阁人选、监督内阁施政、决定内阁去留及干预司法工作的大权。国王的行政权力被剥夺净尽，成为"统而不治"的"虚君"，议会君主制方才宣告形成。④而这些复杂的背景知识，西行者是不可能理解的，他们所依据的只是古籍圣典中所记载的只言片语，借助言而无据的想象，将支离破碎的影像拼接成令人笃信不疑的历史真实，借以维护脆弱的文化自尊。王尔敏评论晚清出洋之人对西方民主的认识，多不能认识民主的实质是民权。他们所认识的限度，仅在确信议院制度的重大意义，在于开放言路，使下民有表达意见的机会。皇帝和大臣可借此了解民众情形，上情下达，言路通畅。"至于他们所举的细

① 宋育仁：《泰西各国采风记》，长沙：岳麓书社，2016年，第18页。
② 郭嵩焘：《伦敦与巴黎日记》，长沙：岳麓书社，1984年，第400页。
③ 同上，第690页。
④ 储昭根：《英国议会何处去》，《南风窗》，2007年第7期。

节，均不超出这一点基本理论。"①毕竟他们大多数无法认识到其根本的出发点乃在于基本人权的要求，这一点到康有为和梁启超才真正明了。

泰西近古说与西学中源说有着近似的文化心态：狭隘的文化中心主义。其实隐含着这样一个相同的心理逻辑：西方民主制度美则美矣，而实为我中华之古制遗风，正是我国失落的黄金时代。故中国学习西方，其实是上溯三代，重拾传统，以振国体。从比较文学形象学的理论来看，异国形象具有意识形态和乌托邦两种功能，前者将自我的价值观投射在他者身上，通过叙述他者而取消了他者；后者则相反，由对一个根本不同的他者社会的描写，展开自身文化的批判。②对西方国家议会政体高效民主的叙述中，客观上已经隐含了对晚清政治衰蔽现实的质疑和不满。但在他们眼中，现在的西方世界不过是中国往古圣人之世的投影，他们真正向往的不是西方世界，而是逝去的那个中国上古黄金时代。因此要改良政治机器，不能从西方，只能从汤武周孔的训诫中求解。泰西近古说的言说策略虽然违背思想逻辑，却符合现实逻辑，将可能的文化冲突和心理障碍暂时消解，为迂回的取径西方创造条件。这确实为当时西行者秉持的普遍心理，而且这些言论经由具有亲身体验的西行者言之凿凿的宣扬，大大增加了可信度，为国人所接受。这样一种叙述策略其实还暗含了以下认知心理模式：

> 认识是以认知为先决条件的。认识某物就是将其归入我们以前已知的某物，并通过以前有的知识将其区分开来。要是缺乏这样的参考物，那我们只能面对一个谜，全新的事物是无

---

① 王尔敏：《十九世纪中国士大夫对中西关系之理解及衍生之新观念》，《中国近代思想史论》，北京：社会科学文献出版社，2003年，第27页。

② 孟华主编：《比较文学形象学》，北京：北京大学出版社，2001年，第31—40页。

从认识的。①

西行者正是选择了这样一条认识西方民主制度的道路，在学习西方与保持传统之间寻找最合适的契合点，泰西近古说便应运而生。这也是一种中国特有的附会的逻辑，将外来的事物与中国固有的事物联系起来，从而赋予外来事物以正当性。其浅薄自然显而易见，但以当时的眼光来看，还是不失为一种以退为进的迂回策略。

在众多西行者近乎一致的声音中，薛福成在"泰西近古说""西学中源说"基础上提出的"考旧知新说"值得重视。

> 讵知不忘旧，然后能自新；亦惟能自新，然后能复旧。夫日月，日新也，而容光之照，万古如旧；流水，日新也，而就下之性，万古如旧。……参核至计，为以两言决之曰："宜考旧，勿厌旧；宜知新，勿鹜新。"②

薛福成在这里借助自然界的现象，揭示了世界万物存在新质与旧质互相依存的规律：内在的自我属性持久而永恒，相对而言是旧的；变化发展的因素则是新的。自我发展的"新"是在"旧"的基础上发展起来的③。这一动态的辩证思考，显然已经具有深刻的哲学思辨的意味，为晚清思想界取法泰西、自我更新的路径提供了更为坚实的合法性。但由于当时的整体社会认知，对西学（包括物质层面和精神层面）的本质的

---

① ［美］欧文·拉兹洛：《系统、结构和经验》，李创同译，上海：上海译文出版社，1987年，第71页。

② 薛福成：《考旧知新说》，马忠文、任青编：《中国近代思想家文库·薛福成卷》，北京：中国人民大学出版社，2014年，第291页。

③ 王冬：《简论薛福成的"考旧知新说"及其现代价值》，《九江学院学报》，2010年第3期。

误读和曲解，终究难逃以自我为中心的文化逻辑的束缚。

其实，中国知识分子历来在治乱兴衰的关键时刻，总会本能地回溯往古，从既有的文化传统中寻求力挽狂澜的良策，这样的行动可以理解为："在传统的主流之外，寻找旁支、非主流因素，来批判主流，而达成文化变迁"①。于是，从这个意义上来说，复古即求新，求新即复古。西行者对于如何表述西方民主制度确实煞费苦心，这样一种泰西近古说，本意是顺时势、挽狂澜、以退为进、维护岌岌可危的政治秩序，但这样的结果恰恰可能为社会意识中的离心倾向提供了推动力，为以后的政治社会变动埋下了伏笔。

第三节　叙述策略：它山之石，可以攻玉

跋前疐后、动辄得咎的心态使西行者下笔多有顾忌，有所为有所不为自然也在情理之中。黎庶昌直言："惟郭侍郎自被弹劾之后，不敢出以示人。原朝廷所以命使臣之意，亦欲探知外国情形，其初诣未必如此，似宜仍属随时抄寄，以相质证，正未可以词害意。"②对于腐败的帝国政府，西行者并不敢直言不讳地抨击，多采取影射迂回之法，他们对于涉及国家政治制度一类的敏感话题往往出言谨慎，不轻易表态，如张德彝便一再申明：

> 是书本纪泰西风土人情，故所叙琐事，不嫌累牍连篇，至于各国政事得失，自有西土译书可考……历次出洋，虽辱承

---

① 龚鹏程：《近代思潮与人物》，北京：中华书局，2007 年，第 99 页。
② 黎庶昌：《西洋杂志》，长沙：湖南人民出版社，1981 年，第 183 页。

译事，而一切密勿，阙而不书，亦金人缄口之意也。[①]

这恐怕不仅仅是一个随行翻译的职责所在，更是出于避免祸从口出的考虑。曾纪泽也曾私下表露不能随意臧否时政的无奈："纪泽自履欧洲，目睹远人政教之有绪，富强之有本，艳羡之极，愤懑随之。然引商刻羽，杂以流徵，属而和者几人？只能向深山穷谷中一唱三叹焉耳。"[②]不明说不等于不说，叙述策略的选择大有讲究。高明者如黎庶昌，行文精简亦不失雅致，表明态度也不露声色，暗含玄机，如描述法国议院议事辩论的场景，有人丑语诋呵，有人拍掌讪笑，"当其议论之际，众绅上下来往，人声嘈杂，几如交斗。一堂毫无肃静之意，此民政效也"[③]。议政本该肃静庄重，哪知竟如此杂乱无章，成了一场令人啼笑皆非的闹剧，如此之"民政"自然是弊大于利了。当然，这种灰线暗伏的笔法不是每人都能运用自如，常见的策略是以土耳其、西班牙等国由盛而衰的教训，日本、俄国改革自强的经验来警醒中国。

土耳其在西行者笔下出现的频率最高。土耳其的前身是奥斯曼帝国，16世纪至17世纪是奥斯曼帝国的鼎盛时期，横跨欧洲、亚洲和非洲，西方的东罗马帝国文化和东方的伊斯兰文化交汇融合。19世纪，土耳其国力衰落，陷入被列强瓜分殖民的险境。薛福成详细记述了土耳其由盛极一时到被列强瓜分，沦为英国附庸的过程，在与土耳其公使深谈后，他黯然写道："土耳其与中国形势相似，颇有同病相怜之意"[④]。尽管《万国公法》为国际邦交提供了秩序框架，但土耳其与中国一样，同为"衰弱之国"，一启兵端，非特彼之仇敌，不得利益不止也。即名

① 张德彝：《随使英俄记》，长沙：岳麓书社，2008年，第273—274页。
② 曾纪泽：《伦敦致丁雨生中丞》，《曾纪泽集》，长沙：岳麓书社，2005年，第161页。
③ 黎庶昌：《西洋杂志》，长沙：湖南人民出版社，1981年，第55页。
④ 薛福成：《出使英法义比四国日记》，长沙：岳麓书社，2008年，第130页。

为相助之国，亦不得利益不止。刘锡鸿与土耳其人布罗士经过一番交流，了解到土耳其赏罚不当，政教不修，积弱不振，败亡当在情理之中。感叹之余，忽然若有所思："嗟乎！布罗士之言，与夫人之论土政者不合，得毋有所讽刺乎？"① 他意识到对方其实在影射中国。张德彝是同文馆翻译出身，语言优势使他在处理敏感话题时游刃有余，甚至以土耳其之名编制故事，讽喻晚清帝国的政治窳败。他还有意设计人名，指桑骂槐，发泄不满。② 张德彝随使俄国时，曾两次偶遇土耳其人"蒋果云"（讲国运），第一次详细陈述了土国"神豆汤"的奇迹，暗讽中国鸦片盛行的后果；第二次则直言土耳其国内种种不堪的现状："土地亦广，人民亦多，唯国家治法不善，以致国势日弱，弊病日深。无论官员大小，唯利是图。……种种不法，洵为国家之害。"③ 活脱脱一个晚清中国的翻版。张德彝认为，学土耳其，终归于自侮也。④ 土耳其的惨痛教训被不断传播，后来出现在梁启超《变法通议》中，被列为"他人执其权而代变者也"的反面典型。1878 年 11 月，英国入侵阿富汗。英方在抵御俄国在中亚扩张的同时，打着保护中国的幌子觊觎新疆地区。李凤苞对英国的真实意图看得很清，"但恐所谓保护者，不过如今日据居伯鲁岛以保护土耳其而已"⑤ 直到 1911 年 2 月，金绍城归国途中，在土耳其考察刑狱。土耳其尽管经历了青年土耳其党人领导的资产阶级革命，但最终又回到君主专制的老路，难以摆脱事事不能自主的局面。陪同的

---

① 刘锡鸿：《英轺私记》，长沙：湖南人民出版社，1981 年，第 101 页。

② 张晓川：《骂槐实指桑：张德彝〈航海述奇〉系列中的土耳其》，章清主编：《新史学》第 11 卷，北京：中华书局，2019 年，第 159 页—200 页。

③ 张德彝：《使俄日记》，《小方壶斋舆地丛钞》第 3 册，杭州：杭州古籍书店影印本，1985 年，第 338 页。

④ 张德彝：《随使英俄记》，长沙：岳麓书社，2008 年，第 519 页。

⑤ 李凤苞：《使德日记》，长沙：岳麓书社，2016 年，第 208 页。

官员萨丁培说，"土王之监谤与周厉王相似，卒召流彘之祸，亦复古今一辙"①，真是触目惊心。

西班牙是土耳其之外另一个反面教材。1887年5月21日，张荫桓在马德里觐见西班牙王后，并递交国书。一位"墨缞端坐"的中年妇人在官员引导下，亲自接过国书，并亲切慰问张荫桓一行。礼毕告辞，王后回顾三次，"曲膝为礼"，可谓盛情殷殷。张荫桓很受触动，返回途中感慨："斟酌日国当二百年前跨有数洲，南北花旗多其属土，近则只有古巴、小吕宋两处，极弱之甚，日后持服之诚、抚绥之难骤见，不禁恻然"②。西班牙王朝于1492年建立，曾在全球拥有大量殖民地，16世纪末成为欧洲最强大的国家。后来一系列对外战争失利，丢掉海上和陆地军事霸权。19世纪初，西班牙为脱离法国的殖民统治进行独立战争，海外殖民地丧失殆尽。1837年，伊莎贝拉二世（Isabel Ⅱ）确立君主立宪制，经过短暂的资产阶级革命和共和国时期，1874年王朝复辟。这位王后是西班牙国王阿方索十二世（Alfonso Ⅻ）的遗孀，玛丽亚·克里斯蒂娜（Maria Christina）女大公。阿方索十二世1885年去世后，已有身孕的王后开始摄政，直到阿方索十三世成年继位。张荫桓觐见的"墨缞端坐"的女王，正是玛丽亚·克里斯蒂娜女大公。1898年爆发美西战争，西班牙失去所有殖民地，彻底走向衰落。当时的晚清帝国内忧外患，千疮百孔，慈禧太后以一己之身羽翼幼主光绪皇帝，行摄政之实，与西班牙何其相似。张荫桓触景生情，"不禁恻然"也就在情理之中了。西班牙似曾相识的境遇不止一次唤起他这种同病相怜的感慨，张荫桓与小吕宋（菲律宾）总督会晤后，参观马德里公园，欣赏当地曼妙的音乐和种种奇花异草，又写道："又小吕宋土人半黄黑，颇类

---

① 金绍城：《十八国游记》，长沙：岳麓书社，2016年，第103页。

② 张荫桓：《张荫桓日记》，任青、马忠文整理，上海：上海书店出版社，2004年，第163页。

华种，西人每夸属土，若日国近状，则止小吕宋于古巴而已，宜有今昔之感。"西班牙与中国相隔万里，但由盛转衰的现实却大致无二，感同身受，后之视今，亦犹今之视昔，言外之意，不言自明。

有了土耳其和西班牙的反面教材，如何避免二者的前车之鉴，西行者给出的答案是借鉴日本经验，改革自强。郭嵩焘的呼吁可谓不遗余力：

> 日本仿行西法，尤务使商情与其国家息息相通，君民上下，同心以求利益，此中国所不能及也。[1]
>
> 日本勇于兴事赴功，略无疑阻，其举动议论，亦妙能应弦赴节，以求利益，其勃然以兴，良由以也。[2]
>
> 日本为中国近邻，其势且相逼日甚。吾君大夫，其盱食乎！[3]

这种直言不讳地痛斥满朝官员无所作为，昏聩无知，这实在是骇人听闻的言论。使得日后他屡遭诟骂，几于千夫所指，死后亦无处容身，被提议戮尸。晚清末造，中日两国这对一衣带水的邻邦，关系日趋紧张，崛起的日本不甘蜗居岛国一隅，对中国虎视眈眈。走向世界的外交官们，眼界日宽，意识到日本之崛起已不可避免，成为中国的肘腋之患。郭嵩焘的特立独行，后来者不敢效法，言论温和平正，不做过多主观评价。1884年，王咏霓随许景澄出使法国、德国、意大利、荷兰及奥匈帝国，盘桓三年之后，返程途经日本长崎，论日本学习西方："维

① 郭嵩焘：《伦敦与巴黎日记》，长沙：岳麓书社，1984年，第364页。
② 同上，第412—413页。
③ 同上，第948页。

新以后，极意访效西法，至于改正朔、易服色，西人未尝不訾笑之，然其上下以兴，孜孜汲汲以强国为是，不肯苟安旦夕，则犹有足嘉者"[①]。甲午一役，蛇吞象的预言不幸成真。此后东赴日本学习考察成为主流，各种东游记述多不胜数，日本经验成为共识，日本在当时西方已有"小英吉利"之称。既然日本学习西方，由弱变强，土耳其、西班牙等国因循守旧，陷入被人瓜分的境地，有此前车之鉴，自然要竭力改变，力图自强，避免重蹈覆辙。成功者的先进经验和失败者的沉痛教训来之不易：既避免了直接表白的后顾之忧，又借旁观者清的道理，委婉地道出变革自强、时不我待的心里话。1893 年，即将结束任期的崔国因在日记中写道：

> 先儒吕坤云："人生最追悔者既往，最悠忽者现在，最希冀者将来。"三念循环，而毕生无自新之日矣。盖既往即昨日之现在也，将来又明日之现在也。现在悠忽，则毕生悠忽而已矣。日月易迈，秦牧之所以忧心也。美国前此之忽于海军，其追悔宜矣。而现在者不肯悠忽，故增铁舰，建炮台，作育水师人才，派员赴欧洲船厂学习，试钢甲，造水雷，验铁网，设立水师、水雷学堂，皇皇焉如不及。可谓知所急矣。《诗》云："殆天之未阴雨，彻彼桑土，绸缪牖户。"其斯之谓与！[②]

人们总是最怀念和留恋过去，最期待和憧憬未来的，但却很难脚踏实地，抓住转瞬即逝的现在。吕夫子告诫世人，如果抓不住现在，总是一厢情愿地感怀往事，等待明天，依赖旁人，姑息自己，到头来只能一

---

① 王咏霓：《道西斋日记》/ 张元济：《环游谈荟》，长沙：岳麓书社，2016 年，第 72 页。
② 崔国因：《出使美日秘日记》，合肥：黄山书社，1988 年，第 649 页。

事无成。崔国因日记中很少像这样直白地吐露心曲。他是在了解到美国海军数年来不断壮大的事实之后，写下这番话的。可惜，大清帝国还未意识到未雨绸缪的重要性，仍然沉醉于昔日的迷梦之中。当然，这些都是欲言又止的言外之意。

1905 年 7 月 16 日，清政府发布《派载泽等分赴东西洋考察政治谕》："朝廷屡下明诏，力图变法，锐意振兴，数年以来，规模虽具而实效未彰，总由承办人员向无请求，未能洞达原委，似此因循敷衍，何由起衰弱而救颠危。分赴东西洋各国考求一切政治、以期择善而从。"标志着清朝官方正式承认了欧美和日本等国在政治体制方面的领先地位。[①] 同年 12 月，戴鸿慈、载泽、端方、李盛铎和尚其亨五大臣领命出洋，考察宪政，周游列国之后，尽管对西方各国的政治体制有了较为深刻的认识，但作为清王朝统治的维护者，他们仍然对大清帝国气脉的赓续抱有期望和幻想，并不赞成完全按照西方的民主模式，实行真正意义上的君主立宪：

> 我观西国，其重视主权也良至，凡百职司，权必归一，而下此服从焉，未有以分权而能治者也。共和之政治，学者梦想之所托焉耳，殆非我中土之所能有也。[②]

只问政体，不问国体的折中主义根本上无法解决问题。但能放下虚伪的体面，承认我不如人，应该学习西方，做出这样一番表态已实属不易。无奈为时已晚，病入膏肓的晚清帝国，纵有灵丹妙药也回天无力了。

---

① 秦方：《枘凿硬接总是伤——晚清五大臣出洋考察记》，《书屋》，2006 年第 3 期。
② 戴鸿慈：《出使四国日记》，长沙：岳麓书社，1985 年，第 296 页。

本章小结

1890 年 10 月，崔国因在华盛顿与丁韪良会面，二人多次交流国际形势，丁韪良认为，西方国家之所以开明务实，与君主多好出国游历关系很大。崔国因对此甚为赞许："中国欲开风气，须诸王贝勒游历东、西洋，并以词臣之谙外洋掌故者，置诸左右，则自天子以至百僚，皆知今昔之时势矣。"①官员士大夫和知识精英出洋，固然是时势所迫，也是主动融入世界秩序的必要途径。但是走出国门，置身西方，真正能看到的未必就是想看到的，因为西方国家政府往往会有意识地加以引导，将所谓文明的精华展示给这些来自遥远东方的中国官员。1878 年 1 月，身在山西的李提摩太（Timothy Richard）写信给教会秘书贝内斯："当中国的第一批高级官员访问英国和美国时，他们被带去参观剧院和博物馆，却从来没有被带去参观过教堂或听过布道。因此，我请他采取措施，让英国最优秀的基督教士绅对中国新任驻英公使郭嵩焘给予特别的关注。他是第一次去英国，应该让他了解西方文明的精华。"②事实证明，他的建议是成功的，那些频频出现在西行者笔端的教会、修道院、议院、大学、图书馆，以及代表各自辉煌历史的开国领袖的陵墓、纪念堂等，其实不少都是西方国家的有意安排，说到底，这些参观游览的路线是在西方中心主义笼罩下的文化规训与传播的结果。因此，华盛顿与格兰特这两位美国平民总统形象的建构与传衍也是顺理成章了。

随着晚清外交体制化，官员出洋公干成为常态，出使日记作为公务记录，其中有与西方民主传统相关的记述。这些文字不仅包括暧昧含混的想象，有意无意地误读，最重要是在西方世界里获得的前所未

---

① 崔国因：《出使美日秘日记》，合肥：黄山书社，1988 年，第 168 页。

② 转引自李礼：《求变者：回首与重访》，太原：山西人民出版社，2019 年，第 125 页。

历的"民主经验"。这种经验与日后中国不断标举的"德先生"有着密切关联。这些逐渐积累的经验和知识，"既成为他们自己，也成为足不出中国本土的后继士人，构思仿效西方民主传统制度的灵感来源"[①]。五四新文化运动是晚清以降知识氛围和制度建设的产物，从华盛顿到格兰特，从土耳其、西班牙的失败教训到日本的成功经验，这些言论经由外交官言之凿凿的宣扬，大大增加了可信度。"泰西近古说"为这些言说跨海东来，做了心理上的铺垫，这种叙述策略在严苛的官方体制下，在出使日记这种文体极为有限的弹性之内，将建言国是的功能发挥到了极致。这些大同小异的认识、判断和表述，强化了传统与现代的辩证发展关系，预示了未来中西文化交流融合的大趋势。西行者笔下的西方民主，有着种种暧昧复杂的图景，集中展示了国人对西方民主的体验和想象。法无历久而不弊者，亦有新创而未备者。这种想象使得外来的思想资源失去了原来的面貌，同时传统的中华圣教也被赋予新的意义，这一中一西、一新一旧的交流冲撞，共同谱写了变奏的乐章，为后来者（辛亥、五四）接续吟唱。

---

① 潘光哲：《晚清中国的民主想象》，香港中文大学中国文化研究所，《二十一世纪》，2001年10月。

第六章

从域外游记到新文体：
海外行旅与散文新变

《海客日谈》的作者王芝尽管文名不显，一番海外壮游之后，对游记及古文创作方法也颇有心得："古今游记充栋汗牛，而可读者甚少。……而能古文尤难，既须多读书，又须去其糟粕，运其精英，又须深明于天地人物之情理，乃能发溢而为古文"①。尽管《海客日谈》文字难称上流，但他确实体会到了跨洋出海对手眼心胸的历练，这是写好文章的重要前提，这种感受确实不是信口开河。从文学创作的精神看，创作的动力即来自它反对一切成规，具有超越性和开放性。而旅行正是打破封闭空间，开阔视野的最佳方式。作者神与物游，游心以观物，游目以骋怀，游神以纵思，遂构新辞，另辟蹊径。故旅行与文学之关联，大可深究。长期以来，我们惯于将近代文学变革的原因归结于传统文学新质的萌生以及"西学东渐"等外力的推动，却很少关注空间行旅与文学变革的关联。随着交通工具的革新，打破原有的时空局限成为可能，旅

---

① 王芝：《海客日谈》，长沙：岳麓书社，2016年，第18页。

行者的视域愈加广阔。以往的山水田园、亭台楼阁，摇身一变为亘古未见的异邦文明和异域情调。叙述对象的改变必然带来表达方式的革新，其实从"三界"革命拉开序幕的近代文学变革的历程，西行者的足迹是值得关照的所在。在细细品味、生发旅西记述文化意义的同时，不妨回到文学书写的现场一探究竟。

第一节　别开生面的桐城域外游记

19 世纪 50 年代，第一次鸦片战争的硝烟刚刚散尽，兵戈铮铮，声犹在耳。此时姚门弟子姚莹、梅曾亮、方东树等人相继逝去，而后继者又寂寂无闻，煊赫一时的桐城文派的衰颓之势，似乎在所难免。封疆大吏曾国藩以政治家的气魄和文学家的眼光，审时度势，扛起了桐城中兴的大纛。他编选《经史百家杂钞》，选辑经、史、子部以及汉赋的佳篇，以张大姚鼐《古文辞类纂》之格局，力矫桐城之文气度狭小、枵腹空疏之弊，借鉴其师唐鉴治学四要之说，于桐城义理、考据、辞章之外，另加经济一途，要求文章须与时代风气交通，有益国事，走出文人自娱的狭隘空间。以曾国藩之影响力，加之其弟子的推波助澜，流风所至，应者云集，"一时为文者，几无不出曾氏之门"[1]。郭嵩焘、薛福成、黎庶昌、张裕钊、吴汝纶同为曾门之湘乡文派代表作家，后四人并称"曾门四弟子"。张裕钊和吴汝纶走的是刻意为文的路子，以作文为安身立命之所。而郭嵩焘、薛福成和黎庶昌则志在事功，有意将"并功、德、言于一途"的宏愿扩而大之。[2] 他们不仅是曾国藩桐城复归的骁将，也是

---

① 姜书阁：《桐城文派评述》，上海：商务印书馆，1933 年，第 72 页。

② 关爱和：《古典主义的终结：桐城派与"五四"新文学》，上海：上海文艺出版社，1998 年，第 196 页。

打破桐城规矱、开启散文新变的实践者。他们不同的人生选择，以及结局各异的仕宦经历也决定了其为文治学的价值取向。

郭嵩焘年岁较长，出洋较早，刘蓉称其"词翰之美，将为文苑传人"。而郭嵩焘则以为："今之为诗文者，徒玩具耳，无当于身心，无裨于世教。"[1] 其海外驻节期间，多关注西方各国政教礼俗、科技民生等，而不重文事。加之副使刘锡鸿等人从中构陷，心力交瘁，故其日记多随感随记，意气充沛，而不修文辞。过于庞杂的内容和事无巨细的记述，掩盖了其桐城文家的声名。郭嵩焘海外日记有一个明显特点，就是坦诚无掩饰，臧否点评人物，文字直抒胸臆，一面说"悠悠万事，无足介怀"[2]，一面又常自叹息"蹇运所值，若有鬼神司之"[3]，海外生涯可谓处处扞格难入，读来能体会到他内心的纠结、痛苦和挣扎。曾国藩说他为著述之才，非繁剧之才，也是有道理的。郭嵩焘作为桐城一脉的海外行旅者，其首要的贡献在于以先行者的身份提出诸多惊世骇俗的新思想，对传统儒家思想体系的冲击，一直延续到身后，对后来者产生深刻而持久的影响。薛福成便坦言起初并不信郭氏所言，在亲历实地之后，方才醒悟："昔郭筠仙侍郎每叹西洋国政民风之美，至为清议之士所牴排。余亦稍讶其言之过当，此次来游欧洲，由巴黎至伦敦，始信侍郎之说，当于议院、学堂、监狱、医院、街道徵之。"[4] 他不仅以身垂范，也为后来桐城诸人开辟了作文的新路。日记中直接使用英文音译词汇，后加注解，一时间给人以中西杂陈、耳目一新之感。

　　盖西洋言政教修明之国曰色维来意斯得（civilized），欧洲

---

①　郭嵩焘：《郭嵩焘诗文集》，长沙：岳麓书社，1984 年，第 559 页。

②　郭嵩焘：《伦敦与巴黎日记》，长沙：岳麓书社，1984 年，第 1005 页。

③　同上，第 823 页。

④　薛福成：《出使英法义比四国日记》，长沙：岳麓书社，2016 年，第 124 页。

诸国皆名之。其余中国及土耳其及波斯，曰哈甫色维来意斯得
（half-civilized）。哈甫者（half），译言得半也；意谓一半有教
化，一半无之。其名阿非利加诸国曰巴尔比里安（barbarian），
犹中国夷狄之称也，西洋谓之无教化。①（英文单词为引者
另加）

清朝一向妄自尊大，视西方国家为夷狄，而殊不知在西人眼中，中
国实与波斯、土耳其三流国家一样，为半开化之民族。如此骇人之论，
以这样中西合璧的文字语重心长地道来，着实振聋发聩，这样离经叛道
的文字在其日记中屡见不鲜。除了音译词，日记还直接出现英文词汇入
文的现象："其字 Roman Catholic，其音则'罗孟克苏力'也，何处觅
'天主'二字之谐声、会意乎？"②而像"其学馆专习国家律法曰：'珥
戈尔珥宽罗密波罗谛克'"这样的表达更是司空见惯。这种直白的行文
方式，确实佶屈聱牙，但也是一种输入西学的努力，使读者读其文，会
其义，于潜移默化中了解西方文化，昭示了桐城古文融合欧西新思想、
表现新事物的可能。

郭嵩焘作为首任正式驻外公使，他的海外文字在很多领域有开拓之
功，并时有佳作，如水晶宫观烟火：

坐定，月出，极望数十里不见星火。俄而爆声发，直上
如箭，约及数十百丈，散为五色繁点。而其下万火俱发，爆声
四起，或散为五色繁点，而色相杂，又各不同。或如繁星；或
如孤月直上；又如气球，随风横行至十余里，其光转绿，转

① 郭嵩焘：《伦敦与巴黎日记》，长沙：岳麓书社，1984 年，第 491 页。
② 同上，第 497 页。

红，又转白，如日光射人，月明亦为所夺。已而光渐微，则一光圆中又裂为五色，圆光四出相激，又散为小圆光。其平地中万火俱发，有叠至四五层者，其光亦数变，约刻许乃息。

忽爆声从地发，直冲而上，如万爆轰裂，现火牌楼一座。忽又爆声齐发，现宫殿一座，矗立山端，众树环之，言此温则行宫也。以君主明日生辰，方居温则行宫，用以志庆。忽又爆声齐发，现君主一像，颇酷肖之。忽又爆声连发，直上丈许，横出又丈许，成白色一道；忽奔腾而下，如瀑布之坠于崖端，火光四扬，远望之疑为水气之喷薄也。忽又爆声连发如转珠，少顷，现出五色花亭一座。忽又爆声连发，亦如转珠，现出五色大球一颗，腾空圆转不息，尤为奇绝。忽又爆声自地直冲而上，散为千万爆声，其光如金蛇万道腾跃。忽又爆声直冲而上，散为万点明星；方惊顾间，又冲而上，再散为万点明星。亦有冲上丈许，忽东出数尺，爆声随发，其光如月；又转而西出，爆声复发，其光亦同；往复六七次，如火龙之旋转，左右两座相为冲击，真奇观也。①

烟花是一种转瞬即逝的视觉艺术，想要捕捉烟花绽放瞬间的绚烂景观，是很不容易的。用古文描摹变化万千的烟火，调动视觉、听觉、触觉和想象等感官，用比较、比喻等手法，穷形尽相，令人叹为观止。这篇文字又具有身临其境的现场感，将美轮美奂的海外奇景展现在读者眼前。其实，早在1866年，张德彝随斌椿出访欧洲时，他们就在水晶宫看过焰火表演。他眼中的情景是这样的："继则花起半空，光分五彩，蓝绿红黄等色，顷刻变化无穷。又有花飞落如彗星者，有飞火能来往数

---

① 郭嵩焘：《伦敦与巴黎日记》，长沙：岳麓书社，1984年，第204—205页。

次者，有花转八角孔雀翎者。又一明灯，借轻气球飞起，形如明月，随时变化，变黄则映地皆黄，变绿则映地皆绿，尤为烟火之最奇者。"①与郭嵩焘的文字相比，张德彝的描述确实有些捉襟见肘。此后在西行者笔下再未见有如此引人入胜的烟花景象。此外，郭嵩焘用小说笔法，插入对话等情节，讲述利文斯顿（David Livingstone）等人在非洲"操弓矢射杀人，剽掠为生"的游历探险，绘声绘影，俨然是一篇情节完备的小说。他还有参观庞贝古城等文字，都是引人入胜的绝好文字，虽非着意为文，"性情意趣，自然具见"②，皆优美可诵。水晶宫、庞贝古城、瑞士雪山等西洋风物此后不断被后来者描摹，成为众多读者耳熟能详的符号化风景。郭嵩焘的创作崇尚人格精神与文字书写的映照，他认为圣贤之所以被后人铭记，不是着意立言的结果，在于"其精气流行天地间而寓之文字"，是一种"无意为文，而文固至矣"③的自然境界。他的海外文字整体上塑造和传达了一个近乎完美的西方世界，挑战和质疑了国人根深蒂固的蛮夷他者形象，唤起读者对殊方异域的思考与向往。

黎庶昌非正途出身，以廪贡生身份上书言事，受到重视，遂被派往安庆由曾国藩以知县试用。黎庶昌勤勉好学，才学卓著，深得曾国藩器重："意气迈往，行文坚确，锲而不舍，可成一家言。"1876年黎庶昌随郭嵩焘出使英国，次年，随刘锡鸿赴德国，任驻德参赞。又一年，奉调驻法参赞。1880年，奉郑藻如之名改任驻西班牙参赞。四年之中，辗转欧洲四国，可谓席不暇暖。1881年和1887年，黎庶昌又两度出任驻日公使，是少有的兼具东西洋出使经历的外交官。他先后遭逢语言不通、文化迥异的西方社会和一衣带水的同文邻邦，因应不同的环境与描

---

① 张德彝：《航海述奇·欧美环游记》，长沙：岳麓书社，1985年，第507页。

② 郭嵩焘：《跋吴称三所藏徐星伯收辑诸家尺牍册》，《郭嵩焘诗文集》，长沙：岳麓书社，1984年，第136页。

③ 郭嵩焘：《江忠烈公遗集》，《郭嵩焘诗文集》，长沙：岳麓书社，1984年，第37页。

述对象，其记述观感见闻的域外文字呈现出别具一格的风采。李鸿章对黎庶昌和薛福成二人的古文创作寄予厚望，"文正旧客中，执事与淑耘本以文章齐誉，今日要津高足，已无多人，弥足珍矣"①。

《西洋杂志》为其海外出使生涯的点睛之作，在体裁上，散文、书信、考察报告等诸体兼备，别具一格；在语言上，以典雅的文言为主，汲取西洋语言的质素，呈现出中西兼备、雅俗共赏的风貌，达到很高的艺术成就。从文本命名看，"西洋"一词标示了一种客观和平视的目光，旗帜鲜明地取代了"蛮夷""夷狄"等文化和种族优越感的价值判断。正是这种温和的中立的观察目光的存在，该书舍弃出使日记常见的按日记事，将家国大义的政治话题暂时搁置，聚焦于欧洲社会的风土人情，转以专题分类，描绘议院议事、茶会沙龙、王室婚丧礼俗、斗牛等异域风情。每个主题独立成篇，展现了一幅动人的西洋风俗画卷。多种文体并列呈现出的文体驳杂的整体风貌，显示出其"不规规于一格"，打破书写惯例的努力，可以说，《西洋杂志》是晚清域外游记中最具文体意识的一部。虽然同在海外奔走多年，其文与薛福成的务实尚用不同，多了几分谦谦君子之风。黎氏为文客观平实，清丽典雅，不随意评骘古今，臧否人物，极少有铺张扬厉、激情盎然之作。偶有表明态度之时，也是不露声色，如其描述西方议院，"当其议论之际，众绅上下来往，人声嘈杂，几如交斗。一堂毫无肃静之意，此民政效也"。议政本该肃静庄重，孰料竟然如此杂乱无章，如此之"民政"自然是弊大于利了。《开色遇刺》和《俄皇遇刺》，提到欧洲早期的社会主义者"索昔阿称司脱"（Socialist），暗杀德皇和俄皇，黎庶昌行文极为克制，谈及刺杀德皇失败被捕的两名"平会"成员的结局："行刺者就获后，刑司讯

----

① 李鸿章：《复钦差出使日本国大臣黎》，顾廷龙、戴逸主编：《李鸿章全集·信函6》，合肥：安徽教育出版社，2008年，第135页。

之，以为民除害为词，迄无他语"①。大义凛然、无所畏惧的会党成员形象跃然纸上。这样冷静客观的笔墨在晚清出使日记中是不多见的。郭嵩焘因言获罪的前车之鉴也是重要原因。同时，郭嵩焘与副使刘锡鸿之间的矛盾也使黎庶昌受到牵连，被郭视为"刘党"，屡遭怀疑打压。② 这些因素也使黎庶昌有所顾忌，对文本的整体叙述风格产生影响。在涉及一些西方风土人情的内容时，作者的喜怒哀乐也会自然溢出笔端，为文字抹上一点颇有趣味的亮色。如黎庶昌受邀出席西班牙国王阿方索十二世庆贺得子的活动，王后怀孕五月的时候，王室将这一消息刊布新闻，告知全国，邀请各国使臣入宫庆贺，各使馆张挂旗帜、燃灯致庆，黎庶昌在文末尾写道："其新闻纸，皆刊刻花边，可见西人之好事矣！"王室的大小传闻，皆成花边新闻，让人会心一笑。

　　《西洋杂志》贯彻了科学严谨、务实求真的写作态度。黎庶昌在欧洲的生活经历，使他深切体会到西方对舆地之学的重视，不仅有专门的地理学会等学术研究机构，而且他们常借游历之名深入中国内地，考察侦探，对中国地理地貌了如指掌，而国人对西方则茫然不晓其方向。他愿意"不惜躯命，乞充一路之任，以上报国家，为奔走臣"。正是在这种为国前驱、死而后已的精神驱使下，黎庶昌在写景状物的典雅笔墨之外，写出《由北京出蒙古中路至俄都路程考略》《由亚细亚俄境西路至伊犁等处路程考略》《欧洲地形考略》这样严谨周详的地理考察笔记，这于常年沉浸于考据辞章之中而不知世事的传统文人而言，是不可想象的。同时，他在介绍英国兵工厂研制火炮、步枪、炮弹的先进技术

---

① 黎庶昌：《西洋杂志》，长沙：湖南人民出版社，1981 年，第 57 页。

② 郭嵩焘性格多疑，因与刘锡鸿交恶，殃及黎庶昌。郭嵩焘在日记中表达了对黎庶昌的不信任且心怀不满："二君同为广东生私人，然和伯诈而莼斋愚，和伯爽直而莼斋阴重；和伯之罪为可恕，莼斋之心不可测量。凡人见理不明，直无一而可，甚为莼斋惜之"。见郭嵩焘：《伦敦与巴黎日记》，长沙：岳麓书社，1984 年，第 626 页。

（《乌里治制炮厂》），法国巴黎印刷厂印刷、剪裁、装订图书等工艺流程（《巴黎印书局》），以及玻璃的烧制（《蝉生玻璃厂》）和布料纺织（《布生制呢厂》）等细节时，文字典雅新颖，力求精确，注意细节，既明白晓畅，又规范严密，绝非一般的技术制造说明文，颇能引人入胜，这样的写作方式赋予《西洋杂志》难得的学术品格。如黎庶昌《轻气球》：

> 球下悬大圆木筐，护以铁栏，为站立处，可容五十人。中心正空，有一巨如手臂之麻绳坠系，长五百买特尔，力能受二十吨。容球之池心，安一大机环以为管约，使可动荡自如。引其绳于百步外，用螺旋铁轴收放，三百匹马力之汽机进退之。轴心径三尺许，长可三丈，绳轴共重四万吉罗，三器价值八十万佛朗。[1]

气球之所以能自如升降，在于有司球者控制氢气的容量，而且一旦超过一定高度，则会呼吸困难，"若无绳可生至四五千买特尔，再上则人不能呼吸矣"。黎庶昌也兴趣盎然，随众一试，"升降时微觉身中发热，若有风则增头晕"。将乘坐体验与科技知识自然结合，买特尔（meter）、马力、吨、吉罗（kilogram）、佛朗，这些原本与传统古文格格不入的英文音译词汇，在他笔下，一经调配，竟毫无造作生疏之感。最后听闻气球因故障堕地，"幸其破时在深夜，未曾伤人"，看似不经意，其实点染出作者体物悯人的仁者情怀。黎庶昌的散文多为世人推崇，佳作颇多，《马德里油画院》《伦敦赛马》《加尔德隆大会》《西洋苑囿》等，皆妙笔生花，被誉为"有清一代别开生面的作品"，"已具有现代美文的特

---

[1]　黎庶昌：《西洋杂志》，长沙：湖南人民出版社，1981年，第118—119页。

点"①。驻日期间，黎庶昌把更多的精力用在了写作和访书上。固守儒家传统，着意访求古籍，将诗文酬唱作为外交活动的延伸，与诸体兼备的《拙尊园丛稿》共同建构出一位"全才君子"的公使形象。黎庶昌以一个纯粹的作家之眼光心态来看待异域风物，海外文章脱去了外交官身份的局限，集中精力以艺术和审美的目光去呈现西洋图景，有清一代，确实独树一帜。

薛福成以上书曾国藩步入仕途，"慨然欲为经世实学，以备国家一日之用"②。薛福成1890年出洋，任英、法、义、比四国大臣，1894年回国，历时四年。不仅学识闳通，行事亦练达沉稳，兼具学者与外交官双重气质，颇为时人赞许。郭嵩焘曾奏举其"可胜公使之任"，李鸿章亦对其青眼有加，称他为"不可多得之才"。《清史稿》称其"好为古文辞，演迤平易，曲尽事理，尤长于论事"。薛福成十分看重出使日记的写作，他意识到出使日记因袭蹈旧、无甚新意的弊病："唯日记虽体例不一，而出使情事无甚歧异。查前出使英法大臣郭，及前出使英法臣曾，俱有日记，所纪程途颇已详备。若但仿照成式，别无发挥，雷同之弊，恐不能免。"③他力图改变出使日记千人一面、陈陈相因的弊端，宣示了不甘步人后尘、有意为文、力求创新的写作态度。黎庶昌评其文："淑耘辞笔醇雅，有法度，不规则于桐城论文，而气息与子固、颍滨为近。"薛氏自言海外纪游"于叙事之外，务恢新义，兼网旧闻，既有偶读邸报，阅新报而记之者，亦因其事关时局，不能不录"。由考核而得于昔者，十有五六；由见闻而得于今者，十有三四。吴汝纶对薛率性而为的做法，评价不高："郭、薛长于议论，经涉殊域矣，而颇杂公牍笔

---

① 郭预衡：《中国散文史》，上海：上海古籍出版社，1999年，第588页。

② 薛福成：《上曾侯相书》，马忠文、任青编：《中国近代思想家文库·薛福成卷》，北京：中国人民大学出版社，2014年，第10页。

③ 薛福成：《出使英法义比四国日记》，长沙：岳麓书社，2008年，第8页。

记体裁，无笃雅可诵之作。"①薛福成之海外日记篇幅长，内容杂，虽然是按日记述，但每天记录的内容相当驳杂，摘录报纸新闻，记述新式科技，评述政治形势，对比中西文化，有刻意为之的痕迹。唐文治直言"薛书则多系抽绎报章，无关宏谊"②。薛福成在出洋前，要求随行的同文馆翻译王丰镐、胡惟德和郭家骥三人，随时留意道里行程、山川形势、风土物产和军事设施，每天呈送一篇日记，一来考察是否用心，二来备其"择要选记，免得再费一番查访"③。薛福成海外日记某种程度上实为四人合作的结晶，文体驳杂不一致也就在所难免。同时，海内外报刊的时事通讯和新闻报道常成为日记论述的组成部分，在遣词造句、谋篇布局受到新闻笔法的影响，具有"日记体新闻"的特征（详见第七章，此处不赘）。新闻笔法的渗透，强化了其出使日记说理政论的特色，逻辑严密，论说透辟且富有气势，黎庶昌称赞薛福成"若论经世之文，当与作者首屈一指"④，也是实至名归。

薛福成海外文字中的优秀篇章集中在《庸庵文外编》《庸庵海外文编》和《庸庵文别集》中，《普法交战图》《观巴黎油画记》《白雷登海口避暑记》《观赛佛尔官瓷新窑记》等均为脍炙人口的散文名篇，这些篇目均由海外日记扩充改写，由其本人或其子薛莹中编订而成。薛福成生前对日常公务文书，包括出使公牍、出使日记、杂记等文字有系统的编订计划，个人文集编写、修订和出版有周密擘画，卷帙浩繁，为桐城文家所仅见。他去世后，家人和学生共同完成了文集的后续整理出版，影

① 吴汝纶：《答黎纯斋》，《吴汝纶全集》，合肥：黄山书社，2002年，第100页。

② 载振、唐文治：《英轺日记两种》，南京：凤凰出版社，2017年，第6页。

③ 薛福成：《札翻译学生写呈日记》，《出使公牍奏疏》卷七，《中国近代史料丛刊》第81辑，第809册，台北：文海出版社，1966年，第505页。

④ 黎庶昌：《书合肥伯相李公用沪平吴》文后评语，马忠文、任青编：《中国近代思想家文库·薛福成卷》，北京：中国人民大学出版社，2014年，第206页。

响很大。

《观巴黎油画记》系其光绪十六年二月二十四日日记的修订版，篇首交代时间地点，当日薛福成一行先参观了蜡人馆，西人技艺奇妙令人叹为观止，而翻译却说："西人绝技，莫愈于油画，盍驰往油画院一观《普法交战图》乎？"可见好戏还在后头，继而引出下文，这是日记中没有的。交战图的种种细节被他描绘得栩栩如生，生动还原了全景画的透视效果带来的逼真和震撼，文末收束处有一番议论（日记原文无）：

> 余闻法人好胜，何以自绘败状，令人丧气若此？译者曰："所以昭炯戒、激众愤、图报复也。"则其意深长矣。夫普法之战，迄今虽为陈迹，而其事信而有征。然则此画果真邪？幻邪？幻者而同于真邪？真者而讬于幻邪？斯二者盖皆有之。①

无论是神乎其技的蜡人馆，还是难辨真假的交战图，都不是仅仅娱人耳目的装置，背后有着激励民气、同仇敌忾的深意。既有出神入化的笔墨，又不偏离文以载道的途辙，精致细密，意味隽永，展示出桐城文家本色当行的一面。西行者中关于《普法交战图》的描摹所在多有，郭嵩焘、黎庶昌、曾纪泽、张荫桓、张祖翼、池仲祐等都有普法战争全景画的记述，形成一系列"观画启悟"式的互文书写，但从艺术成就来说，薛福成这篇是最出色的。

陈平原说，"要说对于新学的传入，雅驯清通的桐城文章，其实是最合适的"②。这一新一古，难免矛盾，怎能相得益彰？众所周知，桐城

---

① 薛福成：《庸庵文外编》，《续修四库全书》集部·别集类，上海：上海古籍出版社，2002年，第272页。

② 陈平原：《从科普读物到科学小说：以"飞车"为中心的考察》，《中国文化》，1996年第13期。

古文语言禁忌甚多："古文中不可入语录中语，魏晋六朝人藻丽俳语，汉赋中板重字法，诗歌中隽语，南北史佻巧语。"[①]更遑论西洋科技名词、西文音译词汇这些来自异域文化的新鲜质素。薛福成对桐城义法是颇为推崇的："然则桐城诸老所讲义法，虽百世不能易也。"而黎庶昌的文章在他看来，也是恪守桐城义法之作。如此看来，二人的海外记游之文岂不是与此信念背道而驰？这其实是一种迂回的变通之道。黎庶昌在《续古文辞类纂叙》中说："后世之变，何所不有……不得以古所无非今之所有。"不过采而用之是有前提的，即将西方文化纳入传统儒家之圣道：

> 西人立法施度，往往与儒暗合。世徒见其迹之强也，不思其法为儒所包，而所谓儒为不足用，是乌足语道哉！……使孔子而生今世也者，其于火车、汽船、电报、机器之属亦必择善而从矣。……向令孟子居今日而治洋务，吾知并西人茶会、音乐、舞蹈而亦不非之，特不崇效之耳。[②]

既然西洋之种种新事物，如火车、汽船、电报、机器制造等格致之学，与茶会、沙龙、舞会、宴会等礼仪风俗与儒家文化之道并不相悖，那么以新名词入文，自然也就名正言顺了。薛福成则更加旗帜鲜明地提出：

> 嗟夫，经济无穷，事变日新。方今西洋诸国情状，贾、

---

① 苏惇元：《方望溪先生年谱》，台北：文海出版社，1970年，第461页。

② 黎庶昌：《拙尊园丛稿·儒学本论序》，《续修四库全书》集部·别集类，上海：上海古籍出版社，2002年，第366—367页。

陆、苏三公与文正所不及睹者也。福成既睹四贤未睹之事矣，
则凡所当言者，皆四贤所未及言者也。……夫古人虽往，事理则
同，论事者不得因其事为古人所未谂，遂谓奋笔纂辞，可不师古
人也。①

世易时移，今昔各异。种种未曾体验的新生活、新事物随着西行者
的异域之旅渐次在眼前呈现，在记录游历见闻时，原有的语言词汇已捉
襟见肘，新词汇的引入是大势所趋。值得肯定的是，在桐城文人笔下，
这些新名词并不呆板、生硬，而是与具体事物有机联系的"活"的语言
单位。② 他们并不是浮光掠影地介绍西方文明，而是力求借助新名词，
介绍新知识，描绘新画卷，引发新思考，向国人真实、形象地展现西方
世界。郭嵩焘提出"以音为文，人人互异"③ 的担忧。薛福成也感到传
统古文与西方语言文化的龃龉，时时有难以调和的苦衷："故凡治出使
公牍者，必以洋文照会为兢兢，而诸体之公牍皆由此生焉。……洋文照
会，皆余授意译者所拟，然后再译为华文。中西文法，截然不同，颇有
诘屈聱牙之嫌。余恐汩其真也，未敢骤加删润，后之览者，亦会其意焉
可耳。"④ 一旦涉足海外，这些文人官员要用烂熟于心的传统古文来描绘
前所未见的西洋风物，语言之间的隔膜在所难免。薛福成甚至悲观地认
为："故中西之文不能合一，天实限之。"⑤ 无论是直接以英文词汇入文

---

① 薛福成：《出使四国奏疏·序》，《中国近代思想家文库·薛福成卷》，北京：中国人民大学
出版社，2014 年，334 页。

② 曾光光：《桐城派在中国近代文学史上的贡献与地位》，《江淮论坛》，2004 年第 6 期。

③ 郭嵩焘：《伦敦与巴黎日记》，长沙：岳麓书社，1984 年，第 612 页。

④ 薛福成：《出使四国公牍·序》，《中国近代思想家文库·薛福成卷》，北京：中国人民大学
出版社，2014 年，第 336 页。

⑤ 薛福成：《出使英法义比四国日记》，长沙：岳麓书社，2008 年，第 291 页。

也好，还是英文转译中文，这些具体写作中的困扰和实践，西式词汇的广泛运用，带来英语语法不经意间地渗入，造成表达方式的杂糅，改变了文言句式简短、言简意丰的风貌，也预示了其后散文、政论写作欧化风的兴起。经历了初期文白不睦、同床异梦般的生硬与隔膜之后，最终达到文白相融、如鱼之相忘于江湖，了无痕迹。

　　余光中批评桐城派过分追求味淡声稀、整洁从容，限制了游记的自然生机，游记到姚鼐手中还有几篇可读，而到管同就力竭气衰了。[①] 这是从遣词造句与意境情趣的角度。薛福成对张裕钊思力精深、吴汝纶天资高隽颇为推崇："余与莼斋咸自愧弗逮远甚。"[②] 这恐怕不是他们真实文学修养的差距，而是创作观念的差异。多年的海外行旅，大大开拓了他们的眼界胸襟，欧风美雨的濡染，其散文风貌自然别具一格，无论是描写物态，还是雕绘人事，均进退自如、驱策文字的个性和气度。薛、黎二人的域外游记反映了以经世要务、当代掌故为特征的湘乡文派，随着经济无穷、事变日新，超越了桐城派的思想规范和为文矩镬，呈现出桐城文家在坚守与创新中开拓散文新变的轨迹。黎庶昌曾说："唯独文章一事，余以尚留未尽之境以待后人。"[③] 数年之后，梁启超携新文体粉墨登场，既弥补了黎氏未了之心愿，也顺应了文学发展和时代进步的潮流。

---

① 余光中：《从徐霞客到梵高》，北京：国际文化出版公司，2014年，第33页。

② 薛福成：《拙尊园丛稿序》，《中国近代思想家文库·薛福成卷》，北京：中国人民大学出版社，2014年，第332页。

③ 黎庶昌：《拙尊园丛稿·答赵仲莹书》，《续修四库全书》集部·别集类，上海：上海古籍出版社，2002年，第290页。

第二节　梁启超与"新文体"

启超夙不喜桐城古文，幼年为文，学晚汉魏晋，颇尚矜炼，至是自解放，务为平易畅达，时杂以俚语韵语及外国语法，纵笔所至不检束，学者竞效之，号新文体。老辈则痛恨，诋为野狐。然其文条理明晰，笔锋常带感情，对于读者，别有一种魔力焉。[①]

从梁启超的夫子自道，可见其对自己别创新文体的自得之情。而新文体也确乎具有摧枯拉朽、所向披靡的魅力。钱基博曾说："迄今六十岁以下、三十岁以上之士夫，论政持学，殆无不为之默化潜移者，可以想见启超文学感化力之伟大焉。"[②]新文体在当时影响之大，可见一斑。1898 年 9 月，戊戌新政失败后，梁启超亡命日本，"是为生平游他国之始"。东游日本对梁启超是一个至关重要的契机和转折。翌年岁末即作美国之游，后因阻挠在夏威夷檀香山停留半年，1900 年 8 月转道新加坡，远赴澳洲。1903 年春，梁启超自日本横滨出发，4 月经加拿大蒙特利尔入美国，游历纽约、哈弗、波士顿、新奥尔良、芝加哥、波特兰、旧金山等城市，后于 12 月再借道加拿大返回日本。两次旅行留下《汗漫录》(《半九十录》) 和《新大陆游记》两部重要的游记。

"割慈忍泪出国门，掉头不顾吾其东。"梁启超由昔日在国内盱衡当

---

① 梁启超：《清代学术概论》，上海：上海古籍出版社，2000 年，第 85—86 页。

② 钱基博：《中国现代文学史》，上海：上海书店出版社，2004 年，第 289 页。

世，叱咤风云，转而成为通缉要犯，去国东游，逃亡日本，旅途之中的心情可谓五味杂陈。敏感的心绪自然极易为途中风物影响和感染，所感所悟自然良多。一天，船上有人不慎为巨浪卷入海中，挣扎良久，终被淹死。梁启超闻之惊惋，联想到此番逃亡，遂慨叹"死而可避，则此生存竞争之剧场中，无茧足而立之隙地也"。生存之境险恶丛生，而人尤其渺小，"观于此，使人冒险之精神勃然而生"。旅途虽有惊涛骇浪，但却可以磨炼心志，增长见识。"思人之聪明才力，无不从阅历得来。"原本坐船对他而言是一大苦事，但数年奔走，乘船航海已属平常，于是面对恶浪滔天也安之若素，乃"知习之必可以夺性也"，历来英雄豪杰少年时也与常人无异，历练既多，自然渐露峥嵘。于是便以"勉强学问，勉强行道"来自慰自励。可见异域行旅，对梁启超而言，不啻为一种毅力与心智的磨炼与升华。

旅途之中读书消遣，也会因心态平和、精神集中而比平日在书斋之中获益更多。东渡日本时，梁启超读船长所赠《佳人奇遇记》解闷，随阅随译，后来登诸《清议报》，翻译创作便始于此。在去往夏威夷的途中，"读德富苏峰所著《将来之日本》《国民丛书》数种"。他被德富氏使用的欧文直译笔法深深感染，对此种糅合汉文调、欧文脉的政论文风甚为嘉许，冥然心会，最早的文界革命的呼声油然而生：

> 德富氏为日本三大新闻主笔之一，其文雄放隽快，善以欧西文思入日本文，实为文界开一别生面者，余甚爱之。中国若有文界革命，当亦不可不起点于是也。①

---

① 梁启超：《新大陆游记及其他》，长沙：岳麓书社，1985年，第604页。

"文界革命在思想与文学革命的链条中具有最重要的意义"①，此论既出，标志着古典文学的近代变革正式拉开序幕。而这种看似偶然的因缘际会，实际上也是梁启超在日本居留生活期间，所受日本明治文化濡染的一种必然反应。他在《汗漫录》中曾满怀欣喜地写下初到日本后，接触新思想的感受："自居东以来，广搜日本书而读之。若行山阴道上，应接不暇。脑质为之改易，思想言论，与前者若出两人。每日阅日文报纸，于日本政界、学界之事，相习相忘，几于如己国然。"②同年他在《论学日本文之益》中也谈道："既旅日本数月，肄日本之文，读日本之书。畴昔所未见之籍，纷触于目，畴昔所未穷之理，腾跃于脑。如幽室见日，枯腹得酒，沾沾自喜，而不敢自私。"全然不同的文化环境，给了他广阔的学习新知、融汇思辨的空间，逃亡生活竟然成为难得的体验异域文化、再造自我的契机。作为异域生存的日本，梁启超从中获得的体验与感受可以说是全方位的：既有知识思想上的参照，也有日常生活习俗的感染，更有生命内部的启示。这样一个多元融汇的过程，恐怕不是一个文化交流的理性思维所能够囊括的，其中最重要的应该是创作主体的自身生命意识与文学意识的"激活"③。在这个复杂的类似化学反应的过程中，海外行旅生活的异域体验便起到了催化剂的作用。

如果说梁启超东游日本开启了文界革命的序幕，直接诱发了新文体的诞生。而其后的西游美洲新大陆则促进了其思想和见识的进一步深化，新文体日趋成熟和劲健：

从内地来者，至香港、上海，眼界辄一变，内地陋矣，

---

① 关爱和：《梁启超与文学革命》，《中国社会科学》，2006年第5期。

② 梁启超：《新大陆游记及其他》，长沙：岳麓书社，1985年，第589页。

③ 谢明香：《将创作主体的文学感受作为阐释的基础——以梁启超与新文体创立之关系为例》，《首都师范大学学报》，2005年第3期。

不足道矣。至日本，眼界又一变，香港、上海陋矣，不足道
矣。渡海至太平洋沿岸，眼界又一变，日本陋矣，不足道矣。
更横大陆至美国东方，眼界又一变，太平洋沿岸诸都会陋矣，
不足道矣。此殆凡游历者所同知也。①

旅行不仅仅是一种空间的位移，也是开阔眼界、增长识见的过程。
新事物随着行旅的深入层出不穷，带来的新的体验与思考也会使人有似
脱胎换骨的改变。

> 余自先世数百年，栖于山谷。族之伯叔、兄弟，且耕且
> 读，不问世事，如桃源中人。余生九年，乃始游他县；生十七
> 年，乃始游他省，犹了了然无大志，梦梦然不知有天下事。余
> 盖完全无缺、不带杂质之乡人也。曾几何时，为十九世纪世界
> 大风潮之势力所簸荡、所冲击、所驱遣，乃使我不得不为国人
> 焉，浸假将使我不得不为世界人焉，是岂十年前熊子谷（熊子
> 谷吾乡名也）中一童子所及料也。②

纵横四海的海外行游让梁启超体会到了十九世纪世界风潮的冲击颠
荡，终将他从一个了然无大志的"乡人"，一变而为"国人"，再变而为
"世界人"。这种先知先觉的蜕变，被李欧梵誉为"中国进入世界的开
始"③。离开家国远走他乡，再以世界人的眼光回头审视故国，自然会有
超出寻常的见解。这些记游文字不仅记录了梁启超思想转变的轨迹，而

---

① 梁启超：《新大陆游记及其他》，长沙：岳麓书社，1985年，第459页。

② 同上，第587页。

③ 李欧梵：《中国现代文学与现代性十讲》，上海：复旦大学出版社，2002年，第91页。

且这种由外及内、反观自身的旅行姿态也赋予游记厚重的文化意义。严复亦对梁启超的文章颇为赞赏，称其"风生潮长，为亚洲二十世纪文明运会之先声"，而这些文字"尤征游学以来进德之猛"[①]。

梁启超自陈作《汗漫录》，不过是"昔贤旅行，皆有日记，因效其体，每日所见所闻所感，夕则记之"。纯为仿效，并非有意为之。而1903年再度访美，他开宗明义即申明其创作宗旨："中国此前游记，多纪风景之佳奇，或陈宫室之华丽，无关宏旨，徒灾枣梨。本编原稿中亦所难免，今悉删去，无取耗人目力，惟历史上有关系之地特详焉。"[②]《新大陆游记》既是刻意为之，故对西方文明的考察和思考便相当深入，在旅途中引发的一些思考也并未随旅途结束而终结，在其他文章中也多有延续。如梁启超在《新大陆游记》中论中国人之缺点有四：一曰有族民资格无市民资格；二曰有村落思想而无国家思想；三曰只能受专制不能享自由；四曰无高尚之目的。在其同一时期即以后的多篇文章，如《论中国人种之将来》（1899）、《国民十大元气论》（1899）、《中国积弱溯源论》（1900）、《十种德性相反相成议》（1901）、《新民说》（1902）、《论中国国民之品格》（1903）等，便集中讨论了中国国民性中缺乏独立自由意志、民族主义思想、集体主义与公共爱国精神等，可以说是其游记的补充和深入。

《新大陆游记》已是相当纯熟的新文体，纵横捭阖，汪洋恣肆，又与异域见闻相糅合，故比一般纯粹政治宣言式的新文体更多了几分现代性体验的魅力。如他写纽约城现代化的城市面貌："纽约触目皆鸽笼，其房屋也。触目皆蛛网，其电线也。触目皆百足之虫，其市街电车

---

① 严复：《与梁启超书》，《严复文选》，天津：百花文艺出版社，2006年，第166页。

② 梁启超：《新大陆游记·凡例》，《新大陆游记及其他》，长沙：岳麓书社，1985年，第419页。

也。""鸽子笼""蜘蛛网""百足之虫"，先进的交通工具与丑陋的自然生物竟然有着惊人的形似性，安全意味着禁锢，封闭带来控制，无孔不入的存在带来杂乱无章的观感，这些意象直到现在仍然适用。再看这些现代化设施带来的是怎样的一种体验：

> 街上车、空中车、隧道车、马车、自驾电车、自由车，终日殷殷于顶上，砰砰于足下，辚辚于左，彭彭于右，隆隆于前，丁丁于后，神气为昏，魂胆为摇。①

这种来源于观察与体验的文字，既形象又真实，即使没有到过纽约，也有身临其境之感。纽约城虽然有地铁、电车、马车等现代化的设施与工具，快捷、舒适且无孔不入，享受这些先进科技的同时，无法摆脱被控制的命运。噪音污染，震动惊扰，实在是苦不堪言。早在1876年，李圭作环球之游时，便抱怨纽约和伦敦无法忍受的噪音，专门做了一篇《车声说》，把昼夜不停息的噪音比作杜牧笔下的"雷霆乍惊"，抵不过西方国家这种车马之声的十分之一。但为何西方人到中国来，也会抱怨车马聒噪呢？他认为原因是"得无有所娇异而彼此视欤？"②大概是先已存在的心理偏见导致了生理上的无法适应。李圭的分析不无道理，但文笔过于浅白，远不如梁启超的文字生动，读来有一种身心疲惫、压抑困顿的末世之感，所以他又有绝妙的惊人之语："天下最繁盛者宜莫如纽约，天下最黑暗者殆亦莫如纽约"。

梁启超新文体的萌蘖，并非无源之水，无本之木，其最直接的诱因

---

① 梁启超：《新大陆游记·凡例》，《新大陆游记及其他》，长沙：岳麓书社，1985年，第460页。

② 李圭：《环游地球新录》，长沙：湖南人民出版社，1980年，第119页。

当然来自日本德富苏峰的政论文体，而其传统文学的积淀也是重要的原因。梁启超直言"吾夙不喜桐城古文"，但他对后期桐城派中兴盟主曾国藩却屡致敬意："吾党不欲澄清天下则已，苟有此志，则吾谓《曾文正集》，不可不日三复也。"并尝编《曾文正公嘉言钞》，赞其立德、立功、立言三并不朽。曾国藩兼容并包，促桐城古文向实用方向发展，对梁启超包罗甚广、注重实效的新文体的影响还是不能小觑的。对此钱基博早有定论："初启超为文治桐城，久之舍去，学晚汉、魏晋、颇尚矜练，至是醋放自恣，务为纵横轶荡，时时杂以俚语、韵语、排比语及外国语法，皆所不禁，更无论桐城家所禁约之语录语，魏晋六朝人藻丽俳语，此实文体之一大解放，学者竞相效之，谓之新民体。"[1]

戊戌变法失败后，梁启超与谭嗣同诀别，谭嗣同勉励其担负起程婴、西乡的使命，保存变革的种子，以待将来。梁启超逃亡海外期间，最重要的便是思想的改变和学问的增益，以笔为旗，一呼而天下应，为日后中国的变革奠定了思想和舆论的基础。旅行者到达目的地的过程，往往有一个隐形的心理变化，沿途的风景、目的地的环境，会为旅行者提供一种逃离到探求精神新世界的感觉，这种修复性的环境足够丰富和连贯，支撑起一个"完整的别样世界"[2]。新文体是特定历史条件下的产物，也是梁启超个人才情与创造力的结晶，但倘若没有之前西行者的初试锋芒，以及桐城文人的有意实践，"新文体"的诞生恐怕尚待时日。五四文学革命之后，白话文渐渐成为社会通行的文体，新文体逐渐失去昔日的神采。1918年梁启超再度出游欧洲，令人注意的是，记录此次行程的《欧游心影录》已开始用相当流畅平易的白话文写作，显示了他不故步自封，勇于与时俱进的气魄和远见。

---

[1]　钱基博：《中国现代文学史》，上海：上海书店出版社，2004年，第289页。

[2]　［英］约翰·特赖布主编：《旅游哲学：从现象到本质》，赖坤、张骁鸣等译，北京：商务印书馆，2016年，第124页。

第三节　西行者笔下的西班牙斗牛

西行者往往因使命相继，海外旅行的轨迹多有重合，不同的人对于某地某事的记述相映成趣，呈现出相似或不同的面目。不同时期的西行者对同一事物或场景的描摹，文字的优劣自然一目了然，最能看出书写形态和表达方式的演变，以及背后牵涉的观念和思想的嬗变。西行者笔下的西班牙斗牛便是一个饶有趣味的场景。

1885 年 5 月，上海《点石斋画报》刊登了一幅《斗牛为乐图》：栅栏围成的圆形场地四周，坐满了戴礼帽、留八字须的外国绅士，间有一些花冠华服的女郎。场地中央，一头壮硕的牛，筋肉暴凸，四蹄蹬地，正低头用尖利的牛角攻击斗牛士。斗牛士身型矫健，左手持一块布吸引牛的注意力，右手握剑伺机攻杀。这幅画出自清末民初著名画家张志瀛之手，白描勾勒，又明显汲取了西方写实、透视的技法，相当传神。图上配有文字：

> 大吕宋打刺干拿地方向有斗牛之戏，习俗相沿，以为乐也。其法以伟丈夫一人，浑身结束，矫健若猱，一手持利刃，一手挟色帕。一方圈地为场，场外搭盖棚厂为观斗者偃息之所。临时，人与牛俱入圈内，人触牛使之怒，牛逐人，人绕圈奔三匝既周，箕地驻足，牛至，以色帕拂牛目，牛目眩乱，而人即以利刃刺其项，牛亦应手而倒，观者咸称快焉。否则为牛所毙。庄子不云乎：解牛而至三年，而目无全牛，其操之也熟矣。顾以取悦于人之故，而以性命为儿戏则愚甚！

文字约略介绍了斗牛之大概，细节全都由画面来交代。作者显然很排斥这样一种残忍危险的娱乐形式，人牛相斗，险象环生，尽管斗牛的技巧和庖丁解牛一样可以练得炉火纯青，但为了取悦观众，而冒生命危险，实在是愚不可及。"大吕宋"即西班牙。1571 年至 1898 年，西班牙曾占据吕宋岛（今属菲律宾），故将西班牙称大吕宋，吕宋岛称小吕宋。打刺干拿，即西班牙的萨拉格萨（Zaragoza），是西班牙阿拉贡自治区首府，毗邻法国，是欧洲连接伊比利亚半岛的通道。关于西班牙，清人谢清高与杨炳南于 1820 年合作完成的口述实录《海录》中有《大吕宋岛》一节，只说西班牙"民情凶恶"[①]，只字未提斗牛。关于西班牙斗牛文字记述更早的源头，可以追溯至晚清出使官员的笔下。

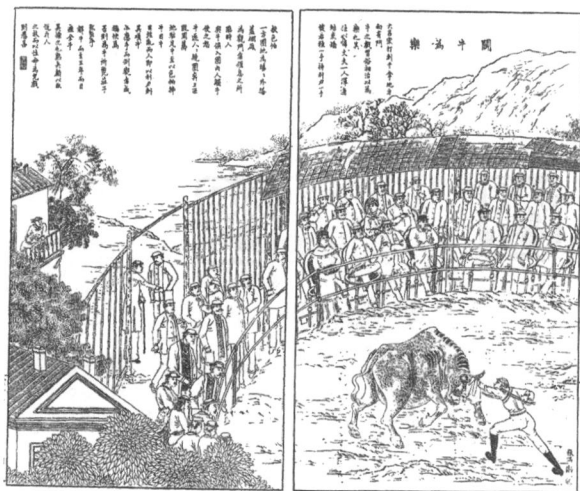

《点石斋画报》1885 年 5 月刊登的《斗牛为乐图》

郭嵩焘《伦敦与巴黎日记》1878 年七月二十七日记提到，当日李凤苞和日意格（Prosper Marie Giguel）从西班牙返回巴黎，讲述了在西

---

① 谢清高口述，杨炳南笔录，安京校释：《海录校释》，北京：商务印书馆，2002 年，第 214 页。

班牙桑塞卜斯观看斗牛的场景：

> 如马戏之圈，围四面，环而观者万余人。每放一牛入，
> 一人持铁锥刺之，牛怒而相抵，奔腾如虎。人或从牛身超越，
> 或从牛腹掠过，迅捷如猱。或骑马与牛斗，牛角抵马腹，即肠
> 出，人则腾跃而起。是日牛触马死者六，人毙牛者八。凡十余
> 人更替与牛斗，而无一伤者。其刺牛必侯其精竭力惫，乃一刺
> 而毙，可为神技。西洋戏具，无奇不备如此。①

郭嵩焘此段文字为出使日记中关于西班牙斗牛的最早描述，虽然
只是转述，但牛触马死、腹裂肠出还是很有血淋淋的现场感，因未能亲
见，他对斗牛也只留下了"无奇不备"的印象。

1879 年 12 月，黎庶昌任驻西班牙二等参赞。此前，黎庶昌作为郭
嵩焘的随员，历任驻英、驻法参赞，历襄使职，黾勉从公，可谓不辱使
命。作为桐城文家、曾门四弟子之一，黎庶昌也展现了一个学者和作家
独有的眼光，对西方风物做了细致考察，《西洋杂志》中有一篇《斗牛
之戏》，将西班牙斗牛的场景首次完整呈现于国人眼前：

> 坐定，兵士奏乐一通，公司二人骑马前行，斗牛之士二
> 十余人，衣五色衣，各随其后，绕行围内一周而出。始开门，
> 纵牛入。骑马者二人，手持木杆，上安铁锥，先入以待。所蹋
> 脚镫，系铁鞋如斗形，牛不能伤。又有数人，各持黄里红布一
> 幅，长约六尺，宽约四尺，诱张于前。牛望见红布，即追而触
> 之。一彼一此，或先或后，使其眩惑，诱至马前。牛辄怒而触

---

① 郭嵩焘：《伦敦与巴黎日记》，长沙：岳麓书社，1984 年，第 700 页。

马，角入马腹，肚肠立出。若迫近人身，则以铁锥锥之。再诱
再触，凡三四触，而人马俱倒于地；马无不死者，而人大率无
恙。俟斗伤两马后，即易以人，诱法如前。牛有时不触；或逐
急，其人即弃红布于地，而跃出围外。有持双箭者，箭皆以五
彩布剪绥裹束，捷出牛之左右，插入背脊隆起处。箭有倒钩，
即悬挂于脊上，血出淋漓。如是者三，插入六箭。再易一人，
用剑刺之。其人右手持剑，左手持红布一幅，且诱且刺，剑从
脊背刺入心腹，牛即倒地。①

这段文字画面感很强，斗牛分骑马和徒步，先是骑手执长矛挑逗
公牛，人仰马翻，马有时当场毙命。如此紧张的场面只是铺垫，接着出
场的人牛相斗才是重头戏。作者不愧文章能手，触、逐、弃、跃、持、
出、插、挂、刺、诱、倒等动作连续，短句衔接，节奏急促，每一个动
词都是一个电光火石的瞬间。这些场景有长镜头的全景交代，还有马腹
被牛角刺穿"肚肠立出"，以及牛被刺中后"血出淋漓"的局部特写，
让人如临其境。《斗牛之戏》概述了场地、仪式和流程，指出西班牙斗
牛盛行，举国若狂。国中遍布斗牛场，并从场地形制追溯这一运动与古
罗马斗兽之间的渊源。从黎庶昌的文字可以一窥斗牛士身着华服，手执
长剑，在万人喝彩中徐疾进退，与凶悍的公牛从容搏击的场景，温文尔
雅又鲜血淋漓的场面极具冲击力，令人惊心动魄。黎庶昌以桐城古文描
绘西方图景，突破了传统古文在题材上的局限，文字精简，富有感染
力，达到了古典散文的新高度。作者秉持"主笔客意"的笔法，笔头虽
担千钧之力，却举重若轻，"叙事不合参入断语"②，寓褒贬于文字之中，

---

① 黎庶昌：《西洋杂志》，长沙：湖南人民出版社，1981年，第122页。
② 刘熙载：《艺概·文概》，《刘熙载集》，上海：华东师范大学出版社，1993年，第60页。

由读者自行品味。当天原定六轮斗牛，他只看了四轮，在文中不厌其烦地列举斗牛士和马匹的死伤情况，冷冰冰的数字背后是鲜活的生命。结尾处一句"越五日，闻第六牛所伤之马，骑者亦因马鞍筑胸而死"，看似轻描淡写，其实暗有所指。

1881 年秋，蔡钧奉命随郑藻如出使美国、西班牙和秘鲁，1882 年 3 月抵达马德里。同年 5 月，蔡钧留任驻西班牙参赞。直至 1883 年 12 月，因水土不服患咳血症，销差回国。蔡钧在西班牙驻节两年，完成了《出洋琐记》和《出洋须知》，后由王韬点校，于 1885 年出版，流传甚广，一度成为官员的出洋指南。蔡钧笔下的斗牛文字较为简略，如："牛暴触马腹，人马俱仆，执红绸者导牛至别所。所仆人马，再起与牛斗，牛背被枪三四次，马亦腹洞肠裂而殒"。这些惨烈的细节因有黎庶昌的文字在前，故似曾相识。蔡钧认为西班牙国力衰退，但规制犹存，戏院、公园等娱乐场所遍地皆是，官绅士商以茶会舞会为联络感情的社交方式，通宵达旦，乐此不疲。蔡钧疲于应付，苦不堪言，抱怨西班牙"人多豪爽，好奢靡"。斗牛也是重要的娱乐和社交活动之一，所以流行不衰，"殆习俗使然欤？"[1]

1887 年 5 月，总理衙门颁布《出洋游历章程》，通过考试选拔，派出 12 名游历使分赴亚洲和欧美游历访问。其中洪勋与徐宗培一道，被派往西班牙、葡萄牙、意大利、瑞典、挪威等国，二人于 1887 年 12 月出发，1889 年回国。洪勋后来完成《游历闻见录》。他对斗牛也无好感，痛陈"斗牛之戏最惨，实无足观，而举国若狂，相沿成习，将欲禁之，几至激变"。18 世纪，入主西班牙的法国波旁王朝腓力五世下令禁止贵族从事斗牛，这项运动遂转入民间，并逐渐衍生出斗牛学校、养殖场、斗牛场和经纪公司等，演变为成体系的娱乐产业。洪勋分析斗牛盛

---

[1] 蔡钧：《出洋须知》，长沙：岳麓书社，2016 年，第 14 页。

行与西班牙人的体质有关："胆气粗豪，睚眦必报。身躯不甚魁梧，而体质坚固，生育繁衍，能行长途，不辞劳瘁，饮食菲薄，为欧洲所仅见"①。除了天然的人种因素和嗜血的本性之外，可能"盖为此者皆好勇斗狠之流，自诩其能复藉为生计"。洪勋意识到这种残酷的表演背后关系着普通民众的生计，这恐怕才是深层次的原因。

张荫桓是关系晚清甲午至戊戌年间政局变化的一个重要人物。1886年2月，张荫桓奉命出使美国、西班牙、秘鲁三国，1890年12月回国。这次出洋对他中、西大局观的形成无疑是决定性的，也为其日后的宦海沉浮埋下伏笔。张荫桓海外期间的日记既有纷繁的公务交涉，又不避琐屑，记述了生动的生活细节，极富史料和文学价值。张荫桓于1887年5月至7月间访问西班牙，其间观看了两次斗牛，第一次在1887年5月26日，张荫桓初到马德里便被邀请出席斗牛表演，并在贵宾席就座。首领（斗牛场之经营者）特意把打开牛栏的钥匙交给他，请他主持开场仪式，张婉拒。他发现斗牛的仪式感极强，程序考究且等级严密，一如战场。开场的号令由首领手持电话传声筒发出，"亦犹战阵之号令也"。文字展示了作者敏锐的洞察力，绝不仅是看热闹：

> 初疑两牛自斗以角胜负，岂悟人与牛斗，手持长枪骑马而又浑身自裹铁胁，以有知之人敌无知之牛，已操胜算。……人与牛斗，始而长枪，继以短弩，终之以剑，牛无不死，以此示武，诚不解。……马则纯用疲瘦无用之马，日人谓此等马以速死为幸，殆自文其残忍而已。日俗无贫富皆乐观，及刺牛倒地时，观者掷帽掷巾或金银表以犒持剑之人，鼓乐喧和，日人

---

① 洪勋：《游历闻见录》，长沙：岳麓书社，2016年，第264页。

谓以此习武事云。①

张荫桓原以为是两牛相斗，实际是人与牛斗。但游戏规则本身很不公平，一来人类与低等的牛相斗，已操胜券；二来斗牛士可以骑马，使用长枪短剑，轮番折磨，胜之不武。最后盛装出场的斗牛士，无疑扮演了终结者的角色，看似一击致命，但他不过是坐享前番众人的胜果。那些无辜毙命的马，则被贴上速死为幸的标签，冷血至极。张荫桓笔下的斗牛，记述的重点已转移到斗牛场外的仪式和规则，尽管只是日记，也没有写成随意枝蔓的流水账，叙事明通，文采斐然。与《斗牛之戏》的冷静内敛不同，这里的叙述者径直从幕后走出来，像现场解说，为读者介绍斗牛场的座位配置、观众的激情及血流狼藉的场面，同时做出犀利的点评，确实犀烛剑剖，一针见血。

张荫桓第二次观看斗牛是离开西班牙前往法国途中。1887 年 7 月24 日，张荫桓一行经停山丹巅那（即桑坦德，Santander）。他在现场受到隆重礼遇，观众纷纷向这位远道而来的大清国使臣欢呼致意，作为回报，他对斗牛士进行了犒赏。但因"曩在日都一览已厌残忍"，没有对斗牛场景做过多记述，和在马德里一样，未散场即离席。他发现当地人多贫困，但"窭人虽典衣而观，亦甚自得"。他对西班牙的评价不高："日俗舍信义而重虚文，似昧本末之理"。这与康有为的看法一致。戊戌变法失败后，康有为亡命海外 16 年。1906 年 12 月，他曾在西班牙多次观看斗牛，但"频观而厌之"②。他也批评西班牙和墨西哥人虽多贫苦，却"嗜之甚笃"。他们开始把目光转向斗牛场之外，试图从西班牙

---

① 张荫桓：《张荫桓日记》，任青、马忠文整理，上海：上海书店出版社，2004 年，第 165 页。

② 康有为：《列国游记——康有为遗稿》，上海市文管会编，上海：上海人民出版社，1995年，第 464 页。

社会风俗和文化精神中寻找答案，不过结论并没有比洪勋走得更远。

除了西班牙，古巴也一度盛行斗牛。1511年，古巴沦为西班牙殖民地，直至1898年被美国占领。1879年，清政府在古巴设置总领事馆。广东人谭乾初曾任领事馆翻译，写有《古巴杂记》一书，请老乡张荫桓作序（张荫桓1887年7月28日日记详述作序一事，并全文抄录）。谭乾初饶有兴味地记载了古巴斗牛，和西班牙大同小异。让他反感的是："观者或拍掌助兴，或掷帽以颂其奏技之巧，或赏以钱物，以为天下未有如此之神技，未有如此之乐事也者"[1]。当地人对生命的漠视令人震惊，他愤然写道："夫以杀生为取乐，虐孰甚焉！"1890年5月，时在马德里的崔国因就因"其事太忍，却之不往"[2]，拒绝了西班牙方面邀请观看斗牛的安排。

斗牛的场景在西行者笔下不断出现，除了使命相继、述奇逞异的本能之外，还应从更深层次的文化形象来关照。游记作者既是社会集体想象物的建构者，又在一定程度上受到集体想象的制约，因而游记文本中的异国形象就成了集体想象的投射物。旅行者的记录包含了语言的变化与约定俗成的延伸，表征世界，将世界概念化，最终确认自我与他者的关系。作者笔下呈现的他者形象就是一面镜子，无论你如何穷形尽相地渲染和描摹，映射出的其实是自我的样貌。也就是说，西行者笔下对斗牛表面上描写的是伊比利亚半岛上的西班牙，是遥远的野蛮国度的血淋淋场景，却揭示了这些清廷外交官内心的道德优越感，毕竟天朝上国素以礼仪之邦自立于世，名教宗国的地位是无可撼动的。联想彼时天朝上国的处境，其实正是一种弱肉强食的现实隐喻：西人残暴蛮横的反面，正是羸弱不堪、任人宰割的晚清帝国，彼时的中国就像斗牛场中那头被

---

[1] 陈兰彬：《使美纪略》/谭乾初：《古巴杂记》，长沙：岳麓书社，2016年，第101页。

[2] 崔国因：《出使美日秘日记》，合肥：黄山书社，1988年，第125页。

众人围攻，最后力竭惨死的牛。在文化中心主义与种族主义的双重作用下，斗牛场景的踵事增华，维护了中国在世界秩序中的自我身份认同，即文明高雅与野蛮暴虐的分野，然而在这样一个不可理喻的残暴的他者面前，字里行间透露出的是蔑视与恐惧交织的复杂情感。

张荫桓诗文兼善，出使海外期间除了日记，还有诗集《三洲集》行世，以古、近体诗描写异域风情，尝试借助巴黎、机器、玻璃、电灯、地球等新名词呈现西方近代化的图景，比有"诗界革命之哥伦布"之称的黄遵宪还要早。其中有一首长诗《日斯巴弥亚城观斗牛歌》写的就是斗牛：

> 此邦风尚乃嗜此，云以肆武非残伤。两角岂足敌丛刃，人能蹂跃能兔藏。依然斗智匪斗力，徒手难缚吁其恌。衅钟犹复虘仁术，袄神戒杀空语长。①

张荫桓对西班牙文化的认知不是皮相之见，确实鞭辟入里。诗歌刻画了斗牛的种种惨状，批评西人野蛮冷血、恃强凌弱的恶行。结尾引出齐宣王以羊易牛行衅钟之礼的故事，阐明儒家之仁心仁术，"君子之与禽兽也，见其生，不忍见其死；闻其声，不忍食其肉"。牛羊不论大小，都是供人驱使的生灵，要善待它们。只有"以不忍人之心，行不忍人之政"，天下方可运之掌上。这与信仰天主教的西班牙人截然不同，他们口口声声宣扬爱护生灵万物的普世之爱，却公然以性命为赌注，杀生取乐，实在是莫大的讽刺。在形象学看来，异国形象具有意识形态和乌托邦两种功能，前者将自我的价值观投射在他者身上，通过叙述他者而取消了他者；后者则相反，由对一个根本不同的他者社会的描写，展开自

---

① 张荫桓：《张荫桓集》，孔繁文、任青整理，北京：中华书局，2012年，第111页。

身文化的批判。不过在具体文本中，这两种心态其实是交织在一起的，即歆羡（肯定）与轻蔑（否定）的杂糅。西方人形象在晚清国人眼中一直都是异化和变形的，甚至被妖魔化，郭嵩焘便背负"未能事人，焉能事鬼"的骂名，斗牛这种与人性相悖的运动正与国人心目中的西人形象契合。但西方世界拥有先进的科技、雄强的军力、富庶的经济又是必须承认的。道光以降的多次交锋，晚清帝国吃尽苦头。国人对西方世界始终存在既接纳又排斥的复杂心态：光怪陆离的科技固然可称道，但终究不过奇技淫巧；口口声声敬神爱生的西方人，终究难改"暂通禽兽语，终是犬羊心"的本性。对这些出洋官员而言，跨越文化差异的心理边界要比跨越千山万水的地理边界困难得多。

1902 年，张德彝以出使英、法、义（意）、比四国大臣兼专使西班牙大臣的身份，赴马德里出席国王阿方索十三（Alfonso XIII）加冕庆典。4 月 14 日，张德彝与各国使节一同观看斗牛，当日要连斗八场。种种血雨腥风的场面，使各国专使不忍直视。希腊专使看完第二场就走了。张德彝原想中途离场，但考虑到自己的礼服比较显眼，公然离场不好看，一直看到第六场才离开。当晚，西班牙国王又设晚宴，宴会中，阿方索十三与张德彝有一段有趣的对话：

> 国王亦谢国礼，并问："喜观斗牛戏否？"余答："甚喜看其人之勇敢。"王言"不以其为残虐耶？"余云："由此使国人发奋，毅然保国。"王闻微笑。[1]

张德彝不愧为在海外浸淫已久的外交官，一问一答，顾左右而言他，不直面回答问题，既维护了国王的体面，又保留了自己的真实想

---

① 张德彝：《八述奇》上册，长沙：岳麓书社，2016 年，第 43 页。

法，皆大欢喜。

1909 年 8 月，景戆自费出洋，转道日本，先后游历美、英、法、西班牙、希腊、意大利、德、挪威、瑞典、芬兰、俄国等，历时 8 个月，著有《环球周游记》。这部旅行笔记体例与黎庶昌《西洋杂志》类似，分日本、亚美利加、英吉利、南欧罗巴、北欧罗巴和亚细亚六编，以时间行程为序，聚焦各国最具代表性的自然风光、人文景观、社会风俗或历史人物，以单篇游记独立呈现，如《维斯特敏斯达寺院》《莎士比亚悲剧》《维也纳严冬风景》等，其中有一篇《西班牙观斗牛》（全文 1500 余字）。文章先述西班牙斗牛风俗的缘起，介绍斗牛场的形制、斗牛仪式的规程，再叙斗牛的盛况，事无巨细，甚至具体到斗牛士漂亮的短天鹅绒上衣。且看斗牛士入场：

> 午后二时，观客咸集。场内已无立锥地，场内一隅，忽走出警察官，以二兵为导，检查场内一周，见准备已完善，始允开演。初时，场内骚扰之声不可遏止，至演技开始，顿觉沉静。警察官等回至原处，闻喇叭声，斗牛与勇士由场之一隅悠然而出。十数助手前导，勇士坐马上，戴黑笠状扁帽，著短天鹅绒上衣及以金银为饰之外套，足下白靴踏镫上，廻行场内一周，始入。是为勇士之谒见式。①

开场仪式和序幕交代得过于详细，反而到真正的斗牛大戏，不脱前人窠臼，语言贫乏，干脆写道："勇士仍逞其技术而与之斗，千变万化，五花八门。"文字已明显向白话靠拢，语言烦冗，欠雅洁，可视为事事详备、文学趣味欠缺的旅行指南。梅尔维尔（Herman Melville）说，在

---

① 景戆：《环球周游记》，上海：中华书局，1920 年，第 186 页。

某种意义上，"几乎所有的文学都是由旅游指南组成的"，文学作品与旅行指南之间似乎并不存在本质性的差别，前者自娱且娱人，文字自然讲究，带给读者审美快感；后者则以有实用性为目的，文字的优劣退居次席。从黎庶昌到景憨，斗牛这一独特的人文景观完整呈现在中国读者眼前，文字的优劣短长一目了然，但那种久违的"旅行"的快乐，已从沉重的外交使命跳脱出来，演变为试图召唤更多旅人亲临其境的旅行指南。

旅行文本具有异域形象固定与传播的功能，很重要的原因是人们在旅行时很容易采用"文本性态度"，将先前的旅行书籍或指南作为旅行向导。斗牛一直以来被认为是西班牙的国技，是一项集合了勇气、智慧、技巧与力量的运动。作家海明威说"斗牛是唯一一种使艺术家处于死亡威胁之中的艺术"，把斗牛视为一种人类挑战命运的艺术形式，这不禁令人想起那个执着挑战一切，甚至与风车决斗的英雄——堂吉诃德。这样的看法并不被晚清外交官认可，西班牙人在斗牛场上展现出的那种骄傲、高贵、荣誉和激情的贵族传统和气质，被视而不见，只有"残酷"的本性得到强化和张扬。

1908 年，上海《通问报》第 307 期《从录》栏目饶有兴味地简述西班牙斗牛的场景，文末评述："以贵重之生命与牛决，其不知自重而未脱于野蛮时代之陋习，亦可想见矣。"这是近代国人对此的普遍认同，所以景憨说"故言及西班牙，必联想及斗牛"[1]。西行者笔下关于斗牛的描述、文本和图像不断重复、转述和踵事增华，形成一个张扬互文性的语义场，建构了一个富有深意的景观。"景观本质上是一种文化意象，是一种想象地理的物质性、想象建构性与文化政治同时生产并接合在一

---

[1] 景憨：《环球周游记》，上海：中华书局，1917 年，第 186 页。

起的。"① 从此，西班牙和残酷无情的斗牛，被固定在一起，成为约定俗成的"套话"，一直延续下来。

本章小结

文章之变，以时代潮流为转移。世事更易，文体亦随之而不同。古典散文发展到晚清，随着梁启超"新文体"的横空出世，境界风貌均大变，可谓理融欧亚，辞涵今古，五光十色，不可方物。文体变化的标志不外乎数端，一为表现内容的变化，二为表现手法的更新，再者便是行文规范的突破。新文体经梁启超首倡和实践，风行海内，所向披靡，将桐城古文取而代之，崛起于晚清文坛。学界把这一过程大致归纳为三步曲：冯桂芬、薛福成等人的政论式散文，王韬诸人的报章文体和戊戌期间的时务文体，梁启超改造后的新文体，却极少提及域外游记在这一嬗变过程中的作用。晚清以降，西行者走出国门，记述的关注内容由"自然相"向"社会相"转变，书写模式呈现出前所未有的"大叙述"风格，这些变化已为古典散文的变革埋下伏笔。驻节海外的桐城文人的着意实践，为散文输入西学、融汇新知提供了范例。亡命日本的梁启超在汲取明治政论文体优点的基础上，广采博闻，引欧西文思与传统文法熔为一炉，别创新文体，"文界革命"的重任当仁不让地落到了梁启超的肩上。

近代"文界革命"的口号萌生于梁启超西行东渡的汗漫之旅中，散文的精神内核与书写形态的演变也与众多西行者探索的脚步相伴相生。因用而立体，由体而致用，文体的嬗变不是无源之水、无本之木，因中

---

① 张文瑜：《殖民旅行研究：跨域旅行书写的文化政治》，广州：暨南大学出版社，2016年，第217页。

西交流的日益常态化，舟车之途程、中外之交涉、富强立国之本要和器械利用之原理，统统成为摹写的对象，变革已成大势所趋。郭嵩焘、薛福成和黎庶昌等桐城文人的着意实践，创作出一批文采焕然、引人入胜的佳作，扩大了传统古文的表现范围，展现了文言文容纳新世界的可能性，为梁启超及其新文体的诞生奠定了基础。这些出使日记在当时已进入大众的阅读生活，也是桐城文家的案头常备之书。在贺涛、贺葆真父子日常阅读书目中，宋育仁《采风记》、郭嵩焘《使西纪程》、梁启超《新大陆游记》、康有为《意大利游记》《法兰西游记》、马建忠《适可斋记言》、薛福成《出使日记》、戴鸿慈《九国日记》、李树藩《游德日记》等都在他们的阅读品评之列。姚永概日记中也有连日批阅薛福成出使日记的记录。出使日记为桐城文家看重，实际上构成后期桐城派发展嬗变的另一条隐性线索，对文本的流播也会起到示范效应。斗牛场作为一个特殊的文化空间和人文景观，将"竞马、角力、演剧等之趣味"合而为一。这些文字在向读者描绘西洋光怪陆离的西洋图景之时，也传达出作者的文化立场。西行者笔下描摹的尽管是血淋淋的斗牛场景，却宣示了自己作为礼乐之邦的道德优越感。不是每个人都可以宦而能游，游而能载之文笔，这些文本放大了西班牙整体文化的一个局部，"直指事物最主要的部分，因此它是一种摘要、概述，是对作为一种文化、一种意识形态和文化体系标志对表述"①。正是这些文字的不断重演和反复，最终使斗牛成为西班牙的代名词，固化并延续下来，成为一个牢不可破的套话，这也正是旅行书写的魅力所在。

---

① 孟华主编：《比较文学形象学》，北京：北京大学出版社，1996 年，第 126 页。

第七章

薛福成出使日记：
新媒介语境下的文本实验

　　薛福成乃晚清著名政治家、外交家和文学家，曾门四弟子之一。他先后襄赞曾国藩和李鸿章幕府，文名盛于当时，知洋务，通时势，于1890—1894年出使英、法、义、比四国。驻节海外期间，他步武曾纪泽，勇于任事，在中英滇缅分界与商务谈判等交涉中处置得力，使外交事务焕然濯新，一时有"数十年来称使才者，并推薛曾"①的美誉。19世纪的中国已进入"以报刊为中心的文学时代"，开启了文学变革波诡云谲的第一现场，新闻元素的渗透成为出使日记重要的文体特征。新闻舆论的媒介逻辑不仅影响到薛福成搜集信息、思考问题和处理公务的方式，也对其外交写作，尤其是出使日记的创作产生深刻影响。薛福成出使日记作为晚清外交写作与旅行书写的重要文本，是在近代新媒介语境下进行的一次自觉的文本实验，不仅为桐城古文文体的裂变和转型引入新的变量，也极大地拓展了出使日记的社会功能，成为出使日记写作范式转型的经典个案。

---

　　① 钱基博：《薛福成传附弟薛福保》，《文学月刊》，1922年第二号。

第一节　新闻纸：觇国势与审敌情

1839 年—1840 年，在广州主持禁烟的林则徐，开展了一项开风气之先的重要活动：译介《澳门新闻纸》。尽管只是个人行为，但因其钦差大臣的特殊身份，西方新闻纸正式进入官方视野。康有为认为此举"为讲求外国情形之始"[①]，梁启超亦称"实为变法之萌芽"[②]。他们充分肯定了新闻纸侦知外情、鼓荡舆论和开通民智的绝大功用，同时揭橥了这样的事实：新闻纸在 19 世纪 40 年代已开始渗入中国的政治和社会生活，并产生潜移默化的影响。

1861 年，清廷发布《通筹夷务全局折》（即《请设总理衙门等事酌拟章程六条折》）：

> 各海口内外商情并各国新闻纸，请饬按月咨报总理处，以凭核办也。……至办理外国事务，尤应备知其底细，方能动中窥要。近年来临事侦探，往往得自传闻，未能详确。办理难期妥协。各国新闻纸虽未必尽属可信，因此推测，亦可得其大概。广州、福州、宁波、上海旧有刊布，名目不同；其新开各口，亦当续有刊本。应请一并饬下钦差大臣及通商大臣并各该省将军、府尹、督抚，无论汉字及外国字，按月咨送总理处。庶于中外情形了如指掌，于补弊救偏之道益臻详审。[③]

[①]　梁启超：《戊戌政变记》，上海：上海古籍出版社，2014 年，第 74 页。

[②]　同上，第 22 页。

[③]　熊志勇、苏浩、陈涛编：《中国近现代外交史资料选辑》，北京：世界知识出版社，2012 年，第 63 页。

官方对新闻纸的情报功能做了明确定位，将这一新型的传播媒介上升到"补偏救弊"的政治高度，从制度层面规定各口岸官员及时搜集新闻报刊，定期呈报朝廷，作为处理对外交涉的信息工具。尽管新闻纸的合法性依然建立在"探报"的基础上，但标志着官方对夷情洋务的"被动回应变为主动探知"[①]，这一转变至关重要。近代中国外交遣使的常态化经历了艰难的探索和实践，清廷也尝试一系列的制度设计。1877年12月，总理衙门强调出使大臣在报送出使日记的同时，"即翻译外洋书籍、新闻纸等件，内有关系交涉事宜者，亦即一并随时咨送，以资考证"[②]。官方确认出使日记与新闻纸都是重要的情报来源，不可偏废。于是，在洋务运动蓬勃兴起的同时，士大夫阶层以及"口岸知识分子"打破传统的阅读秩序，从读书转向读报，进入崭新的知识领域，无所不知的新式读者就此登场。重视读报的知识氛围与考求洋务的社会趋向日益形成，新闻纸的身影开始频繁出现在旅行写作中。在早期的旅西记述中，新闻纸已作为一种重要的西洋事物进入国人视野。1849年，林铖在《西海纪游草》中记述了西方"事刊传闻"的创举，将国家大事及西海传闻"日印于纸，传扬四方，故官民无私受授之弊"[③]。1859年，郭连城的《西游笔略》也摘录新闻报道，赞赏新闻纸的知识性与娱乐性："非特有益于家国，亦一逐睡魔之妙药也"[④]。随着越来越多肩负外交使命的官员文人远赴海外，国外报刊成为获取信息、周知国情的渠道，出使日记带有明显的"新闻元素"。1866年，志刚初使泰西，留下了西方

---

①　卞东磊：《打探西方：新闻纸在晚清官场的初兴（1850—1870）》，《新闻与传播研究》，2019年第11期。

②　《出使各国大臣应随时咨送日记等件片》，沈云龙主编：《近代中国史料丛刊续编》第91—92辑第917册，台北：文海出版社，第11214页。

③　林铖：《西海纪游草》，长沙：岳麓书社，1985年，第38页。

④　郭连城：《西游笔略》，上海：上海书店出版社，2003年，第71页。

社会"新闻纸为舆论所关"的印象。张德彝在美国参访期间，当地报社特派记者陪同游历长达 20 天，既为向导，"更为传报新闻"[1]。他记录了林林总总的中西文报刊，详细介绍报馆的采编流程。后来的出使官员参观报馆、阅读报刊、摘录报道，已是日常外交生活的常态。在他们眼中，西方新闻纸关注国计民生，影响社会舆论，事实上成为上情下达、国家治理的辅助工具，西方俨然一个"沿街叫卖""任人坐阅"[2]的读报社会，这些记述沉淀为近代国人整体新闻观念的一部分。

薛福成是从幕府的洋务实践中成长起来的外交官，晚清士绅对新闻纸的接触、体验、肯定与实践的过程，在他身上得到完整的呈现。薛福成一生宦海沉浮三十多年，经历了襄赞幕府、地方历练和执节海外三个阶段。他素以长于论事、办事干练著称，这种通达时务的手眼心胸，来自公务交涉的砥砺，更离不开日常阅读的积累。薛福成现存日记稿本始于同治七年正月（1869 年 1 月），止于光绪二十五年五月（1894 年 7 月），可以 1890 年出使为节点分为两部分，前期记述日常公务，后期为域外见闻与外交活动。[3]日记中多公文咨报，甚至军国秘要，摘录转述新闻纸，借以分析、评论和处理公务。日记共摘录引述 390 余次新闻纸信息，前期日记出现"新闻纸云"达 260 余次，明确标注报名的有《申报》《香港新报》《循环日报》《上海新报》《长崎报》《法国新报》《勒当报》《覃排报》《泰晤士报》《伦敦日报》《美国日报》《叻报》等国内外 30 余种报刊。因传播技术的限制，这些"新闻"一般滞后 2 至 3 个月，有时达 6 个月以上。新闻可看作某种具有特定特征的社会知识，建构和维持公共生活的运行，又受到公共生活的影响，这些时效性差的"旧闻"，

---

[1] 张德彝：《航海述奇·欧美环游记》，长沙：岳麓书社，1985 年，第 695 页。

[2] 袁祖志：《瀛海采问纪实》，长沙：岳麓书社，2016 年，第 61 页。

[3] 薛福成稿本日记现存 39 册，由南京图书馆收藏，后由蔡少卿等整理为上、下两册，吉林文史出版社 2004 年出版。

并不影响它作为一种海外见闻，丰富和拓展阅读者的视野。日记除摘录外交军事之外，机器制造、贸易往来、西学知识、传闻逸事等应有尽有，这些新闻讯息本身即为一种西学传播，足以颠覆晚清官员闭目塞听的刻板印象。薛福成在办理幕府文案过程中的阅读、整理、归纳新闻纸咨讯的活动，就是一种信息生产与传播的新闻实践，工作的成果体现在上呈下达的文书公文中。这种实践赋予薛福成识略冠时、规划闳远的办事能力。他充分利用报刊制造舆论，先发制人，达到不战而屈人之兵的效果。协助斡旋中英滇案交涉时，他建议将案情始末通告各国公使，"遍刻各国各埠新闻纸中"[1]，对英国施加舆论压力。以宁绍道台身份综理沿海防务时，查阅外国新闻纸，证实中英两国于1846年有保护舟山旧约，写成《英宜遵约保护舟山说》，译成英文，"寄往伦敦报馆，刊刻分布"。同时照会各国，"将示稿翻译洋文，由税务司刊入外国新闻纸"[2]，使法国无机可乘，取得镇海保卫战的胜利。1890年3月，薛福成抵达法国。当时，欧洲已完成第一次产业革命，由蒸汽时代跨入电力和钢铁时代，先进的技术带来传播媒介的革命，以电力为新能源的电话、电报以及可视性通信等技术将信息的生产和传递结合在一起，极大地拓展了帝国的触角和控制范围，薛福成断言西方列强横绝地球"不过恃火轮舟车及电线诸务"[3]。清政府直至1893年才初步建成国内电报线网，依靠在镇南关、东兴、珲春、恰克图等地接入英、法、俄等国的陆路电线，收发跨国电报。帝国作为政治实体，可视为传播效果的指征，晚清中国在世界信息网络中的地位，与现实世界秩序一样，几乎是一个局外人。"一切

---

[1]　薛福成：《上李伯相论与英使议约事宜书》，马忠文，任青编：《中国近代思想家文库·薛福成卷》，北京：中国人民大学出版社，2014年，第73页。

[2]　薛福成：《浙东筹防录》，北京：朝华出版社，2017年，第53页。

[3]　薛福成：《出使英法义比四国日记》，长沙：岳麓书社，2008年，第122页。

个人和政治的相互依存模式都随着信息的加速运动而发生变化"①，由于
电报这一跨越空间的传播媒介的应用，使馆与现代的外交关系才得以建
立。薛福成一面叹服西方"殚精竭智以求传信之便捷"②，一面在电线构
建的"密如蛛网"的信息网络中，履行外交使命。

新闻作为国家政治信息体系的核心，其载体就是报业，发达的报业
成就了西方"阅新闻纸，随阅随弃"③信息获取更新的能力。与西方成
千上万种报纸相比，中国实在捉襟见肘："中国各报除《京报》外，自
始至今共有七十六种，大抵以西人教会报为多。其华人主笔而现存者，
则有《循环日报》《中外新报》《维新日报》，皆出香港"④。他考察发现，
亚洲共有报纸三百种，日本独占二百，新闻产业的规模已远超中国。
1890年年底，薛福成向总理衙门报送摘译英法两国新闻纸：

> 窃照奉使一职，办理交涉以外，自以觇国势、审敌情为
> 要义；而耳目所寄，不能不借助于新闻纸。查泰西各国新闻
> 纸，主持公议，探究舆情，为遐迩所依据；其主笔之人，多
> 有曾膺显职者。若英国《泰晤士报》，声望最重，与各国政
> 府消息常通；其所论著，往往可征其效于旬月数年之后。虽
> 其中采访不实，好恶徇情，事所恒有，固不可尽据为典要，
> 存刻舟求剑之心；亦不宜概斥为无稽，蹈因噎废食之弊。本
> 大臣到任以来，每饬令翻译员生，摘译新闻之稍有关系者，

① ［美］马歇尔·麦克卢汉：《理解媒介：论人的延伸》，何道宽译，南京：译林出版社，
2019年，第254页。
② 薛福成：《致总理衙门总办论中外办事情形书》，《中国近代思想家文库·薛福成卷》，北京：
中国人民大学出版社，2014年，第122页。
③ 薛福成：《出使英法义比四国日记》，长沙：岳麓书社，2008年，第518页。
④ 同上，第401页。

随时查阅，以备参考。[①]

　　这是薛福成对报刊新闻与舆论做出的基本判断。他首先强调新闻纸在对外交涉中的重要功能，即"觇国势"和"审敌情"，这种说法并不新鲜。觇，即暗中窥探、查看；审，自然是明悉、详查、细究，又暗含着居高临下的俯视、审看。这种观看姿态是站在本土文化的立场上，将西方社会看作危险陌生的他者，抱着警惕的眼光，又难掩恐惧的心态。"觇国"，见《礼记·檀弓下》。晋人欲伐宋，探报见子罕因普通武士去世就悲痛欲绝，宋人心悦诚服，建议暂不发兵宋国。孔子闻之曰："善哉！觇国乎？"原意是知礼且行之的国家，不会轻易被征服。觇国，指从细节探察国家大势。孔子所处的时代是春秋列国并峙、礼崩乐坏的时代，强调的是华夷之辨的天下观。1861年的《通筹夷务全局折》提出很多改革创见，但立足点仍是解决处理"夷务"。张裕钊在送黎庶昌使英时说："觇国之术，柔远之方，必得其要，必得其情。得其要，得其情，而吾之所以应之者，乃知所设施。"[②]了解学习西方固然重要，但"羁縻柔远"的长驾远驭之术仍是制胜法宝。星轺使臣是朝廷的耳目，借助新闻纸即打探了解各国情形，目的在于控制与抵御西方。薛福成也认同使臣之职为"觇国势、审敌情，贵能见其远大者"[③]。出国之前，他认为郭嵩焘叹羡西洋国政民风之美，言之过当。亲游欧洲后，眼界大开，"始信郭侍郎之说"[④]，抛弃了非我族类、其心必异的传统天下

　　① 薛福成：《咨总理衙门送摘译英法两国新闻纸》，《中国近代思想家文库·薛福成卷》，北京：中国人民大学出版社，2014年，第254页。

　　② 张裕钊：《送黎莼斋使英吉利序》，《张裕钊诗文集》，上海：上海古籍出版社，2007年，第34页。

　　③ 薛福成：《出使英法义比四国日记》，长沙：岳麓书社，2008年，第60页。

　　④ 同上，第124页。

观。尽管他没有像郭嵩焘那样直截了当地提出"其视中国，亦犹三代之视夷狄也"这样的骇人之论，但他直言"近今西洋人纷来互市，与古所谓蛮夷戎狄者，其地皆相去数万里"，根本不是一个概念，痛诋国人总把英法称为"英夷""法夷"，为"不学之过"[①]。洪钧与薛福成多次通信，交流海外心得："洋务非到外洋不能勘透，华地所论，多半隔靴搔痒之谈"[②]。这是晚清官员的通病，抱着深闭固拒的成见，难以深入问题本质。薛福成跨越了时空和心理的界限，摒弃狭隘的华夷之见，获得反观自我的深刻视角，因此这里的"觇"和"审"多了一层文化比较的视野，是极为可贵的。

其次，薛福成以《泰晤士报》为例，说明西方报纸在信息采访渠道上有权威性，但不能盲从，要根据实际有所取舍。《泰晤士报》作为西方报业的典范，也出现在不少外交官的笔下，李圭、郭嵩焘、刘锡鸿等人都实地参观过报馆。关于《泰晤士报》"议论公允，叙事确凿"[③]，"在各国中推为巨擘，所列各国时事最确，议论亦极精当"[④]，以及"国家有大事，皆视其所言为准则，该主笔之所持衡，人心之所去向也"[⑤]等言论，共同建构了一份言路广阔、影响巨大的新报样板。值得肯定的是，薛福成在交涉实践的基础上，提出要甄别报道真伪，以事实为准绳的原则，并在外交实践中贯彻。他抄送《泰晤士报》批评光绪皇帝不接见外国使节的报道，促成光绪颁发谕旨，从制度上解决了外国使臣觐见皇帝的外交礼仪。在中英滇缅界务谈判中，他通过《泰晤士报》《斯丹达新

---

① 薛福成：《庸庵文编》，光绪丁亥孟春刻本，第8页。

② 《洪钧致薛福成信札》，《东南文化》，1986年5月。

③ 李圭：《环游地球新录》，长沙：湖南人民出版社，1980年，第90页。

④ 张德彝：《航海述奇·欧美环游记》，长沙：岳麓书社，1985年，第721页。

⑤ 王韬：《论日报渐行于中土》，张之华主编：《中国新闻事业史文选》，北京：中国人民大学出版社，1998年，第6页。

闻纸》了解驻缅英军最新动向和英方的基本立场，随时进退，英方签订《续议滇缅界务商务条款》，部分实现了收权力于西国的夙愿。《泰晤士报》曾对薛福成的能力得失妄加议论，他命使馆翻译致函报馆，刊文予以驳斥。[①] 因此，艰难生衅的交涉实践塑造了他对西方报业的判断，反过来又指导他曲中机宜，适时调整外交实践，尤其值得肯定。

最后，在外交写作的层面，薛福成因应形势的新变，要求翻译关注中西书籍和新闻报道，以备参考采择。报纸重新定义和改写了时空距离，通过阅读报纸，读者得以与遥远的帝国主义国家发生关系。这里的距离除时空暌隔外，还有心理上的隔膜，如果将由报纸了解和感知的帝国主义称为"远距帝国主义"[②]，薛福成在海外体验到的则是"无距帝国主义"，由想象到亲历，由旁观者到局内人，不切实际的空谈和自以为是的批判不攻自破。新媒体形塑了新的媒介空间，改变了讯息的生产和传递方式，也改变了旧有的社会环境和交流语境。海外四年使薛福成达到仕途声望的顶点，也是其思想淬炼日趋成熟的关键时期，薛福成挣脱了旧式的社会关系网络，由传统的政治逻辑向媒介逻辑靠拢，真正进入了世界信息传播网络。他呼吁清廷遵循国际惯例，在《万国公法》的框架内办理交涉，"事事欲秩乎公法"[③]，借助国际舆论，维护国家利益。新闻纸打破时空界限，形成新的媒介语境，触及晚清文学嬗变最关键的问题：时间和空间的观念变革。新环境自然对使臣的写作提出新的要求：表述规范、信息精准和语言的平易。这些都落实在出使日记等一系列面向新世界的外交写作中。

---

① 《重申伟论》，《申报》，1890 年 9 月 17 日。

② 卞冬磊：《世界的阴影：报纸阅读与晚清的国家想象（1898—1911）》，《湖南师范大学学报》，2019 年第 4 期。

③ 薛福成：《论中国在公法外之害》，《中国近代思想家文库·薛福成卷》，北京：中国人民大学出版社，2014 年，第 283 页。

第二节　出使日记：采新闻与稽旧牍

薛福成极为重视出使日记的写作与整理。1890 年 10 月，他在伦敦使馆将光绪十六年正月到光绪十七年二月的日记厘为六卷，咨送总理衙门，次年以《出使英法义比四国日记》刊行。他去世后，1898 年，其子薛莹中又把光绪十七年三月至光绪二十五年五月的日记编为《出使日记续刻》十卷，刻印于世，文字达到 50 万字。1985 年，钟叔河将《出使日记》和《出使日记续刻》合为一册，统称《出始英法义比四国日记》，列入《走向世界丛书》第一辑出版，字数达到 50 万字，后不断再版，成为通行的版本。薛福成的稿本日记与出使日记正续刻本内容差异较大，笔者将两者对参，揭示其出使日记的创作理念，还原编订剪裁的蛛丝马迹。

出使日记具有公私兼备的文体特征，体例和写法无定例可循。薛福成认为出使日记有三难，首当其冲即为日记的"体例不一"，而出洋情事，如来去路程、交卸使事等又大同小异。如仿照前人的程式，别无发挥，"雷同之弊，恐不能免"[1]。他力图打破陈规，改变出使日记"或繁或简，尚无一定体例"[2]、陈陈相因的弊端，提出要"于日记中自备一格"，宣示不甘步人后尘、力求创新的文体意识和写作态度。他郑重声明，日记参用顾炎武《日知录》的体例，拟作《西轺日知录》，呼应顾氏作文要"有益于天下，有益于将来"的价值立场，表达有意立言的志向和雄心，这在晚清使臣中独树一帜。为保证体例完整，"稍变旧体，务裨实

---

[1] 薛福成：《出使英法义比四国日记》，长沙：岳麓书社，2008 年，第 8 页。

[2] 薛福成：《出使英法义比四国日记·凡例》，第 63 页。

用"①，对稿本日记做了大幅度调整。稿本日记常有因事缺记的情况，在正式编订时，常将某日的内容拆分，使出使日记文字分布更均匀，整体上基本保持每日皆有记录。如稿本光绪十六年一月三十日的内容被分拆为二十九和三十日，将法国入口关税的情况置于三十日；闰二月二十五日土耳其公使的谈话内容分割为两日。有时还更改日期，调整挪借，如将四月二十八日关于小吕宋当地物产及进出口情况挪到五月初一，删去了稿本日记中仅有的一句："在使馆休息一日，兼与参随各员商讨公事"。这种根据时间随机调整内容的情况很多，因拆分和挪借的文字多为介绍、说明或评论，并无人为生造或割裂当日发生的事实，在排日纂述的同时，"别有心得，随手札记"，并没有损害日记的真实性和可信度。

薛福成论出使日记第二难，是信息来源渠道有限，海外情形的真伪虚实、得失利弊不易分辨，导致"见其粗而遗其精，羡所长而忘所短，舍己芸人，无关宏旨"，他的应对方式是"采新闻"与"稽旧牍"。他声明日记"于叙事之外，务恢新义，兼网旧闻"，"即有偶读邸报、阅新报而记之者，亦因其事关系时局，不能不录"。一面查阅旧档，了解事情始末，一面阅读新闻纸，洞悉最新进展，两者比例为"由考核而得于昔者，十有五六；由见闻而得于今者，十有三四"。薛莹中整理《出使日记续刻》时也强调："凡遇交涉见闻诸事，皆笔之于书，并译西国史志新报，存其大略，所记尤夥。"② 采择新闻报道，并非薛福成首创。郭嵩焘赴英途中路过新加坡购得《泰晤士报》，开始关注英国报业与舆情。但《使西纪程》被禁毁之后，郭嵩焘心灰意冷，"一切蠲弃，不复编录"③，伦敦巴黎期间的日记多有新闻纸的身影，但其书写往往辞气浮

---

① 薛福成：《西轺日知录序》，《庸庵文别集》，上海：上海古籍出版社，1985年，第236页。

② 薛福成：《出使英法义比四国日记》，长沙：岳麓书社，2008年，第348页。

③ 郭嵩焘：《致李傅相》，杨坚点校：《郭嵩焘诗文集》，长沙：岳麓书社，1984年，第243页。

露，毫不避讳，成为不宜公开的私人日记，很难归入恭呈御览的出使日记之列。曾纪泽被薛福成誉为"出洋星使第一"，其日记中出现频率最高的是由上海转寄的《申报》《新报》，且淡化报刊内容。他有诵读英文的习惯，但其阅读世界主要由《史馀萃览》《谈古偶录》《三国志》等传统经史子集构成，国外报纸形塑的舆论空间并未成为获取信息、处理事务的重要工具。薛福成的声明标志摘录新闻纸和文书档案这一写作方式，从修饰补充文本内容的辅助手段上升到获取信息和建构文本形态的基本范式，成为此后出使日记重要的文本特色。与薛福成同时期的驻美公使崔国因《出使美日秘日记》，声明内容"必取其有关交涉禆法戒"①，抄录连篇累牍的新闻报道和官方文书，取代了正常的叙述逻辑，后以"因按……"发表评论，摘录加点评式的叙述体例使可读性大打折扣。载振日记一面效仿薛福成，采用《日知录》体例，一面又批评薛福成日记内容庞杂，"多系抽绎报章，无关宏谊"，声明《英轺日记》"固与洋报译录甚尠"②，不因文害义。可惜他的日记未达到薛福成的高度，且落下由唐文治代笔的话柄。对使馆公务档案的处置利用因人而异，出发点是海外公务交涉。张荫桓奉使海外期间，着意编订历代对外交涉的史料，而对抄录使馆文牍档案持不同意见："率加雌黄，类于讦直，随案选录，犹是钞胥"③。吴宗濂的《随轺笔记》中的《记事》和《记闻》则把"所致译署及南北洋大臣各项函稿与西国一切文牍，分门别类，次其先后，汇而集之，以彰实迹"④，这样一来真成了公文汇编，丧失了可读性和趣味性。吴汝纶说薛福成海外之文："颇杂公牍笔记体裁，无笃

---

① 崔国因：《出使美日秘日记》，合肥：黄山书社，1987年，第1页。

② 载振：《英轺日记》，长沙：岳麓书社，2016年，第10页。

③ 张荫桓：《张荫桓日记》，上海：上海书店出版社，2004年，第135页。

④ 吴宗濂：《随轺笔记》，长沙：岳麓书社，2016年，第92页。

雅可诵之作”[1]，也是基于报章公牍屡杂的直观感受，其实乃薛福成有意为之的结果。摘录新闻报道与公务档案也需慎重采择，出使日记定稿删去了诸多不宜公开的官方密要，如李鸿章密令陈季同设法借款，并代办手续、利息等事务，李鸿章要求此事“千万慎密”[2]，故而刻本删去了所有陈季同代办借款业务的函电和谈话内容，置换成中英茶叶贸易、英国人避暑习俗等内容。定稿也删去了朝廷关于人事任免等涉及敏感事件、话题与人物的上谕和懿旨。薛福成曾在日记中对历任出使大臣逐一点评，薛莹中为杜绝后患，编订日记续刻时将人名全部抹去。

在薛福成看来，出使日记的第三个难点是“权衡轻重，不可稍有偏倚”。郭嵩焘《使西纪程》可谓前车之鉴，如何在捍卫帝国的尊严以及汲取西洋政教文明的优长之间，找到合适的叙述策略和得体的语言，确实棘手。薛福成尤其谨慎，在“采新闻”与“稽旧牍”基础上的“略抒胸臆”也是据实论说，不妄发议论，愤时讦政。如光绪十七年九月初八日记：

> 《泰晤士报》录上海电云：“中国不知时势之吃紧，所筹兵备，尚嫌不足，恐仍不免多事。盖刻下北洋余剩之兵船，皆仍在波得阿尔达（即旅顺）海湾内停泊；在上海吴淞者，统共兵不满五千人。”

> “俄国拟守局外之例，不与欧洲各国会同用武，以与中国为难，致失其与中国友好之情。然俄国亦防将来有开衅之端，是以于西伯利亚建筑铁路，一旦有事，便可发大股之兵至中国

---

[1]　吴汝纶：《答黎纯斋》，《吴汝纶全集》第3册，合肥：黄山书社，2002年，第100页。

[2]　薛福成：《薛福成日记》下册，蔡少卿点校，长春：吉林文史出版社，2004年，第540页。

边界。"①

清廷对海防漫不经心，海军舰只停靠旅顺港内，上海的海防兵力不足 5000 人。俄国表面上与中国维持良好关系，暗地却加紧建设西伯利亚铁路，以备开战运兵之用。一段新闻构成日记全文，呈现国际形势，无议论，可视为"新闻体日记"。它借《泰晤士报》警醒朝廷，俄国暗度陈仓，祸起肘腋之间。这种短消息所在多有，如光绪十七年十月十七日日记，谈中国境内的喀拉湖被英俄两国觊觎，作者借《泰晤士报》道出担忧："名为局外之地，恐未能久处局外也"②。四天之后，薛福成先抄录好友袁昶的来信，谈清政府同意英国在新疆喀什派遣官员驻扎，借此牵制俄国，接着记录了一件颇值玩味的事：

> 户部自阎相去后，库款匮乏，十四五六年岁计簿并无刊本。沪关积年存出使经费一百九十万两，从前文文忠公然费经营，谓此款关系紧要，无论何项急需，不得挪动。前月海军衙门以园工支绌，奏提一百万两作万寿山工程矣。③

清政府挪用外交经费修万寿山，日记陈述事实之后，结尾一个"矣"字，透出备感无奈的心情，仅此而已。其实，薛福成对此事极为不满。他曾在和密友的信中议论此事，谴责当轴者的颟顸短视，但又坦承"受出使之任，未宜冒昧进言"④，只能私下里发发牢骚，以免引火上

---

① 薛福成：《薛福成日记》下册，蔡少卿点校，长春：吉林文史出版社，2004 年，第 426 页。

② 薛福成：《出使英法义比四国日记》，长沙：岳麓书社，2008 年，第 195 页。

③ 同上，第 428 页。

④ 薛福成：《与友人书》，《中国近代思想家文库·薛福成卷》，北京：中国人民大学出版社，2014 年，第 327 页。

身。这则日记可视为"日记体新闻"。

以日记形式记述时事，报告国内外新闻，寓褒贬于事实之中，是薛氏日记的基本面目。对比戈公振对报纸的定义："报告新闻""揭载评论""定期为公众而刊行者也"①，除定期刊行外，薛氏日记具备了新闻的基本质素。塔尔德（Jean-Gabriel de Tarde）认为，报纸的源头是"世俗的日常的东西……来自私信，同时又卸掉了私人通信的包袱"②。晚清报刊的诞生主要受西方的影响，但也具有天然孕育和生长的土壤，绝非无源之水、无本之木。薛福成把日记写作视为公务行为，个人的情感体验与思想波澜暂时搁置，尽管有妻女随使海外，但在日记中完全隐身。当"自我"在文本中隐身之后，逐日记事的编码体例就徒有其表，线性时间符码依据的是新闻事件的记录和书写逻辑，一种以时事为基础的旅行通讯已呼之欲出。甚至稿本日记原有的海外期间的天气信息，简单的"阴、晴、雨、雾"等也一并删除，日期仅承担了标记文本次序、连缀文字的功能。因此，出使日记文本可看作报刊盛行之前的"前文本"和"准报刊"，不啻西学新闻化的一种有效形式，满足了读者广知时事、求取新知的阅读期待。

薛氏日记遣词造句、谋篇布局可明显看到新闻笔法的影子，既展示了驻外使节日常外交的细节，又有新闻报道的现场感：

> 土耳其战船名"鸦都罗路"者，去年奉国王命驶赴日本，赠日皇以宝星，因与日本新订和约也。停泊香港时，识者见其船身过旧，均谓恐遭危险。今夏始抵日本，秋间在横滨海面遭

---

① 戈公振：《中国报学史》，北京：生活·读书·新知三联书店，1955年，第2—16页。

② ［法］加布里埃尔·塔尔德：《传播与社会影响》，何道宽译，北京：中国人民大学出版社，2005年，第245页。

风失事，沉溺死者五百二十七人，遇救者仅六十一人。①

　　1887 年，日本皇室小松宫彰仁夫妇访问土耳其，向奥斯曼帝国苏丹阿卜杜勒·哈米德二世（Abdülhamid Ⅱ）转达明治天皇的亲笔信并赠予菊花大勋章。哈米德二世向日本派出军舰埃尔图鲁尔号（Ertugrul）回访日本。1890 年 9 月 16 日，战舰在返航途中遭遇台风沉没，包括奥斯曼帝国特使在内的 500 多人丧生。日记介绍了一年之前发生的海难，时间、地点、人物等细节俱在，称得上一篇短小精悍的时事新闻。新闻的本源是新近发生或正在发生的事实，新闻文体的本质特征是"真实的再现，其目的是准确及时地向受众传播"②，这段文字严格遵循新闻写作的再现性思维逻辑，客观呈现和还原事实，无赘述和修饰成分。

　　薛福成在语言的使用上追求谨言、得体和简明，从一些细节上可见端倪。如稿本日记谈香港被英国占据："道光壬寅年割以畀英"，后改为"道光壬寅年为英所据"，前者无奈中似有卑躬屈膝的意味，后者则完全凸显了英方的强权霸道。又如稿本论法国侵占越南，"光绪八年，复袭取河内、宁平、海阳、男定四省，因遂取为属国"，后改为"因遂胁服为属国"。个别字句的调整，折射出天朝朝贡体制与西方殖民地化的冲突，强调这些属地的丧失是受到武力胁迫的结果。此外，稿本日记中的"阅邸钞"，后来悉数改为"恭读邸钞"，表达对朝廷由衷的敬意。日记毕竟有个人的影子，很难做到绝对不露声色。薛福成与驻法使馆参赞陈季同因私债问题交恶③，于是，稿本中的"陈敬如参赞"在刻本中径呼

① 薛福成：《出使英法义比四国日记》，长沙：岳麓书社，2008 年，第 240—241 页。
② 苏宏元：《新闻文体的基本特征》，《江苏社会科学》，1999 年第 1 期。
③ 陈季同负责巴黎使馆的日常事务，曾经负责清政府欲借债修建芦汉铁路的事务，1889—1890 年，陈季同以中国使馆名义向法国银行借款 13 万法郎，用于个人开支，后因无力还款，被法国银行发函催债。薛福成上奏总理衙门，要求查办陈季同。陈季同后被革职查办，于 1891 年 4 月回国。

"参赞陈季同"，后来干脆删去。公务叙述也夹带私人情绪，显示出薛福成感性的一面。

采新闻与稽旧牍，作为一种采择文本信息和建构文本形态的重要手段，其实代表了两种因应现实世界的心态和眼光，即现在的进行时的（新闻）和历史的过去时的（旧牍），这种记录和表达周遭世界的方式，与其提倡的"考旧知新"的哲学理念契合，目的在于应对今古之事百变无穷的新形势，实现"御之有方，制之有道"。这种功利化的写作方式带来了审美趣味的缺失，薛福成出使日记给读者的直观阅读感受，是过多的信息耦合导致文本呈现碎片化，缺乏郭嵩焘、张德彝、张荫桓等书写主体的渗入所带来的整体性和生动感。新闻作为一种以事件为对象的知识，根植于当下，"只是一种对特定时空节点上的孤立事件的记述"[1]，它的意义存在于具体的时空之中，事件背后的联系和普适性的规律不是它关注的内容。因此，新闻体日记与日记体新闻的叙述方式，尽管有效地充当了个人意见的传声筒，又规避了因言获罪的风险，但割裂了文本的整体性。钟叔河说他"世故极深，极少留下容易出麻烦的笔墨"[2]，正是这种叙述方式和语言的效果。不过，薛福成能用纯熟的古文描绘西洋风物，西式词汇的广泛运用和英语语法的渗入，造成表达方式的杂糅，改变了文言句式简短、言简意丰的面貌，可读性和文学性还是高人一筹。除出使日记外，薛福成最具文学性和趣味性的《庸庵笔记》亦带有鲜明的新闻写作的痕迹："笔记据平日见闻，随意抒写，亦间有阅新闻纸，取其新奇可喜，而又近情核实者录之，以资谈助"[3]。可见其文本中的新闻元素绝非无心插柳，而是自觉的文体探索与实验。

①　胡翼青、张婧妍：《作为常识的新闻：重回新闻研究的知识之维》，《国际新闻界》，2021年第8期。

②　薛福成：《出使英法义比四国日记》，长沙：岳麓书社，2008年，第55页。

③　薛福成：《庸庵笔记》，南京：江苏人民出版社，1983年，第2页。

第三节　欧化的古文：牍副旁行，语翻重译

1876 年，同文馆刊印出版《星轺指掌》，这部外交指南强调使臣除了要周知万国公法、各国历史、世界大势和外交礼仪之外，"尤须通晓各国语言文字。一则能读原文，可以沿流溯源。一则因公会晤，可以方言议事，以视借人传解，实为便宜。并可畅谈积愫，彼此开诚布公，而免猜疑之衅"[1]。这种语言能力实际上很难落实。晚清外交官大多不通西语，翻译又不得力，往往面临办理交涉"如偕盲人同路"的困境。薛福成同样也为"中西语言文字莫相通晓"所困扰，但他出于外交家的职业敏感与古文家的语言素养，奉使海外后，黾勉劬劳，在"牍副旁行，语翻重译"的外交文书往还中，直面西洋风物与传统古文在内容和形式上的表达困境，深入外交公文的叙述方式、语法等细节层面，进行了极具个性的探索和实践。

汉字是一种具有强烈表意功能的符号系统，字义可以和字音最大限度地脱节，而与字形紧密结合。西方语言以字母为基本单位，字母表音不表意，不同的语言差异甚大。薛福成多次探讨了英文的发音、读写和翻译问题。他主张参考艾约瑟（Joseph Edkins）由《说文解字》来附会英文发音法，英文发音"与中国字母切韵要法不谋而合"。虽然英文存在"同一字形而音义微异"的情况，只要熟悉切韵九音法：牙音、舌头音、舌上音、重唇音、轻唇音、齿音、正齿音、半齿音和喉音，然后

---

[1]　[德]查尔斯·马顿斯：《星轺指掌》，傅德元点校，北京：中国政法大学出版社，2006年，第3—4页。

"据华音以切之，异者亦归于同"①，即可解决英文的识读问题。然而，西语词汇的音译和转译是难以逾越的一大障碍：

> 中国之字，以行生义，故有一定之形之义。外国之字，以声传意，故凡字不必以形求，亦不能以义求；往往有数音拼作一字者，有以数字缩作一音者。中国之字，分喉、舌、唇、齿、牙五音。而西人之音，又往往在喉舌之间、唇牙之间，或且多用鼻音。尽有两人有此音而中国并无此字者，故中西之文不能合一，天实限之，即有翻译好手，只能达其大意，断不能逐字逐句一一吻合。今试以西人之文书书信，交数人翻之，则语句无一相同，即地名人民之字形，亦往往不同，但能使大意无甚讹舛而已，断不能强不齐者而使之齐也。②

他指出了"译"与"借"的困境，前者为积极的造词与意义赋予过程，包括直译、意译和混合译。后者是语言接触和词汇交流，分为借音词或音译词，即袭用其音，通过音转写的方式移植源语言的发音。不论何种方式，新概念的容受和定型的过程都是漫长的，他悲观地认定中西语言本质上是不可通约的，"天实限之"。

外国地名、人名的处理历来都是旅行者的难题，王芝声明"地名人名，皆就谈言所闻，凑合中国之字，肖其语音而已，绝不可循文考义，妄求通译也"③。薛莹中在编订日记续刻时指出："洋文地名人名，多本还音，绝无意义。使馆英法翻译不止一人，译音往往歧出。是编势难改

---

① 薛福成：《出使英法义比四国日记》，长沙：岳麓书社，2008 年，第 761—763 页。

② 同上，第 290 页。

③ 王芝：《海客日谈》，长沙：岳麓书社，2016 年，第 13 页。

归一律，阅者当自得之。"①这样的处理方式在出使日记中较为常见，但遣词用语各取其便，让读者无所适从。薛福成有意纠偏，参考《瀛环志略》《海国图志》等舆地指南，考订讹误，规范称谓。他的处理方式是在文中加注，一是中文注英文。一词多音皆罗列，加简要解说，力图全面准确。如"卯初四十分，至法郎克福尔（一译作佛郎渡，又作法兰团，属日耳曼列邦中之海琛。海琛一作埃塞，又作海辛）"。又如："计在乌苏里第一段之一百浮而司德中（每一浮而司德，合一千零六十七迈当），造成路基二万立方沙然恩（每一沙然恩，合二迈当有奇）"②。"浮而司德"即俄语 верстамиля，表示俄里，对应英文 verst。"沙然恩" сажень，即俄丈，都是旧式俄制长度单位，"迈当"即英文 meter，读来费解且拗口。后来再谈俄国铁路时，径用"俄里"来取代"浮而司德"。二是用英文注中文，这种情形较少，仅用于冗长且不易释读的人名、地名，如"英国电报总局在伦敦近诺尔抛斯脱亚非司威斯脱（General Post Office West）"③。他尽量使用约定俗成的叫法，减少阅读障碍，增强科学性。他指出《申报》使用的英国地名"译音多非经见之字，又稍有讹脱者"④，特意在日记中摘录重译。如对德国的介绍：

> 法人称德人为阿里曼，英人则称为日耳曼，其土人则自称为德意志，名异而实同也。中国翻译英书最早，故《瀛环志略》犹沿日耳曼之称。《海国图志》作"耶马尼"，乃日耳曼之转音。至咸丰十一年与中国通商立约，始知其为德意志，然其时尚未合众为一。……至同治十一年，其使臣奉其国命，来告

---

① 薛福成：《出使英法义比四国日记》，长沙：岳麓书社，2008 年，第 348 页。

② 同上，第 424 页。

③ 薛福成：《薛福成日记》下册，蔡少卿整理，长春：吉林文史出版社，2004 年，第 705 页。

④ 薛福成：《出使英法义比四国日记》，长沙：岳麓书社，2008 年，第 941 页。

德意志变更情形，自是改称为德意志合众国云。①

对德国国名详细梳理澄清读者的模糊认识，这也是其一贯的学人本色，意在弥补国人"详于中原而略于边外"②的短板。他选用专用科技器物词汇很严谨，不逊色于邹代钧、徐建寅等专业人士。但他把西方语言视为汉语传入西域后的变体，则又陷入西学中源的窠臼中。③

语法在翻译实践中更棘手，薛福成以照会为例向读者展示中英互译中的细节。驻英使馆历经郭嵩焘、曾纪泽和薛福成三任公使，最终确立并形成了中英文双语照会的公文处理与沟通机制。④薛福成认为照会为"两国相告之辞"，非常关键，"是非于此明，利害于此形，强弱于此分，实握使事最要之纲领。使事既有端绪，然后叙述其梗概而奏之，而咨之、札之，意有未达，则再为书以引申之"。两国交涉以洋文照会为嚆矢，外交实践中的诸种文体均由此派生，可谓重中之重。他强调："唯中西文法往往不同者，中国文尚简明，而彼则必须烦复，且多前后倒置之句法，否则阅者转茫然不解。兹特录之，虽其文法已多经译者删润，亦稍见外洋公牍之体。"⑤1890年9月25日，薛福成照会英国政府，与首相兼外交大臣沙斯伯里（Robert Arthur Talbot Gascoyne-Cecil），就中方向派驻领事一事进行交涉，日记全文抄录了中文照会，试看其中两段中英对译：

---

① 薛福成：《出使英法义比四国日记》，长沙：岳麓书社，2008年，第118页。

② 同上，第237页。

③ 同上，第659页。

④ 皇甫峥峥：《晚清驻英公使馆与国际法的运用：以双语照会为中心的考察》，《中华文史论丛》，2020年第2期。

⑤ 薛福成：《出使英法义比四国日记》，长沙：岳麓书社，2008年，第215页。

At more than twenty ports and places in the Chinese Empire, Foreigners are allowed to reside and carry on Commerce on conditions which, as compared to what takes place in the territories of many of the Treaty Powers, may almost be considered as Free Trade.[1]

中国有二十余处地方，准令外国人民居住经商，其收税之轻，为各有约之别国所未有。

英文将中国境内的情况前置，将比较的对象——条约国家置于由 as compared to 引导的状语从句之后，译文着重强调英语的倒装句式。"为各有约之别国所未有"，在后来的正式存档照会改为："与各有约之国比之，中国实可称无税之地耳"。又恢复了中文的习惯语序，可见背后两种表述方式的博弈。再看：

In offering these remarks, for Your Lordship's favourable consideration, I would premise that I make them rather by way of explanation, than of forestalling any objections Her Majesty's Government may have to recognizing the reasonableness of the claim I have been directed to put forward.

原文较为繁复，In offering these remarks 设置了一个彬彬有礼的语境和前提，包含由 I would premise that 引导的定语从句和 rather than 引导的平行结构，语气婉转，既要站在中方立场上声明主张，又给英方备

---

① 皇甫峥峥整理：《晚清驻英使馆照会档案》，上海：上海古籍出版社，2020 年，第 581—584 页。

好台阶。对比译文："本大臣请贵爵部堂团审量，本大臣并非恐英廷不肯答允之意，不过为贵爵部堂前一讲解之。"大意清晰，但实在拗口，把 by way of explanation 译成"前一讲解"，呈现了英语重因果逻辑的表达习惯，但使整个句子既欧化，又不顺畅。

中英文照会首尾不同，英文照会开头结尾为当时的国际通行语，称外相为 my lord，结尾以 "I have the honor to be, with the highest consideration, My Lord, Your Lordship's most obedient, humble servant." 收束。这种谦卑的表达并不意味低人一等，双方是主权国家，身份对等，这些习惯尊称在中文照会中译为："相应照会贵爵部堂审量，请烦查照须至照会者。"外交文书对译表面上是翻译过程，本质上为不同语境下文本的生成与转换，照会一般直接用英文撰写，再译成中文，有助于摆脱古文的写作定势，打破西方偏见，在文本上将清朝呈现为主权国家，赋予国际法的平等地位。中英双语照会并行的外交公文运行机制，也在一定程度上打破了《天津条约》设立的中英官方交涉中英语的垄断地位。日记抄录外交照会，实际上承担了发布外交新闻的功能。但在照会的拟稿和翻译过程中窒碍重重："洋文照会，皆余授意译者所拟，然后再译为华文。中西文法，截然不同，颇有诘屈聱牙之嫌。余恐汩其真也，未敢骤加删润，后之览者，亦会其意焉可耳。"[1]尽管不通西语，这些使臣对最后的中文定稿都会亲自审定，龚照瑗一直罹患重病，但仍坚持"一切文稿皆须亲自过目，或更为之倚枕点窜"[2]。曾随薛福成出使的钱恂与汪康年讨论中西互译，指出中文译文"文话太多，大失西文本意，亟宜痛戒"[3]，公文中满纸皆是"圣躬""宸衷""贡物""祝暇"等

---

① 薛福成：《出使四国公牍·序》，《中国近代思想家文库·薛福成卷》，北京：中国人民大学出版社，2014年，第336页。

② 吴宗濂：《随轺笔记》，长沙：岳麓书社，2016年，第93页。

③ 潘光哲：《晚清士人的西学阅读史》，南京：凤凰出版社，2019年，第217页。

谄媚的词调，与国际惯例相去甚远。薛福成谙熟国际公法，洞悉行文规范，不放过任何细节，所谓"一言之得失，而国之荣辱系焉"[①]。法文照会常有"沙涉大菲尔"（chargé d'affaires）一词，意为代理公使，他认为中国公使兼驻数国，不设代理公使或副使，马上声明厘正，报总理衙门备案。翻译的素养很大程度决定了外交文本的质量甚至交涉谈判的成败，但晚清政府培养的翻译往往难当大任，"舌人之选，难乎其难，即或夷语少优，而胸无一卷华书，心无几分事理。与办交涉，骤苦指点难明，与谋著述，如偕盲人同路"[②]。在日新月异的传播环境中，信息的获取、利用和传播与语言能力成正比，国际谈判和交涉与国家利益的争取维护离不开语言能力的支撑，"使才"与"译才"同等重要。古文家唐文治也看重公牍示范古文义法的作用："公牍之学，不在徒明其形式，必须能挈事物之纲领，言历史之要难，识掌故之源流，非此神明与古文之义法者不能为也。"[③]康有为也认为，国际间的嫉妒与偏见是语言不通造成的，而英语是最重要的国际语言。[④]薛福成以照会为例，阐发中西翻译的细节，其苦心孤诣也正在于此。既遵循外交惯例，又维护帝国尊严，调和中西文法的龃龉和隔膜，将国际邦交这类宏大的议题化为普通人的语言，"使人易晓而世易行"[⑤]，是一大挑战，也是一个古文家的使命。

外交公文的佶屈聱牙反映的是翻译过程中有意无意的欧化，欧化

---

① 张荫桓：《张荫桓日记》，上海：上海书店出版社，2004年，第445页。

② 《洪钧致薛福成信札》，《东南学术》，1986年5月。

③ 唐文治：《唐文治文章学论著集》第1册，上海：上海古籍出版社，2020年，第15页。

④ 张启祯、[加]张启礽编：《康有为在海外：补南海康先生年谱》，北京：商务印书馆，2018年，第84页。

⑤ 曾栗诚：《应诏陈言疏》文末评语，《中国近代思想家文库·薛福成卷》，北京：中国人民大学出版社，2014年，第61页。

的来源是翻译，因顺着原文的词序比较省力[1]，古文的欧化和西语的翻译是一个问题。日记在转述新闻报道或外交公文时，总难免繁复堆砌的欧化风，如"德国天主教士若领有德国钦差公署所发护照，其应为保护及应沾利益之处，应与法国教士领有法国钦差公署所发护照无异"[2]。句式冗长，一再重复，是硬译的结果，反不如下文的评点精简晓畅："德国天主教士若执有德国钦差护照，自应与法教士领有法使护照者一律看待"。又如罗列机器部件："修理锅炉房所用之屋顶料件及弯纹铁板之顶及玻璃，又弯纹铁板之壁及门"[3]，显然被英语连词and传染，连用三对"之""及"来连缀，句子长至无法收拾，面目全非。日记叙述国内情形，则一扫南人北腔的尴尬，回到语质而事核，词约而理明的当行本色：

> 江南创设水师学堂，在仪凤门隙地则址兴工，招募聪颖
> 子弟一百二十人，分驾驶、管轮两班学习，每六十人为一班，
> 五年后咨报海军衙门考选。[4]

这则短消息中，"隙地""兴工""咨报"三词尚有文言的古味，句式变长，节奏放缓，地点、人数、学制表述得简明准确，浅白流畅，已接近现代汉语。日记在涉及距离、时间、长度、功能等内容时界定规范，显示出写实、简洁和准确的新闻笔法，这与古文多留白，表述上多大概、模糊的面貌截然不同，呈现出清通平易的风味，是一个显著的变化。同时，追求细节的准确。刻本日记便增补了很多细节，如光绪十

---

① 王力：《中国语法理论》，《王力文集》第 1 卷，济南：山东教育出版社，1984 年，第 501—502 页。

② 薛福成：《出使英法义比四国日记》，长沙：岳麓书社，2008 年，第 260 页。

③ 同上，第 304 页。

④ 同上，第 202 页。

六年二月初八日记谈美国华人每年向国内汇银数量可观，可与国内岁银流出数量相抵。后来在刻本中又慎重地补充："然此仅就旧金山言之耳，他如古巴、秘鲁、西贡、新加坡及南洋诸巨岛，华民不下数十百万，其商佣所得之银输回中国者，奚啻数倍于是。"①这种文风在当时颇受欢迎："指陈时务，一归平实，无大言、无嚣气，此论事文之最可学者也。"②"雅洁"是桐城义法的重要标准之一，吴汝纶主张"与其伤洁，毋宁失真"，遇到两者不可调和时，宁可失真，也要保"洁"。这与当时晚清官方在处理公文互译时采取的"不事华美，只求辞达"③的原则一致。薛福成不削足适履，更看重传达事实真相，日记中如"近又有划线人员起程，办街排罗佛克至斯忒来当斯克划线之事"这样硬译的夹生饭也不少，显示出语言在欧化与传统之间蜕变调适的痕迹。

薛福成不谙英语，他要求随行翻译王丰镐、胡惟德和郭家骥三人，随时留意道里行程，每天呈送日记，一来考察是否用心，二来"择要选记，免得再费一番查访"④。集体创作的方式弥补了公使语言上的短板，张荫桓也对"唯舌人是赖"的难题束手无策，这是出使日记常见的写作方式，陈兰彬《使美纪略》也由随从翻译的散记"合并参订"而成。多人合作保证了日记及时上呈，客观上也造成文风驳杂和局部的不协调。但最终核阅定稿都由公使本人决定，这是基本原则。余光中批评中文写作的一大危机是西化，破坏了汉语简洁灵活的语言生态。⑤薛福成日记

---

① 薛福成：《出使英法义比四国日记》，长沙：岳麓书社，2008年，第80页。

② 徐仁铸：《颁发湘士条诫》，《湘报》，1898年3月11日。

③ ［德］查尔斯·马顿斯著：《星轺指掌》，傅德元点校，北京：中国政法大学出版社，2006年。

④ 薛福成：《札翻译学生写呈日记》，《中国近代史料丛刊》第81辑，台北：文海出版社，1972年，第505页。

⑤ 余光中：《中文的常态与变态》，《从徐霞客到梵高》，北京：国际文化出版公司，2014年，第190页。

再现了一百多年前，文言与西语正面相遇时的隔阂、妥协与转化，恰恰揭示出文言的弹性和活力。1896 年，同文馆翻译出身的罗丰禄接任驻英公使，逐渐废止了中英双语照会的定例，中文退出了对外交涉的核心，薛福成着意探求的中西文法与外交写作实践没有得到延续。中西文法的隔膜是相互的，西方人也面临难以破解的语言困境。1891 年 2 月，英外务部请中方翻译马格里（Halliday Macartney）协助清厘中文档案，发现 1816 年嘉庆皇帝颁发给英国国王的敕谕，庋藏库房 70 多年，从未打开过，"盖英廷固无人能读者"①。

第四节　经世宏编：出使日记的编订与传播

薛福成志在事功，又极重文事，对个人文集的编订出版有精密的擘画。早期在苏州书局的校书生涯，使他对书籍的编校、刻印、出版和流通有切身体会，深谙思想观念如何物化，经由书籍的传播循环实现对社会的影响。出使之前，他先后手订付梓《浙东筹防录》《筹洋刍议》《庸庵文编》《庸庵文续编》。海外期间，他编订《出使四国日记》《庸庵文外编》寄回国内刊行，选定《出使奏疏》《出使公牍》和《庸庵海外文编》的篇目。他还计划编纂《续瀛环志略》，并将一些内容抄入日记。薛福成去世后，文稿的厘定与出版由其子薛莹中和学生张美翊、陈光淞合力完成。薛福成对文集的编订"务求戛戛独造，不拾前人牙慧"②，即使是随笔札记，也亲自手定分类、体例和编目，"与文编相表里"，体系完备。

桐城派历来有编纂文集、示范文法的传统，从姚鼐《古文辞类纂》

① 薛福成：《出使英法义比四国日记》，长沙：岳麓书社，2008 年，第 304 页。

② 薛福成：《庸庵笔记》，南京：江苏人民出版社，1983 年，第 2 页。

到曾国藩《经史百家杂钞》，再到黎庶昌《续古文辞类纂》，一脉相承。薛福成步武前贤，延续了桐城文家"存一家之言，以资来者"的治学传统，这些卷帙浩繁的文字著述彼此呼应，相为表里。他将记述外交实践的文章辑成《出使四国奏疏》和《出使四国公牍》，前者为"俟质当世，亦以自镜"，后者乃"时自观览，以备考镜"[①]。他对外交文体进行分类和界定，按照适用对象、行文规范和基本内容分为四类：一是上行文体的奏疏；二是平行文体的咨文，含咨呈、札文、批答、照会等；三是上下行文通用的书函，含详文、禀牍等；此外还有关系公务机要的电报，这种界定与说明来源于外交写作实践，彰显出一代文章家的本色。他发挥日记体无定式、兼容并蓄的优长，不仅有新闻、通讯、评述等报刊文体，又有国书、照会、咨文、条约、函电等外交公文，还有序、跋、书信、札记等私人文体，成为诸种文体的展示平台："凡事有一定格式，得其格式，事乃易办。中国遣使，本系创举，求之古书，并无成式可循。兹编于国书颂词，无不详载，以存体制。至与外部往返洋文照会书信，间亦译登一二，用示格式，并可征中西文法之稍有不同。"[②] 于是，他的出使日记便具有示范公文体式，介绍中西文法异同的重要功能。晚清出使日记因公务需要，亦有邸报函牍的嵌入，不过是"既存汉腊，且志远游"[③]，并无文章体式层面的考量。薛氏父子共同将出使日记从体例、类型和用途进行重组，拓展了政治功能之外的文学功能，实为外交写作的一大贡献，这也是其日记独有的特色。张荫桓视薛福成为"今之仲宣，古之二陆"，对其编订刻印文集一事寄予厚望：

---

① 薛福成：《出使四国公牍·序》，《中国近代思想家文库·薛福成卷》，北京：中国人民大学出版社，2014年，第335页。

② 薛福成：《出使英法义比四国日记》，长沙：岳麓书社，2008年，第64页。

③ 张荫桓：《张荫桓日记》，上海：上海书店出版社，2004年，第441页。

　　然鄙意尤愿执事纵笔著书，拓之为安壤之要，卷之为研诵之资，振其绪余，蔚矣专集，刊版装池，分销亲故。烟墨所盈，略可预计，不愈于长门鬻赋、西第售文也乎？幸宏此远谟，令众人叹服。重绎来旨，曾文正既没，此调几成广陵散，不禁低徊不置。英绝领袖，唯君家是赖。①

　　薛福成以天下为己任，其出使日记及文集刊刻行世后，也实现了"明体而达用"②的宗旨。

　　薛福成出使前后的晚清中国，正处于风气略开以后，新学大兴以前的过渡期和转捩点，各种新思想新观念风起云涌，在新阅读秩序下建立起来的知识谱系的冲击下，1890年前后，科举考试体制到了变革的临界点，仅靠八股文和应制诗来弋取功名已不可能。薛福成出使日记关涉西学新知，文章清通平实，既合义法，又切实用，其规摹事功，志在经世的政治之文契合科举改革的趋势。1896年9月，恽毓鼎借来《庸庵海外文编》四册，粗读数篇，便认为薛著"经国远谟，言之有物，文亦深有义法，自是不朽之作"。一年后，他买来《庸庵六种》（《文编》《续编》《外编》《海外文编》《筹洋刍议》《出使四国日记》），叹赏不已：

　　近今经济书，宜推薛叔耘先生《庸庵六种》为第一。识见既闳远，文字又中义法。昔日包安吴论古文有叙事、言事二种，而谓叙事为尤难。先生殆兼擅其胜。居今日而谈经世之学，洋务必宜究心，格局之奇，情势之变，既为伊古所未有，即不能泥古法以绳之。唯是西学书虽多，而文字绝少传

---

① 张荫桓：《复薛淑耘》，《张荫桓集》，北京：中华书局，2012年，第258页。

② 陈光淞：《庸庵文编》文末跋，《庸庵文编》，光绪丁亥孟春刻本，第386页。

者，且开口动言变法，断难见诸施行，则亦徒乱人意耳。今观
《庸庵六种》，真经世宏编也。①

　　恽毓鼎先后担任翰林院侍讲学士、侍读学士、日讲起居注官，长期
随侍光绪皇帝。1903 年，他还作为癸卯恩科会试考官参与阅卷，他的
评价更具风向标的意味。薛福成日记被列入新政应试必读书目，"以其
论最中中西之綮要，使人人皆得其旨"②，成为科举应试的重要门径。湖
南学政江标辑录的《沅湘通艺录》中就有"书薛叔耘先生出使四国日
记后"的命题。③薛福成日记也是众多学者的案头书。谭嗣同把其视作
"洞彻洋务，皆由亲身阅历而得"④的楷模，梁启超把四国日记和海外文
集列为言西事之书中的佳作，姚永概和贺葆真日记中都有通读薛福成日
记的纪录。宋恕尽管抱怨《四国日记》学无本源，但也认为"然诸书征
实处，皆足资考镜，不可不涉猎一过也"⑤。于右任青年时受陕西督学叶
尔恺提携，授以《出使四国日记》，勉其留心国际情形……。薛氏日记
的传播面之广和影响力之大，可见一斑。黎庶昌称赞薛福成"若论经世
之文，当于作者首屈一指"⑥。出使日记属于外交写作的范畴，它的预设
读者自然是帝国统治者，阅读的范围指向官僚阶层内部。后来随着报刊
的兴起，这些文本开始在新媒介的推波助澜下，进入公共领域，不再胶
着于传世的信念，"更着意于向外的自觉传播"⑦，启蒙经世的意图愈发

① 恽毓鼎：《恽毓鼎澄斋日记》（第1册），杭州：浙江古籍出版社，2004年，第141—142页。

② 丁凤麟：《薛福成评传》，南京：南京大学出版社，1998年，第328页。

③ 潘光哲：《晚清士人的西学阅读史》，南京：凤凰出版社，2019年，第322页。

④ 蔡留思、方行编：《谭嗣同全集》，北京：生活·读书·新知三联书店，1954年，第420页。

⑤ 宋恕：《致贵翰香书》，《宋恕集》，北京：中华书局，1993年，第532—533页。

⑥ 黎庶昌：《书合肥伯相李公用沪平吴》文后评语，《中国近代思想家文库·薛福成卷》，北京：中国人民大学出版社，2014年，第206页。

⑦ 杨汤琛：《晚清域外游记的现代性考察》，北京：中国社会科学出版社，2020年，第191页。

明显。经世致用，首先是文字的力量，日新月异的西学新知与应变自强的心事方针，在鞭辟入里的逻辑张力作用下赋予文字别样的力量；同时也是与读者对话的过程，这些关系时局世变的文章充当交流的引子，以日记文本为中心打开了一个汇聚众议的开放场域，建构起意义交往的方式和空间，真正发挥经世致用的功能。

薛福成出使日记记录外交实践的政治功能，示范文法的文学功能和经世致用的社会功能，离不开报刊媒介的助力。1892 年 6 月 8 日，《申报》刊出广告：

> 无锡薛淑耘京卿，以前年春初奉旨出使英、法、义、比四国钦差大臣，今已两年将半矣。著有《出使四国日记》六卷，有友人自外洋抄录寄示。皆逐日记所见闻，凡中外交涉公务，以及山川风土，人情物产，奇闻壮观，本末精粗，巨细毕举，不唯留心经世洋务者所当奉为圭臬，即士庶工商亦宜家置一编，增广见闻。兹因友人互借传抄不胜其烦，乃为付诸石印，准于本月十七日出书。有欲先睹为快者，请向上海租界宝善街中市复新园隔壁醉六堂书坊购阅，每部价洋八角。[①]

公使尚在海外，日记已出版上市。8 月 22 日，《申报》又登出广告《上海棋盘街醉六堂书坊发兑精刻石印各种书籍》，《薛淑耘出使四国日记》位列其中，这两种广告在《申报》一直持续刊登至 1895 年 9 月。相比之下，张德彝第四次出洋回国后，才发现《航海述奇》被《申报》

---

① 《新出薛钦差出使英法义比四国日记并许星使师船图表》，《申报》，1892 年 6 月 8 日。

馆刊印出版，他要求《申报》刊登作者声明，以免"灾及枣梨之意"①，这就很被动了。1898 年 4 月，《湘报》刊发《校勘〈庸庵全集〉》广告，推销薛福成作品。报刊的合力推广宣传，引起读者广泛关注，《出使四国日记》在 1891—1894 年有 8 个版本，《出使四国日记续刻》至少有 5 个版本。②薛福成作品的畅销与长期以来通过报刊积累的舆论影响密切相关，因为"报纸是作为社会舆论的纸币流通的"③。《申报》在 1884—1894 年共刊登 140 多篇关于薛福成的报道，涵盖他在镇海期间的沿海布防、肃清盗匪、用人取才、改革学制、抚恤灾民，以及出使域外时的谈判斡旋等经历，他被塑造为一位富有远见卓识的干才和能隶："舆论对薛福成莅政以来慈惠清勤、百废俱举之政绩翕然称颂"④。从这个意义上来看，薛福成等晚清官员实际上已处于报刊舆论的关注与监督之下。早在苏州书局时，他就以"鹅湖逸士"的笔名在文艺期刊《瀛寰琐记》发表《汉宫老婢》《狐仙谈历代丽人》等笔记小说。奉使海外期间，《万国公报（上海）》《万国公报（北京）》《申报》《湖北官报》刊载了《请申明新章豁除旧禁以护商民而广招徕疏》《薛叔耘星使日记论铁路二则》《拟筹南洋各岛添设总领事保护华民疏》《察看英法两国交涉事宜疏》《薛福成论不勤远略之误》等多篇文章，显示了他文艺、政论兼擅的创作才华。如果说中文报刊多正面褒奖的话，同时期的英文报纸《北华捷报》(*The North-China Daily News*) 则展示了西式的新闻自由和多元的报道方式。在 1891—1894 年，该报刊发 9 条消息，介绍薛福成奉命出使，在海外与英方交涉争取领事权，上书光绪皇帝推动中英界务

---

① 张德彝：《四述奇》，《稿本航海述奇汇编》第 4 册，北京：北京图书馆出版社，1997 年，第 830 页。

② 黄树生：《薛福成著述版本考述》，《江南大学学报》，2005 年第 1 期。

③ 陈力丹：《舆论学：舆论导向研究》，上海：上海交通大学出版社，2012 年，第 2 页。

④ 《申报》，1886 年 2 月 9 日。

《北华捷报》报道薛福成儿子被捕的消息（*The North-China Daily News*，1891 年 7 月 31 日）

谈判，以及归国后突然病逝的情况。报纸借报道薛福成之兄薛福辰病逝透露了薛氏家族的亲缘关系，甚至还煞有介事地报道薛福成的儿子因被指控为涉黑团体的成员而被捕。[1]二品大员的负面新闻被堂而皇之地广而告之，这在传统中国是不可想象的，这正是媒介的力量。报刊改变了讯息的生产发布机制，"让原有的社会边界变得模糊，并有助于新的社会情境的产生"[2]。身居庙堂的达官显贵也必须直面媒体，个人化、戏剧化、碎片化的信息，造成一种权威——失序的倾向，使帝国外交公使的神圣感被消解，甚至没有隐私可言，这些都为日记的传播提供了注脚。

薛福成之后，出使日记的影响趋于平淡，这是不争的事实。这其中

---

① 《北华捷报》（*The North-China Daily News* ），1891 年 7 月 31 日。

② ［美］保罗·亚当斯：《媒介与传播地理学》，袁艳译，北京：中国传媒大学出版社，2020年，第 14 页。

的缘由，首先要从传播工具的发展来考察。1895 年，御史陈其璋奏请重订出使章程，建议强化使臣定期报送日记的规章，参劾驻英法公使龚照瑗"从未有片牍来告者"。龚照瑗不以为然："嗣以交涉日繁，一切紧要关键该用电报传递，以期迅速，文函较前稍疏，并非无因。其电报所不能详尽者，仍藉文函申论"①。郭嵩焘之前的外交官员，与国内沟通的信息载体主要是诗文、日记、报告等纸质文本，从曾纪泽开始，海外电报讯息传递技术大大提升，传递秩序与媒介环境的变化必然影响外交官对文本的选择。电报普及后，信息传递既快捷又可保密，出使日记作为驻外公使与国内信息沟通渠道的重要性降低。同时，电报虽传播迅速，但接收和影响范围有限。日记文本传播效率虽不高，受众面却很广，影响更持久。而且，电报成本高，仅中俄伊利谈判期间，总理衙门与曾纪泽及各国外事部门之间的电报费达到"洋银五万二千八百圆"②。不同的传播媒介各有短长，电报、函牍和日记在相当长一段时间内并存不悖，不过再难达到薛福成日记那样的影响力。其次，报刊的扩散以更快捷的方式将日记文本中的西学新知演变为大众化的常识，日记的新鲜感与新引力自然大打折扣。出使日记也催生了诸如《西事类编》《星轺日记类编》等丛书大行其道，这类丛书按照百科辞典的编辑思路，将日记中的西学知识编码归类，以备检索，旨在成为体例精严，实事求是的"时务中有用之书"③。报刊出版等媒介使得新知识信息存在、传播和获取的方式被重塑和改造，这既是出使日记传播的形式，也是传播的结果，在这个必然的悖论中，最终自噬其身，终至湮没无闻。

① 吴宗濂：《随轺笔记》，长沙：岳麓书社，2016 年，第 243 页。

② 薛福成：《出使英法义比四国日记》，长沙：岳麓书社，2008 年，第 203 页。

③ 席蕴青：《星轺日记类编》，光绪壬寅孟夏丽泽学会精印本。

本章小结

薛福成对文章体式的重视，在于他将出使日记等海外公牍文章的写作视作外交实践的重要组成部分和表现载体，中英双语照会的外交沟通机制也为晚清政府在万国公法的框架内争取合法权益提供了基本前提。薛福成殚精竭虑、苦心经营的出使日记，汲取新闻纸元素，将外交写作从类型、风格和功能上进行重组，记录折冲樽俎的外交实践，开辟了崭新的创作范式，成为继郭嵩焘《使西纪程》之后又一部影响巨大的出使日记："各种日记以薛庸庵为最，而郭筠庵、曾袭侯所著亦略有可观，馀则自哙而已。"[①]薛福成作为柯文（Paul A. Cohen）口中的早期改革者，正是出使日记"给他带来作为改革者的巨大声誉"[②]。他的文章启发了一批儒家士大夫，为甲午之后的改革家提供了理论框架。薛福成主张"然则桐城诸老所讲之义法，虽百世不能易也"[③]，但缔交伐谋的交涉实践，又让他深切体会到："若过存避俗就古之意，转使当代典制湮没不彰，于义无取焉"[④]。看似矛盾的表述，其实表明文章矩矱、古文极则也应顺应时势新变，与时俱进，才能有不断发展的生命力。吴汝纶认为"淑耘志在经济，于文事固有所不暇"，但薛福成通过出使日记等一系列文本实验，迎合西洋新知和新学兴起，从义理和文体两个层面着手，运用媒介思维，突破桐城义法，又收纳西洋文法的质素，使古文呈现出平正通达的可喜变化，用胡适的话说，就是把作为载道工具的文章"做通

---

① 池仲祐：《西行日记》，长沙：岳麓书社，2016年，第78页。

② ［美］柯文：《在传统与现代性之间：王韬与晚清改革》，雷颐、罗检秋译，南京：江苏人民出版社，1998年，第247页。

③ 薛福成：《寄龛文存序》，《中国近代思想家文库·薛福成卷》，北京：中国人民大学出版社，2014年，第189页。

④ 薛福成：《庸庵文编·凡例》，《庸庵文编》，清光绪十四年戊子传经楼家刻本。

了"①，提供了桐城散文嬗变的实验样本。

晚清以降，读报社会的形成，对古文的新变产生了潜移默化的影响，薛福成其人其文的成功，离不开报刊媒介的助力，"出使日记""出使公牍""出使奏疏""海外文编"的名目本身告知读者创作的地点和内容，同时暗示了一种新的大众媒介语境下的现代性体验。薛福成是新媒介形态兴起的参与者和实践者，在外交实践中践行"捷声息而通隔阂，收权利而销外侮"的宗旨。其借报刊引导舆论，传播思想的尝试，无疑和康、梁等舆论巨子有前浪后浪的承续关系。从新阅读到新创作，再到新文体，文体的演化是多种因素综合作用的复杂过程，报刊媒介话语的影响不容小觑。苏德森（Michael Schudson）指出，"媒体的力量并不只是在于它宣布事实的力量，还在于它有力量提供宣告出现的形式"②。新闻报道的形式规范、思维逻辑等内化于叙述传统之中，形成一种新的毋庸置疑和习以为常的书写惯例。同时新闻纸时代的到来，也消解了出使日记的新闻与启蒙功能，最终使得出使日记这一文类淡出历史舞台，这种悖论式的演进路径恐怕也是薛福成文本实验的价值所在。当下，世界正面临百年未有之变局，中西文化交流对话的格局比百年前更加波诡云谲，在新媒介语境下，解读薛福成出使日记建构的"表述""想象"或者"制造"西方的叙述策略和话语体系，找到恰当地表达自我、与西方对话的方式是大有裨益的，这也是时代赋予我们的文学命题。

---

① 胡适：《五十年来中国之文学》，欧阳哲生编：《胡适文集》第 3 册，北京：北京大学出版社，1998 年，第 205 页。

② ［美］迈克尔·苏德森：《新闻的力量》，刘艺娉译，北京：华夏出版社，2011 年，第 51 页。

第八章

海外行旅与新小说的兴起

关于晚清新小说的兴起，学界所论甚夥。西方译介小说的传入、古典小说传统的新变，以及报刊媒体的推波助澜，被视为当仁不让的主要因素。其实，晚清西行者的海外行旅与新小说兴起之间有重要关联。尽管旅西记述中关于域外小说的记载不多，偶有提及也语焉不详。他们对域外小说一番浮光掠影的浏览，"并没有为国人了解域外小说真正打开一扇窗口"[1]。不过，从小说救国神话的传衍到小说界革命的横空出世，再到新小说的蓬勃兴起，无处不在的旅行者成为小说的主角，旅行叙事凸显为当仁不让的时代命题，游记、日记与小说的文体渗透与越界变得司空见惯。在这个演变的过程中，西行者的海外行旅其实扮演了举足轻重的角色，在这一波诡云谲的过程中起到了推波助澜的重要作用。

---

① 陈平原：《二十世纪中国小说史》，北京：北京大学出版社，1997年，第85页。

第一节　小说救国神话的传衍

众所周知，"小说"这一文体在中国文学史上一直无法得到正名，文人不屑为之，更不屑评之。故而长久以来，只有零星的小说评点、批语、序跋之类的批评话语，不成系统。直至李贽将《西厢记》《水浒传》与《六经》《论语》《孟子》并置，打破了诗、文与院本、杂剧、时文的高低贵贱的畛域，将小说与传统儒家经典一起论说，衡量其是否为"至文"之时，方表明小说评点已经达到了相当的文学自觉，作家文人对小说的文学文本意识已经相当独立，一场关于文学观念的变革蓄势待发。

1897 年，康有为曾在上海盘桓，遍访书肆，发现小说的销量竟然最高，于是萌生了将小说作为教育百姓的教科书的想法："仅识字之人，有不读经，无有不读小说者。故六经不能教，当以小说教之；正史不能入，当以小说入之；语录不能喻，当以小说喻之；律例不能治，当以小说治之。"[1]这番话其实已经奠定了后来小说救国神话的心理基础，但当时并未引起太多注意。而严复、夏曾佑的《本馆附印说部缘起》（1897，以下简称《缘起》）可谓中国近代小说批评史上第一篇奇文，虽不如梁启超论小说的文章影响大，却有首倡之功，不少思想应该对包括梁启超在内的后来者颇有启发意义："天津《国闻报》初出时，有一雄文，曰《本馆附印小说缘起》，殆万余言，实成于几道与别士二人之手。余当时狂爱之。"[2]《缘起》劈头即以曹操、刘备、诸葛亮、宋江、武松等

---

[1]　康有为：《日本书目志》，陈平原、夏晓虹编：《二十世纪中国小说理论资料》第 1 卷，北京：北京大学出版社，1997 年，第 29 页。

[2]　梁启超：《小说丛话》，陈平原、夏晓虹编：《二十世纪中国小说理论资料》第 1 卷，北京：北京大学出版社，1997 年，第 84 页。

小说中人物影响之广、入人之深来说明小说的艺术魅力，以至于不论贩夫士贾、田夫野老、妇人孺子，皆可指天画地，演说古今，"喜则涎流吻外，怒则植发如竿，悲与怨则俯首顿足，泣浪浪下沾衣襟，其精神意态，若俱有尼山、天台之能事也"。小说之艺术魅力固然巨大，不过这种艺术经验似乎仅限于中国。于是为打消此种困惑，《缘起》便郑重其事地引入"地球之博""古今之长"，以及体质人类学的知识，提出现代地理学和人种分类常识，正所谓"无论亚洲、欧洲、美洲、非洲之地，莫不有以公性情焉"。这是全世界各民族均具有的秉性。公性情，一为英雄，一为男女，这是可以放之四海而皆准，全球所有文明、世界各国公认的事实。视野所及，不必局限于中国之内，例证所取，正和所论之"人类"的"公性"相契合。最后文章落脚到"且闻欧、美、东瀛，其开化之时，往往得小说之助"[1]。既然已有域外成功经验，更可说明小说之魅力。注意，此处祭出欧美和日本经验来佐证小说之魔力，将其文明进步归结于小说的帮助，小说救国论的雏形已大致显露。[2] 严复作为最早的一代负笈欧美的留学生，精研西方文化，绝对知道西方各国的文明开化，仅凭几本小说便可克成奇功，是站不住脚的。所以，《缘起》大张旗鼓地宣传小说救国论，其实是为了刻意提高和夸大小说的地位，而着意打造的"神话"。此篇雄文洋洋洒洒近万言，作为一篇开风气之作，纵论上下古今，总揽全球万国，每设一观点，皆从世界范围内搜求例证，层层阐发，有理有据，气势如虹，读之不觉为其论点折服。

　　纵览中国古典小说批评史，中国的史传传统长期以来限制了小说评点的生存环境，在遇到外来势力打破固有的文学观念之前，古典小说评

---

　　① 严复、夏曾佑：《本馆附印说部缘起》，陈平原、夏晓虹编：《二十世纪中国小说理论资料》第1卷，北京：北京大学出版社，1997年，第27页。

　　② 颜健富：《从身体到世界：晚清小说的新概念地图》，台北：台大出版中心，2014年，第19—20页。

点仍然受到传统文人习以为常的审美趣味的影响，它的创新不是站在传统文论之外，而是身在其中①，其眼光依然局限于所评论的一本或几本小说，偶有历时性的总论，因认知范围和时代的局限，只能落脚在古典经验范围之内，显得局促和单薄。多游邦国见闻广，久历风尘心地宽。晚清西方地理学为中国人认识世界提供了标尺，西行者的远游实践加深了国人对世界观念的体验和感知。小说批评家们思考小说，其出发点已不再局限于国内，开始具有横向比较的世界视野，这是以往古典小说理论不曾涉及的内容。

一年之后，另一篇奇文横空出世，这便是梁启超的《译印政治小说序》。1898年，梁启超初到日本，虽然开始接触和阅读日本文学作品，但对政治小说并未有多少深刻的见解，大致出于一种印象式的体会。全文字长，所论与《缘起》的要旨大致不差，也是渲染小说对读者的感化之力，而重点提出了政治小说的概念，引人注目的则是这段话：

> 在昔欧洲各国变革之始，其魁儒硕学，仁人志士，往往以其身之所经历，及胸中所怀，政治之议论，一寄之于小说。于是彼中缀学之子，黉塾之暇，手之口之，下而兵丁、而市侩、而农氓、而工匠、而车夫马卒、而妇女、而童孺，靡不手之口之。往往每一书出，而全国之议论为之一变。彼美、英、德、法、奥、意、日本各国政界之日进，则政治小说，为功最高焉。②

梁启超将欧美各国的变革，归功于政治小说，同时把严复、夏增

---

① 靳大成：《小说界革命与文学现代性》，转引自中国文学网：http://www.literature.org.cn/article.aspx?id=1744。

② 梁启超：《译印政治小说序》，陈平原、夏晓虹编：《二十世纪中国小说理论资料》第1卷，北京：北京大学出版社，1997年，第37—38页。

佑含糊其词的"欧美、东瀛"具体化为"美、英、德、法、奥、意、日本"等国，这俨然已是世界范围内的成功经验，不容置疑。1902 年，梁启超发表《论小说与群治之关系》。经过几年的耳濡目染，他对日本明治文学已经有了深入了解和体察，对小说这一文学形式的思考日趋成熟，形成了自己独创性的艺术见解。在这篇宣言式的文章中，梁启超对小说提出了更详尽具体，同时也较为系统的看法。开篇即语出惊人地认定：欲更新道德，改良宗教、发展学艺、塑造人格、变革政治，都必须由新小说入手。而新小说之所以具有如此之大的功用，即在于其具备一大不可思议之魔力——"支配人道"，支配人道又不外乎四种力，即熏、浸、刺、提。可谓层层递进，气势逼人。紧接着话锋一转，将以上对于小说的论断落脚在世界范围内：

> 小说之为体其易入人也即如彼，其为用之易感人也又如此，故人类之普遍性，嗜他文终不如其嗜小说，此殆心理学自然之作用，非人力之所得而易也。此天下万国凡有血气者莫不皆然，非直吾赤县神州之民也。①

以上这些小说与人道社会的关系，并非局限于中国，而是放之世界而皆准的普遍原理，容不得有半点怀疑。于是自然"故今日欲改良群治，必自小说界革命始；欲新民，必自新小说始"。小说界革命的口号至此正式提出。自此，小说从文人不屑为之的末艺小道，一夜之间跃升为文学之最上乘，完成了不可思议的惊天逆转。

梁启超"小说界革命"的思想汲取了康有为和严复、夏曾佑等人

---

① 梁启超：《论小说与群治之关系》，陈平原、夏晓虹编：《二十世纪中国小说理论资料》第1卷，北京：北京大学出版社，1997 年，第52页。

的观点，扩而广之，而直接的灵感和动力则来源于东渡日本后对明治文学的考察，这已是学界共识。因此，不妨从一个旅行者的角度来对他这一小说理论的形成做一番探究。"旅行者善于充分发挥自己的想象力，同时又都想说服读者，使读者相信他们的记述是真实客观的。"①这恐怕是所有旅行者的共同心态。以旅行者的身份宣传介绍外国小说救国的事实，其可信度和鼓动性自然大大增强。梁启超过分夸大"以稗官之异才，写政界之大势"的政治小说的功用，自然根源于对日本明治文学的误读。不过，这种误读更多的乃是醉翁之意不在酒的有意为之，陈平原称之为创造性的误解。②从旅行心理学的角度来解释，这其实是一种选择性的关注心理。旅行者初到异域，先天的文化传统先入为主地影响着他的认知心理，对异文化环境的体认和感知必然有选择地指向一定对象，并长久保持关注，同时也只能根据从前的知识和实践积累来理解新的事物，对异域文化的记忆和汲取也是根据自身的需要、价值观及心理倾向来选择。③本着借途日本、学习西方的宗旨，梁启超对日本明治文学、文化的考察，不是不加选择地照搬照抄，而是根据当时中国的国情和大众的接受水平所采取的"拿来主义"。梁启超东渡日本时，并非一个可塑性很强的青年留学生，而是出于思想嬗变期的流亡政治家。这就决定了他对日本明治文化的攫取不是学理的真伪，而是对中国现实能否发挥作用的强烈的功利性。④

从小说救国神话到小说界革命，梁启超借以立论的基础，便是外国的"成功经验"。他言之凿凿地宣称："小说为文学之最上乘，近世学

---

① ［法］让·韦尔东：《中世纪的旅行》，赵克非译，北京：中国人民大学出版社，2007年，第281页。

② 陈平原：《二十世纪中国小说史》，北京：北京大学出版社，1997年，第67页。

③ 刘纯：《旅游心理学》，天津：南开大学出版社，2002年，第42—45页。

④ 夏晓虹：《觉世与传世：梁启超的文学道路》，北京：中华书局，2006年，第35—38页。

于域外者，多能言之"①，"西国教科书最盛，而出以游戏小说者尤夥"②。这里梁启超俨然以亲历者的口吻和姿态，来向读者宣讲不容辩驳的事实。而严复和夏曾佑还只是谨慎地标示"且闻"，说明这些域外经验是间接得来，并不能坐实。不过，旅西记述中确实留下了这类传闻的蛛丝马迹。

1868 年 2 月，张德彝跟随志刚、孙家谷出访欧美。1869 年 9 月，因在巴黎堕马受伤，中途独自先行返回。在英期间，张德彝跟随伦敦英文教师艾德林学习。这位"艾教习"是一位非常热情负责的老师，经常带领张德彝参加当地的社交活动，如音乐会、听说书、听故事会等。关于"小说"的记述不断出现在张德彝笔下。1868 年 11 月 13 日载：

> 同艾教习步至卫溪班堂内听书。说书人姓见名榴，原系耶稣弟子，现奉天主教。所说者皆名人诗词小说，声音洪亮，字句清楚，能肖男女口音，一切喜怒歌泣，曲尽其情，称为伦敦妙手。每夕说书八节，需时十二刻，得洋银三十六两。是日男女颇多，每人出英圆二开，计银二钱八分。③

几天后，张德彝又听说伦敦还有一位"说书者名泰儿，每夕说书，需时十二刻，约得银十五六两"④。艾教习还曾亲自表演，示范说书，1871 年 11 月，跟随崇厚赴法了结天津教案的张德彝，离开巴黎前特意

---

① 梁启超：《〈新小说〉第一号》，陈平原、夏晓虹编：《二十世纪中国小说理论资料》第 1 卷，北京：北京大学出版社，1997 年，第 56 页。

② 梁启超：《蒙学报·演义报合叙》，《梁启超全集》第 1 册，北京：北京出版社，1999 年，第 131 页。

③ 张德彝：《航海述奇·欧美环游记》，长沙：岳麓书社，1985 年，第 713 页。

④ 同上，第 715 页。

记下以下文字：

> 法京有人撰小说唱本以售者，多有手执一本，沿途自唱。
> 男女围而听者，多随而行之。然每书必经官验，其淫词以及有
> 碍于公事风俗者，一律禁止。①

这里沿途自唱的说书人，其实英、法等欧美国家古已有之的行
当——说书（Oral storytelling），17、18 世纪是最鼎盛的时期。很多作
家，尤其是童书作家，经常同时也是职业说书人，即舞台演员。他们在
咖啡馆、剧场或是路边，面对观众，用口头及肢体语言、舞蹈、音乐来
声情并茂地演绎故事，直到现在，法国仍有"国家说故事日"。说书人
除了演说传奇故事之外，时事新闻也是重要的讲述内容，从传播学的角
度看，这些职业说书人其实充当了正式印刷报刊兴起之前的口头新闻传
播者。张德彝海外记述的一大优长就是善于捕捉异域生活的细节，显示
了其一贯的细致和深入。1877 年 3 月，随郭嵩焘出使英国的张德彝记
述了伦敦剧场的情况，介绍了剧场演剧的不同类型：

> 伦敦大小戏园共三十七处。除礼拜日关闭外，每日酉正
> 开门，戌初演戏，夜半子正或丑初散场。终夜一出，分三四
> 节。各班所演不同：有唱而不白者，有白而不唱者，有演掌故
> 者，有演小说者，有歌时曲者，有作时事者，有跳舞者，有卖
> 艺者，有故作神仙山海禽兽怪状者，有说笑语演杂技以悦儿童
> 者。虽演国家事故，无论真假，一概不禁。每班初演报官，经
> 司礼院大臣当场考验。必无妨碍国体，败坏风俗，惑乱人心

---

① 张德彝：《随使法国记》，长沙：岳麓书社，1985 年，第 538 页。

者，方许登场。①

这里提到的"演小说者"，结合上下文，应该是根据小说改编的话
剧或情节短剧，此小说非彼小说。张德彝的介绍符合维多利亚时代的剧
场舞台的功能区隔，并不是严格意义上的戏剧文体概念，是一种"百戏
杂陈"的复杂样态。值得注意的是，他指出了当时英国政府对演剧内容
的严格审查。正是因为戏剧这种形式的普及和影响力，1843 年，英国
颁布剧院管理法令，高度重视演剧内容的"无害化"。1904 年，张德彝
已升任驻英大使，他在伦敦生活多年，对当地的学校教育非常了解，他
再次提到小说与教育启蒙的关系：

> 英国大小学堂，幼童幼女教法，由三岁至八岁，每日教
二十六字母及以字拼话，读小书，并随时讲解事迹小说，令诵
习之。闻前某礼拜日，有阿赤巴劝众男女教习云："男孩女孩
均以简明古迹小说，良法也。而教习或由书中选录、或自行编
出，虽少虚诞之言，亦有未尽安者。盖此等教科书，纪事不妨
假托，而其理要必关乎人一生循守以尽其所当为之事实也。先
入之言，乃发蒙之本，栽培其心地俾无偏见、无幻想、无妄
为，不更进而益上欤？"②

张德彝通英语，比一般的外交人员更加关注这些市井风俗。不难
看出，这里的"事迹小说"是教会和学校编撰的一些劝善惩恶的故事集
锦，借以教育儿童塑造美好的道德情操，与一般文学意义上的小说恐怕

---

① 张德彝：《随使英俄记》，长沙：岳麓书社，2008 年，第 385 页。
② 张德彝：《稿本航海述奇汇编》第 9 册，北京：北京图书馆出版社，1997 年，第 698 页。

不能画等号。他还提到英国流行一种"小说帖"，正面是风景图片，背面可写文字，其实就是明信片。他还看过一本小说，与《镜花缘》类似，也有大人国和小人国，很显然就是英国作家斯威夫特（Jonathan Swift）的《格列夫游记》，但"人皆以为妄言"。由此看来，他对文学样式的小说并无高人一等的见识，笔下的"小说"不是一个纯粹的文体概念，混杂了戏剧剧本、教会布道、舞台表演以及口头新闻的因素，是一个综合的文类称呼。1880年6月，张德彝第四次出洋回国后，发现自己的《航海述奇》已被《申报》馆公开刊印，后续的海外日记也以不同形式在国内流播，这些有关欧美国家以小说教化民众的表述被广为传播，也在情理之中。

从张德彝的记述可以看到，他关于西方各国小说教化的言论的形成有一个漫长的认识过程，来自亲历与考察，没有夸大其词。而国内的小说理论家们的论断则臆断多于实证，想象大过事实。在梁启超的带动下，借游历外洋之人的经历来宣扬小说救国之功的文章，如雨后春笋，遍地开花：

> 晚近以来，莫不知小说为沦导社会之灵符。顾其始也，以吾国人士，游历外洋，见夫各国学堂，多以小说为教科书，因之究其原，知其故，豁然知小说之功用。①

> 曩者游历海外，吸收文明风气。见其国之文人学士，类能本其高尚思想，发为言论，以文字之功臣，作国民之向导，而尤注意于小说一道，借为鼓吹民族之先锋队。极而学堂教

---

① 黄世仲：《小说风尚之进步以翻译说部为风气之先》，陈平原、夏晓虹编：《二十世纪中国小说理论资料》第1卷，北京：北京大学出版社，1997年，第321页。

育，均编订小说，以为教科。①

迩来风气渐变，皆知外国得小说之功效，且编以为教科书。吾国知之，而小说界遂寖盛焉。②

19世纪末至20世纪初，小说救国的神话迅速传衍，小说创作呈现惊人的繁荣局面，以至于时人惊叹："十年前之世界为八股世界，近则忽变为小说世界"③。《孽海花》借出洋归来的马美菽（马建忠）之口说道："各国提倡文学，最重小说戏曲，因为百姓容易受他的感化。"④ 在小说家眼中，见多识广的西行者仍然是小说救国神话的亲历者与传播者。不过，小说创作虽然激情洋溢，数量蔚为大观，却难得有多少可堪品味的经典，大多显得粗疏浅薄。究其原因，这场轰轰烈烈的小说界革命的倡导者，是以梁启超为代表的改良政治家，并非真正以创作为志业的小说家。小说命运的今古转换，是在救国图强的政治思想运动中完成的，而不是艺术规律自身发展的自然结果。所以，小说创作的政治性意图盖过了对艺术性的追求，整体质量不高，也就在所难免，但这毕竟促进了传统小说观念的变革，促使中国小说步入近代化的发展轨道，也是值得肯定的。

① 棠：《中国小说家向多托言鬼神最阻人群慧力之进步》，陈平原、夏晓虹编：《二十世纪中国小说理论资料》第1卷，北京：北京大学出版社，1997年，第234页。

② 棣：《小说种类之区别实足移易社会之灵魂》，陈平原、夏晓虹编：《二十世纪中国小说理论资料》第1卷，北京：北京大学出版社，1997年，第241页。

③ 寅半生：《小说闲评》序，陈平原、夏晓虹编：《二十世纪中国小说理论资料》第1卷，北京：北京大学出版社，1997年，第200页。

④ 曾朴：《孽海花》，上海：上海古籍出版社，1980年，第168页。

第二节　无处不在的旅行者

"小说具有内在的地理学属性，小说的世界由位置和背景、场所和边界、视野与地平线组成。"[①]晚清小说中的人物大多都是步履匆匆的旅行者，一种由空间移动附带心理体验与自我更新的旅行叙事开始兴起。旅行叙事并非始于晚清，但只有在清末民初的新小说中，才成为一种重要的文学现象。可以说，晚清新小说中，旅行者无处不在。

1902 年，梁启超在宣扬小说界革命的同时，也率先垂范，发表了《新中国未来记》。作为新小说的开山之作，《新中国未来记》的语言风格、叙述手法都令人耳目一新。开篇已是 1962 年，大中华民主国的国民正庆祝维新 50 周年，上海举行大博览会，敦请全国教育会长曲阜先生孔弘道演讲"中国近六十年史"。有数千各国学者和数万学生前来听讲，曲阜先生侃侃而谈中国民主立宪的历程，举座为之动容。而引人注目的则是两个旅行者：小说主人公黄克强和李去病。二人同为留学生，赴英国留学，后分赴德、法，最后又结伴游学欧洲，取道俄国回国。小说中纵横捭阖的政治辩论即来源于他们记录游学经历的《乘风笔记》。旅行者（留学生）身份使读者仿佛身处"世界"的进程之中，其实也是众多西行者的现实隐喻，接触到了英国、法国和德国的最为前沿的西方政治学理，也加强了小说中政论的可信度，从而赋予小说宣传政治理念和主张的权威性。[②]

---

① ［英］迈克·克朗：《文化地理学》，杨淑华、宋慧敏译，南京：南京大学出版社，2005年，第 38 页。

② 李东芳：《留学生与民族国家的想像：从〈新中国未来记〉看梁启超小说观的现代性》，《浙江学刊》，2007 年第 1 期。

虽然《新中国未来记》中，黄、李二人的旅程在香港戛然而止，但以游历四方或游学域外的人物来结构小说，成为此后新小说创作的一大特色。几乎在每一部新小说中，都能见到旅行者的身影，他们步履匆匆，为着不同的使命，在现实或梦幻中，朝着各自的目的地，你方唱罢我登场，熙熙攘攘，在小说营造的广阔空间中穿梭往来。无论是打着悬壶济世的旗号，欲拯百姓于水火的老残（《老残游记》）；还是初出茅庐，对世事懵懂无知，终日在魑魅魍魉中疲于奔命的九死一生（《二十年目睹之怪现状》）；以及因时空流转，一朝从温柔富贵乡中踏入凡尘，体味晚清末世凄风苦雨的宝玉（《新石头记》）……这些形形色色的旅行者的游走路线，大致有三种情形：一为从经济文化落后的穷乡僻壤进入中西杂处、华洋交错的上海、广州、北京等政治经济文化中心，即从边缘到中心，从乡村到城市。如：贾氏三兄弟由江苏吴江到上海（《文明小史》），辜望延由湖南避难上海（《上海游骖录》），卞资生、杨心斋游历苏杭（《扫迷帚》）。这些旅行者的轨迹，正是当时西力东侵背景下，沿海口岸城市和京津等地率先成为经济繁庶、文明开通之地，随着火车、汽船等新式交通工具的延伸，吸引众多旅行者纷至沓来。二为跨洋出海，远至异国他乡，从国内而至域外。这样的例子更是数不胜数：英娘为促进妇女权益，遍游欧美诸国（《中国新女豪》）；华明卿被母亲抛弃后，为一美国女教士救起，带回美国，继而留学瑞士，结识了苏菲亚（《东欧女豪杰》）；韩秋鹤游历美国、日本、欧洲和俄国（《海上尘天影》）；《文明小史》中的人物几乎个个跨洋出海，穿梭往来于中外各国，如安韶山和颜轶回亡命香港、日本；劳航芥自费到日本留学，在早稻田大学学习法律，又赴美国纽约的卜利技大学深造，毕业后到香港挂牌开业，成为中国第一个在香港当律师的人；主动请缨去欧美考察的饶鸿生；等等。此类涉及人物远赴海外的小说渐成主流，比例要远大于第一种情形①。小说人物跨越空间与文化的界限，进入殊方异域，寻求自我完善，以及探索国家自强的良策。西洋、外国实际上成为与毫无希望的中国国内的对立面，是文明、先进和理想化的乐土，回应和影射了当时官方外交体制和民间出洋留学的现实。三为想象中的旅行，从现实到幻想，从地球到宇宙。查二郎（《狮子血》）驾"海龙船"自山东登州出海，环游世界，远航至北冰洋、墨西哥、西班牙，甚至到非洲等地探险，演绎了中国的哥伦布和麦哲伦环球地球的壮举。贾希仙探访"镇仙城"（《痴人说梦记》），宝玉误入"文明境界"（《新石头记》），龙孟华乘坐气球，游历全球，直至到达月球，与妻子不期而遇（《月球殖民地小说》）。在晚清新小说中，众多旅行者的脚步已不局限于中国，跨洋出海，游历世界，纵贯全球的广阔旅行，为读者打开了长期以来狭小、闭塞的阅读视野。这种情节建构与铺陈，可视为一种环游世界（地球）主题的兴起，成为晚清小说值得关注的重要变化。这些小说显然与李圭《环游地球新录》、林乐知《环游地球略述》等游记文本的流行有着千丝万缕的联系，形成密切的互文关系。这种叙述模式无疑开辟了一种乌托邦式的未来想象，展现了似是而非、暧昧含混的世界格局和空间生态。

在三种模式的旅行叙事框架内，小说中的人物如梁启超对自我身份和定位的认知转换一样，经历了乡人、国人、天下人的递进，甚至突破地球的空间视域，打破全球性的现代性经验与视野，将目光投向未知的太空宇宙。旅行者的价值体现在他与广阔社会、广阔世界的联系，中国古典小说不乏场景的变换和时空的移动，但大多只是说书人或叙事者"花开两朵各表一枝"的无奈之举，或者仅作为叙事的背景，与"旅

---

① 以1903年为例，在总数86部的报刊小说中，涉及海外游历或以西方世界各国为叙述背景的小说便有32部，这还不包括翻译作品，足见此类题材的兴盛。具体小说篇目及内容简介可参看陈清茹《光绪二十九年（1903）小说研究》，郑州：中州古籍出版社，2009年，第210—230页。

行者"的联系似是而非，甚至毫无干涉。旅行者不再是可有可无的符号或摆设，是建构情节的重要手段，已经成为一种常见的叙述模式。可以说，晚清小说家对旅行叙事已经不再是本能的使用，而是具备了一种明确的文体意识。

作为一种小说叙述模式的兴起，作家自觉的艺术追求和实践自然是重要的因素，但客观的社会现实，如因社会变动引起的人群的空间移动，则是作家构思情节、确定主题的现实土壤。西行者作为一个跨出国门、求索新知的知识分子群体，这一前后相继的西行之旅已具有深刻的文化意义，他们的亲身经历及文字记述，为国人开拓了封闭已久的时空观念，促进国人世界视野的形成。他们从遥远的西方带来最早的"德先生"和"赛先生"的消息，记录了种种闻所未闻、见所未见的奇妙事物和新奇体验，为新小说提供描摹的素材、创作的灵感以及广阔的叙述空间。晚清末造确实是一个特殊的时代，各种思想潮流冲击涌动、纷乱杂陈，各种政治势力角力相争、鱼龙混杂，以不同的形式参与到社会变局之中。新小说家以小说为工具，表达自己对中国现状和未来的设想和期许。那些曾经为朝廷派遣驻节海外、背负救国使命留学异域，以及因革命失败流亡海外的西行者，自然成为他们笔下不可或缺的重要素材和灵感来源。他们或嘲讽其颟顸无知，或叹息其时危命蹇，或赞赏其义无反顾、舍生忘死，西行者这一特殊的群体渐渐演变成一个文化符号，成为晚清新小说不断言说的主题。

"中国知识分子在这一历史时期，真正进入了游的状态，这是思想之游、寻找之游、重建之游。仁人志士奔赴海外，做世界之游子，是二十世纪中国突出的现象。"①无处不在的旅行者引领着读者随着开拓的脚步，走出中国，走向世界。在这里，旅行者其实肩负着以真实的阅历

① 许明编：《游子之魂》，郑州：河南人民出版社，1992年，第28页。

与实践的真知来启悟读者的使命①，这也成了小说家颇为自觉的叙述风格。而晚清西行者，尤其是出洋公使群体，无疑是引人瞩目的一个人物群体。这些小说或者直呼其名，或者以谐音影射，以个人的真实经历建构起复杂的情节结构，《孽海花》和《宦海潮》无疑是最为出色的两部。前者汇聚了有史可查的几乎所有跨海出洋的西行者②，借金雯青（洪钧）和傅彩云的海外经历，贯穿起清末30多年的纷繁历史；后者则以张任磐（张荫桓）一生宦海沉浮为主线，兼涉曾纪泽、洪稚园（洪钧）和傅彩云等人，暴露晚清官场腐败黑暗的同时，揭示中西世界的巨大差距。雯青和彩云的异域旅行经曾朴的点染，早已成为晚清小说中最令人难忘的海外之旅。曾朴的着力点不是批评社会黑暗，而是文化反思。借二人的空间旅行揭示在西方与现代文化背景下与世界隔绝的沉睡着的知识群体，突现出中国知识分子精神的麻木和知识、能力的惊人缺失。黄小配也不是简单地借张荫桓的悲剧命运来演绎晚清官场的黑暗世相，而是借张荫桓所见所感，对中西文化进行深切地思辨与体认。

　　旅行不仅是一种跨越空间的行为，更是一种跨文化的行为。人在旅行的同时，文化如附体的魂魄，也在旅行。旅行本身必然会促进两种异质文化（旅行者出发地和目的地）的交流与沟通，旅途中必然涉及文

---

　　① 陈平原指出"启悟主题"是新小说旅行者叙事的重要功能之一。参见《二十世纪中国小说史》第8章。

　　② 《孽海花》涉及的人物有340余人，当时社会上的文人名士、公卿巨宦、商贾捐客、革命志士等无所不涉。其中，晚清西行者是其着重书写的人物群体，书中涉及的西行者有马美菽（马建忠）、乌赤云（伍廷芳）、王恭宪（黄遵宪）、王紫诠（王韬）、云宏（容闳）、匡朝凤（汪凤藻）、刘锡洪（刘锡鸿）、孙家谷、志刚、庄小燕（张荫桓）、吕成泽（李盛铎）、吕萃芳（刘瑞芬）、吕顺斋（黎庶昌）、许镜淳（许景澄）、李荫白（李经方）、李丰宝（李凤苞）、丘逢甲、陈骥东（陈季同）、罗积丞（罗丰禄）、金雯青（洪钧）、俞耿（裕庚）、唐长素（康有为）、柴粼（蔡钧）、徐英（徐建寅）、郭嵩焘、梁超如（梁启超）、傅彩云、曾纪泽、嵩厚（崇厚）、薛辅仁（薛福成）、贞贝子（载振）等30多人，几乎将有史可查的西行者一网打尽。

化身份（或文化认证）的问题。所谓文化认证（文化身份）即旅行者在接触异文化后通过比较对自身文化做出的确认。时空的转换，文化的彼此关照，可以唤醒一种源自文化认同增强或是批判性思考的文化反省过程。① 小说中无论是官方意义上的出国游历考察、派驻外交使节，留学生出洋深造，还是民间士人的政治流亡、流寓、经商，新的空间流动铺陈了由外窥内的目光。这使读者对中西文化差异有一番深刻的体认，获得一种暂时的"局外者"的身份和由外及内的自省目光，回转头来审视生兹在兹的中国文化，原本习以为常的弊端和缺点瞬间变得清晰起来，一种醉客猛醒的焦虑和紧迫感充溢其中，从而达到开通民智、新民救国的目的。但是，晚清小说所营造的外国、西洋，始终是一个整体性的他者存在，各个国家没有什么区别，它们的面目既清晰又模糊，成为一个代表先进文明的标签和符号。其实，旅行叙事兴起的重要源头之一，是各种域外游记、新闻报道、科普知识和传统文化中的述异想象，共同孕育了"一种想象空间及其填充物的氛围与方式"②，正是这种特殊的氛围孕育了晚清小说中无处不在的旅行者。面对传统文化几近瓦解、西方文明步步紧逼的纷乱世相，小说成为作家文人表达和化解在传统社会向现代社会转变过程中体验到的文化危机的重要途径。于是，一个个背负着目击时艰、传扬新知、启悟大众等沉重使命的旅行者，在新小说家们的催促下，匆忙上路了。

----

① 郭少棠：《旅行：跨文化想像》，北京：北京大学出版社，2005 年，第 62 页。

② 唐宏峰：《旅行的现代性：晚清小说旅行叙事研究》，北京：北京师范大学出版社，2011年，第 172 页。

第三节　使臣实录与小说家言：游记与小说的文体互渗

出使日记在旅西记述中是主流，文本大致以年月日为经，以个人活动为纬，串联驻节海外期间的外交活动，记录为国折冲樽俎的种种细节。这与古已有之的皇帝起居注和实录类似，以史家之笔记录君主言行，按日排记，有事则长，无事则短，且要在秉笔直书与曲笔隐讳之间达到平衡。出使日记的新奇之处在于记述域外之游，不同于以往的山川游历，四时感兴的游记，最大限度地满足了国人对西方的想象和欲望，这也是域外游记能在清末掀起写作和阅读热潮的重要原因。

事实上，出使日记大多文从字顺、波澜不惊，虽然偶有想当然的误读与想象，总体而言客观平实、条理畅达，先行者的日记往往成为后来者的案头必备和工作指南。不过，一旦客观记录淹没个性思考，如道里行程、经纬度、温度、海港坐标充斥眼帘，炮台参数、兵器造价、工厂建制连篇累牍，势必毫无生气，令人昏昏欲睡。幸运的是，出使日记中常有如下令人眼前一亮的文字：

> 二十二日丁卯，晴。午初，乘车往八宝巷第十九号拜罗鲁旺。百辆盈门，悬花结彩。门者通告，伊率眷属倒屣而迎，携手问讯，延入高楼。坐客男女数十名，伊悉为告之。俄见细奴掩口与之耳语，伊笑曰："弱息欲见华人，望勿深罪。再，今夕适值于归，不意红鸾星动，又有贵人照命，光宠多矣。"明云："不知今夕嘉礼，惭无以贺，殊觉歉仄。"语次有雏鬟扶女出，微目之，银履花冠，缟衣若雪，绝世荣华，含羞不语。邝氏笑云："妮子见人，向不羞涩。今见华人，何忽作此

态？"众皆大笑。少间，酒筵告备，伊遂延入客厅。二十八人，环席而坐，玉碗金瓯，辉映几案，山珍海错，味比椒兰。高悬电灯百盏，如开光明世界。酒数巡，伊云："值此良宵佳会，盍鼓琴以侑之？"其子媳各唱一曲，声皆清亮。俄一老妪云："既系女公子良辰，宜令歌唱以娱嘉宾。"众掖之出，女返身入室，作娇声求免。邝氏再三迫之，乃遮面而出，立于琴左，才启口，不觉面红耳赤，如醉桃花，众皆隐笑而罢。①

深闺佳丽初见客，娇羞无状，眉目传情，令人生无限遐想，这是再熟悉不过的传统才子佳人小说场景。银履花冠、缟衣若雪均为文言套话，情景也似曾相识，但篇首的时间标识，提示读者这是一篇日记，"八宝巷第十九号""罗鲁旺""电灯"等西式词汇提醒读者，场景发生的地点分明在海外，这便有了一层中西杂陈的新奇和陌生感。这些文字出自张德彝笔下，以旁观者的视角记述应邀参加西人嫁女宴请之事，文字乏善可陈，读来却给人软玉温香、想入非非之感，呈现了游记文体明显的松动与变异，游记与小说出现越界与互渗。张德彝一生八次出洋，前后十余年，从随使翻译一直做到出使英国大臣，留下了八部日记。长期的海外生活，加之精通英语，使他对西方文化秉持一种较为开放的心态，乐于记述官方活动之外的世俗生活。他对西方戏剧表现出超乎寻常的兴趣和热情，日记中记录了《罗密欧与朱丽叶》《浮士德》《唐璜》《唐吉·诃德》《威廉·退尔》等十几部西洋名剧的情节②，短则百余字，长则数千字，不仅详述剧情，还颇为精细地摹画了人物的对话、性格和心

---

① 张德彝：《航海述奇·欧美环游记》，长沙：岳麓书社，1985年，第778页。

② 参看尹德翔：《东海西海之间：晚清使西日记中的文化观察、认证与选择》，北京：北京大学出版社，2009年，第175—189页。

理，再现了张力十足的戏剧性场面，不啻为精彩的传奇小说。

以轻松灵动的小说笔法记述公务旁午之外的海外日常生活场景，非张德彝独有，乃旅西记述中常见的精彩笔墨，最多见的是观剧。张荫桓观看英国剧作家乔治·查普曼（George Chapman）的作品《布西·德·昂布阿的复仇》，讲述孪生兄弟同生共死之离奇故事。青年克勒蒙肩负为哥哥布西复仇的使命，又迟疑不决，在布西幽灵的激励下，克勒蒙终于投袂而起，杀死仇人，然后自杀身死。张荫桓觉得情节甚佳，且有感于："华人之谈西学者，每谓西俗无鬼，然此剧则鬼形三现，虽坡老观此，亦难靳于说矣。西俗伦常之道漠然，此剧殆仅见者，因撮记之。"[1] 只是张荫桓把故事讲成了哥哥为弟弟复仇，但大体情节无误。金绍城在巴黎观看讲述法国大盗李班与美国侦探斗法的侦探剧，即法国作家莫里斯·勒布朗（Maurice Marie émile Leblanc）的侠盗亚森罗宾系列之《绅士怪盗亚森罗宾智斗福尔摩斯》，金绍城误将福尔摩斯当成"美国侦探"。金绍城出于法学家的本能，将这出可作"侦探谈矣"[2] 的戏剧写成了精彩的侦探小说，使亚森罗宾的侠盗形象第一次出现在中国读者面前。除此之外，戴鸿慈笔下的《罗密欧与朱丽叶》《灰姑娘》等，也传神如绘，令人印象深刻。西洋戏剧与中国传统戏剧迥异，声光化电等技术的运用，营造了美轮美奂的剧场效果，激发了前所未有的审美体验，为出洋官员津津乐道。这些曲折离奇的戏剧故事，自然要比郭嵩焘看完戏之后，不讲故事，只笼统的一句"所演戏微寓感应劝戒之义"[3]，要有趣得多。西方戏剧重视矛盾冲突，讲究出人意料的情节，与中国

---

[1] 张荫桓：《张荫桓日记》，任青、马忠文整理，上海：上海书店出版社，2004年，第365—366页。

[2] 金绍城：《十八国游历日记·十五国审判监狱调查记·藕庐诗草》，南京：凤凰出版社，2015年，第58页。

[3] 郭嵩焘：《伦敦与巴黎日记》，长沙：岳麓书社，1985年，第173页。

传统小说"作意好奇""记叙委曲"殊途同归。王之春看完《鸿池》(即《天鹅湖》)说"至于曲目中节目，则不免近于神仙诡诞之说，与中土小说家言略同"[1]。张荫桓也爱看情节复杂的西方戏剧："有能为传奇手笔点缀成文，为义侠者劝，此西剧之可观者也。"[2]伍廷芳直截了当地指出："入院观剧，亦如读小说然，唯其动作较实在耳。"[3]显然，他们已觉察到西方戏剧故事与中国传奇小说的内在联系。

其次是赏画。西方油画用亚麻子油调和颜料，以焦点透视法营造逼真写实的立体感，与中国传统绘画重水墨写意，讲究潇散旷达的意境迥异。西方博物馆、艺术馆、学校、教堂等宗教艺术场馆，常有巨幅画作，配以灯光音响等技术手段，再现战争场面、历史典故或宗教故事，带给参观者强烈的视觉冲击和心灵震撼。张荫桓描述纽约博物馆美国南北战争题材的"光学画"，径直撇开画作，讲述著名的 1862 年汉普顿(Hampton)海战始末。此次战斗，南北双方首次使用装甲舰，在海军发展史上具有重要意义。张荫桓对战争的背景知识显然下了功夫，日记描述北方船队初遇南方铁甲舰"美利麦"的紧张时刻：

> 初疑为鳄鱼，细辨知为南花旗新造之铁甲，即喝令兵丁防守，迨美利麦行近一迤路，即先燃大炮御之，不料炮弹放中其船旋即撞回，如皮球跳跃之戏，屡放皆然。于是美利麦渐渐而前，凡开一炮动伤数人，船头之撞车竟向钦巴伦直撞，钦巴伦船头遽尔入水，又继以大炮轰击，钦巴伦殊死战，船兵凡一

---

① 王之春：《使俄草》，《王之春集》第 2 册，长沙：岳麓书社，2010 年，第 671 页。

② 张荫桓：《张荫桓日记》，任青、马忠文整理：上海：上海书店出版社，2004 年，第 217—220 页。

③ 伍廷芳：《伍廷芳美国视察记》，长沙：岳麓书社，2016 年，第 137 页。

班死，后一班继之，再接再厉。①

南方铁甲舰美利麦号首入战场，势如破竹，不惧炮弹轰击，直接撞沉木质战舰钦巴伦号。北方官兵前赴后继，无奈装备悬殊，死伤惨重。张荫桓用两千余字，介绍装甲战舰的构造和人员武器配备，尤为称道的是，刻画了钦巴伦号船长摩利时明知以卵击石、仍无所畏惧的英雄形象，在还原基本史实基础上，掺入自己的想象和艺术创造。日记最后写道："此图绘画兵士败走，凫水、抱木、缘桅、坠缆诸状，活活如生，炮火烟焰蒸腾之间，隐隐有硝磺气。"②把读者从惊心动魄的海战拉回现实。王之春为法女子若恩（圣女贞德）照片题写小传，塑造了战神一般的圣女形象，战斗中贞德中箭堕马，竟复跃马背，"自拔箭镞，裂布裹伤，骤马入英军麾下，搴其旗还"，仿佛力拔山兮气盖世的项羽再生，令人惊叹。文字精练且富于画面感，传神而有情致，颇有《史记》之风③。薛福成的《巴黎观油画记》与黎庶昌的《马德里画院观画记》，以桐城古文写异域风物，皆脍炙人口，但古文与小说风格不同，张荫桓笔下烟焰蒸腾的战争故事对读者更具吸引力。

最后是读报或传闻。"新闻纸"在出使日记中扮演了信息来源的角色，出使日记中各类新闻报道与公牍文书往往掺杂其间，构成重要内容之一。除了完成帝国政府规定的打探虚实、搜集情报的任务之外，那些记述家长里短、奇闻逸事的社会新闻或传闻也吸引了西行者的目光，这类新闻本身便是很有趣味的故事，如何转述、传达这些市井传闻和传奇故事，也考验着西行者的笔墨。张荫桓曾记述了一桩当时纽约流传的留

---

① 张荫桓：《张荫桓日记》，任青、马忠文整理：上海：上海书店出版社，2004年，第55页。

② 同上，第53页。

③ 王之春：《使俄草》，《王之春集》第2册，长沙：岳麓书社，2010年，第789页。

声机昭雪冤狱的奇案：

> 鸟约富人阿边好博，其子好冶游，另赁华庑以居。忽一夕，阿边与阿洛对局而胜，得采二十万元，阿洛无现资，书券限三日交银。望日，阿边寻其子新居，阿洛随之，阿边父子诟詈甚激，妻子贸贸焉迳附火车赴费城去。阿洛突入，索阿边还其债券，阿边愤甚，诋之不虞，阿洛手刃相从也。阿边被刺，阿洛即从阿边夹衣内检债券裂之，自掩房门而去。房主人妇闻诟詈，知其父子不相能，晡时无动静，乃推门入，见阿边被刺于榻，仓卒报官。差拘其子，人证凿凿，其子遂抵罪，刑有日矣。忽有人名多士，手携一机器至公堂，一触而动，当日阿边父子相詈之声、其子出门行步之声、阿洛将刀拔出用纸抹刀之声，一一传出，于是问官，乃知杀人者阿洛也，乃宥其子，别执阿洛。此种冤狱，赖此机器平反，异矣。①

赌博欠债、父子不和、跟踪刺杀、蒙冤下狱、平反昭雪，侦探小说中的凶杀和悬疑因素都有，真可以当一篇情节曲折的短篇小说来读。他还在日记中记载了不少灵异之事，以驳斥西人不谈神论鬼的说法。无论是从天而降的陨星击穿地面，还是无端飞坠的石头伤人，以及乘船病殁的乘客阴魂不散等，都声明来自当地的报纸，并不是凭空杜撰。② 新闻、传闻与小说本身存在着天然的联系，前者一直是后者重要的素材来源，转述、引述新闻也是近代小说重要的一种创作方式。张德彝日记中也有很多得自报纸或传闻的故事，如解释伦敦当地的谚语："人若嫌丑，

① 张荫桓：《张荫桓日记》，任青、马忠文整理：上海：上海书店出版社，2004年，第31页。
② 同上，第41—45页。

去寻莱丑。返老还童，从古罕有"①，绘声绘色地讲述了一段老妇人莱丑借高超的化妆术，替人谋取不义之财，最后被识破的故事。这些"各国风土人情与一切怪怪奇奇"构成了其海外文字特有的"述奇"特点。因出使日记本身的公务汇报的属性，这些类似街谈巷议的奇闻逸事不可能成为记录的重点，但在资讯发达的西方社会，这些碎片化的即时讯息除了关系国计民生的大事之外，更多的还是这些反映民间生态的趣闻琐事，有时候也会被西行者捕捉下来，作为西洋民生百态的真实映像。从文学创作的角度讲，"文学不是把生活贴在艺术里，而是对别人的文本做深层的改动，并把它移到一个新环境中，继而载入自己的文本与之相连"②。因此，这种摘录或转述新闻的做法，显然还不能称为一种自觉和有意的创作，但至少是以新闻为中介间接触摸西方社会现实的有效手段。

晚清外交官对西洋戏剧、美术等艺术形式的欣赏，不只是热闹热闹眼睛，有精细的观察和深刻的思考在。需要指出的是，出使日记对西洋戏剧油画的精细描摹、小说笔法的频繁出现，并非出于自觉的文体实验，而是基于贡献国家、箴导民众的出发点，借助文学艺术重整旗鼓，以期移风易俗，激励人心。戴鸿慈夜观英国殖民印度的戏剧，恍然觉悟西方戏剧工巧绝妙，"盖由彼人知戏曲为教育普及之根本"③。端方考察宪政归来，上奏朝廷："戏剧宜仿东西国形式改良，将使下流社会移风易俗。……此事虽微，实于风俗人心大有关系"④。西方戏剧的情节曲折离奇，场面美轮美奂，皆为教化民众。对于普法战争油画，中国外交官也

---

① 张德彝：《航海述奇·欧美环游记》，长沙：岳麓书社，1985年，第715页。

② ［法］萨莫瓦约：《互文性研究》，邵炜译，天津：天津人民出版社，2003年，第24页。

③ 戴鸿慈：《出使九国日记》，长沙：岳麓书社，1986年，第389页。

④ 朱寿朋编、张静庐等校点：《光绪朝东华录》第5册，北京：中华书局，1958年，总第5628页。

有着一致的看法。郭嵩焘认为"盖为以示国人不忘射铜之义"①；黎庶昌也说法国人此举"以示不忘复仇之意"②；袁祖志感叹法人用心良苦"至今昭示途人目，犹是夫差雪耻心"③；徐建寅意识到其背后的深意："观之令人生敌忾之心"④；张祖翼在伦敦观看了德法交战国图，了解到英国在兵营装饰此画，"以作士气"⑤；张荫桓认为此乃"激励众心，欲为三年拜赐之师耳"⑥；像张德彝和池仲祐只关注全景画"真假难辨，奇巧已极"，以及"虽离娄之明，不能辨其为画也"的现场效果，倒成了少数。这些价值判断都是知耻而后勇的不同表述。正是这种根深蒂固的家国情怀，使眼中的西方文艺负载了太多的道德感和功利性，并不关注为何"不能辨其为画也"⑦的艺术技巧和科技的结合，他们只选取符合自己价值立场的西方艺术形式，有意强化宣传教化功能，忽略内在的审美规律，只停留在感性经验的基础上，最终限制了他们在探索的道路上更进一步。

如果说上述出使日记中的小说笔法是无心插柳，那王韬的创作实践则是有心栽花。王韬记述海外壮游的《扶桑游记》和《漫游随录》⑧中，随处可见游记似的小说和小说似的游记。《两游敦底》中与爱梨女士弹

---

① 郭嵩焘：《伦敦与巴黎日记》，长沙：岳麓书社，1985 年，第 567 页。

② 黎庶昌：《布国围攻巴黎油画》，长沙：湖南人民出版社，1981 年，第 108 页。

③ 袁祖志：《巴黎四咏》，《瀛海采问纪实》，长沙：岳麓书社，2016 年，第 113 页。

④ 徐建寅：《欧游杂录》，长沙：湖南人民出版社，1980 年，第 116 页。

⑤ 张祖翼：《伦敦风土记》，《小方壶斋舆地丛钞》第 19 册，杭州：杭州古籍书店影印本，1985 年。

⑥ 张荫桓：《张荫桓日记》，任青、马忠文整理：上海：上海书店出版社，2004 年，第 157 页。

⑦ 池仲祐：《西行日记》，长沙：岳麓书社，2016 年，第 44 页。

⑧ 王韬《漫游随录》非日记形式，大致以游踪为线索，提炼主题，独立成篇。虽然所写为其 1867—1870 年赴英伦漫游的经历，但大概作于 1887 年前后，实为事后追忆，敷彩成文，并配以图画，由点石斋书局以《漫游随录图记》之名出版。《扶桑游记》则仍以日记的形式记述了 1879 年 4—8 月自己受邀访日的情形。

琴赋诗，驱车同游；《英土归帆》中与周西、媚梨依依惜别；以及《重至英伦》中与媚梨等三女开怀畅饮的场景都描画得情意缱绻，引人遐想。王韬是出色的文言小说家，《淞隐漫录》《遁窟谰言》和《淞滨琐话》三部小说集著称于世，其小说的题材、情节模式以及思想观念均与其海外游历息息相关，不少篇目可在其记游文字中觅得端倪。小说中媚梨女士、周西鲁里、兰娜等西洋美女，不仅有着自身情感欲望的想象，更深一层的意义则是借美轮美奂的"西方美人"来比附先进奇妙的西方现代文明，借情爱小说的奇幻笔墨来抒发对家国命运的乌托邦想象。当然，王韬不在使臣之列，其游记也不属于出使日记的范畴，正是这种自由文人的身份，彻底摆脱了官方体制的约束，才情与创造力得以从容发挥，于是才有了这些中西兼备、新旧杂陈的艺术佳作。王韬的域外游记与文言短篇可视为对现代世界的回应，也是对传统中国文学体裁的继承和创新。用这种传统的文学样式表达了种种现代的变革追求，标志着古典小说的最后繁荣，但无法改变它最终衰落的命运，代之而起的是轰轰烈烈的"新小说"的崛起。

文随世变，文体的嬗变往往与社会的变迁有着内在的关联。游记与小说的文体越界，在相互渗透和影响中渐渐形成新的结构性力量，可以更好地表现创作主体丰富而别样的人生经验与情感。不论这种写法是有意创造还是无意为之，皆在一定程度上彰显着特定时代的文化精神与审美取向，折射出作家的思维方式、情感表现特点及其审美创造力。① 文学变革固然与思想解放直接相关，但文学体式之间的相互撞击和融合则可在实践层面上提供借鉴，因而更具本真的意义。

---

① 方长安：《现当代文学文体互渗与述史模式反思》，《湘潭大学学报》，2006 年第 6 期。

第四节　从《英轺日记》到
《京话演说振贝子英轺日记》

1902 年，庆亲王奕劻长子载振，以"专使英国头等大臣"的身份（后又赏加贝子衔）赴英国参加爱德华七世加冕礼。载振一行于 1902 年三月初四离京，四月二十二日抵达伦敦，二十六日觐见英王，呈递国书，完成使命后，又相继访问比、法、美、日等国，八月二十三日返回。载振此行悉心访察西洋政教文明，收获颇丰，心得观感皆写入《英轺日记》。此书于 1903 年由上海文明书局出版，署名"固山贝子载振"，这本由当朝炙手可热的亲贵撰述的出使日记影响很大，当时便有"《英轺日记》一书，为从来出洋日记之冠"①的美誉。古文家唐文治为使团随员，曾为日记作序，并将《英轺杂咏》等诗悉数收入其文集，后来引起日记著作权的纠纷，有其代笔的说法②，难有定论。其实，根据晚清出使日记编纂的惯例，这本《英轺日记》应是集体编写的产物，唐文治肯定是起到重要作用的。

《英轺日记》出版后，引起小说家的注意。李伯元主编的《绣像小说》于 1903 年第 1 期推出《京话演说（述）振贝子英轺日记》（以下简称京话本），即《英轺日记》（以下简称文言本）的白话本，连载 38 期，未署作者。于是这部出使日记同时有文言和白话两种版本行世，这在晚

---

①　天津《大公报》，1903 年 3 月 3 日。

②　董佳贝、李文杰整理《英轺日记两种》署名"载振、唐文治"，并在整理说明中直言日记为唐文治代笔。见《中国近代稀见史料丛刊》第 4 辑，南京：凤凰出版社，2017 年。吴仰湘、周明昭：《〈英轺日记〉作者问题辨析》对署名问题有详细考察，认定日记作者为载振无疑，详见《近代史研究》，2020 年第 2 期。

清出使日记中绝无仅有，从而引出一个很有意味的话题：出使日记与通俗小说有无越界与合流的可能？

晚清小说直接以出使日记为小说素材的并不鲜见，黄小配的《宦海潮》即依据张荫桓的日记为蓝本，刻画了其海外经历，基本人物、地点、情节等都可在日记中找到出处和原型。老谈（谈善吾）的《真因果》（又名《公使现形记》）写"那钦差"的生平经历，影射安徽芜湖人崔国因，出使美国的细节也可在其《出使美日秘日记》中找到端倪。但直接以日记为蓝本，将文言翻译成白话，在小说刊物上连载，实属罕见。京话，也叫官话，即通用语言。1911 年"中央教育会议"通过《统一国语方法案》，议定国语以"京音为标准音"，"以京话为标准话"①，这种俚俗浅白的语言方便普通读者阅读。京话本保留了文言本的日记体例，依然分为 12 卷，把第一人称改为第三人称视角，模仿说书人的口吻，重点记述载振一行的海陆行程，在欧洲各国的考察见闻，介绍新奇的西洋风物，有时候会加一点想象和调侃。这里摘录五月二十四日日记，看作者对日记材料如何改造和取舍。

> 早起，拜发奏折奏片，并发外务部文件，交驻英使馆转寄。未正，偕诸参、随等赴达迷斯河一游。夹岸文树幽翳，嘉卉缤纷，笙歌之音，繁遍相答。河中泛小舠，仅容两三人。爰命翻译印须载登方舟，泳游足资容与。游毕，赴客店晚餐。闻上游风景尤胜，惜时已曛黑，未及周玩，命驾遄返。抵寓已交亥正矣。考英国商务致盛之始，迄今约四百年。从前欧洲开辟商务最先之国，曰希腊、曰罗马、曰西班牙、曰葡萄牙，此皆居欧洲南境。在欧洲北境者，惟丹国一隅。英人通商之初，稍

---

① 黎锦熙：《国语运动史纲》，上海：商务印书馆，1934 年。

稍与丹合力，寝师其法。然祇在近岛口岸经营，未遑远贾。迨
后，丹之水师为英所败，英国势勃兴，一意振顿商务，遂为
欧洲之冠。又推扩及于他洲，无远弗届。原其宗旨，厥有两
端，一曰坚忍，一曰自然。从先希腊各国商务由盛而衰，偶有
蹉跌，每至一蹶不振。英人则善持盈虚息耗之数，辄能再接再
厉，此固由合力之厚，亦由其秉性坚忍，实有为无弗成，成
无弗久之志也。至于自然之旨，尤为商务第一要键。盖官之于
商，祇任保护之责，自商税而外，凡一切贸迁生计，皆听民所
自谋，无有用压力以摧折而窾庾之者。此商战之所以辄胜也。①

这段文字从游览伦敦泰晤士河开始，两岸花树缤纷，水中游船往
来，人人得享悠然自在，呈现出一种"中流容与"的和谐之美。指出这
种富庶自足的背后是英国商业与社会经济的繁荣，又做了一番考证和阐
发。1016—1042 年，丹麦曾短暂统治过英国，后来英国威塞克斯王朝
击败丹麦，完成复辟，脱离丹麦独立。19 世纪 30 年代英国已完成工业
革命，20 世纪初的英国领土跨越全球七大洲，是当时世界上第一大殖
民帝国。作者指出英国国力强盛的根源，在于重视发展工商业、尊重经
济规律、给民众经商充分的自主权。文言本日记后还提到"英伦有斯密
亚当者，著《原富》一书，综论工作之巧拙、本末之重轻，又论赋税钞
币之法，最为完备"。可见，日记作者对英国商务的考察真得很全面，
达到了"镜前车而修来轸"的宗旨。再看《绣像小说》是如何处理的：

　　未正，带了参随，去逛达迷斯河。岸上的树狠多，碧绿

---

　　① 载振、唐文治：《英轺日记两种》，董佳贝、李文杰整理，南京：凤凰出版社，2017 年，
第 70—71 页。

的叶子，好看得非常。河里撑着小船，只能够坐两个人儿。撑来撑去，古人说的话，中流容与，就是这个模样儿了。回去，上饭铺子吃饭。考英国的商务，实在兴旺。从前欧洲地方，开辟商务最早的，是希腊、罗马、西班牙、葡萄牙。欧洲的边儿，却只有一个丹国。英国通商的时候，是跟丹国合伙，学会了他的法子，不过在自己门口经营经营罢了。后来丹国的水师，给英国打败了。英国这才一点一点的扩充出去。他们有两种道理，一种叫坚忍，一种叫自然。①

单看字数，已经大为精简。全用口头俗语，伦敦泰晤士河上的旖旎美景被一句"好看的非常"一笔带过，游／逛，客店／饭铺子，师寝其法／学会了他的法子，雅致的书面语被通俗俚俗的白话置换，剔除了文言文常见的修饰，多余的细节都被删去，只保留当日活动的基本骨架。通篇是一副说书人的口吻。京话、白话刊物固然是一种印刷文本，但也是具有听觉功能的文本，"演说（述）"具有明显的声音指向，比雅致的文言更适合阅读。而且点逗间隔，大小不同的字体嵌入，使得文本具有表演性，可供"演说"。这样的文本是"为了创造一个基于对口头演讲的重新演绎的公共空间"。脱去了文绉绉的外衣，俏皮直接、明白顺畅的文本有了"纸上出声"的现场感。②八月初四，载振在日本给留学生做了一次演讲，相比文言本的一本正经，京话本更像身临其境的演说，读来令人感奋。

文言本中的论述说教被舍弃，一旦涉及敏感话题，更是避而不谈。如京话本七月初十日，记述华盛顿开国创制之功，有一段赞美华盛顿，

---

① 《京话演说振贝子英轺日记卷之六》，《绣像小说》，1903 年第 19 期。

② 周叶飞：《"阅"与"读"：关于中国报刊阅读史研究的一点思考》，《史林》，2021 年第 5 期。

分析美国为何能日臻富强的议论：

> 美人之议自立也，实苦英虐政。当建国之初，华盛顿告各国曰："非我美之敢行叛英，英实不恤我美。"呜呼！强国务夺人土地，而驭之不以其道，结民怨、开并祸，有势必至者。虽然，美之受制于英久矣，非华盛顿坚忍力战，必不能成开创之功；非合十三省为一民主，则无数小国必不能免强邻之蚕食。非从战胜之后，励精图治，而又时时以用兵为戒，则国之安危亦有不可知者。观美邦百年来，民主相承，日臻富庶，岂偶然哉？[①]

这段文字对美国民主政治的解读还是比较大胆的，掩饰不住对美式民主的向往。而白话本仅保留了一句："后来百姓们，追慕他的功业，就把美国的京城叫作华盛顿，以志不忘"，余下的只字不提。出使日记的一大特点就是说理论证，以达到觇国势和审敌情的目的，行程风景退居其次。而白话本却反其道而行之，大刀阔斧地删繁就简，删去了文言本中原本最为精华的议论考证，只在一路的舟车行止上做文章，给读者绘声绘色地讲海外旅行见闻，显然看重的是趣味性。李伯元创办《绣像小说》的宗旨，在于"抒一己之见，著而为书，以醒齐民之耳目"，"借思开化夫下愚，遄记贻讥于大雅"[②]。刊物眼光向下，读者定位很明确，是那些粗通文墨的市民百姓。这些读者既有别于那些大言炎炎的维新革命领袖，也不是在新式学堂中接受教育的新学生，接近底层的贩夫走卒

---

① 载振、唐文治：《英轺日记两种》，董佳贝、李文杰整理，南京：凤凰出版社，2017 年，第 115 页。

② 《本馆编印〈绣像小说〉缘起》，《绣像小说》，1903 年第一号。

引车卖浆者，不排除那些目不识丁的听众，通过旁人的"演说"获取有益的信息。毕树棠说"《绣像小说》则议论文字一点没有，只是老老实实的把这些长篇小说分期连载，每期有七八个长篇，每篇一次至多登两三回。这种编法似乎很板滞，却也可以见出它的老实态度，……只以实在材料为重，不作口头的虚传也"[①]。这确实是《绣像小说》的真实面目，在《京话演说振贝子英轺日记》连载期间，原原本本地履行了这一规范。

京话本也对文言本中的商务、军事、科技等数据的表现形式做了调整，把文中偏于介绍和说明的文字以不同主题归纳起来，如上引五月二十四日日记文后还摘录了英国商务进出口数据，京话本以"进口货值表"和"出口货值表"把数据归类，列表呈现，一目了然，方便读者识读。《绣像小说》的另一个重要特色就是绣像插图。白话本共插入 6 幅插图：《振贝子奉使启节图》《振贝子驾临上海澄衷蒙学堂图》《振贝子舟抵香港图》《振贝子行抵马赛图》《振贝子初抵伦敦图》《振贝子奉使谢恩图》，选择北京、上海、香港、马赛、伦敦等重要地点，用图像填补文字叙述的空白，插图兼有传统的白描和西方的焦点透视，没有早期插画中中国式的西方想象，图文并茂的形式使白话本更具观赏性和趣味性，通俗白话加上图像叙事，也能带给读者一个轻松的阅读心态。

从《英轺日记》到《京话演说振贝子英轺日记》，忠实日记原文，删繁就简，尽管有人物、有叙事、有情境，但放弃了小说必备的引人入胜的情节和叙述的技巧，显然不是一部合格的小说，但印证了唐宏峰的观点："传统小说文体与旅行书写，构成了晚清小说旅行叙事所面对的

---

① 毕树棠：《绣像小说》，《文学》，1935 年 9 月第五卷第一号。

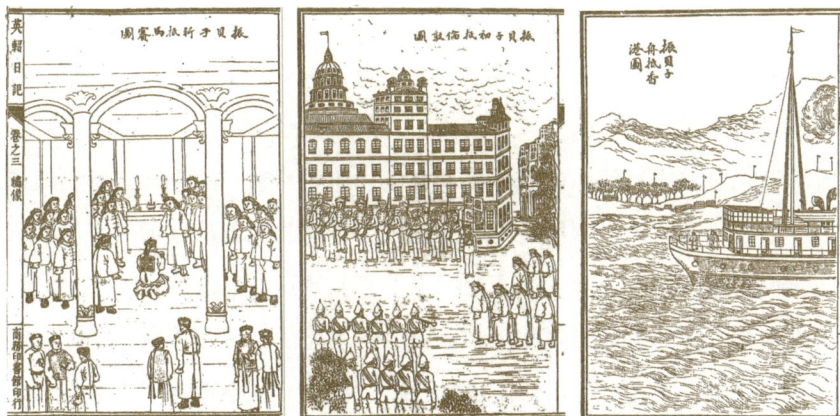

《绣像小说》刊《京话演说（述）振贝子英轺日记》插图

两个主要对话者"①。从游记到小说的蜕变，从文言到白话的译述，淡化了出使日记与通俗小说的边界，也带来相应的思考：一是直到 20 世纪初，出使日记依然是普及西学新知的重要文类；二是出使日记的的语言已趋向简明浅白，还无法满足普通读者的阅读要求；三是那些关于中西文化差异优劣的说教，折冲樽俎的国际邦交的大事，并不是普通百姓关心的重点，他们感兴趣的仍然是新奇的西洋风物。

京话本日记结尾有一段跋，说明了创作这部作品的缘起：

> 昔大彼得以神器委诸他人，而投身入伦敦工厂，业成而归，遂立海军之基础。厥后，败查列斯第二于瑞典，兵力所及，全球震动，卒成金城汤池之盛，操官山府海之利权，至今撷俄历史者，犹赫赫有生气。我国人智慧不下于斯拉夫族，将来岂无如大彼得者崛起于东亚乎？则贝子此记实其口蒿矢也。②

---

① 唐宏峰：《旅行的现代性：晚清小说旅行叙事研究》，北京：北京大学出版社，2011年，第 181 页。

② 《京话演说振贝子英轺日记之卷十二》，《绣像小说》，1904 年第 4 期。

作者显然把载振比作俄国的彼得大帝，寄希望于这位天潢贵胄，能将考察得来的富强之术用在中国身上，使中国崛起于东亚。从日记到小说，没有跌宕起伏、引人入胜的情节，甚至没有情节，只有逐日记述的流水账，主要靠日记体的叙述技巧和京话的亲切感，配以提纲挈领的插画，引导读者进入星轺使臣的异域之旅。这样的处理从艺术上讲远不成熟，但这样的转换消解了大清帝国贝子爷赴欧洲考察的神圣旅程，演化为人人皆可知的平常时事和市井谈资。刘大先认为京话（旗）小说在中国近现代小说从宏大叙事转向日常叙事，从情节重心转向结构重心，从偏好故事到偏向语言的过程中，起到了开风气之先的作用。[1] 这个结论具体到《英轺日记》和《京话演说振贝子英轺日记》这个案例，也是适用的。

本章小结

本雅明说有两种人善于讲故事：终老田园的农夫和浪迹天涯的水手，因为他们都见多识广，前者在岁月的淘洗和生活的积淀中获得丰赡的阅历，后者于惊涛骇浪中淘得常人无从知晓和确证的趣闻轶事，自然更吸引人。晚清旅西记述风行一时，读者在"披览之余，辄悠然神往于东西两大洋风涛澎湃之间"[2]，激发了一代人渴望探察域外、获取新知的热情。

小说救国神话的传衍，并非都是小说理论家们捕风捉影的向壁虚造，张德彝等西行者关于英美等国小说宣讲的见闻观感为这一论断的形成，提供了确实的依据。出使日记因应官方体制的限定，兼具作者个体

---

① 刘大先：《旗人文学、情感与社会（1840—1949）》，北京：社会科学文献出版社，2021年，第126页。

② 钱文选：《环球日记》，上海：商务印书馆，1920年，第1页。

性的思考，总体保持了客观平实的实录风貌，但时有无心插柳的小说笔法。晚清文学最为关键的问题，是时间和空间观念的改变。时空延展，世界翻覆，出使日记的作者无疑扮演着体验者和书写者的角色。虽然这些文本未能发挥振衰起敝的价值，但作为一种百科全书式的复合文本，在近代文学祛旧趋新的嬗变中起到了重要作用：一是日记的刊刻与传播，为中国读者引入了全新的时空观念，促进了新的世界观的形成，加速了知识更新和思想启蒙的进程，为新小说的创作提供了广阔的时空背景；二是以个人行踪为线索的出使日记，间接启发了新小说旅行叙事的大行其道，借人物纵横海内外的游踪，串联起域外见闻与科学新知；三是出洋外交官的经历和日记文本成为新小说的创作对象和素材来源，既有对出洋官员全景式的扫描，也有对个别典型人物的聚焦，因此，探讨晚清小说中的外交公使或西行者形象也是一个很有意味的话题。

　　《绣像小说》对《英轺日记》从形式到语言的改造，证明了出使日记、域外游记与通俗小说之间越界与合流的可能性。文学形式的进化不是一蹴而就的突变，而是润物细无声的渐变，这种变化往往最先出现在一些边缘文类，如同主流文学大树上那些最初萌蘖的嫩芽，虽然微小，总会生发长大。从游记到小说的嬗变，小说从形式到内容的变革，并非由这些跨洋出海者来完成，但他们有意无意的尝试，为后来的创作者提供了难得的感性经验。无论是戏剧救国还是观画启悟，其实都昭示了文艺功利性的鹄的，正与梁启超缔造的小说救国神话遥相呼应，共同掀起晚清文学救国的汹涌浪潮。

第九章

因风借力：
《万国公报》与旅西记述的传播

"自报章兴，吾国之文体，为之一变。"[1] 报刊在中国文学古今演变的大局中扮演了举足轻重的角色。晚清以降，报刊传入中国并落地生根，承担起表达观点、传播信息和鼓动舆论的使命，重塑了文学的生产与传播机制，催发了传统文学从观念、体裁、主题、形式、语言等一系列吐故纳新的嬗变，最终进入"以报刊为中心的文学时代"[2]。近代文学的变革也是一场传播媒介的变革，在这个复杂的演进过程中，以绾结中西，介绍新知为主要特征的旅西记述，成为直面数千年未有之变局的时代文体，尤为引人瞩目。

旅西记述因天然的跨文化特质，留下了中西碰撞与交融的时代印记，作者从亲履其地的视角，以中西杂陈的文字描绘海外新奇诡谲的见闻，摹画西方社会的政教风俗，推介驳杂精奥的科学知识，寄托变革自强的吁求，对长期闭目塞听的中国读者别具一番魔力。这类文本的一纸

---

① 《中国各报存佚表》，《清议报》第 100 册，1901 年 12 月 21 日。

② 关爱和：《晚清：以报刊为中心的文学时代的开启》，《复旦学报》，2020 年第 3 期。

风行，离不开报刊的推波助澜，它们的联袂登场至关重要。报刊这一被视作经国之利器的舶来品，深深嵌入晚清社会的肌体之中，并最终形成制度性媒介的新格局，深刻影响了晚清社会的变迁。《万国公报》是晚清持续时间最长、影响最大的传教士中文报刊，刊登、转载、介绍域外游记是其贯穿始终的一大特色。本章尝试以《万国公报》为中心，在文本解读之外，重视报刊的作为，从报刊媒介的视角观照旅西记述的兴起与传播，再现晚清文学的多样性和复杂性，勾勒文学嬗变中报刊媒介与文学文体相伴相生的嬗变轨迹。

第一节　办刊宗旨与文体选择

传教士是晚清传播西学和推扬新政积极的实践者，他们借助生产和传播公共知识的报刊来广宣教化，推阐新学，报刊这一印刷媒介充当了宗教观念社会化的最佳载体和组织形式。要将上帝的福音通过恰当的形式传递给中国读者，既要适应中国的社会现实，也需符合读者的阅读习惯，代表先进物质性力量的西学新知促进了中国读者认知与想象新世界的进程，而报刊则充当了这一过程的津梁。

《万国公报》诞生于 1868 年 9 月，由美国基督教监理会传教士林乐知（Young John Allen）创办，1907 年停刊，承续近 40 年，经历了《中国教会新报》《教会新报》和《万国公报》三个阶段。《中国教会新报》初为周刊，虽以颂扬教义、阐释神谕为旨归，但坚持基本事实，声明"何物生于何方，异事闻于异地，有实情定列报中，无假说刊于斯内"[1]。初期多为赠阅，勉力支持。1872 年 8 月 31 日，《中国教会新报》

---

① 《本书院主人特启》，《中国教会新报》，1869 年第 45 期。

更名《教会新报》，从第五卷开始设置"政事""教事""中外""杂事"和"格致"等栏目，甄选文稿，满足不同层次读者的需求，宗教话题大幅减少，世俗性、时事性和普及西学的内容渐成主流。1874 年 9 月5 日，《教会新报》更名《万国公报》："所谓万国者，取中西互市，各国商人云集中原之义；所谓公者，中西交涉事件，凭情论断，不怀私见之义"[①]。视野愈加开阔，内容趋向广博，信息量更大，大致有"京报全录""各国新奇事件""教会近闻""西国制造"等栏目，文章并未严格按内容置于栏目下，长篇集中在刊首，有栏无目，刊末则栏目固定，多为各国近闻、编辑声明等。栏目作为版面语言，它的流变过程显示出其向综合性刊物过渡的痕迹。"通中外之情"与"广见闻"成为主旨。沈毓桂解释更名缘由："《新报》篇幅有限，势难遍收，自不得不择人所愿睹而登之，以快众览。"[②]改名更张的动力是读者的阅读期待，根本上是为满足读者汲取新知、广知时事的需求。1883 年 7 月 28 日，林乐知因教务烦冗，《万国公报》暂时停刊。1889 年 1 月 31 日，《万国公报》复刊，成为广学会的机关报，改为月刊。刊名亦由 *Globe Magazine*（直译《环球杂志》）变成 *The Review of Times*（直译《时代评论》），从这一细节也可看出报纸重心的转移。此后《万国公报》转向谈学论政，旨在敦政本、志异闻、端学术，着力介绍西方政教历史，对比中西、中日社会优劣异同的政论文章成为主流，变革求新的意图愈发彰显。1907 年初，林乐知病逝，《万国公报》停刊。三度更名的过程昭示出《万国公报》筚路蓝缕，勉力前行的足迹，背后是林乐知、李提摩太（Timothy Richard）、艾约瑟（Joseph Edkins）等主创人员关于办报策略与关注内容的调整与选择："唯实事求是，不叩虚无而索有，不向寂寞以求音，

---

① 沈毓桂：《辞万国公报主笔启》，《万国公报》，1894 年第 61 期。

② 同上。

事之是者录之，事之非者去之"①。《万国公报》根据时势变化和读者的反馈，不断调整报纸定位和编辑策略，由最初的阐扬教义、联络教众的教会报刊，转型为报道新闻时事、介绍西学新知、评论中外时局的综合性报刊，在此期间，刊载、介绍域外游记是贯穿始终的一大特色。

1868 年 9 月 5 日，《中国教会新报》创刊号报道 1868 年 5 月 27 日，旧金山总督亨利·亨特利·海特（Henry Huntly Haight），宴请大清国公使、美国人蒲安臣一行的情况。1868 年 8 月，总理各国事务衙门章京、记名海关道志刚、礼部郎中孙家谷等人，在蒲安臣带领下抵达美国，这是清政府派出的第一个正式外交使团。后来志刚的《初使泰西记》概述了宾主对话，张德彝的《再述奇》把笔墨用在奢华的宴会场面上，这篇报道补二者之阙，兼有新闻通讯的简明和游记文字的生动，将这一盛会呈现在读者眼前。《中国教会新报》又刊出后续报道 16 次，直至蒲安臣病逝、志刚等人回京复命，展现了"外国通行有年"之"新闻"的魅力，晚清官员外事活动和域外见闻成为报纸关注的重要内容。《万国公报》存续期间，共刊载旅西记述 40 余篇（部），一半为数万言的长篇连载，亦有短小精致的即兴短篇；既有逐日记事的日记行记，也有按不同主题分类记述的域外见闻。从作者群体来看，有出洋使臣的出使记，如斌椿《乘槎笔记》、郭嵩焘《使西纪程》、何如璋《使东述略》《使东杂咏》；有奉命出国考察人员的考察记，如李圭《环游地球新录》；有教徒西游的朝觐记，如谢锡恩《乘槎纪略》《海外闻见略述》；有出国幼童的留学记，如黄景良《欧游杂录》等。此外，身兼编者与作者于一身的林乐知将自己的旅行经历写成《环游地球略述》《三绕地球述略》和《回国纪略》，配图刊印。韦廉臣（Alexander Williamson）的《日本载笔》先在《中国教会新报》以《东洋载笔》之名连载，后改名《日本载

---

① 林乐知：《本馆主人自叙：再录教会报大旨五十八说》，《万国公报》，1875 年第 322 期。

笔》于《万国公报》重刊，并编订成书。此外尚有大量名不见经传的作者创作的游览杂记行记，这些作品涵盖了域外游记的所有门类，风格多样，蔚为大观。

1879 年 1 月 4 日，《万国公报》刊出《择述〈使东述略〉大义》，强调中国应仿效西方，派遣使臣："泰西各国公使行之既久，而中国何独不然？自开海禁以来，近四十年矣，尔来使臣出洋驻扎各国，事固创始，政亦维新，莫不有沿途笔记以增华人之见所未见，闻所未闻者"①。近代海禁大开，中外交通，开眼看世界成为时代必然，对西方各国的新闻报道就是一种西学传播，跨越东西的作者也承担着社会见闻与西学新知的传播者的使命。由旅行者记述的域外见闻，按日纪事的日记行记，兼具知识性和趣味性，信笔所涉，关乎政教礼俗、风土人情，中西关系、世界形势和格物新知的主题，极大地满足了读者喜听奇闻轶事、乐于学习新知的心理。传教士兼报人麦都思（Walter Henry Medhurst）说："现今世界之人，或是住本乡，或是往外国去者，都欢喜听各样新闻，而都要知道各处之人物风俗等，所以有人做地理之书。及曾往游学之人，至回家时，亦有记其所闻见之事，致人人可知外国番邦之好歹，而在其中可取益也。"② 在读者眼中，《万国公报》确实扮演了一个"无奇不载，无义不搜"的百科全书式的角色。林乐知第一次从美国返回后，继续主持《万国公报》编务时也承诺："他日有暇，将途中所历情形略为叙述，登诸公报，为阅者诸君一扩见闻可也"③。

除了传递西学新知，这类文本还具有借他者之眼反思自我、批判现实的功能。晚清中国，异国风物触动的不再是心与物游、情景交融的

---

① 《择述使东述略大义》，《万国公报》，1879 年第 521 期。

② 《特选撮要每月纪传》，1823 年第 1 卷，第 1 页。

③ 林乐知：《接办公报启》，《万国公报》，1878 年第 560 卷。

审美体验,取而代之是"我不如人"和"时不我待"的焦虑与无奈。这种心关天下、忧国忧民的情怀,使模山范水让位于经世新民,占据了异域言说的核心位置,目的在于激发读者、变革图强,关乎时代主题的"大叙述"成为共相。游记文本去掉日期和行程,便成了名副其实的政论,游记是政论的外壳,经世新民才是真正的核心。19 世纪 60—90 年代,中国经历了两次鸦片战争、中法战争、甲午惨败,以及洋务运动的破产,面临存亡绝续的境地。鼓励中国近学日本,远效西方,变革自强成为《万国公报》的主题:"今中国欲变弱为强,先当变旧为新"①。倡言维新变法的知识分子大多受过《万国公报》的影响。康有为自述自己思想学术的转变,正是发生在阅读《万国公报》等西学书籍,以及涉猎诸人游记之后。海外旅行跨越本土的囿限去探寻外部世界,空间的转移带来地理形态的骤变和人文环境的反差,给旅行者带来深刻体认和反思,传统观念受到质疑,变革蓄势待发。旅行即孕育着变革,借环球之旅,阐发西方文明,启迪中国,是《万国公报》常用的方式:"然环地之游,至今岁而积三度,且值中国剥极未复之际,不免目击心伤,及造欧美诸州,觇其去旧从新,诸事多蒸蒸日上,又不禁神游目想,愿我无异生同,井里之良友,速师善法,以兴中邦"②。不破除拘墟之见,择善而从,便危在旦夕。林乐知认为,中国应"选派国中强壮循良子弟出洋学习"。借异域之镜观照自我,是环球之旅的重要目的:"无论何人,苟能熟谙本国之情形,然后环球游览,必能得真实之品评,不知本国之地位当在何等矣"③。旅行者置身地球万国,才能知晓本国的真实处境,域外游记成了思考本国前途命运的参照性的知识资源。

---

① 林乐知:《文学兴国策序》,《万国公报》,1896 年第 88 期。

② 林乐知:《三绕地球新录》,《万国公报》,1901 年第 155 期。

③ 林乐知、任保罗:《美大臣布兰安环游地球略述》,《万国公报》,1907 年第 127 期。

域外游记兼具取事与传播的特质，已具报告文学的雏形 ①，作者之笔犹如记者之笔，文本内部隐含着一个读者和观众的视角，与报刊力求真实、迅捷和全景式地展现世界形势和社会现实的追求不谋而合。作者为名副其实的记者，文本成了新闻通讯与域外游记的复合文体，融合了新闻与政论的特质，既能保证信息的真实性和时效性，契合开拓新知、增长见识的基本诉求，也符合鼓动中国以西为鉴、改革自强的理念，可谓一举多得的绝佳文体。同时，日记行记本身具有的体无定式、兼容并蓄的特点，文体自由，可随时起迄，便于报纸连载。在《万国公报》近40 年的发展历程中，旅西记述为贯彻和体现报刊宗旨的重要文体，在其引领舆论民意、鼓荡时代风潮的历程中发挥了重要作用。

第二节　新闻报道与域外游记的互文

《万国公报》总体上是综合性的时事刊物，在关注中外交涉等国内外事件时采用两种方式：一是提纲挈领的新闻报道，简洁扼要；二是内容丰富的当事人的日记游记，真实可感。关注同一事件的新闻文本因带来观察视角、思考方式和价值评判的差异，形成一种对话式的互文关系，生成以新闻事件为核心的语义场，共同建构起读者了解世界大势的瞭望窗口。

1871 年 3 月，《中国教会新报》连载署名"三品衔总理衙门副总办斌椿"的《乘槎笔记》："《乘槎笔记》一卷记游西国，叙述如绘，分次备登，俾浏览者如卧游焉。"此为《万国公报》刊载域外游记之始。1866 年 3 月至 11 月，清政府派斌椿一行 5 人，随英国人赫德（Robert

---

① 丁晓原：《论发生期的中国报告文学》，《吴中学刊》，1997 年第 4 期。

Hart）赴西方游历考察，这是晚清派出的第一个正式官方使团。《中国教会新报》从第 125 期开始，耗时一年，分 21 次将日记全文转载，着重指出："此笔记所言法京法宫壮丽无比，今法京乱后为茂草，能无今昔之感"①。斌椿一行到访欧洲的第一站是法国，最后从法国马赛乘船回国，作为重要的中转站，《乘槎笔记》关于法国的内容较为丰富，编者为何着意提醒读者注意巴黎的变化，难道因为斌椿曾两度到访巴黎？再看《乘槎笔记》之前的新闻《中国崇钦使到法国》：

> 钦使崇厚之航海也，经狂飙骇浪，恒苦眩晕，以贵介之躯而涉汪洋之海，甚矣！宜其愈也。兹闻已抵法国之马西倪城，法皇命一有爵大臣恭代法皇款接。②

崇厚使法与斌椿笔下的巴黎有什么联系？要填新闻背后的意义留白，必须了解当时发生在欧洲和中国的两件大事：天津教案和普法战争。1870 年春夏之际的中国，因天气干旱，加之西人迷拐残害百姓的传言散播，导致 6 月 21 日爆发天津教案，法国驻天津领事丰大业（Henry Fontanier）被杀。彼时的欧洲战云密布，7 月 18 日，法国向普鲁士宣战，9 月 1 日，法国大败于色当，法兰西第二帝国覆灭。为尽快了解天津教案，清廷委曲求全，派三口通商大臣崇厚专使法国。1871 年 1 月 25 日，崇厚一行抵达马赛港，巴黎正陷于战争旋涡。崇厚驻扎波尔多，命张德彝先到巴黎协调接洽事宜。3 月 18 日，巴黎公社革命爆发，张德彝成了亲历者，后来写成的《三述奇》为难得的目击实录。10 月 11 日，法国总统梯也尔正式接见崇厚一行。这场发生在地球另

---

① 斌椿：《乘槎笔记》，《中国教会新报》，1871 年第 144 期。

② 《中国教会新报》，1871 年第 134 期。

一端的两强相争，以及世界上第一次工人无产阶级革命，与中国有了联系。

《中国教会新报》刊出斌椿日记，是为了配合普法战争的系列报道，实际上承担了一个"过来人"的叙述者角色。《中国教会新报》自第100期《法国新到消息》开始，定期由海外商船带来关于普法战争的消息，进行持续关注，连篇累牍的战事报道贯穿了1871—1872年的《中国教会新报》，回顾与评论一直延续至1873年之后，才逐渐淡出读者视线。其中，王韬的文章尤引人注目：

> 同治庚午春初，余将自泰西言旋，由英抵法，取道于法京巴黎斯作三日游。往瞻王宫，环历几遍，其宸宫之壮丽，土木之穷奢，物力之富庶，市廛之繁华，诚可谓欧洲之冠矣。乃不意不一年间，遂等于咸阳之一炬，物盛而衰，殆其变也，有心者抚铜驼于荆棘，阅浩劫与沧桑，不胜唏嘘叹息耳。①

王韬曾于1867—1868年随理雅各（James Legge）游历欧洲，《漫游随录》专写巴黎的有：《巴黎胜概》《法京古迹》和《法京观剧》，"甲于一时，殆无与俪"②的巴黎给他留下深刻印象。普法开战不久，王韬出于职业报人的敏感，1870年11月即着手编写《普法战纪》，1873年9月完成，部分篇章分别署名"异史氏王韬""吴郡王紫诠"在《中国教会新报》发表。因此，斌椿和王韬作为曾亲身体验过繁华巴黎的两位中国人，他们的言说更具说服力。同时诸如报纸上《法国皇宫焚毁》《法国都城说》"死者如积"等令人触目惊心的文字，强化了战争前

---

① 《法宫记》，《中国教会新报》，1871年147期。

② 王韬：《巴黎胜概》，《漫游随录图记》，济南：山东画报出版社，2004年，第59页。

后的"今昔之感"。巴黎成了见证法国一战而蹶、由盛而衰的重要参照物。《中国教会新报》详细报道崇厚使团的行踪，还原了帝国使团磕磕绊绊的行程，也串联起这些事件、新闻与游记文本的线条，引导读者关注这一震惊世界的大事件。

互文性是新闻文本的一个基本属性，这些语篇在生成过程中相互交织，不同的语篇在其他同类主题的文本中得到直接或间接的回应，从而结成链条和网络，深化读者对相关事件的解读和判断。这一系列的新闻、评论和游记，以及王韬的《普法战记》形成一套互相指涉、意义丰赡的互文网络，共时性与历时性并重的立体的叙事视角，构成文本过去、现在和将来的巨大开放体系，激活了文本之外的知识和信息。西方记者笔下的战争实录、中国文人眼中的昔日法国，以及出使官员眼中的巴黎硝烟，交叠在一起。新闻关注残酷战争，游记抒写浪漫情怀，评论总结成败得失，共同构筑了巴黎的前世今生。斌椿笔下的巴黎越辉煌，越让读者对普法之战的后果触目惊心，"中国之往事如在目前"[1]。王韬将普法之战看作"欧洲变局一大关键"[2]，观普法之战而知天下之变，法国的败亡在于自恃强盛、轻启衅端。不遗余力书之叙之，前鉴未远，来轸方遒。身在列强压迫之下的中国读者，对国破山河在的黍离之悲和兴亡之感更能感同身受。法国战败，割地赔款，又要应对巴黎公社工人阶级的武装起义，可谓内忧外患，风雨飘摇。这种情形对于刚经历过鸦片战争的惨败、平定太平天国叛乱、迎来短暂的"同治中兴"的晚清帝国何其相似，这些互文性文本搭建起一个现实隐喻的舆论场，唤起读者感同身受的情感共鸣。

李鸿章出访欧美是《万国公报》后期关注的又一焦点事件。1896

---

① 《布法和议成》，《中国教会新报》，1871 年第 131 期。

② 王韬：《普法战记序言》，光绪乙未重镌弢园王氏藏本。

年 2 月，李鸿章以特使身份赴俄国参加尼古拉二世的加冕仪式，后赴德国、荷兰、比利时、法国、英国和美国访问，成为轰动一时的外交新闻。西方媒体刊发了很多评论报道，李鸿章随行人员亦有记述，林乐知将相关报道搜集整理，由蔡尔康翻译润色，在 1896—1898 年，分别以《英轺笔记》《美轺载笔》《德轺日记》等名目，在《万国公报》连载，后由广学会于 1899 年以《李鸿章历聘欧美记》刊行。这部作品实际上是记者笔下的新闻报道与随行人员的自述游记兼而有之的作品，显示了从新闻到游记的文体杂糅与转换轨迹，为新闻与游记的互文提供了另一个鲜活的例证。新闻报道与游记文本互为补充，游记中秘而不宣、付之阙如的可以看报道，报道中语焉不详、一笔带过的则参看游记，新闻可以增加游记的可信度，扩大影响力，也满足了读者延伸阅读的需求。《万国公报》除报道使臣行踪外，还搜集官方文书一并刊载。想了解外交照会，有《钦使奉使英国敕》《汇集奉使各国旨敕照会》；想了解出洋使臣遴选，有《总理衙门奏定出使章程》《特派近支宗室游历外国事宜疏》；想知晓外交使节的薪俸，可参看《奏定出使各员俸禄银数》；想一睹星轺尊容的，有《出使英国大臣罗丰禄小像》《醇亲王小像》，甚至也有《崇钦使从者坠楼死》(崇厚随员酒后失足，意外坠亡)、《星使病势续闻》(黎庶昌病重)、《使相被刺纪实》(李鸿章遇刺) 这样的秘闻。林乐知与一些重要的晚清官员和出洋使节保持联系，得到不少公私秘闻，这些从特殊渠道获取的消息，更易唤起读者的兴趣。①《万国公报》还适时对重要游记作者作品进行介绍，1878 年第 504 期开始刊载李圭的《环

---

① 《万国公报》与当时清廷驻外使馆人员常有联系，驻柏林使馆的姚文栋便致函林乐知，要求其定期邮寄报纸 (见《姚志梁太守致林乐知先生》，《万国公报》，1889 年 9 月第 8 册)。1882 年，林乐知筹建中西书院时得到了李凤苞、邵友廉等人的捐助，李鸿章也致信表达对林的敬意和支持，时任驻法大臣的曾纪泽也致信林乐知，捐资助学。(参看卢明玉：《译与异：林乐知译述与西学传播》，北京：首都经贸大学出版社，2010 年，第 121—125 页)

游地球新论》，李圭被誉为"诚此一世界之张博望、班定远矣"①。李圭赴美参观世博会被渲染成了可与张骞、班固比肩的凿空之旅，引导读者关注。

官方话语、媒体言论和个人书写的互文网络，观察视角的差异，叙述辞令的不同，营造出意义复杂的阅读和想象空间，象征变化与动荡不安的世界，是对现实的隐喻。普法之战与中法交涉交织一处的细节，海外使节为国折冲樽俎的努力，引发读者对游记文本的阅读兴趣，"使诸色人等各随所见以增其所闻，各就所闻以扩其所见"②。这种新闻叙事与现实空间的生产与经营，客观上造成信息密集、生动翔实的广告宣传效应，借助完善的报纸发行网络，使得出洋人物的记述、事迹成为读者关注的热点，对游记起到了注解和深化的作用，引起读者先睹为快的阅读期待以及持续关注的阅读兴趣，推动了这一文类的传播。

第三节　林乐知《环游地球略述》的范式意义

林乐知于 1860 年 7 月来华，直至 1907 年在上海去世，大半生都在中国度过，其间曾多次回国，留下旅行记述的有三次③。1878 年 3 月至 11 月，林乐知首度回国，写成《环游地球略述》（以下简称《略述》），

---

① 沈毓桂：《李小池刺史思痛记金陵兵事汇要记》，《万国公报》，1889 年第 4 册。

② 《近事要务衍义》，《万国公报》，1883 年第 738 期。

③ 林乐知回国的具体时间和经历，是研究其生平的重要内容，然而学界关注不多，相关成果语焉不详。据美国学者贝奈特《传教士新闻工作者在中国：林乐知和他的杂志（1860—1883）》考证，林乐知曾于 1893 年携家人回国。查阅《万国公报》刊载的林乐知的游记文本，可知其在德国柏林偶遇醇亲王载沣和驻德公使吕镜澄一行，当时载沣正为德国公使克林德被杀一事，赴德道歉，后林乐知与载沣等人一同乘船返华。这些都是难得的史料，应予以重视。

连载于《万国公报》第551卷至649卷，时间跨度近3年。1898年2月，林乐知再度回国，至1901年11月返回，错过了戊戌变法，写有《三绕地球新录》。1906年5月，他最后一次回国，受到总统西奥多·罗斯福（Theodore Roosevelt）接见，写成《回国记略》。其中，《略述》篇幅最长，近五万言，连载时间最久，内容最丰富，足称《万国公报》西人域外游记之代表："本馆主自去年游历地球回沪之后，欲将所历之境界，所遇之情形，逐细说明，载登报内，并有画图印出，以为指点之据。……以广阅者之见闻"①。《略述》是典型的译述合作的结晶，即西人笔述或口述，再由华人修饰改订："以西书之义，逐句读成华文，华士以笔述之；……译后，华士将稿改正，令合于中国文法"②。《万国公报》的文章在署名时，林乐知或其他作者署树义、述意、译意、述略、命意、造意、授意、腹稿、口译、口述等，华人编辑署汇编、撰文、属文、遣词、作文、笔述、手志、手书、手录、记言等，作者竖排并列，标示两位合作者同等重要。林乐知与蔡尔康合作时间最长最默契，作品也最多，他曾对蔡说："余之舌，子之笔，将如形之与影，水之与气，融美华以一冶，非貌合而神离也"③。时人称为"林君之口，蔡君之手"④，成为《万国公报》和广学会西学著作的创作范式。这种中西合璧的编创方式说明，新媒介的介入使知识生产机制发生改变，西学传播的载体——文本叙述范式也随之改变。

　　中国素以天朝上国自居，天圆地方，吾独居天下之中的观念根深蒂固，这是传统天下观的根柢所在。为打破这种盲目自大的观念，《略述》

---

① 《本馆第十二年接办新式万国公报告白》，《万国公报》，1879年第545期。

② 傅兰雅：《江南制造总局翻译西书事略》，转引自张静庐《中国近代出版史料》初编，北京：中华书局，1957年，第18页。

③ 蔡尔康：《送林乐知先生暂归美序》，《万国公报》，1898年第109册。

④ 龚心铭：《中东大战本末初编叙》，《万国公报》，1897年第101册。

开篇即介绍世界各国的
地球观，指出各国"莫
不以本国为天下之中，
而视他国则外之也。视
己大，待人小，天下通
病也"①。《万国公报》不
惜成本，"每张公报内印
画图二三幅，以广阅者
之见闻"②。《中国教会新
报》早在 1869 年第二卷

《万国公报》1879 年第 551 期
《环游地球略述》插图：四象擎天

便刊出地球图，标示东西半球和六大洲的轮廓位置。后来张德彝的《航
海述奇》(1876)篇首亦有地球图，与《中国教会新报》如出一辙。李
圭《环游地球新录》(1878)附录的地球图略为精细，特用虚线标出旅
行路线。但从科学性来看，都不及《略述》所配地球图精确。

　　《略述》解读了 13 种上古神话时代的地球观，如埃及的日神月神
说、印度的擎天说、希腊的地形如盒说等，每一幅图像都代表一种看的
方式，形象地传达出地理中心主义如何制造处于中心的"我们"和边缘
化的"他们"，既直观明了，又生趣盎然。图文并茂是《万国公报》的
特色和优势，早期以宗教故事插画为主，弘法说教的意味浓厚，后以世
界各地风景、建筑和历史人物为主，由插画改为扉画，构建了意蕴丰富
的言说空间，给读者营造"虽千万里如同目睹，……不啻身临异国"③
的现场感。林乐知呼吁中国不要"株守陈言而不化"④，用实践来一扫虚

---

①　林乐知：《环游地球略述》，《万国公报》，1879 年第 552 期。

②　《本馆第十二年接办新式万国公报告白》，《万国公报》，1879 年第 545 期。

③　林乐知：《全地五大洲女俗通考序》，《万国公报》，1903 年第 176 期。

④　林乐知：《环游地球略述》，《万国公报》，1879 年第 551 期。

空之习见。其三次回国的路线基本一致，随着交通科技的发展，旅行时间渐次缩短，第一次 210 多天，第二次 75 天，第三次仅 40 多天，以亲身经历见证科学进步之速，"世界文明之进步，不啻以余一身揽其全也"①。康有为 17 岁时始见《瀛环志略》《地球图》，方知万国之故、地球之理，要使地球说从地理知识上升为常识，既而接受世界万国的现实，对一般读者来说何其艰难。林乐知的努力正是这一质变过程中的重要积累。《略述》不仅记述和还原了作者的环球之旅，也是一次别具心裁的媒介实践，用崭新的游记形式，继承和发扬了图文并茂、传统左图右史的叙述传统，降低阅读和接受门槛，具有典范意义。

《略述》另一重点是阐释去旧从新、变革自强的迫切性。林乐知建议中国近学日本，远效美国。他认为日本这一唇齿相依的近邻，命运与中国有相似之处。《略述》讲述日本伊邪那岐（男神）和伊邪那美（女神）的开国神话，情节如志怪小说，而后转入现实世界的战争和改革。1853 年，美国人佩里（Matthew Perry）率舰队敲开日本大门，1863 年美英荷法四国军舰炮击下关，英国舰队进攻萨摩藩等一系列战争，加剧了日本的国内矛盾，倒幕运动如火如荼，直至天皇掌权，统一全境。1860 年代末开始，明治维新掀起了全盘西化的近代改革，走上工业化道路。《述略》用 16 节的篇幅还原了这一过程，堪称简明日本明治维新史。日本设立西式学校，培养新式人才；重视农矿工商，推进科技制造；修建铁路电厂，发展交通通信；创立武备院船厂，训练陆军水师等一系列改革分门别类，罗列阐释，乃至矿产分布、陆兵人数、财政预算等数据也一一列举，展现了日本蒸蒸日上的繁荣景象："弃古昔之旧法，而从今日之新法，则西人辅其法，国家助其资，从此日增而月盛矣。"②

---

① 林乐知：《三绕地球新录》，《万国公报》，1901 年第 155 期。

② 林乐知：《环游地球略述》，《万国公报》，1880 年第 587 期。

同时也给中国敲响警钟，日本年满 20 岁的青年要注册登记，"故增兵之说，良不诬矣。"①。军国主义的苗头已闪现，而中国对日本仍如海客谈瀛洲，茫然无所知。黄遵宪 1887 年写成《日本国志》，认为日本有"以小生巨，遂霸天下"的野心，然而举国昏昏，无人问津。直到 1895 年甲午战败，《日本国志》才受到重视。林乐知认为日本的强大在学西方，西方的卓越代表是美国。《略述》介绍美国建国立政的过程，重点介绍美国首任总统华盛顿。华盛顿的形象在晚清中国传衍甚广，既有提三尺剑开疆拓土的项羽之勇，又兼有天下为公的尧舜之德，乃英雄圣人的合体。林乐知将其拉回凡人的一面，解读《独立宣言》，指出国家运转的关键是有法必依，华盛顿任满退位，是"君循国政"的典范。文中配有"大美国第一民主，华盛顿之遗像"，使他的形象进入中国读者视野。

《略述》的叙述者是一个全知全能的布道者，旅行者隐身，以耳闻目睹和道听途说来宣扬上帝的启示，强化学习西方，变革自强的认知。各部分以作者的旅行路线连缀，交代时间、地点和行程，只有这时，作者才短暂现身，偶尔逸兴遄飞，怡情山水，也点到为止，因为"途中景物之盛，然皆小焉者也，予当舍其小而论其大"②。风景退居次席，游记的功能由描摹自然风光转向介绍社会文化，游记是外壳，言说国计民生才是文本的核心内容。以"环游地球"命名的游记，始于李圭 1878 年 7 月正式出版的《环游地球新录》。林乐知首次返美在 1878 年 3 月至 11 月，自述"途中目有所见靡不细心访察，实事求是，笔之于书，以增己之见闻。回沪后本拟译华文陆续登印，其题曰《环游地球略述》。可知《略述》与《新录》成书时间大致一致，只是《略述》连载时间略晚。此后，在报刊上陆续出现如《美大臣布兰安环游地球略述》（林乐

---

① 林乐知：《环游地球略述》，《万国公报》，1880 年第 588 期。

② 林乐知：《环游地球略述》，《万国公报》，1879 年第 565 期。

知、蔡尔康,《万国公报》)、《环球地球杂记》(潘慎文,《格致汇编》)、《环
游地球之中国女士》(佚名,《真光报》)、《环游地球》(《集成报》)等一
批以"环游地球"命名的游记杂记,成为流行文体。晚清小说中,人物
动辄出洋远行,作环游世界之壮游的情节亦遍地开花,环游地球主题实
际上滥觞于此。

林乐知有意淡化传教士的身份,自称"进士"或"本馆主",《略
述》文辞雅驯,符合中国读者阅读习惯。基督教义与儒家文化,耶稣纪
年与皇帝年号,民主政体与六部官制,字字征实的叙述风格与六朝志怪
式的小说笔法……交织在一起。《略述》的中文译者为董明甫,后因病
由他人代笔,导致了文本连载的不连续,是导致叙述视角和体例不一致
的原因之一[①]。在译述实践中,林乐知提出借用日译词来丰富汉语翻译:
"且日本之文原祖中国,自昔行用汉文,其译书则先于中国。彼等已几
费酌度而后定此新名词,劳逸之分,亦已悬殊,何乐而不为乎?"[②]。这
一观点与梁启超的主张一致:"日本与我国为同文之国,自昔行用汉文,
自和文肇兴,而平假名、片假名等,始与汉文相杂厕,然汉文犹居十六
七。日本自维新以后,锐意西学,所翻彼中之书,要者略备,其本国新
著之书亦多可观。今诚能习日文以译日书,用力甚鲜,而获益甚钜。"[③]
大量新名词的使用,使得文本在形式和内容上皆面目一新,对读者而
言,自然别具吸引力。总体来看,这类中西合璧的文本在文字上较为浅
近,面向更广泛的读者群体,但也引来一些非议。贵州学政赵惟熙批评
丁韪良、傅兰雅等译文浅陋,《万国公报》便以读者来信的形式,直陈

---

① 《环游地球略述》从 553 卷中断连载,登出启事:"环游地球略说乃董君笔述也,兹因偶尔
抱病未能来馆,故俟病愈译出再登供览"(《万国公报》,1879 年第 15 册第 553 卷)。

② 林乐知、范祎:《新名词之辨惑》,《万国公报》,1904 年第 184 期。

③ 梁启超:《变法通议·论译书》,《饮冰室合集(文集一)》,北京:中华书局,1989 年,第
76 页。

西儒译书贵浅不贵深，务实不务文，希望尽人皆可读，因此宁愿受大雅君子浅陋之讥，不敢贻大众世人索解不得之苦。①

从《中国教会新报》开始，域外游记并没有固定的栏目一以贯之。《万国公报》虽名报纸，其形制上更接近传统的书刊，多页装订成册。中后期一度舍弃栏目，只注明文章标题和作者，文章先长后短，重要文章居前，类似文集书稿。只在1878年6月至8月短暂出现过严格按照栏目分类排版，分政事、教事、各国新闻、杂说以及《京报》选录，形制较为整饬。1878年11之后，又淡化了栏目编排，《略述》多置于"政事"栏目，也有篇章则置于"杂俎"，这一文体定位相对灵活，并不强化文体身份，看重的是其介绍新知、开拓见闻，以及阐发国外政治改革成功经验的复合功能。自《略述》开始，呼吁中国近学日本、远效美国，成为《万国公报》不断重复的主题：

　　万事皆有自然公共之理，断不能以一国而抗万国，故必当并肩携手，进一境以求一利，不可自以为是，而责人以不公不平也。且凡能去旧从新者，不必日求入乎万国公会也，唯自表可以入会之真凭。斯人尽把臂入林，相视莫逆。日本往事，具有明征。大国堂堂，岂难并置？予今重回华海，重主公报，重得献言于中国，但愿中国在万国之中，得一应得之座次，不致堕于人后。庶几万事可不劳而理仍显，一言以蔽之曰：欲人重我，自自重始。②

欲得到各国尊重，必须要自强自立，世界形势瞬息万变，"时势之

① 《古吴归洁生来函照登》，《万国公报》，1902年第160卷。
② 林乐知：《三绕地球新录》，《万国公报》，1901年第155册。

逼，危乎其危；机会以来，微乎其微"①，若抓不住稍纵即逝的发展时机，只能坐以待毙。这一判断在甲午之后，逐渐被进步知识分子接受，更新之法不能舍日本而有异道，成为近代中国维新变革的主题，《略述》此类文本无疑在"日本经验"的传播中发挥了重要作用。

第四节　郭嵩焘《使西纪程》的逆势流传

1876 年 12 月 2 日，郭嵩焘奉命出使英国，为马嘉里事件向英国政府道歉，这在素以天朝上国自居的晚清中国，可谓奇耻大辱。出使之初，郭嵩焘便背上"未能事人，焉能事鬼"的骂名。1877 年 1 月抵达伦敦后，郭嵩焘按照总理衙门的要求，将途中所作日记 2 万多字，整理编订为《使西纪程》，抄送总理衙门。同年四月，同文馆刊印此书。尽管郭嵩焘自言此书不过"略载海道情形，于洋务得失无所发明"②，但还是因日记中对西洋政事多有褒扬，引起轩然大波，遭致朝野上下一致痛诋，甚至切齿辱骂。王闿运斥郭嵩焘"殆已中洋毒，无可采者"③。李慈铭怒称："嵩焘之为此言，诚不知是何肺肝！而为之刻者是何心也！"④就连开明闳通的薛福成也以为言之过当，有美化西方之嫌。郭嵩焘因此罹祸，受到陵铄诋毁，几不能自存。郭嵩焘及其《使西纪程》的命运沉浮成为近代史文化上一个标志性事件，揭示出晚清帝国因循守旧势力的强大与和先知先觉者的悲剧命运。在此过程中，《万国公报》坚定地站到了郭嵩焘一边，全文转载《使西纪程》，着力宣传郭嵩焘的事迹，褒

---

① 黄遵宪：《朝鲜策略》，《黄遵宪集》，天津：天津人民出版社，2003 年，第 403 页。

② 郭嵩焘：《致李傅相》，《郭嵩焘诗文集》，长沙：岳麓书社，1984 年，第 243 页。

③ 王闿运：《湘绮楼日记》第 1 卷，长沙：岳麓书社，1997 年，第 569 页。

④ 李慈铭：《越缦堂日记》，扬州：广陵书社，2004 年，第 7453 页。

扬其作为中西交流先行者的贡献，为《使西纪程》的逆势流传起到了至关重要的作用。

清廷要求使臣上报游记备览的初衷，乃为周知外情，这也使得出使日记兼具公务文书与个人书写的双重性质。总理衙门只规定了写作内容和定期呈送备查的定例，对日记的写作范式没有硬性规定，尺度拿捏不当，便会引火上身。郭嵩焘自言"日记略陈事理，尤无所避忌"①。当郭嵩焘写下"西洋政教修明""致情尽礼，质有其文，视春秋战国殆远胜之"之类的真实感想，力图将真正的西方图景和政治理想呈现出来时，域外游记因触犯政治禁忌而成为一种危险的文学样式。同时，《使西纪程》呈现的英国中心视角，对荷兰的不当言论，"荷兰踞此数百年，近年荷兰衰弱，酋长之居苏门答腊者，抚绥无术，遂至畔乱"②。招来荷兰公使的抗议。1877年6月，清廷下令将《使西纪程》毁版查禁。但《万国公报》对朝廷禁令置若罔闻，自1877年6月2日起开始刊载："此稿中国京城业已成书矣，兹照书登报"③。同时告知读者，《使西纪程》非《万国公报》独家连载，并已译成英文，在香港《西字新报》刊出，"西国人见此书中之意，多显郭钦使之卓识也"④。两个月内，《万国公报》分9次将《使西纪程》连载完毕，为当时国内郭嵩焘日记公开转载传播的唯一渠道。《万国公报》在刊载时，也考虑到部分内容的敏感性，做了局部的修订。如日记引述班固《匈奴传》谈外交之道，原文为："来则惩而御之，去则备而守之，其慕义贡献则接之以礼让，羁縻不绝，使曲在彼。"《万国公报》改作："来则以礼接之，畔则以兵威之，而常使曲在彼。"这样一来，剑拔弩张的敌对气氛就缓和多了。

---

① 郭嵩焘：《办理洋务横被构陷折》，《郭嵩焘奏稿》，长沙：岳麓书社，1983年，第388页。

② 郭嵩焘：《伦敦与巴黎日记》，长沙：岳麓书社，1985年，第45页。

③ 《使西纪程》，《万国公报》，1877年第9卷第441期。

④ 《〈使西纪程〉已翻西字》，《万国公报》，1878年第10卷第474期。

晚清新闻出版相当长一段时间都处于官方的默许状态，直至1900年《钦定宪法大纲》颁布，才首次明确了出版言论的相关内容，但无法可依并不意味可以挑战政府权威。林乐知的《万国公报》敢于冒天下之大不韪，对抗政府禁令，自然因其外国人身份，以及租界保护形成的体制外言路的屏障。《万国公报》有其遵循的舆论底线，对涉及政府官方事务极为敏感："其中国之官政是非，不便预闻。……中国有中国例，自应与何处辩明曲折是非，定循旧例而行，但教会报未可多事也"①。后来又重申："凡中国官场以及审案定罪公允与否，非本报所欲闻，即他处有寄文请录者，亦置之不问。"②即使转载《京报》，也仅全文照录，从不发表评论。在郭嵩焘事件中，《万国公报》主动介入，非同寻常。在连载《使西纪程》的同时，《万国公报》还借西方媒体之口为郭嵩焘辩诬澄清，认为《使西纪程》字字征实，言之有据："凡西人不足之处，皆从实书明，寄与总理衙门，并无一言粉饰"③。《万国公报》积极介入郭嵩焘事件，主要在于郭嵩焘是难得的接纳西方文化的中国官员，有作为典型宣传的必要。报刊的发行击碎了传统的垂直、纵向且封闭的信息传播渠道，以往那种点对点的邮驿模式被由点到面的新式传播形式取代。清流谏臣张佩伦义愤填膺，但对日记毁而不绝、禁而愈传的情形也无可奈何："然其书虽毁，而新闻纸接续刊刻，中外传播如故也"④。李慈铭对《使西纪程》有诏毁版，而流布亦广的局面同样无所措手。

为配合郭嵩焘的正面宣传，《万国公报》对郭嵩焘的海外行程做了深入报道，在1877—1879年，相关报道达38篇之多，覆盖了郭嵩焘从

---

① 《本书院覆信》，《中国教会新报》，1873年第225期。

② 《本报现更名曰〈万国公报〉》，《中国教会新报》，1874年第295期。

③ 《大英歌颂中国公使》，《万国公报》，1879年第527期。

④ 张佩纶：《奏为密陈风闻郭嵩焘遣使英国其禁书传播如故交接回逆拟请将其撤回事》，转引自杨锡贵《郭嵩焘〈使西纪程〉毁版述略》，《船山学刊》，2013年第4期。

领命出使到卸任回国的方方面面，不仅有奉命出使（《中国钦差领事出洋》）、呈递国书（《中朝钦差面递国书》）、卸任归国（《中钦差告辞回国》）等重大活动，郭嵩焘、刘锡鸿期满改派（《钦使改派述闻》《出英副钦使升调德国》），还有《中国公使出辕游玩》《中国郭钦差参观酒厂》等无关宏旨的私人游历，事无巨细，皆全程跟踪报道，并选登郭嵩焘《上年驻英钦差谢赈文件》，表彰其身在海外、不忘家国的义胆忠心。报刊介入晚清政治生活，而且是当时的焦点话题，《万国公报》在刊发郭嵩焘本人的日记和文章之外，同时编发读者来稿和海外报刊消息，扩大了读者对事件的信息来源，同时改变了传统的政治信息自上而下单向度的传播方式，增进了传播主体和受众的双向沟通，客观上为郭嵩焘赢得了广泛的舆论支持。报刊重塑了晚清帝国的信息传播网络和社会权力运行机制，成为政治生态的晴雨表，甚至影响到郭嵩焘本人的政治命运。这些文字或摘自西方媒体，或出自《万国公报》编者之手，还有来自海外的投稿；有短讯，有长篇评论，还有英国诗人傅澧兰（Humphrey William Freeland）为郭嵩焘创作的赞歌，称颂其"謇謇王臣，爱国忠君，愿公怀抱，如日照临，炳耀六合，海宇清平"①。极尽溢美之词，与国内顽固势力的诋毁针锋相对。在郭嵩焘陷入舆论抨击、几无处容身之时，《万国公报》给予了不遗余力的支持，如类似社论的《论使臣不辱君命》：

> 郭公充使臣之职，往来英法两国，为星使之弁冕，即后任之楷模。……郭公才猷素裕，经济素优，拜星轺之命，出使于国政不一、人物不同、风俗各异、言语迥殊之区，其迹似易，而道高则谤起，德重则毁来，觐闳既多，此又易而难

---

① 《译英人傅澧兰赠别郭瀛仙星使诗》，《万国公报》，1879 年第 537 卷。

者。……不见妒于西国之执政大臣，不贻讥于西国之文人教士，而中国或有人非之谮之，是诚何心！①

这些文字显然站在西方立场，强烈谴责郭嵩焘事件背后的阴谋论和构陷者，如此才识卓著、勇于任事之人竟然遭受不白之冤，实在太荒谬。当然，《万国公报》对郭嵩焘毫无保留的赞美，不光出于扭转晚清社会众人昏昏、一人昭昭局面的公心，也有林乐知、郭嵩焘二人个人私谊的原因。林乐知和郭嵩焘熟识已久，在郭嵩焘出国之前，林乐知曾赠其《中西关系论略》一书②。归国后，郭嵩焘途经上海，专程参观林乐知创办的格致书院和徐家汇天主教堂，林乐知又转赠诗人傅澧兰的《赠别》诗③。这些报道和评论显然经过精心策划和选择，全方位展示了郭嵩焘的海外生活与外交活动，形成了舆论合力，成功塑造了一位先天下之忧而忧、开明广识、忍辱负重、足堪大任的外交官形象，《使西纪程》广为流播也就在情理之中了。这其实是一次由《万国公报》主导的危机公关，《万国公报》关于郭嵩焘的报道和评价，很难说公允客观，如对郭嵩焘与副使刘锡鸿之间交恶，后被提前征调回国之事就绝口不提。这些其实是西方人站在维护西方文化立场上的价值判断，客观上为郭嵩焘赢得了广泛的同情和支持，郭嵩焘及其《使西纪程》因之声名鹊起。《万国公报》中后期扉页上有"this magazine circulate among the mandarine and leading merchant throughout the empire"凸显和明确了目标读者的定位——上层官员和士绅。这些报道为郭嵩焘争取了更多的舆论支持和关注。德国汉学家苟克对《使西纪程》一书评价也很高："阅之既遍，记

---

① 《论使臣不辱君命》，《万国公报》，1879 年第 537 期。

② 郭嵩焘：《伦敦与巴黎日记》，长沙：岳麓书社，2008 年，第 53 页。

③ 同上。

载确实，世无虚语。"①

二十多年之后，林乐知为《李鸿章历聘欧美记》作序时重提旧事，对晚清官员于西洋情势的无知颇感愤慨：

> 中国素有鄙薄外人之意，不屑简使出洋。迨至无奈而修通好之仪，爰有奉使诸公，目击外洋全盛之谟，不能不默识于心，或更笔诸简册。……乃中国于其所知之事，笑为海外奇谈；于其所著之书，竟至劈其板而焚其纸，是避明而就暗也，自愚以愚民也。京中之满汉大僚，尚夜睡而闭其目也，华事尚可为乎！②

劈板焚纸，避明就暗，一见便知是为郭嵩焘鸣不平，痛斥晚清官员的昏聩无知和保守排外。正是当年的妄自尊大、拘墟守旧为今日的中国败局埋下了祸根。林乐知还断言李鸿章访问欧美各国期间，一定也有很多文字记述本末情形，不过因"惩于往事，不敢寿诸枣梨"罢了。郭嵩焘经此打击，也把相关文字一切蠲弃，不再刊录。《使西纪程》被禁之后，后来的出洋使臣因郭嵩焘的前车之鉴，对记述文字增删修改，如履薄冰，慎之又慎，大大削弱了文本的个性色彩，为出使日记这一文类留下遗憾。

与《万国公报》不同，同时期的《申报》对郭嵩焘的海外之行也有报道，但失之严谨，近于戏谑，因画像一事的报道被郭嵩焘追究责任③，造成轰动一时的名誉纠纷案。郭嵩焘虽因日记遭谤，得益于《万

---

① 钱德培《欧游随笔》/ 李凤苞《使德日记》，长沙：岳麓书社，2016 年，第 192 页。

② 林乐知、蔡尔康：《李傅相历聘欧美记叙》，《万国公报》，1899 年第 126 卷。

③ 上海图书馆编：《近代中文第一报〈申报〉》，北京：科学技术文献出版社，2013 年，第 88—91 页。

国公报》的仗义执言和秉笔直书，赢得了社会舆论的同情和肯定，同时这一举措也解构了晚清帝国的权威和合法性。《使西纪程》反映的文化价值观的进步，现在看来当然毋庸置疑，但在昔日众人昏昏的时代，没有几人能说或敢说公道话。后来，被任命为出使英、法、义、比四国大臣的薛福成，在受到光绪皇帝召见时，特意将郭嵩焘《使西纪程》恭呈御览。郭嵩焘感佩不已："叔芸以是相启沃，于此益知淑芸有心人也。"① 这已是 12 年后的事了。在郭嵩焘蒙耻受辱，无可湔拔之时，《万国公报》站到了与保守派对立的一面，使《使西纪程》有幸毁而难灭，禁而不绝，为域外游记的兴起与流传奠定了坚实的基础。

本章小结

1876 年前后，《万国公报》依靠民信局、洋行外轮逐渐扩宽了发行网络，打破了早期只能依靠教众内部传播的局限，"已传遍中华十八省各府地方，再各西国大口岸皆有买者，东洋各埠行销不少"②，初步形成较为完备的发行和销售网络。1883 年《万国公报》第一次停刊前，发行量大致每月 2000 份，最多可达每年 10000 份。1889 年复刊后，最初每月维持在 1000 份左右，后经广学会推介，发行量大增，每年可售出 30000 多份。动辄数万本的销量以及相对完整的发行网络是一般著作无法比拟的，以李圭《环游地球新录》为例，此书由李鸿章作序，海关总署出资刊印三千册，并安排各地税务司代售，但大部分读者阅读的途径仍是报纸，如孙宝瑄在《万国公报》上读到《环游地球新录》，称赞"鳞瑞璨瑳，如履其境，盖万国宝物所萃焉"③。《万国公报》在当时的影

---

① 郭嵩焘：《郭嵩焘诗文集》，杨坚点校，长沙：岳麓书社，1984 年，第 243 页。

② 《万国公报告白》，《万国公报》，1875 年第 348 期。

③ 孙宝瑄：《忘山庐日记》上册，上海：上海古籍出版社，1983 年，第 99 页。

响力和覆盖面可见一斑。

1905 年 9 月，《万国公报》发行满 200 册，编辑部特发祝辞："若夫主持舆论，阐发政见，评议时局，常足为一国前途之导向方针也，砥柱也，皆杂志报章之天职也"[1]。可视为《万国公报》介入晚清中国政局的宣言。在近 40 年的发展历程中，《万国公报》勇于探索和尝试，寻找中西文化的契合点，从教会刊物逐步转变为执舆论之牛耳，领社会之风潮的综合时事刊物，对近代中国思想文化的影响深远。林乐知曾回顾自己半生寓华的经历：

> 犹忆初来华海时，发匪遍地。……咸丰十年，英法兵直入北京，既而款议庆成，洋兵全退，转助中国以平发递。发递略定，捻、回诸匪相继作乱。凡此情形，亦仆之所历历寓目者也。同治季年，日本有台湾之役。光绪初年，法兰西有越南之役，日本又有朝鲜三役。又皆仆之所身亲目击者也。至于中国与各国所订之合约，则皆读而知之。中外交涉诸事，则皆逐月考察，分布纪于《万国公报》。[2]

从太平天国起义、英法联军入京、中法之战、中日甲午之战，林乐知与《万国公报》可谓中国三千年未有之变局的目击者和亲历者。《万国公报》传播教义、介绍新知、呼吁文明、鼓动改革，传达出的"不变法不能救中国"的警世危言成为晚清中国的时代主题。当然，林乐知等传教士站在西方文化立场，秉持"斐州已矣，美洲为上，亚洲为下"[3]

---

① 范祎：《〈万国公报〉第二百册之祝辞》，《万国公报》，1905 年 9 月第 200 册。

② 林乐知、蔡尔康：《险语对上》，《万国公报》，1895 年第 82 期。

③ 林乐知：《求新贵州有达识说》，《万国公报》，1901 年第 145 卷。

的文化优越感，对此应有清醒的认识。

近代以来，读者对异国他乡的想象和认知需求，对改变现实和向往更好生活的愿景，成为大众传媒的重要推动力。旅西记述成为关注变革，反映社会的时代文体，成为一面他者之镜，映照出创新与传统、进步与保守、抒情与纪实、个人与时代互相影响的复杂过程，使中国读者的目光与识见，扩展到遥不可及的远方。报刊的媒介逻辑打破了原有的制度型政治逻辑，报人、报刊与官方体系之间产生裂痕，"当政治权力的合法性在知识分子眼中越来越弱化甚至消失时，报刊政论就倾向批判而不是建言"[1]。域外游记，不论是出使官员的记述，还是传教士的说教，都与帝国现实形成鲜明的反差，胜败优劣，不言自明。郭嵩焘的《使西纪程》在字字征实的文本中呈现出一种"忠诚的反对"，正是阿伦特所讲的"良心反抗"，在禁而不绝的悖论中逐渐深入人心。

近代报刊作为舶来品，一直被视作经国之利器，兼具信息传播与政治动员双重性质，被赋予力挽狂澜的沉重使命，那种"普遍而又简单的阅读"[2]是一种奢望。《万国公报》主动介入郭嵩焘《使西纪程》查禁风波，从传播学的角度来看，《万国公报》与郭嵩焘无疑是近代报刊兴起过程中重要的媒介事件（media events），郭嵩焘是典型的媒介人物（media personnalities）。《万国公报》过滤掉他的负面信息，放大正面信息，成功了塑造了一代名臣郭嵩焘披肝沥胆、无所畏惧的西行者形象，扩大了游记文本的传播与影响，成为近代文化史上具有标志性意义的舆论事件。

---

① 哈贝马斯：《公共领域的结构转型》，曹卫东、刘北城译，上海：学林出版社，2011年，第221页。

② ［美］利奥洛文塔尔：《文学、通俗文化和社会》，甘锋译，北京：中国人民大学出版社，2012年，第80页。

　　传统读书人的社会空间无外乎"前人的世界"和"周围的世界"①，前者代表过去和传统，后者则为耳闻目睹的有限空间。报刊媒介的出现，打破了古老封闭的内向型的认知空间，将"现在将来"和"世界万国"呈现在读者面前。这些传统士大夫已经意识到在"新闻纸"的时代里，信息接收和体验方式已明显不同，一场新的变革正在蓄势待发。《万国公报》并非最早刊载域外游记的近代报刊，但却是刊载域外游记最多、时间跨度最长、也最系统的报刊。域外游记与报刊的结合，真正将文字、传播和观念融为一体，成为一种雅俗共赏的时代文体，既有思想启蒙、传递新知的合法性，本身又暗含着建构新世界、颠覆旧秩序的力量，共同参与到近代中国思想启蒙、知识更新和文学吐故纳新的大潮中。

---

　　① 卞东磊：《古典心灵的现实转向：晚清报刊阅读史》，北京：社会科学文献出版社，2015年，第11页。

第十章

经世之心与文人风雅：
《申报》与李圭《环游地球新录》

　　1876 年 5 月，美国费城举办建国百年世界博览会，时任宁波海关文案的李圭，受总税务司赫德（Robert Hart）委派，赴会观览。归来后写成《环游地球新录》，记述旅途见闻及赛会盛况。该书问世以来，因所述海外风物新奇可感、文辞通俗易懂，故流传甚广，颇负盛名，后被编入《走向世界丛书》①，为研究者瞩目。但近年来相关成果寥寥，大多围绕世博会见闻发论，且对李圭生平著述的描述抄袭成说，所言皆不出钟叔河《李圭的环游地球》一文，钟文实据李详《清故运同衔升用同知

---

① 1980 年，湖南人民出版社出版了由谷及世（即钟叔河）根据光绪四年（1878 年）刻本整理点校、钟叔河编辑的单行本《环游地球新录》，篇首有导言《最早一部中国人写的美国游记：介绍李圭著〈环游地球新录〉》，简单介绍了此书缘起。1986 年，钟叔河将《环游地球新录》与王韬《漫游随录》、黎庶昌《西洋杂志》、徐建寅《欧游杂录》合编为一册，由岳麓书社出版，并作弁言《李圭的环游地球》，对李圭生平著述的考证为研究者不断征引。

浙江海宁州李君事状》①引述扩展而成,新见无多,并有缺漏。李圭另有诗文图记《环游海国图》,与《环游地球新录》并行于世,至今未进入研究视野,殊为可憾。

第一节　写字先生、环游地球客与一代循吏

李圭(1842—1903),字小池,江苏江宁(今南京)人。李圭一族世居南京城外永丰乡夏庄(今南京市江宁区夏庄村)②,山环水抱,向称乐土。李圭自幼家境殷富,自称"居家读书,未尝远行,间至亲戚家,虽五七里,必有代步者"。养尊处优可见一斑,愈显日后环球之旅的难能可贵。晚清末造,兵燹四起,李圭亲罹其祸。1860年5月,太平军攻陷江南大营,李圭母亲、发妻及幼女等亲人死难者达20余人,李圭被俘,辗转至苏州。为生之计,他先隐瞒身份,充当苦力,冒枪林弹雨搬运军械杂物,九死一生。后来发挥自己读书识字的优长,替太平军整理文书,以写字先生为幌子,伺机脱逃。太平军头目为笼络人心,竟使出"美人计",欲为李圭娶妻,他以疮疾未愈,借故推脱。隐忍两年多之后,1862年8月,李圭与友人胡梅坨、邵子云一道成功逃至上海。

后来的李圭传略绝口不提其曾为太平军刀笔吏一事,只说"避粤

---

① 李详(1858—1931),字审言,江苏兴化人,诗文名家,为李圭生前挚友。查其《学制斋书札》之《致缪艺风十九函》云:"《李小池圭事状》已撰成,前允列入《续碑传集》牧令一门。其人疏宕自憙,确有可传者。……所言事皆实录,决非谀墓。"可知其《清故运同衔升用同知浙江海宁州李君事状》一文系应缪荃孙之请而作,后编入《续碑传集》卷四十五"守令"。李详另作有《李小池太守六十寿序》。

② 钟叔河谓李圭"世居乐丰乡夏庄",实为"永丰乡"之误。

寇之上海，赴青浦长胜军营办理文案"①；或曰"圭为贼所生得"②；或曰：
"陷身贼庭，楚毒备至"③。将其中曲折原委一概隐去，也是为逝者讳。
倒是李圭本人后来将这一番惨痛经历写成《思痛记》，劫后余生，用文
字直面不堪回首的往事，揭橥不为人知的屈辱经历，确实需要勇气和魄
力。全书文笔写实，读来字字泣血，惊心动魄。非经忧患不能著书，不
历乱世不能道人情之变，李圭将家族惨痛推而广之："斯痛也，非吾一
人之痛，而凡为贼所掳者千万人之痛也。非贼能尽人而与之痛，而实人
人自召之痛也。"他告诫后人："俾有鉴于兹，决机宜早，勿玩误因循至
噬脐之莫及云。"④希望国人在面临重大抉择时，应当机立断，以免身陷
绝境。钟叔河指出，李圭这种痛定思痛的心理终其一生，《环游地球新
录》成书盖与此念不无关系，确为的论。不过《思痛记》实成于《环
游地球新录》后两年（1878年），《申报》在推介《环游地球新录》时
有意提及此书，认为两书"异曲同工，而欣戚判焉"⑤，《思痛记》能广
为流传也正是借了《环游地球新录》的东风⑥。此书问世之后广受欢迎，
多有再版翻印⑦。喜作读书记的周作人对《思痛记》极为赞赏，认为可

---

① 许传霖、朱锡恩编纂：《海宁州志稿》卷二十八，上海：上海书店出版社，1922年，第
3134页。

② 李详：《清故运同衔升用同知浙江海宁州李君事状》，《李审言文集》，南京：江苏古籍出版
社，1989年，第998页。

③ 李详：《李小池太守六十寿序》，《李审言文集》，南京：江苏古籍出版社，1989年，第
842页。

④ 李圭：《思痛记》下卷，光绪六年季冬十二月师一斋镪版，第21页。

⑤ 《书〈环游地球新录〉后》，《申报》，1882年5月2日。

⑥ 1882年6月27日《申报》刊出李圭拟写的《思痛记》售书广告："是书纪事，予向年陷
贼时事，虽毛举抚拾，而与《金陵摭谈》等书参观，各有详略之不同。现付剞劂式刊印，每部订成
一大本，托申昌书画室发售，价洋每本二角。"《申报》1884年12月22日又刊发启示，将《环游
地球新录》和《思痛记》捆绑出售。

⑦ 直到1913年，上海振寰书局还将《思痛记》改头换面，以《太平军中被难记》为名出版。

与王秀楚《扬州十日记》、李清《南渡录》媲美，"时出披阅，有自己鞭尸之痛"①，大有韦编三绝之慨。他还将书分赠胡适、纪庸等友人，以待知音，并托日本学者松枝茂夫译成日文，在日本发表。②

李圭到上海后，经胡梅垞推荐，在青浦常胜军营办理文案。1865年，他又辗转至宁波海关税务司好博逊（Herbert E. Hobson）处司文牍。太平军文书与海关文案，虽然境遇大不同，但职业无本质区别，都可视为"写字先生"，以笔墨讨生活。当时的中国民智未开，耻谈洋务，李圭确有开明的眼光，在与洋人交涉中留心时事，学习新知，开始崭露头角，其后一生的起伏遇合，实权舆于此。

1876年5月，李圭奉命赴美观览，跋浪东瀛，凌波西极，出洋途中以"环游地球客"为名，将旅行日记在《申报》连载，翌年写成《环游地球新录》，李鸿章亲为作序推荐，交由总署资助刊行，李圭这时才真正声名鹊起，为世人熟知。环球壮游之后，李圭对中西情势的认识更加清醒和自信，于1880年上书李鸿章、沈宝桢，条陈治国兴邦的七点建议：广行通商、勘定边界、讲求武备、采办军械、开拓利源、举办国债、宣传洋务，李沈二人大为赞赏。《申报》1881年2月5日《嘉纳名言》栏目对此事做了特别报道：

> 金陵李小池司马圭去年曾条陈时事七款，恭呈南北洋大臣钧览。其底稿惜未批读，兹闻其中第五款之大略云……两大宪阅后，嘉其留心时事，有不无可采之批语。

可见李圭上书言事一事在当时影响很大。随后，李圭又作《蠡测罪

---

① 周作人：《〈思痛记〉及其他》，《谈风》，1937年第14期。

② 纪果庵：《读〈思痛记〉》，《光化》，1944年第1期。

言》，阐明学习西方、变革自强的主张，得到历任浙江地方官员温宗翰、薛福成、宗源瀚等人的器重。1883 年，中法起衅，李圭兼任洋务委员，带兵驻扎江北警戒，参与防御法军的备战工作。他建议控制洋人引水员，防止其通敌导航；修建宁波到镇海的电报线路，便于传递讯息，皆被采纳。1885 年初，法舰逼近镇海，李圭审时度势，力劝薛福成先发制人，"宜速饬镇海炮台，视炮弹能达，燃炮轰击，毋落人后"。薛福成依计行之，果然将法军逼退。李圭在海战中从容不迫，并赋诗激励将士，"相与悲歌不置，人咸壮之"。事后，薛福成向浙江巡抚刘秉璋推荐李圭以知州留浙补用。

　　李圭在浙期间另一重要的贡献是参与筹备晚清邮政事务。早在考察世博会时，李圭已注意到邮政利国便民的重要性，"有欲采而施诸中国"①。1885 年，李圭将税务司葛显礼（Henry Charles Joseph Kopsch）根据《香港英国信馆通行条规》草拟的《译拟邮政局寄信条规》译成汉语（即"李圭条规"，又称"葛李条规"），呈报薛福成，薛福成又将之转交两江总督曾国荃，并报直隶总督李鸿章等人，葛显礼也将有关材料交总税务司赫德，经中外人士"往复条议"，1890 年，清政府命赫德先于通商各口推广办理。据相关史料披露，《条规》的主要撰拟人是葛显礼，且《条规》只是抄录备考，最终并未采用，海关档案亦未留存。②尽管如此，赫德仍对李圭的贡献表示赞赏，称其"做了许多有用的工作"③，恭亲王奕䜣在奏折中对李圭参与考察条议的工作也给予了肯定④。

---

　　① 李圭：《环游地球新录》，长沙：湖南人民出版社，1980 年，第 66 页。

　　② 刘广实：《译拟邮政局寄信条规》，《上海集邮》，1986 年第 8 期。

　　③ 中国近代经济史资料丛刊编辑委员会编：《中国海关与邮政》，北京：科学出版社，1961 年，第 79 页。

　　④ 《恭亲王奕䜣等为总理衙门遵议办理邮政并与各国联会事奏折》，转引自丁进军：《清末正式创办邮政官局的两件史料》，《历史档案》，1991 年第 2 期。

李圭虽然名声在外，但非正途出身，区区"洋务委员"并非正式朝廷官员，于事功之途资历尚浅。1887年8月至12月，李圭入京赴吏部办理知州补用事宜，将此番经历写成《入都日记》①。该书记述晚清官场分发引见规程颇为详尽，京津一带人文风俗，亦细致入微，字字征实。邓之诚认为李圭其他著述"似皆不及此书"，看重的便是其"足备掌故"的史料价值②。他往返途经天津，曾两度拜见李鸿章，探讨洋药改章、嘉兴湖州设卡征税事宜，深得李鸿章赞赏。在京期间，他拜会了曾纪泽、薛福辰、黎庶昌等当时声望卓著的人物，与端木埰、黄思永交谊颇深。他还应邀和曾纪泽畅谈洋务厘金、通商租借、开办邮政等时事，颇得好评。11月2日入紫禁城陛见，在养心殿得到光绪皇帝接见。李圭在京盘桓三个多月，虽然终日酬酢往还，饱受驰驱颠踬之苦，但也扩大了自己在京城士大夫圈子的影响，积累了宝贵的人脉关系。

1893年，李圭赴任海宁知州，上任之初即表明心迹："圭昔陷贼，九死一息，求善未遑，宁敢作匿？贪污受赇，神其我殛！"③他也做到了殚精竭虑，一心为民。倡议疏通河道，开掘鱼塘，不仅利于农业灌溉，又可使民得利，为百姓称道。他还以身垂范，屡屡捐款救孤扶弱、赈灾济贫、兴修水利等，《申报》多次报道其善言懿行。李圭在知州任上颇有政声，张之洞特征调他赴苏州，襄助筹划通商事务。李圭在任期间，不忍目睹鸦片荼毒生灵，为考察鸦片流播之史，1895年"就见闻所及，或采自他书，或录诸邮报，附以外国往来文牍"④，写成《鸦片事略》。周作人称赞《鸦片事略》史料价值比《思痛记》"高三十倍"，

---

① 李圭《入都日记》收入2011年台湾文听阁图书公司《晚清四库丛刊》第十辑。

② 邓之诚：《邓之诚读书记》，北京：中华书局，2012年，第223页。

③ 李详：《清故运同衔升用同知浙江海宁州李君事状》，《李审言文集》，南京：江苏古籍出版社，1989年，第999页。

④ 中国历史研究社：《信及录·鸦片事略》，上海：神州国光社，1947年，第181页。

感慨："李小池真有见识，我读其《思痛记》将四十年犹不曾忘，今读《鸦片事略》，其将使我再记忆他四十年乎。"①

他曾尝试推行中西合璧的"书舍"教育模式，以"环游地球客"之名在 1894 年 7 月 10 日《申报》刊登招生广告：

> 海禁一开，西学大兴，书馆林立，不胜枚举。然仅尚西文，不无偏废之虞。本书舍有鉴于此，以中学为体，西学为用，特延英教习四人，汉教习二人，皆才具素优，声名卓著。务使来游者，淹通中西，造成有用之学。书室堂皇，卧房明靓，住馆贴膳物，维其备早进晚归，各任其便。准于七月朔开馆，有志者先期报名。

这种中西兼备的教学模式，已初具新式学堂的面目，足见在国事日迫、西学东渐背景下，李圭急于为国家培养中西兼修人才的良苦用心。早在 1887 年，李圭在天津曾应天津税务司、德国人德璀琳（Gustav Von Detring）邀请，参观了筹建中的博文书院，其"以西国文学教我中华子弟，而备国家因材器使"②的宗旨倒是与淹通书舍有异曲同工之处。

李圭体恤民众疾苦，宽济为怀，常常不能按时完成朝廷规定的钱粮征收任务，因此被参劾。1895 年，浙江巡抚廖寿丰列举的未能按时征缴漕粮的地方官员名单，李圭便赫然在目，并因此受到处分③。1896 年漕运总督松椿曾奏请撤销对李圭的处分："所有原参海宁知州李圭未完

---

① 周作人：《鸦片事略》，《宇宙风》，1936 年第 17 期。

② 李圭：《入都日记》，台中：台湾文听阁图书公司，2011 年，第 116 页。

③ 《光绪二十一年十月十六日京报全录》，《申报》，1895 年 12 月 9 日。

处分，详情据奏查销等情，前来奴才复核无异，理合肯仰天恩，俯准敕部将海宁州知州李圭前参未完处分，查照开复免议，以符定案。"① 但并未得到户部允准。1898 年，李圭再次因漕粮征缴问题受到参劾：

> 去年海宁州李小池刺史，计典被劾，遗缺由前巡抚宪廖毂似中丞咨部扣留外补，现经宪台恽方伯详请，以候补知州汪刺史煦请补。②

李圭最终被朝廷撤职。李圭在海宁任上并未善终，实为憾事。其晚年忽患脑疾，"时或愤叱，若有不平，迫未得遂者"，也正是他怀抱不得抒展、内心愤懑难平的写照。1903 年，李圭病逝于杭州。

李圭一生可谓懿才远志，习儒者之学，而不忘当世之务，虽非科举正途出身，但亦为好学能文之士，著作颇夥，除《环游地球新录》《思痛记》《入都日记》《鸦片事略》等著作外，尚有《金陵兵事汇略》《拙吾诗稿》③ 等。他不仅在《申报》连载游记，亦在《万国公报》《中西闻见录》《经世报》等报刊发表文章④，内容广泛，可见其涉猎之广。李圭赴美参观世博会，作环球之旅时，曾对西方报业进行了一番考察，在伦敦参观泰晤士报馆，对《泰晤士报》留下了"所列各国时事最确，议论亦极精当"的印象，与《滴森新报》主笔交流，了解到市区有政府

---

① 《光绪二十二年七月十八日京报全录》，《申报》，1896 年 9 月 4 日。

② 《浙江官场纪事》，《申报》，1899 年 7 月 7 日。

③ 《拙吾诗稿》为李圭自作诗集。李圭《入都日记》自述入京拜会同乡官员时，常将《环游地球新录》配以《思痛记》或《拙吾诗稿》作为见面礼奉送。邓之诚亦云："李圭所著有《思痛记》《环游地球新录》《鸦片事略》《拙吾诗稿》，唯《新录》及《诗稿》未见。"邓之诚：《邓之诚读书记》，北京：中华书局，2012 年，第 223 页。

④ 《德国缘起择要》（《中西闻见录》1874 年第 21 期，卜德乐口译，李小池笔述）；《天一阁观书记》（《申报》1886 年 6 月 5 日）；《使臣出洋分驻表》（《经世报》1897 年第 15 期）。

设置的阅报看书的场所，充分肯定了西方新闻纸"上有明目达聪之美，下有广见博闻之益"的作用，呼吁"报馆之设，诚未可曰无益，而其益则尤非浅鲜"①。对报纸的舆论传播功能了解相当深刻。周作人说"李君思想通达，其推重报纸盖比黄公度为更早"②。此论颇有见地，从李圭与当时众多报刊文笔往来的情况来看，确是实情。

李圭早年横遭劫难，九死一生，后以环球之游骤享大名，慨然以天下为己任；继而上书言事而获知州之任，又因体恤民情、缓征钱粮被劾卸任。一生可谓波澜起伏，壮志未酬。环球之游使李圭由寂寂无名的写字先生成为名满天下的环游地球客，但屠龙之术，无地可施，半生事功囿于一州一邑，其人声名不显，其事平易近人，称他为恪尽职守、爱民约己的一代循吏，倒是恰如其分。

第二节　文学市场化的典型：
《申报》与《环游地球新录》

1876 年 5 月 14 日，李圭偕译员陈炽垣，由上海乘三菱公司"宜发达号"客船东渡日本横滨，后转乘美国客轮"北京城号"赴三藩市（旧金山），1876 年 6 月 23 日抵达费城。在美国盘桓三个多月后，离美至英、法游览，于 1877 年 1 月 17 日回到上海，行程为期 240 多天，环游地球八万余里，可谓壮举。启程赴美不久，1876 年 6 月 7 日，李圭即署名"环游地球客"，在《申报》连载《东行日记》：

---

① 李圭：《环游地球新录》，长沙：湖南人民出版社，1980 年，第 91 页。
② 周作人：《鸦片事略》，《宇宙风》，1936 年第 17 期。

　　李君小池,名圭,在宁海关司事。性倜傥,有振衣千仞
冈,濯足万里流之概。平时崇论阂议,往往托邮筒交本馆登诸
日报,阅者几至五体投地,同声叹服,洵为今时之有心人也。
前月中旬来沪,谓将押运中华之工物,前赴美国百年大会,定
于四月念一日,附三菱公司火船启行。由日本而至花旗,俟会
事既蒇,取道欧罗巴洲,涉埃及新开河,渡印度洋抵香港,然
后回沪。盖欲将东西地球绕行一过也。计此往返约有十余万
里。虽古人之探星宿海寻河源,恐亦无此壮怀。顾小池之志非
仅欲览其山川风俗也,以为自通商后,华人之出洋谋生者,当
不下数十万。中国既无领事分驻于外,则此数十万生灵利病若
何、休戚若何,究无以深知其隐。今借赛会事,借以历览其
境,俾他日归来,亦可托空言,以备刍荛之献。故与本馆话别
时,曾订定凡经过之处,必有日记随时寄示。[①]

　　李圭出发前已与《申报》约定沿途寄发文字,记述旅途见闻,随
行随记,逐日刊发,实际上已成"特约记者"。受当时中西通讯的限
制,日记在《申报》1876年6月7日、1876年6月8日、1876年7月22日、
1876年9月7日、1876年9月8日、1877年1月5日、1877年2月2
日、1877年2月3日、1877年2月5日、1877年2月6日共刊载了10
次,直至1877年2月6日才终篇,也就是日后成书的《环游地球新录》
第四卷《东行日记》的初稿。连载与成书后的文字出入较大,显然经过
增删润色,如《申报》1876年6月7日刊载的出行首日日记:

　　光绪二年四月二十日,余雇定日本国三菱公司之美国宜

发达轮船。二十一日，卯正，由沪开行。船为明轮，大桅二，烟筒二，容二千五百吨。船面宽阔，舱分上下二等。余偕同行友陈炽垣住楼面上舱第二十五号房间。

日记行文精简，只交代出行时间、乘船地点、同行人员、船只概况等基本信息，点到为止，无任何描述渲染，如此简明扼要，颇有现代报刊通讯的味道①。再看成书之后的文字：

> 光绪二年四月二十日，雇定日本国三菱公司（洋商纠股贸易，谓之公司。招商局之设，亦仿此意也）之美国"宜发达"轮船。计上舱票二张，一由上海至日本国犹哥哈马埠（即横滨），一由犹哥哈马转船至美国三藩谢司戈城（即旧金山）。每人船资减半，尚约洋钱一百五十圆（凡赴美国公所公干人员及工商等并赴会之货物，由我国管理会务官与美国商船议定，船价均减半）。是日亥正登船。同行译语者，为粤人陈君炽垣。②

此段文字翔实可感，内容丰富，添加了很多注解，解释了新名词"公司""三藩谢司戈城"的含义，并说明因赴会公干，船资亦减半，尽可能地还原出行细节。李圭从上海出发到美国费城，历时仅 40 天，比当年林铖的美国之行整整缩短了 100 天，这要归功于近代科技革命带来的交通工具的进步。林铖所乘为较原始的三桅帆船，而李圭则搭乘的

---

① 《上海新闻志》即将该文列为较早的旅行通讯，但并未指出作者即为李圭。见《上海新闻志》编纂委员会编《上海新闻志》，上海：上海社会科学院出版社，2000 年，第 418 页。

② 李圭：《环游地球新录》，长沙：湖南人民出版社，1980 年，第 120 页。

"宜发达号"和"北京城号"皆为明轮，为当时先进的蒸汽机与风帆并用的混合动力客轮，动力、航速及安全性已大大提高。远洋客轮上膳食丰美，环境舒适，丝毫没有预想中的风涛之险和饥寒载途，李圭不禁窃喜："余将动身时，颇畏出洋之难，至此则毫不觉难。"①这是有切身体会的肺腑之言，不过在成书时删去，不然难以凸显远渡重洋环游地球的艰难。

李圭还删除了一些旅途中的生活细节，从横滨赴美国的远洋途中，李圭与一位精通汉语的外国人聊天：

> 一日晚餐毕，有西友能作华语者问余曰："子来自北京乎？"曰："非也。""子到过北京否？"曰："未也。"友笑曰："你我已居'北京城'十数日，何言未到？"始悟友盖指船名作笑谭也。余曰："诚然！凡人心所耿耿者，名利耳，今如子言，可以两得，甚可喜也。"问："何喜？"曰："人无才不能翔舞于天衢，又无才不能致富至千万，今则居然坐北京城船而赴金山，北京，名场也；金山，利薮也，是二十日内名利两字并得，不亦深可喜哉！"友曰："子以虚事作实解，自欺欺人，何喜之有？"语未毕，同坐问何谈，友具译告之，皆大笑，亦有愀然不乐者。②

问答之间，将江海之恶、风涛之险化为笑谈，并隐隐道出人生如旅的喟叹，真实形象地呈现出同船远洋的中西旅人不同的心态，大概他觉得这些闲笔无关宏旨，成书时删去。许多随性而发的文字，诸如"洋人用心精细，行事果勇，观此数层，可叹天下真无难事矣"，"令人可爱可

---

① 《申报》，1876年6月7日。

② 《申报》，1876年7月22日。

敬"等对西人有感而发的赞语，也尽数删去，成书后的文字对西人的态度更克制、客观，不再像旅途随感，不加掩饰地赞誉。李圭也难免海客述奇的心态，如在修订成书时，刻意夸大日本男女同浴的生活陋习[①]，精心刻画在芝加哥剧院看戏的场景[②]等。总体而言，旅行日记从简明扼要的报刊之文到意义丰赡的著作之文，形式更整饬，内容也更理性客观，增加了文本的知识性和趣味性，却失掉了如临其境的现场感。

李圭在海外期间，还在《申报》发表了《美国寄居华人缘起并叙近日情形》[③]《记哈佛幼童观会事》[④]《中国会事纪略》[⑤]等文章，后一并收入《环游地球新录》。1877年，李圭将旅途见闻扩充整理，写成《环游地球新录》，李鸿章亲自作序，赞其"是录于物产之盛衰，道里之险易，政教之得失，以及机器制造之精巧，人心风俗之异同"[⑥]，无不殚心考究，不虚此行。该书于1878年出版单行本，《申报》于7月15日刊出上海通商海关造册处告白：

> 宁波新关文案李小池先生，前年奉委赴美国观会。自上海登舟经日本、越大东洋、抵美国。复涉大西洋，过英法各都，历印度洋回上海，环游地球一周，水陆八万二千余里，往返八阅月。有奇著《环游地球新录》一书，首述美国会院情形，次述游历各国之闻见，缀以各说，附以日记，莫不确当详明。前经缮呈总理衙门并北洋大臣，今由海关造册处出资排

---

① 《申报》，1876年6月8日。

② 《申报》，1876年9月8日。

③ 《申报》，1876年9月21日、9月25日。

④ 《申报》，1876年11月8日。

⑤ 《申报》，1876年10月10日。

⑥ 李圭：《环游地球新录》，长沙：湖南人民出版社，1980年，第2页。

印，分派各处售卖。纸张印工异常精美，京城地方即由总税务
司署代售，上海在啸园书局及美华书馆发售，余如牛庄、天
津、烟台、宜昌、汉口、九江、芜湖、镇江、宁波、温州、福
州、厦门、台湾淡水、潮州、广州、琼州、北海等处，均由新
关税务司处发售。每部四本，夹以木板，计洋一元，遐迩一
律，毫无低昂。欲不出户庭而知海国事者，盍购阅之。

这一告白有助于了解此书刊印发行始末，可证李详"上之总署，给
资印行三千部"① 所言不虚。总税务司不仅出资印行，而且利用通商口
岸的便利，分发各地税务司代售，足见对此书的重视。晚清域外游记多
为出使官员应总理衙门要求，考察西国政教而作，鉴于后来郭嵩焘《使
西纪程》被毁版查禁，游记付梓多是个人行为，而且是悉心删改之后的
文本，由官方出资印行，且大力推销者，《环游地球新录》应为唯一一部。

为给该书造势，《申报》还刊文谓该书足与《瀛环志略》《海国图
志》相颉颃，并对李圭寄予厚望："安知天不欲老其材，而将降以大任
耶？"② 并多次在头版刊发告白《寄售环游地球录》，不遗余力地推销此
书。《万国公报》也连载了《东行日记》，并选登了关于美国费城世博会
的《各物总院》和《美国设会缘起》③。该书流播甚广，一时洛阳纸贵，
刊行不久即有盗版，李圭曾修订重刻，多次刊发广告④，一直持续到

---

① 李详：《清故运同衔升用同知浙江海宁州李君事状》，《李审言文集》，南京：江苏古籍出版
社，1989 年，第 998 页。

② 《书〈环游地球新录〉后》，《申报》，1882 年 5 月 2 日。

③ 《万国公报》于 1878 年第 504 期刊载《美国设会缘起》，1878 年第 509 期刊载《各物总
院》，1879 年第 530—535 期连载《东行日记》。

④ 《申报》1885 年 7 月 24 日，刊发告白："《环游地球新录》铅版早售罄，嗣有人翻刻，近
亦漫漶，且多错字。今李君小池重刻，木版，用连史纸装订，每部四本，价洋八角。"随后《申报》
1887 年 5 月 16 日、5 月 26 日、8 月 25 日又连续刊登该告白。

1887年，此书也成为众多书商竞相刊印的畅销书籍[①]。《万国公报》主笔沈毓桂推称李圭为"此一世界之中之张博望、班定远"[②]。李圭不满足于做观光客，而以西国政教考察者自膺，自言出洋远游，绝非仅为观览景色、了解风俗，最直接的目的乃是考察在美华人的生活疾苦，同时借世博会这扇窗口，取长补短，为国家革新图强出谋划策，"以备刍荛之献"。《环游地球新录》虽以记述世博会为重点，但遍游诸国之余，得以览西洋山川之瑰丽，察民俗之醇漓，识国势之盛衰，言之有物，博瞻可观，为晚清域外游记上乘之作，被众多学者列为西学必读书目，相关论述也被不断征引[③]。李圭的海外考察细致谨严，在书中多有创发，如其对西国邮政的调查，为后来晚清邮政的创设提供了宝贵的参考；对英国牛津大学的记述被国内《图画新报》配图刊发，首次图文并茂地向国人展示了西方名校的风采，都极具启发和示范意义。此书诸体兼备，有日记记述道里行程，有随笔论说器物制度，有专题介绍世博会盛况，较之使臣日记形式更多样，内容更丰富，开风气之先，颇受读者欢迎。郭嵩焘称赞《环游地球新录》"记录甚为详明"[④]。钟叔河说《环游地球新录》"当时虽然印了三千部，以后却一直很少流传"，并不准确。仅从《申报》

---

① 从《申报》所附广告可知当时出售《环游地球新录》的书店除通商海关造册处，仅上海就有啸园书局、美华书馆、千顷堂书坊、申昌书室等多家。也有未经授权，将李圭日记略加包装，重新出版，如光绪二十年，海藻文书局石印，线装石印大16开横本《五大洲图说简明万国公法》，包括：《皇朝一统舆地全图》《五大洲图说》《各国路程》《简明万国公法》，《各国路程》即为《东行日记》改头换面而已。

② 《李小池刺史思痛纪金陵兵事汇纪》，《万国公报》，1889年第3期。

③ 梁启超《西学书目表》《清史稿》、丁立中《八千卷楼书目》、刘锦藻《清续文献通考》均收录了《环游地球新录》，王锡祺《小方壶斋舆地丛钞》收录了《美会纪略》和《东行日记》；陈忠倚《皇朝经世文三编》收录了《客述》（即《环游地球新录》卷二《游览随笔》中关于美国纽约监狱及法庭审理犯人的记述），金武祥《粟香随笔》收录了《东行日记》中的《地球图说》。

④ 郭嵩焘：《伦敦与巴黎日记》，长沙：岳麓书社，1985年，第628页。

的售书广告来看，此书多次重印，远不止三千部。直到 1945 年，仍有读者称赞李圭"西去美洲公干竣，东还震旦见闻多"[1]，《环游地球新录》影响之深远，可见一斑。

报刊连载旅行日记并非《申报》首创，在李圭之前，罗森的《日本日记》和斌椿的《乘槎笔记》分别被《遐迩贯珍》（1854 年）和《中国教会新报》（1871 年）连载。不过，相较之下，《申报》对李圭环球之游的关注程度可谓前所未有，在刊登其旅行日记的同时，还特意告知读者，李圭与《申报》平日素有文笔往来，称赞其见识广远，笔力过人，吸引读者的注意。其间穿插报道李圭海外行程及考察归国的消息，告知读者李圭此行"尚有奇奇怪怪之事，不可以理测，不可以意度。……其拭目俟之"[2]，刻意制造悬念，吊足读者胃口，待书成之后又刊发广告，着意宣传。该书经《申报》的推波助澜，又蒙李鸿章的青睐，可谓集万千宠爱于一身，大获成功就在情理之中了。

自 1866 年总理衙门受邀参加法国巴黎"万国聚珍会"算起，截至 1911 年，中国共组团参加 13 次，派人与会 11 次，参展 6 次，成为晚清中国呈现自我与认知世界的重要形式[3]。这些相关活动也曾付诸文字，如郭嵩焘《伦敦与巴黎日记》、黎庶昌《西洋杂志》和马建忠《上李伯相言出洋工课书》中的 1878 年巴黎世博会，胡玉缙《甲辰东游日记》、钱单士厘《癸卯旅行记》和凌文渊《籥盦东游日记》记述的 1903 年大阪博览会，以及郭凤鸣《意大利万国博览会纪略》介绍的 1906 年意大利米兰世博会等，或学非专门，不得要领；或走马观花，失之琐屑，未得到读者过多关注，影响远不及《环游地球新录》。

---

① 龚壶隐：《读江宁李圭使美日记》，《木铎周刊》，1945 年第 220 期。

② 《海客归故乡》，《申报》，1877 年 1 月 20 日。

③ 赵佑志：《跃上国际舞台：清季中国参加万国博览会之研究（1866—1911）》，《台湾师范大学历史学报》，1997 年第 25 期。

《申报》慧眼独具，意识到李圭出洋观会的历史意义，抓住了当时读者渴望了解域外新知的心理，以李圭出洋作为报社营销的契机。《日本日记》的书写连载显示了近代报刊新闻报道与海外旅行书写的合流与互渗，《申报》与《环游地球新录》的连载及成书，因事前告白，连载不辍，事后成书，广告推介，则是一次环环相扣、相当成功的报刊媒体与文人名士联袂上演的文化营销活动。媒体营造的舆论空间与方兴未艾的文化传播机制给李圭带来了巨大声望，而《申报》借此书的畅销也获利匪浅，这实在是一次双赢的文化营销案例，也是晚清文学逐渐走向商品化和市场化的生动典型。

第三节　诗画并茂的域外想象：李圭《环游海国图》

在晚清众多西行者中，李圭的名声可谓不小。但作为诗人，尚未得到更多关注。《申报》连载李圭《环游地球新录》一书获得成功，"环游地球客"声名鹊起，《环游地球新录》一时洛阳纸贵。《申报》看准了李圭环游之旅的影响力，趁热打铁，于1882年5月5日—8日连续4期刊出《环游海国图》诗文题记24篇：吴淞放艇、东瀛古刹、曲海凭栏、他箕觅瀑、洪波浴日、柁楼邀月、客馆停骖、兀敦发轫、金门系缆、色闷碾雪、费城观会、飞莽驰车、重洋遇风、危楼远眺、海滨苦雨、名园骋马、马赛登舟、奈波观异、苏河缓棹、亚丁问径、楞伽礼佛、富南纵饮、交阤得桂、香海归帆，并公开征集应和之作：

> 光绪二年夏四月，因公赴美国，阅二十有六旬乃还。驾烟樯、乘飚车出没惊涛骇浪中，驰冰雪下，薄霄汉间。当暑也，忽严寒冹骨；既寒矣，忽酷暑酌肤。昼夜互更，子午易

向。百灵万怪，莫可究诘。尝取《山海经》审之，率不可印证，洵乎彼固荒诞也。然而是行也，正不以此。我国家允海外诸国通商以来，东西朔南，无远弗届，使星络绎，中外交驰。昔人云乘长风破万里浪者，若寻常事已。溯是年也，美国开基百载，肇举赛奇大会，萃集者三十有七国，冠裳黼黻，逮夫衣皮服卉，罔弗至。动植灵蠢，珍踰球璧，贱甚。泥沙虽数千年物，出之重渊邃谷，且有裂地百十丈而登诸几席者。古今奇异，胥罔弗备。要亦不仅以是而有此行也，然则环地球而行几八万三千里，果何为哉？曰笃交谊、识人才、别好恶、审优劣，孰为其长，孰为其短，而有有无无、是是非非，必与会乃可知。则驾驭之道，庶乎得其要领与？曩者尝有历览海外诸国之思，适逢其会，遂有是行，戎装甫上，自沪滨出日本，环历十余国，迨越南还至沪滨。其间往美之费里地费城者踰四月，以会在是也。英京伦敦、法京巴里亦几匝月。他或暂住，或信宿，或经过不少停，历览咨询，著有《环游地球新录》四卷就正当世。兹复追忆前游，为《环游海国图》二十四帧，装潢成册，始吴淞放艇，迨香海归帆，各附小志，而系之以诗，用志行踪。敬征诗文以为光宠，伏冀宗工哲匠，硕学名流，无吝金玉，而锡篇章。庶是图得附大雅以传，寔窃有厚幸焉。[①]

李圭回顾了自己的环球之行，言语间流露出开拓者的自矜自豪，与《环游地球新录》中那种严谨平正，明显不同。后来李圭挚友李详为其作《李小池太守六十寿序》，也提到："米利坚者，西球之大陆也。以有国百年之期，并为赛会，君以备员，派往历览……君于是有《环游地球

---

① 李圭：《征环游海国图诗文启》，《申报》，1882 年 5 月 5 日。

新录》四卷、《环游海国图》二十四帧。"①俞樾后来也在《题李小池刺史环游海国图》中说"爰以耳目所闻见，绘为二十有四图。"也就是说，李圭另有《环游海国图》并行于世。《申报》刊发诗文时未见配图，但这些诗文配有插图确凿无疑，当时《申报》或因版面限制，另印图册发行，存疑待考。

李圭不以诗人名世，虽著有《拙吾诗稿》，但诗名不显，《环游海国图》为中规中矩的文人诗歌。诗体多为五言，间有七言歌行，每首诗前有小引介绍游览背景和当地风俗，诗文配以插图，图文并茂，形式工整，走的是传统文人左图右史、雅俗共赏的路子。似乎只是为满足自己的"览胜癖"。诗作以中国传统文士炫奇逞异的眼光来审视异域风物，看到的是前所未见的西洋图景：国家富庶、机器精巧、风光雄奇、美人如花，笔下呈现的却是千人一面的"中国风"，如《名园骋马》：

> 翩然骑出五花文，彼美腰肢总出群。半面迴时开杏靥，四蹄翻处蠹兰筋。珊瑚鞭影追风疾，璎珞衣痕向日分。几许少年裘马客，端应妬煞九霄翀。②

骑着翩翩骏马的红粉佳人，粉面含羞，衣袖飘香，在少年驻足艳羡的目光中，绝尘而去。这样一幅才子佳人的浪漫场景，在中国古典小说中比比皆是，读不出一丝的西洋风味。再看诗前小记："法郎西都城西，郭外有名园曰'滺布伦'，林木参天，中有坦途，秋冬之交，贵家富室士女喜驰骋其间，云拥双龙，风翻八骏，翩然其来，嫣然以逝，惊鸿飞燕，又何足比喻然？而衣香粉泽，帽影鞭丝，却怪底泥人。故陶冶

_____

① 李详：《李审言文集》下册，南京：江苏古籍出版社，1989年，第842页。
② 《申报》，1882年5月7日。

豪情，结赏幽微者弥往焉！"方知所写为法国巴黎西郊布洛尼埃森林公园，青年男女畅游嬉戏的场面。再看其笔下的旧金山饭店："壮士车前执锦缰，美人亲为酌琼浆。氍毹匝地香成海，别是人间富丽场。"(《客馆停骖》) 如此雍容华贵、软玉温香的场景，中西难辨，不禁让人想起唐人游仙诗中亦真亦幻的仙境。尹德翔在论及斌椿海外记游诗时，引入形象学的解释，指出这种南辕北辙的文学书写，既是语言问题，又是文化书写的问题，作家笔下的异国形象，本质上仍是对本国社会的表现，如果主体对客体的了解比较肤浅，这种现象会更加突出。① 对于李圭同样适用，初次面对光怪陆离的异域风物，难免乱花迷眼，根深蒂固的中国文化元素发挥了主导作用。不过，李圭描写海外风光的雄奇壮美，多有新奇瑰丽之思：在神户六甲山观瀑布，长练如玉，"划开山一角，散作玉千条"(《他箕觅瀑》)；在意大利拿波里见火山而生"俾煎万古雪，添作四海水"(《奈波观异》)的奇想；船行大西洋，海上风浪滔天，于是"恨无剑斩沧浪鲸"(《重洋遇风》)，确有身临其境之感。诗歌既关乎山水，更关乎情怀，何况寄情山水原就是言志缘情的诗歌最基本的功能。客观地讲，《环游海国图》的诗歌在描摹自然风光，借流连山水，来俯仰古今方面还是达到了一定的艺术水准。因过分强调实用性和工具性，品题山水、神与物游在晚清域外游记中难觅踪迹，但深入血脉的抒情传统还是让诗人难以遏制即兴的诗情。从这个意义上讲，山水风光并未在晚清域外记游文字中缺席，而是移步换形，在最为正宗的古典文学形式诗歌里得到淋漓尽致的摅发。旅行途中的舟车行止、阴晴雨雪更易唤起行旅者的情思和遐想，日记体的游记记录下作者勉力跋涉的行踪，脚步匆匆，无暇流连山水之胜，而一首首形式整饬、格律严谨的记游诗

---

① 尹德翔：《东海西海之间：晚清使西日记中的文化观察、认证与选择》，北京：北京大学出版社，2009年，第62页。

则如一帧帧静止的风景，记录下彼时情由境生的瞬间感怀。诗歌因特定的文体特征而赋予作者特别的能力。一首成功的诗可以把难以调和甚至不可能调和的复杂和冲突包容在内，因为传统诗歌形式的紧密性允许相异甚至相互矛盾的元素交错并峙，而交错并峙的方式在散文书写中就行不通。[①] 这也是晚清海外记游诗盛行一时的重要原因。

斌椿与李圭的经历颇为相似，皆非科举正途出身，均为海关文案，因偶然奉命出洋而青史留名。从炼字格律上看，李圭确比斌椿雅致温婉，略胜一筹；但在诗歌意象上并无二致，以"璎珞"指衣饰、以"杏魇"比喻美人笑脸、以"珠宫贝阙"形容西方建筑等，传统古典诗文的陈词套语，依旧无可替代，发挥着"旧瓶装新酒"的作用。不仅如此，整饬典雅的四字诗题，除了嵌入"奈波""他箕""苏河""马赛""兀敦"等个别地名专有名词外，一仍其旧。这种命名方式传达的其实是一种"标题化"的风景，将异域风景纳入传统诗歌格式化的写情达意方式，陌生的风景瞬间熟悉化，惯常的思维模式、新奇的描写对象与受限的想象空间得到了调和，这也是文化本能和思维惯性使然。不同的是，斌椿的《海国胜游草》为出洋途中所作，一些诗还被西方媒体转载评论，具有外向型的中西交流的文化价值。李圭《环游海国图》则为事后所作，追忆前尘，踵事增华，以文人唱和为乐，倾向于内向型的游戏笔墨，这便是其逊色之处。与斌椿的诗歌一样，如果略去诗前小引或题记，读者会不知所云为何事何人，一些关键信息往往在小记中一语道尽，让人有"椟胜于珠"之感。学界论及晚清诗界革命前后，海外记游诗在"旧形式"表现"新意境"方面的某些新变，常追溯至林铖和斌椿，而李圭的诗歌则只字未提，实在是一大缺憾。陈兰彬《游历美国即景诗》与后来

[①] 田晓菲：《神游：早期中古时代与十九世纪中国的行旅写作》，北京：生活·读书·新知三联书店。2015年，第262页。

的何如璋《使东杂咏》皆以记行为主，催生了张斯桂的《使东诗录》和黄遵宪的《日本杂事诗》。^① 其实，李圭赴美比陈兰彬略晚，其《环游海国图》也以记录赴美行程为主，关于美国的记述上接陈兰彬，关于日本的记述则下启何如璋等人，可谓承上启下的重要一环。

《环游海国图》在《申报》刊出后，一时应者如云。王韬在 1883 年 7 月 22 日的《申报》上发表了《题李小池环游地球图》，盛赞李圭环游世界的壮举，"只想乘风破巨浪，手矸鲸鳠驱蛟蚪"。并说李圭"索我题诗已五载"，可见二人早已熟识。期待"李生倘来期一醉，长揖同上酒家楼"^②。1876 年 11 月，李圭曾与王韬在上海会面，李圭称赞王韬洞悉中外机宜，并对其怀才不遇的处境深表遗憾："世不知其才，良可惜哉！"^③ 两人早年与太平军都有瓜葛，同有海外经历，颇有英雄同道、惺惺相惜之感。王韬后来也以连载的形式，于 1887—1889 年，在《申报》馆发行的《点石斋画报》上刊登海外漫游的回忆录《漫游随录》。王韬自言《漫游随录》的创作，受到麟庆《鸿雪姻缘》、胡和轩《郊镈丛录》、张南山《花甲闲谈》的启发。在笔者看来，《漫游随录》的创作可能也直接受到李圭《环游海国图》的启发。只不过，李圭《环游海国图》的艺术水准远不及文采华赡的《漫游随录》，但以诗文配图的形式记述海外见闻，则肇始于李圭。

除王韬外，不少文人名士悉读而和之。俞樾曾作长诗一首，他先借李圭见闻阐释了地圆说的原理，认为李圭之行验证了上古中国有九州之说，将其视为"天意殆将旧轨复"的预兆，西方各国所行之道无非"刑罚从轻税敛薄，耕于其野行于途"，和孔孟之道无异，批评世人妄言改

---

① 尹德翔：《晚清海外竹枝词考论》，北京：中国社会科学出版社，2016 年，第 110 页。

② 王韬：《题李小池环游地球图》，《申报》，1883 年 7 月 22 日。

③ 李圭：《环游地球新录》，长沙：湖南人民出版社，1980 年，第 157 页。

革更张，而不知"切要之言曰反本"，实为下乔木而入幽谷。① 汪士铎推崇其为"翘材"，海外壮游实有"创辟草昧化榛狉"② 之功；金和则慨叹众人皆视出洋为畏途，而李圭独为"真勇士"，具有"环海穷步趋"的气魄，遗憾自己"是役惜未从，执鞭备仆夫"③；朱一寿亦称其书博赡可观，"异域采风诗，彩笔留佳篇"④；陈作霖赞叹其"八阅月行八万里"⑤ 的世间奇事，黄思永和端木埰⑥ 等人亦有诗唱和。这些唱和之作固然有文人之间增进私谊、沟通情感的功能，但也不可仅视为声气相求的应景之作。这些作者皆为当时名士，或为文苑领袖，或为诗坛大家，皆博学之士，他们的应和之作并非游戏笔墨，一方面阐释对李圭诗歌的理解，一方面表达对域外新知的认知。有赞誉，亦有质疑；有叹服，亦有商榷。这些诗作和李圭《环游海国图》应视为一个整体，一类具有典型意义的文本集合体，文本复调。它们的绝不止于开拓诗人交际的社会空间，通过这些诗句可透视晚清精英文人对域外世界的集体认知和判断。

李圭虽宣称环球之游不在猎奇逞异，而在"笃交谊、识人才、别好恶、审优劣"，但《环游海国图》俨然回到了旧式文人诗酒唱和的老路，早先《环游地球新录》传达新知、开阔眼界的锐气已荡然无存。《环游地球新录》文字写实，笔纳万象，字里行间可见作者正襟危坐、胸怀天下的济世情怀；而《环游海国图》则雍容雅致，吟咏异域风物，流露出李圭诗酒浪漫的另一面。李伯元曾在《文明小史》中安插了出洋游历的

---

① 俞樾：《题李小池刺史环游海国图》，《春在堂诗编》甲丙编，光绪二十五年刻春在堂全书本。

② 汪士铎：《李小池壮游图》，《悔翁诗钞》补遗，光绪张士珩味古斋刻本。

③ 金和：《题李小池环游地球图》，《秋蟪吟馆诗钞》卷七《奇零集》，民国五年刻本。

④ 朱一寿：《李小池环遊海国图题辞代顾诒卿作三十韵》，民国卅四年未刊诗稿。

⑤ 陈作霖：《题李小池司马圭环游海国图》，《可园诗存》卷十五课圃草，宣统元年刻增修本。

⑥ 李圭《入都日记》云："（黄思永、端木埰）两君又各为题环游海国图册长古一首"，但未录原诗。

饶鸿生一角，此人即使胸无点墨，也要诌出几首记游诗来附庸风雅，语多夸张，极尽嘲讽之能事，也确实道出晚清出洋官员文人多有诗文流传的客观事实。除斌椿、李圭之外，罗森、郭连城、王韬、郭嵩焘、曾纪泽、张荫桓、黄遵宪、康有为、梁启超等，多有兴发，行诸吟咏，留下或多或少的海外记游诗，黄遵宪与梁启超更是开启晚清诗界革命的一代巨擘。当然小说家的笔墨当不得真，只是表达对晚清官员只会纸上谈兵的不满罢了。

任何一个人都无法逃离特定时代的牵绊，儒家教化、诗文传统、思维方式和行为准则如同胎记一般烙印在每个读书人的身躯与血脉中。李圭和同时代的晚清西行者一样，在接受新事物时，总是敝帚自珍，尽可能地保留旧传统，虽然经过一番欧风美雨的洗礼，仍然选择这样一种题诗唱和的方式书写异域见闻，吟咏他乡感怀，一边以经世之心关注现实，一边又本能且固执地将文人风雅进行到底。

本章小结

李鸿章在李圭《环游地球新录》序言中说：

> 五洲重译，有若户庭。辎轩往来，不绝于道。有志之士，果能殚心考究，略其短而师其长。则为益于国家者，甚远且大；又岂仅一名一物，为足互资考镜也哉！

他希望读者不要拘泥于西方世界的细枝末节、一事一物，要习其之长，补己之短，可谓意味深长。皮锡瑞也希望读者应有所思，避免"千金师屠龙，毋乃徒买椟"的尴尬，他认为《环游地球新录》至多可为了解西方世界之参考，因为"古今筹边计，岂在洋务熟？兹编备采择，求效难一蹴"①。李圭的文字只是提供了西学之指南，但要变革自强，仅仅靠熟识西学名物是不够的，与李鸿章不谋而合。《环游地球新录》与《环游海国图》诗文并置，体例完备，为晚清海外记游的上乘之作，与后来出洋诸人卷帙浩繁的域外记游诗文形成一个庞大而复杂的互文书写体系，勉力承担起海宇沸腾、四裔交秩的时空背景下，介绍西学、变革自新的文化使命。晚清域外游记因跨越地理时空与文化心理的双重界限，带给读者以强烈的冲击与震撼，并最早传达出文化危机的信息，这也昭示传统中国危在旦夕，变革在即。除上文提及的众多文人外，郭嵩焘、曾纪泽、张荫桓、康有为、梁启超、薛福成、薛福辰、黎庶昌、毛宝君、杨莲生、朱一新、孙宝瑄等人都曾读过李圭的记游诗文，并留下相关记述。上至封疆大吏，中到京官能员，下到普通文人，这个由晚清帝国精英知识群体组成的读者群，可谓一时社会风尚与文人诉求的引领者，从他们著述中也可看出，域外游记成为他们思想进化、观念更生的重要知识来源之一，但也仅此而已，最终并未给晚清中国带来实质性的改变。原因有三：一是出洋之人使命相继，游记著作如林，陈陈相因，原来的西学新知逐渐成习见习闻之事，文本的思想性和吸引力逐渐丧失；二是新知识与新思想由士人到民间，有一个"延迟"的过程，开明如梁启超者，1890 年在上海购《瀛环志略》读之，始知有五大洲各国，一般百姓对新知识的汲取进程可想而知；第三，最重要的原因乃在于纸上的行旅无法化为现实的改革措施，康有为曾痛诋晚清政府庸碌无为，往往知之而不言，言之而不达，达之而不动，动之而不行，从纸面上的文字到现实中的措施，不仅过程艰难，且大多中道而废。黄遵宪在去世前一年写给梁启超的信中说："已矣！吾所学，屠龙之术，无所可

---

① 皮锡瑞：《师伏堂诗草》卷 5，清光绪三十年师伏堂刻本。

用也。"①悲凉之中折射出晚清中国无可挽回、坐以待毙的残酷现实。

　　人以书名，书以人传。《环游地球新录》为李圭赢得极大声誉，但要想在事功之途有所进展，还远远不够。李圭入京办理候补知州事宜时，拜谒官员除了要送火腿、茶叶等土特产之外，《环游地球新录》亦是必不可少的见面礼。此时，这本承载着经世新民的著作摇身一变，成了旧时书生举子的"温卷"，沦为攀龙附凤、广邀时誉的敲门砖。李圭不无心酸地喟叹："得缺之迟早，安命而已"。这实在是一种莫大的讽刺。《官场现形记》里不学无术的傅二棒槌出洋镀金，目不识丁也要靠《星轺日记》等出洋日记来装点门面，李伯元借此对晚清官场乱象进行了淋漓尽致的讽刺。而现实中，像李圭这样有四海之志，且富有才情的文人，亦无法通过正常途径晋身仕途，令人叹惋。《环游地球新录》借海外见闻条陈时政，匡谏阙失；《环游海国图》以文人悱恻之怀，唱叙环球之旅，二书名噪一时，流播广远。但屠龙之术无所用也，待其介绍新知、开阔耳目的新鲜感与实效性消失之后，最终湮没无闻，成为勾勒历史陈迹的文本化石，其兴也勃焉，其衰也速焉，湮没在历史的长河之中。

---

　　① 黄遵宪：《致梁启超函》，陈铮编：《黄遵宪全集》，北京：中华书局，2005 年，第 437 页。

余　论

今世之中国，其波澜佹诡，五光十色，必有更壮奇于前世纪之欧洲者。哲者请拭目以观半剧，勇者请挺身以登舞台。①

这是梁启超的慷慨宣言，在世纪之交，人人困厄迷茫的时代，读之不禁令人血脉偾张、豪情满怀。晚清中国，三千年未有之变局的大幕遽然开启。过去的变乱，充其量不过是封建王朝自家之事，江山易主，朝代更替，只是政治势力的此消彼长。中国传统王朝的所谓盛乱治衰，被视为天行人事之自然，此类变动虽然会引发社会动荡、民生凋敝，但阵痛一旦消退，政治统治、经济活动、生活作息、文化传统亦会逐渐复原，与过去一般无二。而晚清的变动则大不同了，江山不保暂且不论，亡国灭种的危机已迫在眉睫，就连以儒家思想为根底的传统文化也面临着前所未有的冲击和挑战。在这个特殊的时代变局中，西行者远赴异

---

① 梁启超：《十九世纪之欧洲与二十世纪之中国》，《梁启超全集》第1册，北京：北京出版社，1999年，第368页。

国，身份虽异，但使命趋同，感国族之沦胥，伤文化之裂变，忧前途之
渺茫。而天下兴亡、匹夫有责的担当精神和舍我其谁的道德勇气，又时
时充溢在文字之间。

1903 年，自费在欧洲考察的蒋煦在《西游日记》中有过这样一番
议论：

> 离家方能见家，出国而后见国。今有一家焉，栋腐柱折，
> 墙倾垣侧，使人东支而西撑，屋内粉饰一新，为主人者处之，
> 仍申申夭夭，怡怡如也。假令有人招至屋外，请主人环观之，
> 未见不心胆俱裂，知此屋之倾覆在旦夕，而不敢一刻进者也。
> 有一国焉，政令不修，吏治不讲，地利不辟，财政不理，兵戎
> 不备，唯上下交征利，日事钻营，探意旨善周旋，而生长斯国
> 者，自觉彬彬文雅，天朝气象，非蛮貊之邦能望其项背。假令
> 一旦置身国外，见他国之文明风俗，上下一心，回顾本国野蛮
> 之政治，未有不汗流浃背，知本国之政治风俗，果有不能持久
> 之道，曩者外人之指摘，并非过激而言也。[①]

蒋煦所说的"一国"显然是中国。由一家而至一国，株守一隅、抱
残守缺总难逃井底之蛙的肤浅迂阔，甚至身处栋折榱崩的险境而不自
知，这样的锥心之见只有出乎其外方能得之。崔国因也说中外交涉，中
国步步受亏，"由所见囿于近也"[②]。旅行是负载各种转变和变迁的隐喻。
自东徂西，漂洋过海，西行者跨越的不仅是家国异邦的界限，更是文化
心理和民族情感的边界。故而记录旅程闻见心得的旅西记述，实际上成

---

① 蒋煦：《西游日记》，长沙：岳麓书社，2016 年，第 9 页。

② 崔国因：《出使美日秘日记》，合肥：黄山书社，1987 年，第 305 页。

为地理疆域与心理世界碰撞交融的产物。一幅幅生动鲜活的西方文化图景渐次呈现：在自我与他者目光的对视与碰撞中，他们发现西方世界并非传说中的夷狄蛮荒之地，全新的世界意识开始萌生。西方世界神妙不可方物的先进科技，整肃严谨的民主政体，俨然别一天地。与此相应，旅西记述对西方的表述中，"夷""夷狄""蛮夷"等轻蔑的称谓逐渐消失，取而代之的是"洋""西洋""外国"等较为中性的词汇，西方的文化体系在国人眼中也经历了"夷学"到"西学"，再到"新学"的演化过程。这标志着用来表示外部世界的文体形式和概念发生变化，一种看待西方文化的心理倾向的改变，"更重要的是世界观的整体转变"①。

在追慕与想象的过程中，"赛先生"与"德先生"的面目渐渐清晰。西洋文艺虽异彩纷呈，但根深蒂固的文化优越感，以及急功近利的心态，使得他们并未对西方文艺过多留意，倒是集舞台表演与文学艺术一身的西洋戏剧吸引了西行者好奇的目光。……凡此种种，旅西记述中这些关于遥远的西方的描述，为国人构建了一个乍明还暗的西方图景，一面借以观照自我的异域文化的镜像。旅行者笔下的文学形象其实是一种文化现实的描述，通过这种描述，作者揭示了自身的文化和意识形态空间。②从这面异域之镜中，西行者不仅看到了西方世界咄咄逼人的气势，更看到了晚清帝国的衰朽。昔日的荣光已如昨日东风唤不回，他们最先传达了文化裂变的危机。然而，西行者的声名大多不显，甚至在生前身后遭人冷落诟病。当年罗丰禄出使英国，颇负盛名，但去世后归葬乡里，时任闽浙总督卞宝第，佯语藩县司道，问罗丰禄为何许人，群知卞意，答以不知，满城文武竟无人敢去吊唁。为国折冲樽俎而不为人理解

---

① ［德］郎宓榭、顾有信：《新词语新概念：西学译介与晚清汉语词汇之变迁》，赵兴胜等译，济南：山东画报出版社，2012年，第111页。

② 孟华主编：《比较文学形象学》，北京：北京大学出版社，2001年，第121页。

和接纳，实在可悲。晚清游历使傅云龙在给译署总办的信中说："云龙每游一处，辄念我中国能否入彼人目，想而不禁面赤背芒而愧，且寓之心，诚有中夜起坐而不知自其痛哭之何从也。"[①]旅行途中要时时应对外国人的轻视和冷眼，这绝非故作姿态的矫情。这些理念和实践上的西行者，背负了太多的冷眼和屈辱，先知觉后知的过程何其艰难。

回顾百年之前的这些西行者，他们初到异国，难免踟蹰不安，在翕然叹服之余，自当勉强追蹑，于国人罕至之地，筚路蓝缕，沟通中西。郭嵩焘去世前，慨叹自己出使归来，不惜越职进言献策，但无一见纳，只能为晚清行动迟缓、坐失发展良机而痛惜不已。[②]西行者作为一个具有开放眼光的群体，勉力承担起在动荡时势中促进中西文化交流互融的责任。但相对于彼时中国社会绝大多数昏昏梦魇之中的民众而言，这些先觉者的力量还是太小了点。"只有当社会而不是个人认同了文化危机的存在，文化变迁才有可能，但这个过程是相当缓慢的。当一种文化在与新的因素发生了冲突，并最终认同于新的因素后，文化便开始了变迁，而当人们对文化中已产生了的变化形成了认同，那么这一文化就发生了变迁。"[③]他们的探索和实践毕竟让国人开始了解域外世界，打破自大心理，开拓了国人的文化视野。"天下事无不待相较而后知，所谓权然后知轻重，度然后知短长。"[④]由"自足"到"自省"，一字之差，其间的艰难困阻却超乎想象。

---

① 傅云龙：《傅云龙日记》，杭州：浙江古籍出版社，2005年，第376页。

② "吾在伦敦，所见东西两洋交涉利害情形，辄先事言之，而不一见纳。距今十余年，使命重叠，西洋情事，士大夫稍能谙知，不似从前值全无知晓。而已先之机会不复可追，未来之事变且将日伏日积而不知其所究竟，鄙人之引为疚心者多矣"。郭嵩焘：《玉池老人自叙》，清光绪十九年养知书屋刻本。

③ 郑晓云：《文化认同与文化变迁》，北京：中国社会科学出版社，1992年，第224页。

④ 钱士青：《环球日记》，上海：商务印书馆，1920年，第1页。

西行者中不乏学识闳通、文学修养深厚的学者型官员，如郭嵩焘、薛福成、黎庶昌等桐城文人，亦不乏中西兼容、思想开通的诗人作家，如王韬、康有为、梁启超、黄遵宪等。他们的出游兼顾思想家的气魄和文学家的敏感，在探求新知的同时，开始对传统文学从形式到内容进行深刻反思，以急迫的心情呼吁文学的变革，以适应世变日亟的世界潮流。近来已有学者将中国现代文学的起点上溯至 19 世纪 80 年代末、90 年代初，理由有二：一是黄遵宪在《日本国志》中提出的"言文合一"的主张；一是陈季同"世界文学"的观念，以及他创作的可称之为"中国作家写的第一部现代意义上的小说作品"——《黄衫客传奇》①。虽然这些观点有待商榷，但却揭示出西行者在中国近代文学史上的独特贡献，他们不仅是思想上的先行者，在文学变革的道路上也留下了探索的足迹。

赵毅衡说，整个中国现代思想史就是"一部朝西的西游记"②。这个西游之旅注定荆棘满途，崎岖难行。时局危殆，残阳如血。晚清西行者在中西交汇的沧桑变局中留下了彳亍的身影和蹒跚的足迹。在守常与趋变、传统与现代的夹缝中，他们勉力前行，披金拣沙，时有所得。作为第一批与西方文化有切实接触和体验的中国人，虽然他们的认识和理解难免狭隘和臆想，但却成为近代中西文化思辨与争论的起点。研究文学形象，真正的关键在于揭示其"内在逻辑""真实情况"，而非核实它是否与现实相符③。因此，对读者而言，迷人的景物和异域情调不是最主

---

① 严家炎主编：《二十世纪中国文学史》上册，北京：高等教育出版社，2010 年，第 7—13 页。笔者以为将陈季同的《黄衫客传奇》作为第一部现代意义上的小说作品，有可商榷之处：其一，小说文本系作者用法文写作，现在读到的是由李华川等人翻译的中文读本，语言之间的转换难以保证小说文本的原始风貌；其二，该小说 1890 年于巴黎出版，而在国内却鲜有读者，近年来始被重新发现，其影响微乎其微。

② 赵毅衡：《对岸的诱惑：中西文化交流人物》，北京：知识出版社，2003 年，第 5 页。

③ 孟华主编：《比较文学形象学》，北京：北京大学出版社，2001 年，第 23 页。

要的，重要的是我们透过西行者的眼睛，看他们看到了什么，怎么看。百年之前，我们学习西方往往因眼光的局限，有盲目排外的拘墟之见，亦有以西方模式为标准范式的趋向。如今我们学习西方，如何进行有选择的、创造性的转化，便是需要我们继续探索的课题。

> 今之学者，惊叹于西方之文明，而欲弃吾国所有以从之也。足未出国门，取其书伏而诵之，逆臆而暗解，则以为西国之政俗如是如是。耳食者，又从而崇拜之，诟骂之，几以为定案不可易矣。乃往往入其国，察其政治，考其风俗，与其士大夫上下其议论，而情时有甚相远者。嗟夫！信书之蔽邪？译人之误邪？传人之失实邪？倘所谓百闻不如一见者邪？曩所为崇拜之，诟骂之，几以为定案不可易矣。逆臆而暗解之者，皆影响之谈，而与西国政俗之真相何当焉。自其真相而观之，则国各有其政教风俗，与国俱立，不可磨灭者，非亲身而目击者不知也。①

以今视之，西行者的论断仍未过时：勿视西方文化为洪水猛兽，一概拒斥；更不可全以他人眼光视己，而自惭形秽。事事断不能仅凭间接的传闻耳食而妄下定论，在社会发展进程中，任何规律或真理并非放之四海而皆准，只有与本土经验结合并进行创造性地转化，方能真正对社会文化发展有所裨益。"萃群族之所长，择己国之所适，文明输入，而不害于国粹之保存，所以得也。"②这样的观点看似保守持重，但不失为一种择善而从的文化拿来主义的吁求。在全球化的今天，无视历史和意气用事地一意孤行，其后果是不可想象的，而旅西记述无疑是避免此种

---

① 戴鸿慈：《出使九国日记》，长沙：岳麓书社，1985年，第296页。

② 同上，第295页。

盲目和冲动的绝佳参照文本。如今，人们习以为常的是反复讨论西学东渐，以这一历史的结局为中国文化的结局，以西方的语言为形容我们自己的世界语言。①正如张德彝、宋育仁等人预言英语会成为世界语言一样，我们也不能以文言或白话的外貌来决定思想与文学的价值。直到今天，真正前往西方亲身经历域外文化，相对于中国巨大的人口都显得寥若晨星，这也是我们迄今为止仍未解决的难题，我们更不应该把这些文本视如敝屣。事实上，现实生活和学术研究中常有挥之不去的事后诸葛亮的后见之明，认为西行者笔下的世界与现实的世界，经验的世界与真实的世界之间判若霄壤，往往会让我们嗤之以鼻。认识是相互的，正如志刚在与比利时官员交谈时说："西洋未目睹中华体面之人，所见者无非招工作苦之人，故轻视中国。而中国亦未见西洋明白之人，所见无非商贾贪利之人，故为中国所轻。"对方也颇为赞同："今彼此相遇，可释然于从前之见矣。"②我们都要摒弃颟顸自大的心态，平等相待，取长补短。

近代中国，与古代最大的不同，就是出现了以报刊为载体的舆论场。旅西记述广为流播的时期，也是近代中国新的媒介形态和舆论场域形成的重要时期。西行者对报刊媒介和舆论话语的认识，是我们以往研究中比较忽视的话题。在官方的规定，环境的影响和个人的选择之下，新闻元素的渗入是旅西记述文本中普遍存在的重要特质。一方面带来文体和语言的裂变更生，一方面也为新闻报刊、印刷出版、电报电话、传真通信等现代化的传播媒介跨海东来，充当了直接的体验者和推广者。从某种程度上看，旅西记述文本也是传统书写形式在媒介逻辑作用下的产物，从媒介和传播的视角审视和观照这些文本，一定会有新

---

① 王铭铭：《西方作为他者：论中国"西方学"的谱系与意义》，北京：世界图书出版公司，2007年，第5页。

② 志刚：《初使泰西记》，长沙：岳麓书社，1985年，第350页。

的发现。如曾担任英国《泰晤士报》驻京记者的莫理循（George Ernest Morrison）透露，张德彝曾为他做过一些文字工作，换取每月一百美元的报酬。李鸿章也试图贿赂他，请他在《泰晤士报》发表文章，为增加中国的关税收入施加舆论影响……晚清官员对新闻舆论的认识与实践，远远超出固有的印象，这些正是以往我们研究中忽视的细节。《万国公报》与域外游记的兴起与传播，《申报》与李圭《环游地球新录》的一纸风行，也绝非个案。

　　英国历史学家和文化学者麦克法兰（Alan Macfarlane）提醒我们："中国未来面临的中心问题是，怎样做到一方面保持自己独特的文化和个性，屹立于波谲云诡的 21 世纪，一方面充分汲取西方文明所能提供的最佳养分。"[①] 这批西行者也是"求变者"，有些人只是被动地被裹挟进历史的洪流中，有些人则是自觉地要求改变，他们因缘际会，在近代历史的大舞台上演出了一幕幕悲喜剧，有的暴得大名，有的黯然退场。文学上如此，文化上更是如此。历史如同滔滔江河，从来不会一泻入海，总有曲折萦回。我们对晚清旅西记述的态度和评价，应客观公允，既不应诋之为浅薄，叹其已消亡；又不必刻意夸大，过分褒扬。光阴飞逝，斯人已远。西行者艰难跋涉的旅程并未结束，给我们留下许多未尽的思考，在当下仍有继续探索和梳理的价值。从想象到行旅，从行旅到文学，从文学到文化……如此繁复的话题纠结于西行者艰难的旅程之中，而关于这个话题的讨论才刚刚开始。聊为嚆引，以待同声。本书的目的不在于得出一成不变的结论，而是提出问题，抛砖引玉，以待同道者共同探寻。

　　[①] ［英］艾伦·麦克法兰主讲：《现代世界的诞生》，清华大学国学研究院主编，刘北成评议、刘东主持，上海：上海人民出版社，2013 年，第 4—5 页。

附录一

李圭《环游海国图》

吴淞放艇

丙子夏四月二十日，自沪滨登轮舶出吴淞，袤四十里许，广厦危楼，森耸参错。在其左，意蜃气弗若是之奇也；乃其右，则平畴沃壤，禾麦芃芃，间以乔林灌木，郁然蔚然。牛羊散处丰草间，又确是江南图画。洋舶桅樯，密若插箸。炮台雄峙海口，战舰拱卫，诚兀然泽国要津，吴疆险堑。

我生未远行，行乎数万里。九州非不宽，四海竟胡底。蓄志经十年，斯行岂能已。亲朋及妻孥，阻我亦有理。我言人易老，差强牖下死。而况际承平，殊途几同轨。天地犹逆旅，胡庸分远迩。我遂毅然行，行自吴淞始。江水何浩瀚，楼船何崔巍。机捩若转圜，激水行踰飞。君不见使星络绎，海国去□环有约，孰不如期归？

东瀛古刹

日本长崎岛万寿山有圣福禅寺焉。高出云表，营构丹艧，不异吾华。其象设或谓颇似西藏，记载称其国素奉葱岭教，良然。老僧年八十许，以诗名。余访之，偕登最高峰，席地坐，以纸笔作问答，亦浮生半日闲乎？俯视诸峰，雄奇秀媚，毕献其状。

孤云住此中，万山拜其下。请移赠于斯，郁然海中山。瞿然山中僧，僧指最高峰，招我试一登。我有揽胜癖，闻言喜勿胜。悬磴若梯空，盘旋来上层。俯瞰瀛海小，仰呼天阍应。岚气湿裳衣，白云随足升。老树似延客，夹道争趋承。禅房席地坐，万山俯不兴。长□觅归径，西望苍霭凝。

曲海凭阑

长崎距神户千数百里，舟行内海，曲折弯环，夹岸山色，大青大绿，真似绝好画屏。倘携米颠倪迂来，将不解衣磅礴耶？狭处才半里许，时而舟行路尽，忽豁然别一境界，倚阑眺望，岚翠扑眉宇。

海上三神山，可望不可即。言岂果荒唐，人谁生羽翼。我竟乘风破浪来沧溟，朵朵芙蓉开，珠宫贝阙环金□，白榆青桂森紫苔。一山斜抱一山曲，一山欲断一山续。舟逼前，山路已穷，云回波驶忽殊族。初疑武陵源此中，鸡犬皆神仙。又疑徐福三千人，至今还在东瀛边。不然便是山灵作游戏，幻此画境付与诗人传。愿言异日更到此，山灵待我一一穷真诠。

柁楼邀月

大东洋径万七千余里，不见寸土，舟行十八昼夜达彼岸。五月之望，中流无风，云净天空，月圆如镜。念身寄大海中，去家国几二万里，独此月中外犹是也，古今犹是也。噫！古人安在，来者为谁？吾唯登柁楼，浮大白。狂呼后羿妻，奈他不解饮何！

满月悬青宵，双轮蹴海水。真无尘埃侵，眼界不须洗。皎皎三五夜，浩浩千万里。羿妻语阳侯，此君中朝李。在昔谪仙人，狂游未到此。彼竟航海来，吾汝大欢喜。骑鲸与驾鳌，虚妄焉足纪。

他箕觅瀑

他箕山不知几许高，回环秀拔云霄，然生其间，一石、一木、一亭、一梁，罔非天然图画，为日本山水最佳处。山腰悬瀑十数丈，喷薄飞洒若水晶帘，卷若玉虹下垂，又若舞爪掉尾雪色龙，天娇空际。偕友人披草援葛，宛转鸟道蛇径间，始获观焉。

行到最佳处，当天匹练飘。划开山一角，散作玉千条。造化标灵境，声威卷怒潮。天台竟何似，坐对客心遥。

洪波浴日

日本东鄙，远接大洋。破晓，舟更东行，倚舷观日出。其始也，若有光溢水面，摇摇无定。俄顷，忽红紫万派，捧日一轮，鲜艳若燕支，又若火珠跃波而起，金蛇万道，环从腾掷，光怪陆离，弗可凝视，巨观也！

侵晓雾溟蒙，倚阑观日出。一九跃波起，万象都呈色。

（以上见《申报》1882 年 5 月 5 日）

金门系缆

金门，美国海口也。两山对峙如门，而西向无草木，山石微赭，骨皆呈露。巉岩瘦削中，璀璨若有光。午后东望，斜阳映射，尽作黄金色。洵乎造物于此特开异境。金门之名，是曰不虚。复行踰刻，乃系缆云。

东望有异山，兀然若门矗。骨立不生肤，何由附草木。上疑逼象纬，下定穿坤轴。一夫试凭凌，万人尽挫衄。斜阳忽映射，绝似黄金筑。造化洵神奇，行旅骇心目。我舟泛溟渤，东既涉旸谷。海若为我言，金门尤耀煜。系缆恣游观，天风吹谡谡。

客馆停骖

逆旅广大华瞻，西国称最，而尤以三藩城一寓为杰出。楼高九层，室踰千楹，容数千人，车马直达户内，无虞拥挤。客所需罔弗备，亦罔弗美，不第宾至如归。虽国君往来亦恒寓焉，可想知已。尝餐宿于是凡六日。

重重叠叠好楼台，万户千门四面开。到处有人惊问讯，为言海上驾鳌来。壮士车前执锦缰，美人亲为酌琼浆。氍毹匝地香成海，别是人间富丽场。

兀敦发轫

兀敦者，美国自西而东冲衢，轮车发轫处也。地在海中，有桥若垂虹，绵亘达岸，铁路直如矢，飚车迅若电，往来相遇何如一掷梭。余至此乘车，七日夜行万五百里，东抵贲城。

火力排车似水流，居然陆地看行舟。玉虹百丈亘波面，铁轨双行出路头。排闼山来翻避舍，当窗客遇怯凝眸。穆王八骏谁曾见，且道吾生是壮游。

色冈碾雪

色冈为美洲之最高处。仲夏之末，积雪犹未消，轮车自下而上，若登天然。昔人称青云梯，第罕譬词耳，若此间真白雪梯矣。愈高愈寒，里裘不足御。颂髯苏琼楼玉宇高处不胜寒句，惝恍久之。

色冈山高毋乃太嶔崎，崷岉路垂带，炎天积雪尺许深。山鬼股栗猿哀吟。飙车碾雪雪不化，赤日翻在雪山下。借叶□寒威逼人。毛发竖，毒虺惊，战当车迤嗟尔行。人分为语忽惊诧。丈夫壮志隘九州，东西朔南罔不游。刑天罗刹且儿戏，雪山千仞直平地。

（以上见《申报》1882 年 5 月 6 日）

贲城观会

美国办设大会，萃集天下物产，辨媸恶，察好尚，各扩见闻，与会者三十有七国。会所缭木为垣，内建广厦千万间，几无虚室。分曹标目界画复井然，云承楼阁，日射旗幡，熙来攘往，林林总总。来观者日多至二十四万人，少亦不下二万，六阅月乃止。

游人如水向壑趋，列市井井胜五都。风云会和并七国，今日之盛古所无。长廊广厦纵横走，一国一国看所有，陆离光怪未为奇，要在利用能持久。我今累月肆邀游，不专辨察兼诹谋。支机片石安石榴，如何也足传千秋。

飞荞驰车

飞荞，名园也，在费城，广几二万亩，为官民游憩之所。碧草繁花，如油如锦。车经处，随其高下，夹植乔松古柏，若曲巷然。楼台池榭，涉处成趣。酒旌翻风，飞桥越水。驱车绿荫中，就树问径，引人入胜，足以遣客怀，逭酷暑矣。

繁华匝地树参天，接轸连镳路转旋。最是娇憨谁氏女，背人偷著一鞭先。欲乞云英一椀浆，楼头仙乐正铿锵，画轮驰入树深处，隔树月花如水凉。

重洋遇风

季秋之月，自美国东渡大西洋，游英法诸邦。洋面径万七百余里，舟行将及半，忽飓母扬风，鲛人跋浪，惊涛直薄霄汉。若千乘万骑驰骋腾跃，又若十百阿香推雷车行空际。尽五昼夜，僵卧惫甚。初舟中皆谓必果鲸鲛腹矣。既风息浪平，咸庆更生。胥弗曰斯赖舟子之能也，余姑曰然。

罡风日日吹不已，鱼龙百怪环舟起。鹢首欲堕樯欲飞，忽竟登天忽水底。乡味呕尽无粒米，目眩头悬面如纸。我生自负儒者勇，际此颠危弗惊恐。还从枕畔计行程，更向船牖张眼孔。似见冯夷跋浪来，千乘万骑喧春雷。白浪如山挟舟去，不省我身沉何处。一朝风息川途平，满船尔汝皆欢声。我把残书蹶然起，恨无剑斩沧溟鲸。

危楼远眺

英都城曰伦敦，居人数十万家，名园数十处，闉闍殷阗，分青合翠，有保罗教堂，中矗一楼，圆式，高踰四十丈。登临纵目四顾，七十里屋宇山河悉可指数，而清旷之胜，又莫可名言。

楼头有孤鹤，自具烟霄质。樊笼久局促，飞鸣告俦匹。伏处海水深，放情海水阔。宇宙寄长啸，俯仰流光急。凤伍不尔荣，正好长羽翼。鸡群不尔辱，毁誉证虚实。天风阆阆吹，健翮摩秋月。

海滨苦雨

袍次冒，英国兵船厂也。其地濒海，巨舰容数百万斤者多艘，且有厚铁制就者。余至其处纵观之，雨骤至，半天如墨涨，盖行泥沼中，莫可驻足。原欲详审其果如何，彼苍乃固欲秘之，夫何言。

英国兵船厂，厥名袍次冒。万斛一叶轻，千里片时蹈。横行及四海，斯最摄其要。风涛不足畏，橹桨奚用櫂。机巧夺天工，金火由人造，工匠役千夫，执艺周喧噪。我来匪游观，正欲穷奥突。痫云压层空，猛雨肆倾倒。斯须不可留，能无使侬懊。海水飞天风，划然发清啸。

名园驰马

法郎西都城西郭外有名园曰滗布伦，林木参天，中有坦途，秋冬之交，贵家富室士女喜驰骋其间，云拥双龙，风翻八骏，翩然其来，嫣然以逝，惊鸿飞燕，又何足比喻然？而衣香粉翠，帽影鞭丝，却怪底泥人。故陶冶豪情，结赏幽微者弥往焉。

翩然骑出五花文，彼美腰肢总出群。半面迥时开杏靥，四蹄翻处蠹兰筋。珊瑚鞭影追风疾，璎珞衣痕向日分。几许少年裘马客，端应妬煞九霄暮。

马赛登舟

马赛，法国南鄙一大都会，濒地中海。有危楼高筜，形势雄壮，商舶萃集，沧溟一望无际，楼船疑来自天外。闲鸥翘翼，异鱼扬□，沙輭草柔，又别一景况，余于此买舟东还。

我游巴里城，乃及法南鄙。风景殊泥人，庶几江左比。危楼插重霄，巨舰排濛汜。帆樯乘云来，不知几万里。颇动归舆情，驾舟将东指。笑语同行人，我岂张骞似。

（以上见《申报》1882年5月7日）

奈波观异

古大秦国濒海，多山，峰尖常吐烟焰，是曰火山，以其地腹产硫磺也。此曩所闻而弗获觇者，今于奈波舟次见之，异哉！仿佛读岑嘉州火山云歌。

飞舟过奈波，烟焰蠹空起。腾腾复熊熊，山灵逞奇诡。黄道无寒门，岂有烛龙徙。燔柴倘祭天，海外废禋祀。又疑山似舟，奕不共奔驶。获日丹鼎存，其光彻霄紫。弗乃头痛山，大小胥在此。曩曾经色闷，积雪亘千里。我欲倩愚公，移山须置彼。倬煎万古山，添作四海水。

苏河缓棹

苏尔士、埃及国境居地中海红海之间，两海为其亘隔，二三百里沙漠熏灼，一望无垠。法人费巨资浚为河，舟楫得无阻，缓棹以行，若履平地，可不日利济耶？但恨清风不到炎埃，殊甚恼人。

昔闻苏尔士，亘居两海间。土国辖其地，法臣投其艰。十年费经营，一水通往还。途轨废轼辙，舳舻循玦环。行行重行行，沙渚复沙蛮。果然事克济，厥功岂等闲。开渠又浚川，国计民生关。里息勒斯者（里息勒斯者，法臣，浚是河者），他国谁与班。

亚丁问径

红海狭长，两面皆山，南风蒸郁，四时俱夏。海口有岛曰亚丁，为东西要津，山童然，势尤突兀，怪石狞恶，土赤岁，路径极纤曲。居人黑丑可怖，土墙或缺，亦置绳床，俗朴厚，有太古风。英于高处筑炮台，驻以兵。

十有一月朔，吾舟及亚丁。其地属英国，童山峙沧溟。赤土不生毛，怪石犹狰狞。居人或三五，肤色黑以青，登岸试问讯，语言难为听。岂人以土瘠，抑土如人形。所幸浑噩风，不肆顽与冥。吾侪华衣冠，或乃逾典型。始知彼中人，太古真性灵。

楞伽礼佛

楞伽，佛书所谓楞伽山，印度东南海中大岛也。周千余里，中多高阜茂林修竹，繁花匝地，四时不凋。山深处有古刹，墙垣多坍塌，内供佛像，像传为释加牟尼成佛所。番僧教人导余瞻礼，因叹释氏今亦衰甚矣。其果运会使然欤？或曰有起而代之者。

海水弯环拥翠岚，山花红紫石□鬈。一双青鸟迎游屐，几杵云钟下远龛。我佛有缘开笑口，番僧无计作清谈。真诠叶叶龙蛇字，聊作归装待细参（僧出贝叶书数片，余以银钱一枚易之）。

富南纵饮

新加坡，古患力地，今属英。山浮浓绿，树染轻黄。粤人设酒楼林木间，颜曰富南。爽垲而竣，归帆过此，偕友登最上层，饮葡萄酒，俯仰徜徉，神怡心旷。不必歌，猛虎行也。至瞑色浮动，水萤欲明，始去。

振衣直上富南楼，旷览乾坤临九州。四海何尝无界限，百年奚必定公侯。狂歌同饮原吾辈，故国殊方总旅游。他日追思鸿爪印，新加坡也泊归舟。

交阯得桂

交阯，秦故郡，五代后列外番，今称越南国。产桂最良，树高过丈，一园数百株，而可贵之品率不易觐。余得一枝偕归，途中为识者窃去，或曰可惜。余以为何不曾得，顾将何所失耶？人生得失，大都如是。

交南多桂树，我偶折一枝。徒以良药名，人或窃取之。汉刘安曾赋，小山丛桂诗。宋思陵尝图，象山丹桂恋。交阯桂树岂云奇，我将归向灵鹫山。中拾桂子云裳月，陂呼双玉童，导以青桂旗。

香海归帆

香海，粤海小岛也。各国商船所萃，四面皆海，向南一里，屋宇云连，随山势层叠而构，颇极壮丽。夜来自舟望岸，灯火灿若繁星，曩固若是乎？吾凝目注思者久之，归舟停此一日，冬十月二十又九日，展轮东北行，越四日，还沪滨。

杯勺沧溟坤舳浮，泰西诸国任遨游。环球八万三千里，不觉归帆到广州。

（以上见《申报》1882 年 5 月 8 日）

附录二

晚清报刊所见域外游记篇目汇录
（1840—1911）

序号	篇名	作者	报刊	卷期、时间	备注
1	《瀛海笔录》	王韬	《遐迩贯珍》	1854 年第 7 期	王韬根据友人应雨耕口述整理
2	《瀛海再笔》		《遐迩贯珍》	1854 年第 8 期	
3	《漫游随录》		《点石斋画报》	1887 年 9 月—1889 年 1 月	
4	《日本日记》	罗森	《遐迩贯珍》	1854 年 11、12 月号，1855 年 1 月号	
5	《乘查笔记》（即《乘槎笔记》）	斌椿	《万国公报》	《中国教会新报》1871 年第 135—155 期	
6	《长崎岛游记》	小吉罗庵主，即《申报》第一任主笔蒋申报芷湘	《瀛寰琐记》	1872 年第 2 期 11—16 页，1875 年分类合订本 41—46 页	

续表

序号	篇名	作者	报刊	卷期、时间	备注
	《英国水晶宫》	张德彝	《中西闻见录》	1873 年第 13 期	系张德彝《航海述奇》第二卷同治丙寅四月初二日日记，作者署名"日新居士"
7	《东洋载笔》（又名《日本载笔》）	韦廉臣	《万国公报》	《中国教会新报》1874 年第 6 卷（1874 年 7 月 11 日、7 月 18 日、8 月 1 日、8 月 8 日），《万国公报》第 374 卷（1876 年 2 月 12 日）、375 卷（1876 年 2 月 26 日）、376 卷（1876 年 3 月 4 日）重刊	《万国公报》重刊时改名《日本载笔》，后由王锡祺收入《小方壶斋舆地丛钞》第十二帙
8	《新金山游记上》	佚名	《万国公报》	1875 年第 7 卷第 321 期	选自香港《循环日报》
9	《游览东洋日记》	佚名	《格致汇编》	1876 年 6 月第 5 卷	
10	《环游地球新录》	李圭	《申报》	1876 年 6 月 7 日、6 月 8 日、7 月 22 日、9 月 7 日、9 月 8 日，1877 年 1 月 5 日、2 月 2 日、2 月 3 日、2 月 5 日、2 月 6 日	《申报》以《东行日记》之名连载，作者署名"环游地球客"
			《万国公报》	1878 年第 504 卷《美国设会缘起》；1878 年第 506、508、509、510、511 卷连载《各物总院》；1879 年第 530—535 卷连载《东行日记》；1878 年第 511 卷《绘画石刻院》；1878 年第 513、514、515、516、518、519、520 卷，1879 年第 521、522、524、525、526、527、528、529 卷连载《游览随笔》	1878 年，《环游地球新录》由李鸿章作序，海关造册处出资刊印 3000 册

续表

序号	篇名	作者	报刊	卷期、时间	备注
			《图画新报》	1882 年第三卷第 8 期	选登李圭《环游地球新录》中考察牛津大学的文字
11	《使西纪程》	郭嵩焘	《万国公报》	第 441 卷（1877 年 6 月 2 日）、443 卷（1877 年 6 月 16 日）、444 卷（1877 年 6 月 23 日）、445 卷（1877 年 6 月 30 日）、446 卷（1877 年 7 月 7 日）、447 卷（1877 年 7 月 14 日）、448 卷（1877 年 7 月 21 日）、449 卷（1877 年 7 月 28 日）、450 卷（1877 年 8 月 4 日）	
12	《游历巴黎斯纪略》	佚名	《万国公报》	1878 年 10 月 26 日第 511 卷	
13	《环游地球略述》附图	林乐知 董明甫	《万国公报》	1879 年第 15 册第 551、552、553、557、560、561、562、565、566、567、568 卷，1880 年 第 16 册 第 575、584、585、586、587、588、591、592 卷，1880 年 第 17 册 第 601 卷，1881 年 第 18 册 第 636、637、638、639、640、641、642、643、645 卷，1881 年 第 19 册 第 646、649 卷	该文连载近 3 年，除董明甫外，另有中国文人参与笔述
14	《择述使东述略大义》（节录）、《使东杂咏》	何如璋	《万国公报》	1879 年 1 月 4 日 第 521 卷、1879 年 1 月 11 日第 522 卷	
15	《历览英国铁厂纪略》《阅克鹿卜造炮厂记》	徐建寅	《格致汇编》	1881 年 6 月第 5、6、7、8、9、10 卷	

续表

序号	篇名	作者	报刊	卷期、时间	备注
16	《阅博物会内纺纱机器纪略》	佚名	《格致汇编》	1881 年 12 月第 11 卷	
17	《三洲游记》《续录三洲游记》	丁雪田	《益闻录》	1884—1887 年连载	另有《三洲游记小引》，刊于《益闻录》1883 年。
18	《使西日记》	谢锡恩	《画图新报》	1888 年第 9 卷第 2 期、第 4 期、第 5 期、第 6 期	
19	《乘槎纪略》		《万国公报》	1889 年 9 月第 8 册	
20	《海外闻见略述》		《万国公报》	1889 年第 8—11 册，1890 年第 12、13、14、15、17、19、20、22 册，1891 年第 16、26、27 册	
21	《比利时国考察罪犯会纪略》	杨文会	《格致汇编》	1892 年第 4 卷	
22	《越南纪游》	李提摩太江东老竹	《万国公报》	1893 年 5 月第 52 册	
23	《奉使朝鲜日记》	崇礼	《万国公报》	1893 年 11 月第 58 册	
24	《照录薛叔耘星使日记论铁路二则》	薛福成	《万国公报》（北京）	1895 年第 11 号	
25	《王爵棠星使条陈八事录呈众览》	王之春	《万国公报》（北京）	1895 年第 32 号	
26	《王星使使俄草条陈》		《万国公报》（北京）	1895 年第 33、34、35 号	

序号	篇名	作者	报刊	卷期、时间	备注
27	《德轺日记》		《万国公报》	1896 年 8 月第 91 册	1896 年 6 月 13 日，李鸿章抵达柏林
28	《法轺新志》并序		《万国公报》	1896 年 10 月第 93 册（第 8 年第 9 卷）	1896 年 7 月 10 日，李鸿章抵达比利时，7 月 13 日赴法国
29	《英轺笔记》		《万国公报》	1896 年 11 月第 94 册（第 8 年第 10 卷）	1896 年 8 月 2 日，李鸿章离开法国前往英国
30	《英轺续记》		《万国公报》	1896 年 12 月第 95 册（第 8 年第 11 卷）	李鸿章拜谒戈登墓地，参观戈登所建学校
31	《英轺三笔》	林乐知 蔡尔康	《万国公报》	1897 年 1 月第 96 册（第 8 年第 12 卷）	李鸿章赴德法驻英使馆参加宴会，会见英女王
32	《英轺四笔》		《万国公报》	1897 年 2 月第 97 册（第 9 年第 1 卷）	李鸿章参加伦敦"通商大会"
33	《英轺五笔》		《万国公报》	1897 年 4 月第 99 册（第 9 年第 3 卷）	李鸿章参加伦敦"万国太平会"
34	《英轺六笔》		《万国公报》	1897 年 5 月第 100 册（第 9 年第 4 卷）	李鸿章受邀乘船游泰晤士河，参访船厂、枪厂、炮厂，会见外部衙门沙侯相
35	《英轺七笔》		《万国公报》	1897 年 6 月第 101 册（第 9 年第 5 卷）	李鸿章乘火车前往哲赐德（切斯特）会见格相
36	《英轺八笔》		《万国公报》	1897 年 7 月第 102 册（第 9 年第 6 卷）	李鸿章访问摆螺（巴勒赫）

续表

序号	篇名	作者	报刊	卷期、时间	备注
37	《英轺九笔》		《万国公报》	1897 年 8 月第 103 册（第 9 年第 7 卷）	李鸿章访问格兰司沽（格拉斯哥）
38	《英轺十笔》		《万国公报》	1897 年 9 月第 104 册（第 9 年第 8 卷）	1896 年 8 月 21 日，李鸿章离英赴美
39	《美轺载笔》		《万国公报》	1897 年 10 月第 105 册（第 9 年第 9 卷）	1896 年 8 月 28 日，李鸿章抵达美国纽约
40	《美轺续笔》		《万国公报》	1897 年 11 月第 106 册（第 9 年第 10 卷）	李鸿章与美国教会人士座谈
41	《美轺三笔》		《万国公报》	1898 年 1 月第 108 册（第 9 年第 12 卷）	李鸿章离开纽约，赴华盛顿
42	《美轺四笔》		《万国公报》	1898 年 2 月第 109 册（第 10 年第 1 卷）	李鸿章结束行程，由加拿大乘船赴日本
43	《李傅相历聘欧美记叙》		《万国公报》	1899 年 7 月第 126 册（第 11 年第 6 卷）	李鸿章海外行程相关报道结集为《李鸿章历聘欧美记》，林乐知作序
44	《随杨星使游美洲安达斯山记》	谢希傅	《万国公报》	1897 年 4 月第 99 册（第 9 年第 3 卷）	
45	《随轺纪游》	吴宗濂	《经世报》	1897 年第 3、4、5、8、9、12、14、15、16 期，另有汇编 3 册。	
46	《琉球岛游记》	佚名	《求是报》	1897 年第 5 期	
47	《费城商务博物会记》	伍廷芳 汪大钧	《时务报》	1898 年 5 月 301 日（第 62 册）	

序号	篇名	作者	报刊	卷期、时间	备注
48	《游域多利温哥华二埠记》	康有为	《清议报》	第 15 册（1899 年 5 月 20 日）	
49	《域多利义学记》		《清议报》	第 16 册（1899 年 5 月 30 日）	
50	《游加拿大记》		《清议报》	1899 年 8 月 26 日	
51	《美洲祝圣寿记》		《清议报》	第 27 册（1899 年 9 月 15 日）	
52	《欧洲十一国游记序》		《广益丛报》	1906 年第 110 期	
53	《西班牙游记》		《国风报》	1911 年第 2 卷第 17 期 113—120 页	
54	《突厥游记》		《不忍》	1913 年第 1 期 1—22 页、第 2 期 23—42 页、第 3 期 43—56 页	
55	《突厥游记序》		《不忍杂志汇编》	《不忍杂志汇编》初集	
56	《塞尔维亚布加利亚游记序》《欧东阿连五国游记》《游塞尔维亚游京悲罗吉辣》《布加利亚游记》《希腊游记》《补德国游记序》《补德国游记》		《不忍杂志汇编》	《不忍杂志汇编》二集	

序号	篇名	作者	报刊	卷期、时间	备注
57	《亚洲游记》	佚名	《知新报》	1899 年第 99 期 12—17 页、第 100 期 13—16 页	
58	《欧游随笔》	黄荣良	《万国公报》	1900 年 8 月第 139 册	
59	《汗漫录》（一名《半十九录》）	梁启超	《清议报》	第 35 册（1900 年 2 月 10 日）、36 册（1900 年 2 月 20 日）、38 册（1900 年 3 月 11 日）	1899 年 12 月，梁启超自日本横滨出发，1900 年 2 月到达美国檀香山
60	《新大陆游记》		《新民丛报》	1904 年	正文加凡例、自序等共 18 篇，另附插图 39 幅
61	《梁孝廉卓如先生澳洲游记》	罗昌	《清议报》	1900 年第 68 期 4337—4340 页、1901 年第 68 期	
62	《醇亲王奉使过上海图》	林乐知 蔡尔康	《万国公报》	1901 年 8 月第 151 册（第 13 年第 7 卷）	醇亲王载沣访问德国
63	《醇亲王使德国纪程》（并序）		《万国公报》	1901 年 9 月第 152 册（第 13 年第 8 卷）	
64	《醇亲王回华日记》（续《醇亲王使德国纪程》）		《万国公报》	1901 年 12 月第 154 册（第 13 年第 10 卷）	
65	《醇亲王小影》		《万国公报》	1901 年 12 月第 155 册	
66	《三绕地球新录》		《万国公报》	1903 年 2 月第 169 册	1891 年 11 月，林乐知再次回美见闻
67	《游檀香山日记》	严锦荣	《清议报》	第 96 册（1901 年 11 月 1 日）、第 97 册（1901 年 11 月 11 日）	

序号	篇名	作者	报刊	卷期、时间	备注
			《选报》	1902 年 3 月 10 日第 9 期、1902 年 3 月 20 日第 10 期	
68	《波罗洲风土记》	佚名	《选报》	1901 年 11 月 11 日第 1 期、1901 年 11 月 21 日第 2 期	同盟会会员黄乃裳率福建农民赴南洋波罗洲（加里曼丹岛）开荒
69	《纪赴日本观操事》	佚名	《南洋七日报》	1901 年 12 月 15 日第 14 册	记载官派赴日留学生毕业典礼
70	《檀香山华人受虐记》	宣樊子	《杭州白话报》	1901 年 12 月 25 日第 20 期、1902 年 1 月 4 日第 21 期	
71	《东游日记》	钟宪遥	《普通学报》	1901 年第 2 期	
72	《伊侯游记》		《万国公报》	1902 年 156 期 57 页	日本伊藤博文游览记述
73	《圣路易大博览会之游记》		《万国公报（上海）》	1904 年 191 期 55—57 页	
74	《圣路义大博览会之游记》	林乐知 范祎	《万国公报》	1904 年 12 月第 191 册	
75	《记美国京城华盛顿之风景》附图		《万国公报》	1905 年 4 月第 195 册	
76	《记法京巴黎之风景》附图		《万国公报》	1905 年 6 月第 197 册	
77	《冰地纪游》		《万国公报》	1906 年 2 月第 205 册、1906 年第 206 期	

续表

序号	篇名	作者	报刊	卷期、时间	备注
78	《回国纪略》		《万国公报》	1906 年 11 月第 214 册	1906 年 2 月 4 日，林乐知离开上海返美，8 个月后返回上海
79	《记奥京维也纳》附图		《万国公报》	1907 年 2 月第 217 册	
80	《再纪法京巴黎》附图		《万国公报》	1907 年 3 月第 218 册	
81	《论罗马城之古迹》附图		《万国公报》	1907 年 6 月第 221 册	
82	《游奥克斯福特大书院记》附图		《万国公报》	1902 年 6 月第 161 册	英国牛津大学游记
83	《记法京巴黎大书院》附作者像、书院图	美国女士美而文	《万国公报》	1903 年 10 月第 177 册	
84	《美国哈维德大书院暑假仪礼记》附图		《万国公报》	1903 年 1 月第 168 册	美国哈佛大学游记
85	《记地球最古之大学校》附图		《万国公报》	1904 年 8 月第 187 册	埃及爱资哈尔大学游记
86	《论德国柏林大学校》附图		《万国公报》	1904 年 3 月第 182 册	

序号	篇名	作者	报刊	卷期、时间	备注
87	《桐城先生东游视学记》	吴汝纶	《北京杂志》	1902 年 11 月 14 日第 17 册、1902 年 11 月 29 日第 18 册、1902 年 12 月 14 日第 19 册	
88	《游檀香山日记》	佚名	《杭州白话报》	1903 年第 13、14 期	
89	《旅行俄京日记》	鸣鹤山人	《杭州白话报》	1903 年第 15、16、17 期	
90			《新民丛报》	1903 年 9 月 5 日第 37 号，1903 年 10 月 4 日第 38、39 号	
91	《美国纽约京城风土记》	佚名	《杭州白话报》	1903 年第 18、19 期	
92	《英轺日记序例》	载振	《北京杂志》	1903 年 3 月 13 日第 21 册	1902 年，载振出使英国，参加英王爱德华七世加冕典礼，后前往比利时、法国、美国、日本
93	《京话演说振贝子英轺日记》	佚名	《绣像小说》	1903 年第 1—15 期，1904 年第 16—36 期、第 39 期、第 40 期	以白话形式改写演绎载振《英轺日记》，作者似为李伯元
94	《撒哈拉沙漠旅行记》	季斐理范袆	《万国公报》	1906 年 5 月第 208 册	
95	《记新泼林洞》《记苏彝士河》		《万国公报》	1906 年 6 月第 209 册	
96	《圣路义大博览会之游记》	佚名	《大公报天津版》	1905 年 1 月 2 日，版名为 03	

续表

序号	篇名	作者	报刊	卷期、时间	备注
97	《南美阿根廷国风土记》	林乐知 任保罗	《万国公报》	1906 年 1 月第 204 册	
98	《比利时风土记》		《万国公报》	1906 年 2 月第 205 册	
99	《美大臣布兰安环游地球略述》		《万国公报》	1907 年 2 月第 217 册	
100	《澳大利亚风土记》附图	佚名	《北洋学报》	1906 年第 25、42 期	
101	《土耳其国风土记》	佚名	《北洋学报》	1906 年第 42 期	
102	《西京游记》	英敛之	《大公报天津版》	1906 年 8 月 5 日	
103	《日光游记》		《大公报天津版》	1906 年 8 月 6 日、1906 年 8 月 7 日	
104	《义大利万国博览会游记》	佚名	《政艺通报》	1906 年第 9 期	
			《东方杂志》	1906 年第 3 卷第 8 期 96—99 页	
105	《营山罗莘农东瀛游记》《东瀛游记》	罗庆昌	《广益丛报》	1906 年第 110 期 1—4 页、第 113 期 5—6 页、115 期 7—8 页、第 116 期 9—11 页、第 117 期 12—14 页、第 118 期 151 页、第 119 期 17—18 页、第 120 期 19—20 页、第 122 期 23—24 页、第 123 期 25—26 页	
106	《游学琐记》	沈纮	《教育世界》	1907 年 5 月第 148 号	1906 年在法国游学情形

续表

序号	篇名	作者	报刊	卷期、时间	备注
107	《游历欧美考察教育意见书》	田吴炤	《教育世界》	1907 年 1 月第 142 号	作者考察德国教育情况
108	《日本游记》	丁福保	《医学世界》	1908 年第 1 期 24—36 页、第 2 期 7—8 页	
109	《科克博士北极游记》	佚名	《东方杂志》	1909 年第 6 卷第 11 期 80—85 页	
			《通问报：耶稣教家庭新闻》	1909 年第 375 期第 7 页	
110	《缅王宫游记》	铁民	《庄谐杂志：附刊》	1909 年第 2 卷 1—10 期 A13 页	
111	《溪尔站口游记》附照片	佚名	《协和报》	1910 年第 9 期第 5—7 页	
112	《孙中山先生东游记》	佚名	《国运》	1911 年第 2 集第 33 页	
113	《摩洛哥游记》	佚名	《时事新报月刊》	1911 年第 3 期第 25—27 页	
114	《巴黎东方美术院游记》	亚斌	《时事新报月刊》	1911 年第 2 期第 29—30 页	
115	《侠疆漫游记》	丁冕英	《通州师范校友会杂志》	1911 年第 1 期第 153—158 页	

参考文献

一、文献史料：

［1］ 李圭：《思痛记》，光绪六年冬季十二月师一斋镌版。

［2］ 李圭：《入都日记》，台湾：文听阁图书公司《晚清四部丛刊》影印本，2011 年。

［3］ 席蕴青：《星轺日记类编》，光绪壬寅孟夏丽泽学会精印刷本。

［4］ 钱士清：《环球日记》，上海：商务印书馆，1920 年。

［5］ 景悫：《环球周游记》，上海：中华书局，1920 年。

［6］ 《申报》，台北：学生书局影印版，1965 年。

［7］ 《中国教会新报》《万国公报》，台北：华文书局影印版，1968 年。

［8］ 李圭：《环游地球新录》，谷及世校点，长沙：湖南人民出版社，1980 年。

［9］ 徐建寅：《欧游杂录》，何守真校点，长沙：湖南人民出版社，1980 年。

［10］ 刘锡鸿：《英轺私记》，朱纯校点，长沙：湖南人民出版社，1981 年。

［11］ 黎庶昌：《西洋杂志》，喻岳衡、朱心远校点，长沙：湖南人民出版社，1981 年。

［12］ 郭嵩焘：《郭嵩焘奏稿》，杨坚点校，长沙：岳麓书社，1983 年。

［13］ 郭嵩焘：《郭嵩焘诗文集》，杨坚点校，长沙：岳麓书社，1984 年。

［14］薛福成：《庸庵笔记》，丁凤麟、张道贵点校，南京：江苏人民出版社，1983 年。

［15］薛福成：《庸庵文别集》，施宣圆、郭志坤标点，上海：上海古籍出版社，1985 年。

［16］薛福成：《庸庵文编》，《续修四库全书》，集部·别集类，上海：上海古籍出版社，2002 年。

［17］薛福成：《薛福成日记》，蔡少卿编校，长春：吉林文史出版社，2007 年。

［18］马忠文、任青主编：《中国近代思想家文库·薛福成卷》，北京：中国人民大学出版社，2014 年。

［19］梁启超：《饮冰室合集》，林志钧编，北京：中华书局，1983 年。

［20］梁启超：《梁启超全集》，张品兴主编，北京：北京出版社，1996 年。

［21］梁启超：《清代学术概论》，上海：上海古籍出版社，2000 年。

［22］梁启超：《中国近三百年学术史》，太原：山西古籍出版社，2001 年。

［23］郭连城：《西游笔略》，上海：上海书店出版社，2003 年。

［24］钟叔河主编：《走向世界丛书》第一辑，长沙：岳麓书社，1985 年。

［25］钟叔河主编：《走向世界丛书》第二辑，长沙：岳麓书社，2016 年。

［26］王锡祺：《小方壶斋舆地丛钞》，杭州：杭州古籍书店影印本，1985 年。

［27］单士厘：《受兹室诗稿》，陈洪祥点校，长沙：湖南文艺出版社，1986 年。

［28］［澳］乔·厄·莫里循：《清末民初政情内幕：〈泰晤士报〉驻北京记者、袁世凯政治顾问乔·厄·莫里循书信集》，［澳］骆惠敏编、刘桂梁等译，北京：知识出版社，1986 年。

［29］崔国因：《出使美日秘日记》，刘发清、胡贯中点校，合肥：黄山书社，1988 年。

［30］李详：《李审言文集》，南京：江苏古籍出版社，1989 年。

［31］黄小配：《宦海潮》，杭州：浙江古籍出版社，1995 年。

［32］康有为：《万木草堂诗集——康有为遗稿》，上海市文管会编，上海：上海人

民出版社，1995 年。

［33］康有为：《列国游记——康有为遗稿》，上海市文管会编，上海：上海人民出版社，1995 年。

［34］康有为：《康有为全集》，姜义华、张荣华 编校，北京：中国人民大学出版社，2007 年。

［35］汤志钧编：《康有为政论集》，北京：中华书局，1981 年。

［36］张德彝：《稿本航海述奇汇编》，北京：北京图书馆出版社，1997 年。

［37］张德彝：《醒目清心录》，北京：国家图书馆出版社影印本，2004 年。

［38］恽毓鼎：《恽毓鼎澄斋日记》，杭州：浙江古籍出版社，2004 年。

［39］董文成、李勤学主编：《中国近代珍稀本小说大系》，沈阳：春风文艺出版社，1997 年。

［40］《点石斋画报》，扬州：江苏广陵古籍刻印社，1997 年。

［41］曾纪泽：《曾纪泽日记》，刘志愚点校辑注，长沙：岳麓书社，1998 年。

［42］曾纪泽：《曾纪泽集》，喻岳衡校点，长沙：岳麓书社，2005 年。

［43］魏源：《海国图志》，郑州：中州古籍出版社，1999 年。

［44］严从简：《殊域周咨录》，余思黎点校，北京：中华书局，2000 年。

［45］朱一新：《无邪堂答问》，吕鸿儒、张长法点校，北京：中华书局，2000 年。

［46］陈平原、夏晓虹编注：《图像晚清》，天津：百花文艺出版社，2001 年。

［47］黎庶昌：《拙尊园从稿》，《续修四库全书》，集部·别集类，上海：上海古籍出版社，2002 年。

［48］马建忠：《适可斋记言记行》，《续修四库全书》，集部·别集类，上海：上海古籍出版社，2002 年。

［49］吴汝纶：《吴汝纶全集》，合肥：黄山书社，2002 年。

［50］谢清高口述，杨炳南笔录，安京校释：《海录校释》，北京：商务印书馆，2002 年。

［51］张荫桓：《张荫桓日记》，任青、马忠文整理，上海：上海书店出版社，2004 年。

［52］张荫桓：《张荫桓集》，孔繁文、任青整理，北京：中华书局，2012 年。

［53］傅云龙：《傅云龙日记》，傅训成整理，杭州：浙江古籍出版社，2005 年。

［54］黄遵宪：《黄遵宪全集》，陈铮主编，北京：中华书局，2005 年。

［55］葛元煦：《沪游杂记》，上海：上海书店出版社，2006 年。

［56］严复：《严复文选》，天津：百花文艺出版社，2006 年。

［57］张裕钊：《张裕钊文集》，王达敏点校，上海：上海古籍出版社，2007 年。

［58］王之春：《清朝柔远记》，赵春晨点校，北京：中华书局，2008 年。

［59］张文虎：《张文虎日记》，陈大康整理，上海：上海书店出版社，2009 年。

［60］王之春：《王之春集》，赵春晨、曾主陶、岑生平点校，长沙：岳麓书社，2010 年。

［61］黄濬：《花随人圣庵摭忆》上中下三册，北京：中华书局，2008 年。

［62］张剑、徐雁平、彭国忠主编：《中国近现代稀见史料丛刊》第四辑，南京：凤凰出版社，2017 年。

［63］皇甫峥峥整理：《晚清驻英使馆照会档案》，上海：上海古籍出版社，2020 年。

二、研究论著

［1］姜书阁：《桐城文派评述》，上海：商务印书馆，1933 年。

［2］黄万机：《黎庶昌评传》，贵阳：贵州人民出版社，1989 年。

［3］陈左高：《中国日记史略》，上海：上海翻译出版公司，1990 年。

［4］陈左高：《历代日记丛谈》，上海：上海画报出版社，2004 年。

［5］钟叔河：《书前书后》，海口：海南出版社，1992 年。

［6］钟叔河：《走向世界：近代中国知识分子考察西方的历史》，北京：中华书局，2000 年。

［7］钟叔河：《中国本身拥有力量》，南京：江苏教育出版社，2005 年。

［8］关爱和：《从古典走向现代：论历史转型期的中国近代文学》，郑州：河南人

民出版社，1992 年。

[9] 关爱和：《古典主义的终结：桐城派与"五四"新文学》，上海：上海文艺出版社，1998 年。

[10] 关爱和：《中国近代文学论集》，北京：中华书局，2006 年。

[11] 孟华主编：《比较文学形象学》，北京：北京大学出版社，1996 年。

[12] 孟华：《中国文学中的西方人形象》，合肥：安徽教育出版社，2006 年。

[13] 王立群：《中国古代山水游记研究》，开封：河南大学出版社，1996 年。

[14] 颜庭亮：《晚清小说理论》，北京：中华书局，1996 年。

[15] 陈平原、夏晓虹主编：《二十世纪中国小说理论资料》第 1 卷，北京：北京大学出版社，1997 年。

[16] 陈平原：《二十世纪中国小说史》，北京：北京大学出版社，1997 年。

[17] 陈平原：《左图右史与西学东渐》，香港：三联书店（香港）有限公司，2008 年。

[18] 吴方：《末世苍茫：细说晚清思潮》，昆明：云南人民出版社，1997 年。

[19] 刘善龄：《西洋风：西洋发明在中国》，上海：上海古籍出版社，1999 年。

[20] 台湾东海大学中文系编：《旅游文学论文集》，台北：文津出版社，1999 年。

[21] 郭双林：《西潮激荡下的晚清地理学》，北京：北京大学出版社，2000 年。

[22] 汪荣祖：《走向世界的挫折：郭嵩焘与道咸同光时代》，长沙：岳麓书社，2000 年。

[23] 汪荣祖：《康有为论》，北京：中华书局，2006 年。

[24] 周劭：《向晚漫笔》，上海：上海古籍出版社，2000 年。

[25] 邹振环：《晚清西方地理学在中国：以 1885 年至 1911 年西方地理学译著的传播与影响为中心》，上海：上海古籍出版社，2000 年。

[26] 王一川：《中国现代性体验的发生：清末民初文化转型与文学》，北京：北京师范大学出版社，2001 年。

[27] 龚鹏程：《游的精神文化史论》，石家庄：河北教育出版社，2001 年。

［28］龚鹏程：《北溟行记》，上海：上海人民出版社，2008 年。

［29］龚鹏程：《四十自述》，北京：中国工人出版社，2008 年。

［30］李欧梵：《中国现代文学与现代性十讲》，上海：复旦大学出版社，2002 年。

［31］刘纯：《旅游心理学》，天津：南开大学出版社，2002 年。

［32］吴以义：《海客述奇：中国人眼中的维多利亚科学》，台北：三民书局，2002 年。

［33］王尔敏：《中国近代思想史论》，北京：社会科学文献出版社，2003 年。

［34］王尔敏：《中国近代思想史论续编》，北京：社会科学文献出版社，2005 年。

［35］张海林：《近代中外文化交流史》，南京：南京大学出版社，2003 年。

［36］赵毅衡：《对岸的诱惑》，北京：知识出版社，2003 年。

［37］蒋廷黻：《中国近代史》，上海：上海古籍出版社，2004 年。

［38］梁碧莹：《艰难的外交：中国驻美公使研究》，天津：天津古籍出版社，2004 年。

［39］梅新林、俞樟华：《中国游记文学史》，上海：学林出版社，2004 年。

［40］彭兆荣：《旅游人类学》，北京：民族出版社，2004 年。

［41］钱基博：《现代中国文学史》，上海：上海书店出版社，2004 年。

［42］张隆溪：《走出文化的封闭圈》，北京：生活·读书·新知三联书店，2004 年。

［43］张权宇：《思想与时代的落差：晚清外交官刘锡鸿研究》，天津：天津古籍出版社，2004 年。

［44］张哲俊：《中国古代文学中的日本形象研究》，北京：北京大学出版社，2004 年。

［45］贾鸿雁：《中国游记文献研究》，南京：东南大学出版社，2005 年。

［46］郭少棠：《旅行：跨文化想象》，北京：北京大学出版社，2005 年。

［47］吴方：《追寻已远：晚清民国人物素描》，北京：人民文学出版社，2005 年。

［48］［英］约·罗伯茨编著：《十九世纪西方人眼中的中国》，蒋重跃、刘林海译，

北京：中华书局，2006年。

［49］［美］丁韪良：《花甲记忆：一位美国传教士眼中的晚清帝国》，沈弘、恽文捷、郝田虎译，桂林：广西师范大学出版社，2006年。

［50］［法］加斯东·巴什拉：《科学精神的形成》，钱培鑫译，南京：江苏教育出版社，2006年。

［51］夏晓虹：《觉世与传世》，北京：中华书局，2006年。

［52］夏晓虹：《阅读梁启超》，北京：生活·读书·新知三联书店，2006年。

［53］费正清、刘广京主编：《剑桥中国晚清史》下卷，北京：中国社会科学出版社，2006年。

［54］刘魁：《西方文明中的科学：西方科学文明史新论》，北京：科学出版社，2006年。

［55］萧功秦：《儒家文化的困境：近代士大夫与中西文化碰撞》，桂林：广西师范大学出版社，2006年。

［56］谢彦君：《旅游体验研究：一种现象学的视角》，天津：南开大学出版社，2006年。

［57］薛冰：《纸上的行旅》，济南：山东画报出版社，2006年。

［58］［法］让·韦尔东：《中世纪的旅行》，赵克非译，北京：中国人民大学出版社，2007年。

［59］［美］爱德华·W.萨义德：《东方学》，王宇根译，北京：生活·读书·新知三联书店，2007年。

［60］［英］迈克·克朗：《文化地理学》，杨淑华、宋慧敏译，南京：南京大学出版社，2007年。

［61］［英］约翰·伯格：《看》，刘惠媛译，桂林：广西师范大学出版社，2007年。

［62］［英］约翰·伯格：《观看之道》，戴行钺译，桂林：广西师范大学出版社，2007年。

［63］周宁：《世界是一座桥：中西文化的交流与建构》，桂林：广西师范大学出版

社，2007 年。

[64] 王铭铭：《西方作为他者：论中国西方学的谱系与意义》，北京：世界图书出版公司，2007 年。

[65] 王德威、季进主编：《文学行旅与世界想象》，南京：江苏教育出版社，2007 年。

[66] 谢元鲁主编：《旅游文化学》，北京：北京大学出版社，2007 年。

[67] 王学泰：《游民文化与中国社会》，北京：同心出版社，2007 年。

[68] 张志彪：《比较文学形象学理论与实践：以中国文学中的日本形象为例》，北京：民族出版社，2007 年。

[69] 陈室如：《近代域外游记研究：1840—1945》，台北：文津出版社，2008 年。

[70] 陈室如：《晚清海外游记的物质文化》，台北：里仁书局，2014 年。

[71] 李扬帆：《晚清三十人》，北京：世界知识出版社，2008 年。

[72] 邹小站：《西学东渐：迎拒与选择》，成都：四川人民出版社，2008 年。

[73] ［英］阿兰·德波顿：《旅行的艺术》，南治国、彭俊豪、何世原译，上海：上海译文出版社，2009 年。

[74] 陈建华：《从革命到共和：清末至民国时期文学、电影与文化的转型》，桂林：广西师范大学出版社，2009 年。

[75] 陈建华：《文以载车：民国火车小传》，北京：商务印书馆，2017 年。

[76] 赵园：《制度、言论、心态：明清之际士大夫研究续编》，北京：北京大学出版社，2009 年。

[77] 尹德翔：《东海西海之间：晚清使西日记中的文化观察、认证与选择》，北京：北京大学出版社，2009 年。

[78] 尹德翔：《晚清海外竹枝词考论》，北京：中国社会科学出版社，2016 年。

[79] 丁凤麟：《薛福成评传》，南京：南京大学出版社，2010 年。

[80] 严家炎主编：《二十世纪中国文学史》上册，北京：高等教育出版社，2010 年。

［81］唐宏峰：《旅行的现代性：晚清小说旅行叙事研究》，北京：北京师范大学出版社，2011年。

［82］郑曦原编：《帝国的回忆：〈纽约时报〉晚清观察记（1854—1911）》，北京：当代中国出版社，2011年。

［83］陈旭麓：《近代中国社会的新陈代谢》，北京：中国人民大学出版社，2012年。

［84］李岚：《行旅体验与文化想象：论中国现代文学发生的游记视角》，北京：中国社会科学出版社，2013年。

［85］沈弘编译：《遗失在西方的中国史》上中下三册，北京：北京时代华文书局，2014年。

［86］［美］贝奈特：《传教士新闻工作者在中国：林乐知和他的杂志（1860—1883）》，金莹译，桂林：广西师范大学出版社，2014年。

［87］余光中：《从徐霞客到梵高》，北京：国际文化出版公司，2014年。

［88］余光中：《逍遥游》，北京：国际文化出版公司，2014年。

［89］张治：《异域与新学：晚清海外旅行写作研究》，北京：北京大学出版社，2014年。

［90］田晓菲：《神游：早期中古十点与十九世纪中国的行旅写作》，北京：生活·读书·新知三联书店，2015年。

［91］赵静蓉：《文化记忆与身份认同》，北京：生活·读书·新知三联书店，2015年。

［92］丁晓原：《行进中的现代性：晚清"五四"散文论》，北京：中国社会科学出版社，2016年。

［93］张文瑜：《殖民旅行研究：跨域旅行书写的文化政治》，广州：暨南大学出版社，2016年。

［94］［美］张文献编：《美国画报上的中国（1840—1911）》，北京：北京大学出版社，2017年。

［95］李礼：《转向大众：晚清报人的兴起与转变》，北京：北京师范大学出版社，2017年。

［96］李礼：《求变者：回首与重访》，太原：山西人民出版社，2019年。

［97］李文杰：《中国近代外交官群体的形成1861—1911》，北京：生活·读书·新知三联书店，2017年。

［98］颜健富：《从身体到世界：晚清小说的新概念地图》，台北：台大出版中心，2017年。

［99］苏精：《清季同文馆及其师生》，福州：福建教育出版社，2018年。

［100］［美］沃尔特·李普曼：《舆论》，常江、肖寒译，北京：北京大学出版社，2018年。

［101］［美］温迪·J.达比：《风景与认同：英国民族与阶级地理》，张箭飞、赵英红译，南京：译林出版社，2018年。

［102］［英］查尔斯·德雷格著，潘一宁、戴宁译：《龙廷洋大臣：海关税务司包腊父子与近代中国（1863—1923）》，桂林：广西师范大学出版社，2018年。

［103］潘光哲：《晚清士人的西学阅读史》，南京：凤凰出版社，2019年。

［104］章清主编：《新史学》第十一卷：《近代中国的旅行写作》，北京：中华书局，2019年。

［105］［美］保罗·亚当斯著：《媒介与传播地理学》，袁艳译，北京：中国传媒大学出版社，2020年。

［106］杨汤琛：《晚清域外游记的现代性考察》，北京：中国社会科学出版社，2021年。

［107］王元崇：《中美相遇：大国外交与晚清兴衰（1784—1911）》，上海：文汇出版社，2021年。

［108］［英］安德鲁·佩蒂格里：《新闻的发明：世界是如何认识自己的》，董俊祺、童桐译，桂林：广西师范大学出版社，2022年。

三、期刊论文

［1］ 钱穆:《读康南海〈欧洲十一国游记〉》,《思想与时代》月刊,1947年1月,第41期。

［2］ 汪晖:《"赛先生"在中国的命运:中国近现代思想中的科学概念及其使用》,《学人》第一辑,南京:江苏文艺出版社,1991年。

［3］ 黄万机:《自强、开放的探寻与呼吁:晚清旅外文学初探》,《贵州社会科学》,1993年第3期。

［4］ 朱维铮:《晚清的六种使西记》,《复旦学报》,1996年第1期。

［5］ 钱钟书:《汉译第一首英语诗〈人生颂〉及有关二三事》,《七缀集》,北京:生活·读书·新知三联书店,1999年。

［6］ 王飚、关爱和、袁进:《探寻中国文学从古典到现代的转型历程:中国近代文学研究的世纪回眸与前景瞩望》,《文学遗产》,2000年第4期。

［7］ 周宪:《旅行者的眼光与现代性体验:从近代游记文学看现代性体验的形成》,《社会科学战线》,2000年第6期。

［8］ 潘光哲:《晚清中国的民主想象》,香港中文大学中国文化研究所,《二十一世纪》,2001年10月。

［9］ 潘光哲:《〈小方壶斋舆地丛钞〉与晚清中国士人认识世界的知识基础》,中央研究院近代史研究所学术论文集,2001年。

［10］ 潘光哲:《"华盛顿神话"在晚清中国的创造与传衍》,"西方思想在近代中国"会议论文,2005年。

［11］ 王晓秋:《晚清中国人走向世界的一次盛举:1887年海外游历使初探》,《北京大学学报》,2001年第3期。

［12］ 尹德翔:《晚清使官张德彝所见西洋名剧考》,《东方文学研究通讯》,2005年第1期。

［13］ 尹德翔:《美文还从形象说:黎庶昌〈卜来敦记〉的形象学解读》,《名作欣

赏》，2006 年第 3 期。

[14] 尹德翔：《晚清使官的西方戏剧观》，《中国比较文学》，2006 年第 4 期。

[15] 尹德翔：《比较文学形象学本土化二题》，《求索》，2009 年第 3 期。

[16] 欧明俊：《亟待开掘的文学宝藏：近代域外游记综论》，《中文自学指导》，2005 年第 4 期。

[17] 吕文翠：《晚清上海的跨文化行旅：谈王韬与袁祖志的泰西游记》，《中外文学》，2006 年 2 月。

[18] 代顺丽：《近代域外游记的特征及价值》，《福建师大学报》，2006 年第 4 期。

[19] 关爱和：《梁启超与文学界革命》，《中国社会科学》，2006 年第 5 期。

[20] 关爱和：《晚清：以报刊为中心的文学时代的开启》，《复旦学报》，2020 年第 3 期。

[21] 张治：《康有为海外游记研究》，《南京师范大学文学院学报》，2007 年第 1 期。

[22] 陈室如：《王锡祺〈小方壶斋舆地丛钞〉与晚清域外游记》，《屏东教育大学学报》，2007 年 3 月第 26 期。

[23] 朱平：《晚清域外游记中的观念演变》，《齐鲁学刊》，2008 年第 6 期。

[24] 吴微：《外交实录与古文新变：以薛福成出使日记为中心》，《北京大学学报》，2012 年第 2 期。

[25] 丁晓原：《媒体生态与中国散文的现代转型》，《中国社会科学》，2014 年第 4 期。

[26] 林峥：《北京公园的先声：作为游赏场所与文化空间的万牲园》，《中华文史论丛》，2015 年第 3 期。

[27] 吴微：《西洋形象的重构与晚清古文的新变——黎庶昌〈西洋杂志〉"舆地之学"的文学书写》，《安庆师范学院学报》，2015 年第 6 期。

[28] 卞冬磊：《打探西方：新闻纸在晚清官场的初兴（1850—1870）》，《新闻与传播研究》，2019 年第 1 期。

[29] 皇甫峥峥：《晚清驻英公使馆与国际法的运用：以双语照会为中心的考察》，《中华文史论丛》，2020 年第 2 期。

后记

惊蛰一过，春天越来越有春天的样子了。百花烂漫，暖风如酒，这是一年中最好的时光。

在这个桃花盛开的三月，书稿终于完成。我没有多少大功告成的喜悦，只是如释重负，压在心头的大石头总算卸掉了。这是一篇早该完成的作业。2010 年论文答辩完成至今，已经十二年了！这些年风消影歇，境逝人移，经历了太多风雨，生活也大不一样了。可惜我的学术依然不温不火，毫无进境。论文不是陈酿，久而弥香。古人十年磨一剑，方以霜刃示人，惭愧的是，我现在也没有"今日把示君"的底气。拖延和失败的借口远比进取和成功的经验多：工作繁杂、家庭牵绊、琐事纠缠……其实最根本的还是自己的懒怠，今日复明日，今年复明年，于是延宕至今。好在我始终存有对学术的敬畏和向往，书稿虽远未达到预期，但敝帚自珍，作为自己的第一部学术专著，还是有非同一般的意义。

我对晚清域外游记的关注和思考始于 2008 年。最初的兴趣在晚清小说，我注意到小说中形形色色人物的流动与情节的游移。读《孽海花》时，书中第二回"一品香"聚会和第十八回"味莼园"谈瀛会，汇聚了当时壮游东西的第一流人物：薛福成、黎庶昌、容闳、黄遵宪、志刚、徐建寅、李凤苞等，这些人都有日记传世，便隐隐觉得这是一个很有意思的问题。第一篇研究综述《晚清域外游记研究著作述评》发表在2009年6月的《中国图书评论》，第二年被《新华文摘》全文转载，这对我是莫大的鼓励，也坚定了继续探究的信心。

关爱和老师是一位望之俨然、即之也温的宽厚长者。我资质平庸，承蒙先生不弃，忝列门墙。关老师治学谨严，他的文章视野宏阔，文笔渊雅，论说鞭辟入里，时时有真情至性溢露于笔墨间，是我学习的典范。他经常提醒我："文学研究还是要回到文学，一篇论文不要试图解决所有问题，要能入乎其内，出乎其外。"多年来的学习、工作与生活中，无论是短信、邮件、电话沟通，还是耳提面命，老师总能三言两语，冷峻而精准地点出我的痛处，使我茅塞顿开，帮我剜疽去疮，再施以解药。在我困顿彷徨之时，帮我提振信心，给我前进的勇气。我最该感谢的就是恩师的教导和鞭策。

在媒介融合的数字时代，回望新闻纸、电报、电话、蒸汽机等前现代中西接触的遥远往事，今昔之感尤其强烈，学术成果层出不穷，曾经的新观点如今看来已无甚稀奇，时有崔颢题诗之憾，想超越更是极大的挑战。论文搁置久了，有了距离感，倒给了自己客观看待研究对象的机会。这次修订，我对论文框架较做了调整，删去了海外记游诗和戏剧改良的内容，既无新意，何必拾人牙慧。重新回到文献的过程是艰难的，要时时面对烦琐和现实的生活，在日常的柴米油盐之外，寻找学术研究的意义，与自己作战，与生活作战，何其难哉！

旅行与文学有着天然联系，安居与迁徙，静止与移动是人生永恒的主题。"纸上得来终觉浅，绝知此事要躬行"。不能将纸上的行旅落实为现实的脚步，终有隔靴搔痒、纸上谈兵之感。这些年，我去过中国香港、中国澳门、新加坡、泰国、美国等国家和地区，尽管只是蜻蜓点水，也略有所得。郭嵩焘当年赴英途中，中国香港和新加坡是必经之地，那个气象整肃的蕞儿小岛，早成繁华的世界金融中心；在旧金山，随处可见 1905 年的窨井盖和消防栓；在纽约帝国大厦的楼顶，看到鳞次栉比的高楼大厦，想起任公"天下最繁盛者宜莫如纽约，天下最黑暗者殆亦莫如纽约"的经典评语……瞬间回到了波诡云谲的历史现场。文学研究不能丢掉经世的传统，历史不仅是未来的积淀，很多貌似无关的事物之间存在必然的联系。两度担任驻美大使的伍廷芳曾感叹："中国古俗，以舟车为畏途，虽至今日，涉重洋、游异国，犹以为险。夫生长村市之间，足迹不出百里，无闻见阅历以启迪其智慧，则虽至耄耋，思想偏浅，意念卑近，亦终成其为自私自利之人焉耳。"直到今天，真正走出国门的中国人，相对于巨大的人口基数而言，还是寥若晨星。在今天，旅行不再是探索未知，而是验证已有经验的行脚。《花随人圣庵摭忆》的作者黄濬说："夷考百年之间邦交嬗变之迹，始则恶而排之，继则畏而媚之，驯成两失。"直到现在，如何客观审视中西文化，处理中西关系，依然是待解的难题。疫情暴发再次点燃中西之间的敌对和猜忌，新冠病毒的起源与百年前的黄祸论又一次沉渣泛起。"黄皮肤、小眼睛的人可能要害死我们，他们一直喝蝙蝠汤、啃蛇头，用老鼠血洗澡……"很难相信，这是出自 2020 年 2 月的德国《明镜周刊》，俨然回到了当年王韬、张德彝、志刚等人一遍遍向西方人解释中国人茹毛饮血纯属子虚乌有的尴尬境地。一百多年过去了，中西文化之间的鸿沟依然横亘在我们面前，是迂回绕道而行之，还是架桥铺路以济之，是我们无法回避的责任。

人生就是一场未知的旅行，你不知道何时会遇上惊涛骇浪。2020年4月3日凌晨，父亲突然离世。一切都毫无征兆。我第一次体会到人生无常的苦痛。父亲先后在电影院、文物局工作。他只读过初中，话不多，对文字有着本能的敬意。我每有文章发表，他都小心翼翼地一页一页翻看，一边看一边笑着说看不懂。他走后，我收拾他的房间，一摞杂志放得整整齐齐，只在我文章那一页折个角。我的散文集《雪满山》压在枕头底下，干干净净，跟新的一样。这本学术专著也是对他的告慰和纪念。

误入珍珑谜未解，尝寻玉枕梦难通。生命不过是一本流水账，从而立到不惑，关于生命的迷局，不是越来越明晰，反而越来越彷徨，时时有大梦将寤、犹事雕虫的无力感。沃土犹须力作，这些年在这个领域兜兜转转，把有限的时间精力投入进去，也并非虚掷，有一点心得和自己的声音。除了学术文章，我也自办微信公众号"如是而已"，写了一些散文，2018年出版散文集《雪满山》，今年又有新集子《月光堂堂》即将完成。人情必有所寄，然后能乐，这也算学术与事功之外的一点寄托吧。"流光逐我尘如马，不堪摇落又西风。"这是我练字时常写的一副对联，是从民初诗人江聪笔下集来的。时光流转，不露声色地将我裹挟其中，一年又一年就这样悄无声息地过去了。阅历愈深，韶光愈短。生活的意义在不断追忆中愈发清晰，正如克尔凯郭尔的话："我们向前生活，但我们向后理解。"有一点我坚信，在万物速朽的年代，只有回忆和往事最可靠，而文字是呈现它们的最好方式。

我本顽石，经历了多年的淬励磨炼，也难成美玉。论文即将付梓，我想郑重向当年出席我论文答辩的刘思谦教授、刘增杰教授、王飚教授、吴福辉教授、吴秀明教授、梁工教授、耿占春教授、张云鹏教授、孙先科教授、李伟昉教授表达敬意。感谢王飚教授、袁进教授和左鹏军教授提出的评阅意见，为论文修订指明方向。感谢《近代域外游记研究：1840—1945》的作者陈室如教授，当年我冒昧叨扰，她很慷慨地寄来专著《晚清域外游记的物质文化》，获益良多。杨汤琛教授是这一领域卓有建树的青年学者，感谢她寄赠大作《晚清域外游记的现代性考察》，为本书写作带来很多启发。感谢中国大百科全书出版社的编辑老师为本书出版付出的辛勤劳动。本人学识谫陋，书稿历时多年，虽增删多次，仍难免疏漏讹误，敬请各位方家批评指正。

白发苍苍年过七旬的母亲，多年来一直像候鸟一样，奔波往来于两地之间，竭尽所能地帮助我们，任劳任怨。妻子与我相濡以沫，义无反顾地承担了照顾老人和孩子的重担，为我腾出阅读和写作的时间。感谢上苍眷顾，让我拥有两个乖巧的女儿。2010 年夏天，我完成论文答辩时，大女儿刚过完 1 岁生日，如今书稿完成，小女儿也 7 岁了，是她们带给我无尽的快乐和满足，赋予我生活的意义，为我照亮前行的路。

杨波

2022 年 4 月 5 日，清明